Proposte

Louis L'Amour

LA LUNGA FUGA

Traduzione di Lidia Perria

ARNOLDO MONDADORI EDITORE

Dello stesso autore
in edizioni Mondadori:

Gli dèi del deserto
Tamburi nel sole

Divisione Libri Periodici
Direttore Responsabile:
Laura Grimaldi

Prima edizione Proposte, maggio 1987
ISBN 88-04-30195/3

LA LUNGA FUGA

A John e
Carol Lee Veitch

Vecchi amici, buoni amici,
i migliori

Il soldato posò il pacchetto piatto, avvolto nella pelle, sulla scrivania, di fronte al colonnello Zamatev, e fece un passo indietro, mettendosi rigidamente sull'attenti. Prima di dedicare la sua attenzione al pacchetto, Zamatev studiò il soldato.

La fame, il freddo e lo sfinimento delle lunghe marce avevano prosciugato le forze dell'uomo e lo avevano privato di ogni sensibilità. Scarno, con gli occhi incavati, restava in attesa di ordini.

— Non hai visto Alekhin?

— Nossignore.

— E l'americano? Lo hai visto? Ti ha parlato?

— Ci era stato ordinato di ucciderlo. Di sparare a vista. Io l'ho scorto fra gli alberi e mi sono lanciato all'inseguimento. Ucciderlo era mio dovere. Lui si è spostato di nuovo, e io ho intravisto un varco fra due alberi. Mi sono precipitato in avanti.

— E allora?

— Era una trappola. C'era una corda di rami tesa fra i due alberi, nascosta dal sottobosco. Ho inciampato e sono caduto. — Il soldato si portò una mano alla fronte, dove si vedevano ancora le tracce della contusione. — Ho battuto la testa con molta violenza. Quando sono rinvenuto, lui era sopra di me.

— Era armato?

— Aveva il mio fucile, il mio coltello. La canna del fucile era puntata sulla mia gola. Lui mi ha guardato a lungo e poi mi ha detto: «Sei troppo giovane per morire. Resta disteso lì e conta fino a cento. Poi alzati e porta questo pacchetto al colonnello Zamatev. A Zamatev e a nessun altro, capito? Nessun altro! *Digli di aprirlo quando sarà solo.»*

— Nient'altro?

— Niente.

— Hai contato?

— Non c'era niente da fare. Mi aveva preso il fucile. Se n'era andato.

Il colonnello Zamatev lo esaminò con occhi che sembravano non offrire misericordia. — Nient'altro? Proprio niente?

Gli occhi del soldato erano allucinati. Lanciava occhiate disperate a destra e a sinistra.

— Ha detto...

— Ha detto cosa? *— Zamatev si protese in avanti. — È stato sentito parlare ancora. Ti hanno sentito rispondere. Che cosa vi siete detti?*

Avvilito, il soldato deglutì. La fronte gli si coprì di sudore. — Lui... lui ha detto: «Sei a due giorni di distanza dalla tua unità. Cercherai di raggiungerla, ma non dovrai farcela in meno di due giorni, mi senti? Se raggiungerai la tua unità in meno di due giorni, ti troverò e ti ucciderò.»

— E tu gli hai creduto?

— È un demonio! Un demonio malvagio! Ho avuto paura.

— Quanto tempo ci hai messo, per raggiungere la tua unità?

Il soldato era addirittura disperato. — Quasi... quasi due giorni.

Zamatev lanciò un'occhiata al suo aiutante, Suvarov. — E lo jakut che lo ha sentito parlare? A che distanza era dalla vostra unità?

— A meno di mezza giornata di cammino, colonnello Zamatev.

Zamatev guardò il soldato. — Lo porti via, tenente, e non me lo faccia più vedere.

Dopo che il soldato fu allontanato dalla stanza, seguì un lungo silenzio. Il tenente Suvarov attendeva, col cuore che gli batteva forte. Zamatev lo avrebbe ritenuto responsabile?

Avanzò di un passo, rimpiangendo di non avere il coraggio necessario per sedersi. Il colonnello si era avvicinato alla finestra e guardava fuori, verso il campo. Era un uomo massiccio, leggermente curvo, che indossava un semplice pastrano militare. Era un pastrano che poteva essere coperto di decorazioni, Suvarov lo sapeva, solo che Zamatev aveva scelto di non portarle.

Zamatev somigliava a questa stanza, era un uomo che aveva bisogno solo dello stretto necessario. La stanza conteneva soltanto un tavolo, una sedia girevole dietro di esso, un cestino per la carta straccia, una sedia di fronte alla scrivania e una panca lungo la parete. Suvarov era stato negli uffici di altri uomini del grado di Zamatev e non somigliavano a questo.

Zamatev si voltò. — E così, ci è sfuggito ancora una volta.

— Alekhin lo troverà — disse Suvarov. — Alekhin non si darà mai per vinto, finché l'americano non sarà morto. Alekhin non si dà mai per vinto, e questa per lui è una faccenda personale. Non si fermerà mai.

Zamatev si guardò attorno. — Può andare, tenente. La rivedrò domattina.

— Domattina, signore? Ma sono appena...

Gli occhi di Zamatev divennero glaciali. — Domattina, Suvarov.

Quando il tenente fu uscito, girò intorno al tavolo e si sedette, fissando l'involto di pelle che aveva davanti. Era la pelle conciata di un piccolo animale, di peso molto scarso e legata con lacci di cuoio grezzo. Dentro c'era qualcosa. Qualcosa di molto leggero ma rigido. Un pezzo di corteccia, forse?

Chi aveva mandato il pacchetto non vedeva né carta né spago da molti mesi, e il pacchetto era soltanto l'ennesimo episodio di una caccia che di tanto in tanto era sembrata volgere alla fine, solo per vedere l'americano sfuggire di nuovo dalle loro mani.

C'erano altri americani come questo? Oppure era un caso unico? Per la prima volta in molti mesi, il colonnello Zamatev cominciava a dubitare della saggezza dei suoi superiori.

Prese il pacchetto lentamente, con dita attente, cominciò a sciogliere i nodi, ignorando il coltello che aveva a portata di mano.

1

Il maggiore Joe Makatozi uscì all'aperto, nel sole di un tardo pomeriggio. La prima cosa che doveva ricordare era la lunghezza delle giornate a questa latitudine. I suoi occhi si spostarono a destra e a sinistra.

Lungo circa trecento metri, largo cento, tre torri di guardia per lato, con due uomini per ciascuna. Una mitragliatrice su ogni torre. Tutti gli uomini armati di mitra.

Camminava dietro il tenente Suvarov, e lo seguivano due guardie armate.

Cinque baracche di legno, un'altra in costruzione, prigionie-

ri in quattro delle cinque costruzioni, ma non tutte le celle occupate.

Non si faceva illusioni. Era prigioniero, e, dopo avergli estorto le informazioni che sapevano in suo possesso, lo avrebbero ucciso. Nell'aria c'era una freschezza simile a quella che proviene dal mare, ma si trovava lontano da ogni oceano. La sua prima impressione era quella giusta, secondo lui. Si trovava in una località nelle vicinanze del Lago Baikal, in Siberia.

Una linea bianca a un metro e ottanta dalla rete di filo spinato, il limite massimo a cui i prigionieri potevano avvicinarsi. La recinzione era alta tre metri, con una griglia di venti fili tesi, elettrificati. Dal filo spinato al margine della foresta, una cinquantina di metri all'incirca.

Nessuno sapeva che lui era vivo, tranne i suoi carcerieri. Non ci sarebbero state inchieste, né sondaggi diplomatici. Qualunque cosa accadesse d'ora in poi, doveva essere opera sua. Aveva un solo vantaggio. Loro non sapevano che specie di uomo avevano fatto prigioniero.

L'ufficio in cui venne introdotto somigliava molto a una sala di rapporto militare. L'uomo dietro la scrivania era alto e largo di spalle. Squadrò Joe Makatozi con aria di apprezzamento.

Il colonnello Arkady Zamatev vedeva per la prima volta l'uomo che era al centro dei suoi pensieri da oltre un anno. Fino a questo punto, il piano concepito personalmente da lui aveva funzionato con una precisione perfetta, di cui poteva andare fiero.

Quando aveva proposto per la prima volta la cattura del maggiore Makatozi, i suoi superiori avevano pensato che fosse uscito di senno. Tuttavia, c'era un bisogno disperato di informazioni sui velivoli sperimentali che gli americani stavano progettando, e Makatozi ne aveva collaudato la maggior parte. Quel che più contava, aveva dato il suo contributo alla costruzione di alcuni, aveva suggerito innovazioni.

Soltanto Zamatev sapeva che nella divisione preposta alle assegnazioni del personale militare americano c'erano tre agenti sovietici, ciascuno dei quali era all'oscuro degli altri. Erano tutti americani, sui quali non era mai caduto il minimo sospetto. I tre erano stati attentamente pilotati nel posto ideale per una simile emergenza, ed era su questi tre che lui aveva contato perché il maggiore Makatozi fosse assegnato al comando in Alaska per un corso di aggiornamento sul volo artico, prima dei collaudi su un nuovo apparecchio.

Non era stato difficile attuare la manovra. Era stata fatta un'osservazione casuale sul funzionamento del nuovo apparecchio alle temperature subpolari; pochi giorni dopo era stata sollevata la questione di un corso di aggiornamento, se il maggiore Makatozi doveva pilotare il nuovo apparecchio. E il resto era toccato a Zamatev.

La creazione di un campo di prigionia segreto era stata organizzata quattro anni prima. La molla che aveva fatto scattare il piano era stata la necessità di aggiornarsi sull'estensione e sulle ramificazioni dei progressi fatti dalla tecnologia militare e navale degli americani e degli inglesi. I servizi segreti delle forze armate avevano collaborato a prendere le misure necessarie.

L'idea era abbastanza semplice. Localizzare e catturare determinati personaggi chiave, trasferirli in questo campo, una località nota solo alle figure più influenti del Politburo, ottenere le informazioni in possesso dei prigionieri e poi eliminarli. Le sparizioni sarebbero state poche, isolate e apparentemente prive di collegamenti. La possibilità che nascessero dei sospetti erano quasi nulle.

Le operazioni erano cominciate due anni prima con la cattura di un sergente maggiore, un personaggio del tutto secondario che, nel normale adempimento dei suoi doveri, era entrato in possesso di alcune informazioni vitali. Quello era stato un modesto successo. Poi era stata la volta del chimico Pennington...

Quando il colonnello Zamatev guardò negli occhi il suo nuovo prigioniero, fu assalito dall'ira. Gli occhi grigio-azzurri erano stranamente sconcertanti nel viso scuro, dall'ossatura forte, ma era la fredda arroganza del prigioniero a suscitare la sua ira. Non era abituato a trovare tanta arroganza nei prigionieri portati davanti a lui per essere interrogati. Non era soltanto arroganza, ma una sorta di annoiato disprezzo che irritò Zamatev.

Il colonnello Zamatev aveva di fronte un fascicolo che, a suo parere, diceva tutto ciò che lui doveva sapere sul conto dell'uomo che aveva davanti.

Laureato, atleta che aveva gareggiato in vari campionati internazionali, primatista di decathlon a livello quasi olimpico. Nell'aviazione militare aveva ottenuto il punteggio di "abile" con una dozzina di armi, ed era ritenuto esperto nelle arti marziali. Questo era abbastanza eloquente, c'erano molti altri ufficiali dell'esercito, della marina e dell'aviazione i cui fascicoli personali non erano troppo diversi, fatta eccezione per alcune caratteristiche personali.

Per quanto Zamatev fosse bene informato sull'aviatore americano, c'era un fatto essenziale che ignorava. Sotto la patina superficiale di educazione, cultura e addestramento, si nascondeva un selvaggio indomito.

Quando i prigionieri venivano portati di fronte al colonnello Zamatev, erano spaventati o diffidenti. Tutti avevano sentito parlare di lavaggi del cervello e torture, eppure in quest'uomo non si notava alcuna traccia di paura o incertezza. Zamatev era infastidito da una lieve sensazione di disagio.

— Lei è il maggiore Makatozi? È un cognome americano?

— Se non lo è, allora non esistono cognomi americani. Io sono indiano, in parte sioux, in parte cheyenne.

— Ah sì? Allora è uno di quelli che si sono visti sottrarre il proprio paese.

— Così come noi lo avevamo sottratto ad altri.

— Ma vi hanno sconfitti. Siete stati battuti.

— Abbiamo vinto l'ultima battaglia. — Joe Makatozi mise nel suo tono una studiata insolenza. — Come faremo sempre.

— Volete difendere un paese che vi è stato sottratto?

— Era il nostro paese allora; lo è adesso. I nostri stati di servizio in combattimento, in tutte le guerre combattute dagli Stati Uniti, sono rimasti insuperati.

L'irritazione di Zamatev aumentò. Si vantava di mantenere un distacco privo di emotività, e il suo metodo di interrogatorio era basato su un atteggiamento disinvolto, apparentemente cordiale, che disarmava il prigioniero al punto di indurlo a ricambiare, prima di rendersene conto. L'arroganza dell'americano stava rendendo difficile questo approccio.

Zamatev aveva anche la sgradevole impressione che, pochi secondi dopo essere entrato nella stanza, Makatozi avesse valutato tutto ciò che conteneva, compreso lui.

Zamatev aveva basato gran parte dei suoi preparativi per l'interrogatorio preliminare sul fatto che Makatozi faceva parte di una minoranza oppressa.

Nel tentativo di riportare l'interrogatorio sui binari che preferiva, Zamatev indicò un uomo massiccio e possente, seduto in silenzio sulla panca, che fissava Makatozi con occhi dalle palpebre pesanti.

— Come indiano americano, lei dovrebbe essere interessato a fare conoscenza con Alekhin. Lui è uno jakut, l'equivalente siberiano dell'indiano d'America. Gli jakut godono di grande considerazione, in Russia. Li chiamiamo gli uomini di ferro del nord. Sono fra i più grandi cacciatori e cercatori di tracce. — Zamatev riportò lo sguardo sull'americano. — Il vanto di Alekhin è che nessun prigioniero gli è mai sfuggito.

Joe Mack, com'era soprannominato ai tempi delle gare atletiche, guardò il siberiano, e lo jakut ricambiò lo sguardo con i suoi occhi neri, piatti e opachi. Una ciocca bianca, nel punto in cui i capelli erano sbiaditi sopra una vecchia cicatrice, era il suo tratto più caratteristico. Trasudava la forza di un gorilla e aveva il viso rugoso e avvizzito di una scimmia stanca, ma, a guardarlo una seconda volta, le rughe si rivelavano per quello che erano, solchi impressi dalla crudeltà e dalla spietatezza. D'altronde, malgrado l'aspetto maturo, non era molto più vecchio di Joe Mack.

Con calcolato disprezzo, Joe Mack osservò: — Non credo che riuscirebbe a seguire le tracce di un cane infangato su un pavimento asciutto!

Alekhin si alzò dalla panca, un unico movimento veloce e fluido, i piedi scostati, le mani pronte. Joe Mack si volse per affrontarlo con una mossa agile, quasi sprezzante.

Per un attimo Zamatev ebbe la bizzarra sensazione che la storia fosse tornata indietro di una pagina sotto i suoi occhi. A un tratto, nel suo piccolo ufficio spoglio, si affrontavano due selvaggi, ciascuno campione della sua specie. Fu percorso da un fremito di eccitazione, e per un attimo fu tentato di lasciarli combattere.

La voce di Zamatev fu una sferzata. — Alekhin! Seduto!

I suoi occhi corsero a Joe Mack. — Deve comprendere la sua posizione, maggiore. Lei è nostro prigioniero. La credono morto. Per quanto riguarda il suo paese, lei e il suo aereo siete dispersi in mare. Non sono state aperte inchieste, ed è improbabile che se ne facciano.

"Se vivrà sarà perché io lo desidero, e il suo futuro, se ne ha uno, dipende dalle sue risposte alle mie domande. Accetterò soltanto una collaborazione totale, compreso un resoconto completo delle sue operazioni come pilota di parecchi modelli di velivoli sperimentali.

"Lei è un uomo intelligente, e le concederò ventiquattro ore per valutare la sua posizione. Se sarà ragionevole potrà avere un posto d'onore fra noi. Le sarà permesso di conservare il suo grado e i privilegi a esso inerenti. Può servire noi, oppure morire."

— Quando mai un traditore è stato onorato in qualche paese, anche da coloro che hanno beneficiato del suo tradimento? Spreca il suo tempo, colonnello Zamatev.

Il russo fu sorpreso. — Allora mi conosce?

— Abbiamo anche noi i nostri dossier, colonnello.

Zamatev fu assalito da una collera gelida, ma s'impose di restare calmo. — Lei è sposato, maggiore?

— No.

— I suoi genitori sono in vita?

— No.

— Quanti anni ha?

— Trentuno.

Il colonnello Zamatev sfogliò le carte sulla sua scrivania. — Per il suo paese, maggiore, lei è già morto. A noi può ancora essere utile. Un uomo del suo talento può trovarsi bene, qui, e lei non sembra un uomo che sceglierebbe spontaneamente la morte. In patria non ha legami.

— Dimentica il più importante, colonnello. C'è il mio paese.

Zamatev si rivolse a Suvarov. — Riporti quest'uomo nel suo alloggio, tenente. Gli parlerò di nuovo quando avrò avuto il tempo di riflettere sulla sua situazione.

Quando furono usciti, Zamatev si rilassò sulla sedia. Si vantava del suo distacco, eppure c'era qualcosa, in questo particolare americano, che lo irritava. Forse era l'assoluta mancanza di timore, persino d'incertezza, dell'uomo. Era normale? Non era naturale avere paura in una situazione simile? Essere diffidente? Incerto? Preoccupato? Il maggiore Makatozi non mostrava il minimo segno di apprensione, e nel breve incontro in questo ufficio era parso perfettamente a suo agio. Che cosa aveva, quest'uomo?

Era indiano. Che cosa significava, questo? Zamatev prese nota dentro di sé di studiare qualcosa sugli indiani. Era in parte sioux e in parte cheyenne. Prese nota dei nomi. Eppure aveva gli occhi grigi. Forse aveva anche un po' di sangue bianco?

Prese il dossier di Makatozi dalla cartella e lo sfogliò. Quell'uomo era un aviatore audace, un pilota superbo. Era dotato di abilità e coraggio al tempo stesso. Era entrato al college con una borsa di studio per l'atletica, l'unico mezzo per pagare un atleta senza farlo apertamente. Esistevano situazioni simili anche in Russia, ma in Russia gareggiavano per la patria, invece che per un college.

Il progetto Makatozi era stato il più audace, e i suoi superiori si sarebbero aspettati dei risultati. Finora gli avevano concesso molta libertà d'azione, ma c'era chi desiderava subentrargli al controllo dell'intera operazione. Il successo era imperativo, tanto nell'operazione Pennington quanto in quella Makatozi, e i suoi piani erano stati preparati con cura. Le sue prime imprese, in cui era stato cauto, facendo esperimenti per saggiare le sue possibilità, erano state invariabilmente dei successi. Pennington, il suo primo tuffo in acque più profonde, non era stato un personaggio molto noto. Anzi ben pochi, al di fuori di una cerchia molto ristretta, avevano avuto idea di quello che stava facendo. Qualcosa nel campo della chimica, avevano creduto. Pennington aveva sempre avuto un'inclinazione per quel settore. Soltanto tre uomini in Inghilterra sapevano che uno dei suoi progetti aveva fatto dei progressi sorprendenti, e che un aspetto di tali progressi poteva rivoluzionare la guerra chimica.

Solo tre uomini in Inghilterra, ma uno di loro aveva una moglie chiacchierona. «Una faccenda molto urgente» aveva detto «quindi l'ammiraglio non verrà». E l'ammiraglio veniva *sempre*, quindi doveva essere qualcosa di molto importante davvero. La baronessa, che aveva un alto tenore di vita da mantenere, aveva commentato: «Sarà qui per le finali?»

«È improbabile» aveva risposto la donna loquace. «È andato in un posto sperduto vicino Glasgow. Oh, gli mancheranno! Gli mancheranno terribilmente!»

Poche ore dopo, la baronessa era al telefono. «Sì, *quell'ammiraglio*.» Pausa. «Niente di meno importante del Secondo Avvento lo terrebbe lontano.»

L'uomo all'altro capo del filo ne sapeva abbastanza sul conto dell'ammiraglio da capire che aveva ragione lei. E l'ammiraglio era una delle massime autorità nel campo della guerra chimica. Vicino Glasgow c'era un piccolo stabilimento chimico impegnato nelle ricerche sugli insetticidi, un impianto senza alcuna rilevanza militare.

Entro un'ora, l'uomo all'altro capo del filo era su un treno per Glasgow, e la mattina dopo il suo arrivo aveva saputo dove alloggiava l'ammiraglio e stava bevendo un bicchierino in un pub vicino allo stabilimento chimico, un pub dove gli operai dell'industria facevano un salto per bere un goccio la sera, prima di tornare a casa.

«Un gran trambusto» aveva sentito dire a un uomo «come se qualcuno avesse rovesciato un'arnia di api».

«È il nuovo contratto» stava dicendo un altro «quello con il Commonwealth. Ci terrà occupati per mesi, dicono.»

«Chi era quel gentiluomo coi capelli bianchi? Da come lo trattavano, dev'essere lui il padrone del Commonwealth!»

«No» aveva risposto il primo uomo «è venuto a trovare Pennington. Mi sembra strano che Pennington abbia a che fare con il Commonwealth. Lui non vede altro che la ricerca.»

«Sono venuti anche altri due. Nessuno che abbia mai visto in giro, ed è Parkins che si occupa del Commonwealth.»

L'uomo all'altro capo del filo aveva bisogno di poche informazioni ancora, anche se aveva finito il suo amaro e ne aveva ordinato un altro. L'uomo coi capelli bianchi dev'essere l'ammiraglio. Lui e altri due erano venuti a trovare questo Pennington, che "non vedeva altro che la ricerca".

Era da lì che aveva cominciato, e la baronessa aveva ricevuto un bel pacchetto di banconote, lasciate cadere nella sua cassetta per la posta, dentro una scatola di dolci: un contributo per aiutarla a mantenere la sua posizione sociale, si sarebbe potuto definirlo. Serviva ad avere un posto d'ascolto là dove si riunivano i potenti, e la vita costava così cara, di questi tempi.

L'uomo si trovava nel pub della locanda in cui l'ammiraglio aveva preso alloggio, quando era entrato l'ammiraglio in persona. Con lui c'erano due uomini, e l'uomo all'altro capo del filo ne aveva riconosciuto uno... un altro pezzo grosso nel campo della guerra chimica. Dunque qualcosa bolliva in pentola. C'era da fidarsi della baronessa. Aveva un buon fiuto.

Tre settimane dopo, Pennington era scomparso.

2

All'interno delle baracche della prigione, una fila di otto porte di celle dava su un muro cieco. Sulla porta di ogni cella si apriva una finestrella di dieci centimetri di lato, con due sbarre verticali. Lo spioncino restava sempre aperto.

Dentro ogni cella c'erano una brandina stretta, un tavolino, una sedia e gli impianti igienici. Lo attendeva senza dubbio un altro tipo di cella, se si rifiutava di collaborare.

Le pareti erano fatte di blocchi di legno, squadrati e perfettamente combacianti l'uno con l'altro. La serratura sulla porta esterna era abbastanza semplice. Quelle delle celle erano solo di poco più complicate. Evidentemente si fidavano della rete di filo spinato elettrificata e delle torri di guardia. E poi, oltre la rete si stendeva l'immensa distesa di una terra ostile.

Lui non aveva mai vissuto in una riserva. Il suo unico nonno bianco aveva lasciato alla famiglia Makatozi una considerevole proprietà nella regione dello Snake River, nell'Idaho, per lo più in alto sulle montagne, una terra di torrenti impetuosi, piccoli prati e foreste. Gran parte del terreno era lontano da qualsiasi strada statale, completamente tagliato fuori d'inverno, isolato persino d'estate. Era terra che nessuno voleva, una terra senza visitatori. Di tanto in tanto, i cacciatori di pellicce avevano sconfinato nel terreno, ma erano stati ammoniti. Un cercatore cordiale aveva assicurato alla famiglia di Joe che nel terreno c'erano oro e argento, ma era stato ignorato. Persone interessate al taglio della legna avevano offerto modesti compensi che erano stati rifiutati, e non avevano insistito. L'accesso era troppo difficile, costruire strade troppo costoso, e il padre di Joe Makatozi ne era stato contento. Amava le montagne solitarie, amava l'isolamento. E tuttavia, quando Joe aveva compiuto cinque anni, suo padre lo aveva portato via per mandarlo a scuola.

C'erano sempre stati libri in casa. Il nonno bianco era stato uno scozzese di buona famiglia, e aveva parecchie centinaia di libri chiusi nelle casse nel suo rifugio isolato. In seguito, quando una stazione commerciale sulla Baia di Hudson era stata abbandonata, lui si era appropriato della sua ricca biblioteca. Aveva insegnato a leggere alla sua famiglia, e lui stesso leggeva in continuazione a voce alta. Era diventata un'abitudine di vita per tutti loro, e Joe era cresciuto ascoltando nello stesso tempo racconti sui suoi antenati indiani e sugli altipiani scozzesi.

Il vecchio era morto in seguito a una caduta, all'età di centouno anni. Nel suo ultimo anno di vita aveva insegnato a leggere al piccolo Joe e gli aveva letto i *Racconti del nonno* di Scott, oltre a molti dei romanzi del ciclo di Waverley.

I pensieri di Joe tornarono alla sua situazione attuale. La posizione approssimativa della sua prigione poteva indovinarla, ma non ne conosceva la posizione esatta. Si trovava, ne era certo, nelle vicinanze del Lago Baikal, e a nord, est e sud si stendevano foreste, acquitrini e tundra. Non sapeva niente delle terre a occidente.

La taiga, come veniva chiamata, era una delle più belle riserve di legname della Terra, larga centinaia di chilometri e lunga altrettanto. O almeno così aveva sentito dire.

Fin dal momento della cattura, il suo unico pensiero era stato fuggire, e fuggire alla prima occasione.

Disteso supino sulla brandina, considerò le possibilità. Doveva aspettarsi che gli sparassero addosso. Poteva essere colpito. Una volta superata la recinzione, poteva coprire la distanza fino ai boschi in cinque o sei secondi. Con lo stimolo delle armi alle sue spalle, poteva fare anche di meglio. Se fosse riuscito a distrarre l'attenzione delle guardie, sarebbe rimasto esposto al fuoco per non più di tre secondi.

Poteva restare ucciso, poteva essere ferito gravemente, ma quelli erano fattori che non doveva prendere in considerazione ora. Se l'una o l'altra delle due eventualità si fosse verificata, lui sarebbe stato seppellito o sarebbe diventato un prigioniero inerme. Tutta la sua attenzione doveva essere rivolta alla fuga.

E va bene. E se fosse riuscito a raggiungere gli alberi? Doveva correre come non aveva mai fatto prima. Doveva mettere fra sé e il complesso militare una tale distanza che gli sforzi per riprenderlo sarebbero risultati vani.

Se fosse riuscito a correre più lontano, più veloce di quanto si aspettavano, poteva accadere. Quindi i suoi primi sforzi dovevano essere rivolti a distanziare e poi a fuorviare i suoi inseguitori riguardo alla direzione che avrebbe preso.

Il confine più vicino era quello con la Mongolia, e ancora più in là c'era la Cina. Della Mongolia non sapeva praticamente niente, tranne che era in qualche modo affiliata alla Russia. Gli risultava inoltre che era una terra di colline ondulate, praterie e deserti, e che la frontiera con la Cina doveva essere sorvegliata con zelo. Era da quel confine, il più vicino, che si sarebbero aspettati che tentasse la fuga.

A nord si stendeva l'Artico, a est e nord-est un'immensa distesa di taiga, tundra, e condizioni meteorologiche proibitive. Più in là c'era il Mare di Bering e l'Alaska. Se gli antropologi non si sbagliavano, il suo popolo aveva percorso un tempo quella rotta migratoria, seguendo la selvaggina che li aveva guidati attraverso il ponte di terra allora esistente, fino in America. Se ce l'avevano fatta loro, poteva farlo anche lui.

Di notte il campo doveva essere un fascio di luci abbaglianti, ma se fosse stato possibile provocare un corto circuito? Senza dubbio doveva esistere un sistema ausiliario. Ma non ci sarebbe stato forse un intervallo di tempo?

Se restava dov'era, avrebbero trovato il modo per farlo crollare ed estorcergli le informazioni che volevano, così come si estrae il gheriglio da una noce schiacciata.

Lui non aveva paura del dolore. Aveva sopportato il dolore e poteva farlo ancora.

Venne il mattino, e con esso una crosta di pane nero e una brodaglia poco nutriente. Fu informato che c'era un periodo d'aria di quindici minuti, in cui doveva camminare continuamente. Se si fermava sarebbe stato fucilato. Nessun prigioniero doveva avvicinarsi a meno di un metro e mezzo dalla rete. Una linea bianca era stata tracciata sul terreno in modo da evitare errori. Non c'erano restrizioni per la conversazione, ma dovevano continuare a camminare.

Aveva fatto appena una dozzina di passi quando gli si affiancò un uomo, un tipo snello con il viso sottile e gli occhi grigi. — Continui a camminare — disse l'altro prigioniero. — Io sono Pennington, un chimico inglese.

Quando raggiunsero l'angolo di un edificio, Pennington disse: — Loro ci ascoltano. Ora abbiamo tre passi dove non possono sentire, ma soltanto tre passi.

Appena superato l'angolo, Pennington disse: — Dormito bene?

— Abbastanza.

— In questo periodo dell'anno le giornate sono lunghe.

Lui non rispose. Allora l'inglese domandò: — Lei, come si chiama?

— Joe Mack. Ufficialmente, maggiore Joseph Makatozi, dell'aviazione militare degli Stati Uniti.

— Ha la pelle scura, per essere americano.

— Sono un indiano. Sioux.

— Be', che io sia dannato! Un pellerossa? Non ne ho mai conosciuto uno prima d'ora.

L'uomo poteva essere un'esca, e questa poteva essere una trappola. Quando raggiunsero l'angolo cieco, Pennington parlò in fretta. — Se ha in mente di fuggire, lo faccia ora! Subito! Il cibo è scarso di vitamine. La sua forza diminuirà, e così pure il suo coraggio.

Appena giunsero alla portata dei congegni d'ascolto, Pennigton disse: — Se un uomo collabora, dicono, la situazione migliora. C'è più cibo, maggiore libertà. Adesso è estate, ma non lontano da qui c'è il punto più freddo della Terra. Cinquantadue gradi sotto zero accertati.

— La temperatura più bassa che ho mai sopportato era di trenta sotto zero.
— Amico, quello sì che era freddo! Dove si trovava?
— Nel Montana.
Quando raggiunsero di nuovo l'angolo, Pennington disse: — Ci sono delle strade che circondano il complesso, e sono percorse da pattuglie. Una è a duecento metri di distanza, l'altra a un chilometro e mezzo, e poi ce n'è una a tre chilometri.
C'erano cinque edifici, con un'altra costruzione appena iniziata. Il nuovo edificio doveva essere costruito in legno. Le assi e le travi erano già pronte per il lavoro, insieme a tubi sottili per l'acqua, barilotti di chiodi e quelli che sembravano sacchi di cemento.
— Se posso esserle utile... — suggerì Pennington.
Era un'idea folle, ma che scelta aveva? E le idee folli a volte avevano successo, proprio perché inattese.
Forse era un idiota, ma decise di fidarsi dell'inglese; però non poteva portarlo con sé. Non era proprio fattibile.
Si trovarono nel punto cieco per l'ultima volta in quella passeggiata. — Un po' di aiuto mi farebbe comodo. Ho bisogno di qualche minuto di oscurità. Può uscire dalla sua cella?

Disteso nuovamente sulla sua brandina, riesaminò il piano dentro di sé. La situazione attuale poteva non ripresentarsi più. Qualcuno non aveva riflettuto bene. Qualcuno era stato negligente. L'allacciamento elettrico per il nuovo edificio poteva non avere contatti con le luci del campo, ma era lì, all'estremità dell'edificio più vicino.
Una volta libero, avrebbe avuto bisogno di armi, cibo e vestiti.
Dormì, mangiò la sua razione, attese. Prima distanziare gli inseguitori, poi trovare un posto per nascondersi, poi distanziarli ancora. La Manciuria faceva parte della Cina ed era abbastanza vicina. Si sarebbe diretto da quella parte.
Quando venne il momento dell'aria, era pronto. — Nessuno sa di questo posto — gli disse Pennington. — Loro non lo sanno, ma io conosco un po' il russo. Li ho sentiti parlare. Se ce la fa, dica loro dove mi trovo. Cerchi di tirarmi fuori. — Fece una pausa. — Ci vorranno una forza e una resistenza che io non ho.
Zamatev, o chiunque altro avesse sovrinteso alla costru-

zione, aveva contato troppo sull'isolamento del campo, sul filo spinato e sulle guardie.

C'erano altri tre prigionieri, ma se ne stavano per conto loro. Uno era un tedesco dell'Ovest, gli riferì Pennington. O almeno, così aveva detto l'uomo. Pennington, sospettoso, lo aveva evitato dopo che l'uomo aveva fatto troppe domande.
— Non credo che sia tedesco — disse Pennington.

Gli altri erano un ufficiale della marina svedese e un diplomatico francese, apparentemente di scarsa importanza, che per caso era entrato in possesso di informazioni tutt'altro che di scarsa importanza.

— Ce n'era un altro — disse Pennington, e puntò il dito.
— Lo hanno seppellito laggiù.

Joe Mack ne fu tutt'altro che sorpreso. Qualunque altra cosa Zamatev fosse, era efficiente, e non perdeva tempo. Avrebbe ottenuto quel che voleva, o si sarebbe liberato di chiunque non collaborasse. L'uomo era freddo e duro, e conosceva il suo mestiere.

Pennington parlava del tutto liberamente mentre venivano spiati, e ascoltava. La sua casa era stata a Weymouth, prima che si trasferisse in Scozia. Aveva un fratello, due sorelle e una moglie.

— Niente figli?

— Ce n'era uno in arrivo. Ormai dovrebbe avere tre mesi. — Lanciò un'occhiata a Joe Mack. — Sono qui da quasi sei mesi.

— Così tanto?

— Sono pazienti con me. Vedete, la Jakuzia è in pieno boom, in questo momento. Hanno bisogno di scienziati in tutti i campi. Io lavoravo nel settore degli insetticidi, e tutta la Siberia orientale è afflitta da mosche e zanzare perniciose. Hanno tentato, ma c'è ancora molto da fare. — Fece un'altra pausa. — Si sono persino offerti di portare qui mia moglie col bambino.

Camminarono in silenzio, e poi Joe Mack disse: — Potrebbe richiedere tempo.

Pennington annuì. — Lei è la mia unica possibilità.

— Nessuno ama quelle mosche — osservò Joe Mack. — Ho avuto delle esperienze con le loro simili, andando a caccia.

— Il freddo sarà terribile. Ci pensi.

— L'ho già fatto.

— Le notti qui sono brevi. D'estate non ci sarà oscurità, se supera il Circolo Artico.

Quand'ebbero superato l'angolo, Joe Mack disse: — Stasera, allora?
— Stasera.
L'ora fu fissata, e loro proseguirono verso lo spiazzo e rientrarono nelle loro celle. Stasera, e con l'aiuto di Dio!
Non c'erano preparativi da fare. Non c'era assolutamente nulla da fare.
La luce lo accecò, quando la sentinella controllò la sua presenza dallo spioncino.
Restavano meno di due ore di oscurità. Si strinse bene i lacci delle scarpe, ripassò nella mente la posizione del tubo.
Poteva sentire i passi della guardia, sentirla fermarsi alla porta di una cella e poi di un'altra. La prossima sarebbe stata la sua. Si rannicchiò sotto la coperta.
La luce balenò nella cella. La guardia proseguì. Joe Mack posò di scatto i piedi sul pavimento.

3

La prigione non contava sulle serrature. Tutte quelle che aveva visto nel campo si potevano forzare. La ragione era semplice. Il movimento era permesso soltanto durante i periodi d'aria o i trasferimenti operati dalle guardie.
Sulle montagne dell'Idaho dove lui era cresciuto, e dov'era tornato molte volte, tutte le riparazioni venivano fatte dalla famiglia. Non c'era il telefono per chiamare un operaio. Si faceva semplicemente da sé. Le serrature erano semplici, e Joe Mack aveva capito cosa fare nell'attimo stesso in cui le aveva viste.
Un minuto dopo che i suoi piedi avevano toccato terra, la porta della cella era aperta. Fece sei passi fino alla porta esterna, con andatura felina, poi attese, in ascolto.
Anche Pennington era in ascolto, e ora parlò sottovoce. — Faccia soltanto sapere a mia moglie che non l'ho abbandonata. Le dica che mi manca.
— Può starne certo.
"Non hai nessuna probabilità" disse a se stesso. "Questa è una follia! Se solo ci fosse stato il tempo di fare progetti!"
Era fuori, e qualcosa si mosse dietro di lui. Era Pennington.
Joe Mack si appiattì contro la parete, ascoltando, aspettando, valutando il tempo necessario per raggiungere il tubo

sottile che gli serviva. Sapeva già quanti passi doveva fare e quanti ne mancavano fino alla rete.

Le luci si spensero. Si sentirono grida dalle torri di guardia, piedi in corsa, e lui si mosse. Sentì un velo umido sul viso, e per la prima volta si rese conto che c'era la nebbia.

Corse con passi leggeri verso la pila di materiale da costruzione, afferrò il tubo, lo sollevò e corse. Ormai da un momento all'altro potevano accendersi le luci d'emergenza.

Una torre di guardia si profilò nella foschia. Ci fu un grido interrogativo. L'estremità del tubo toccò il terreno e il suo corpo si sollevò. Aveva saltato spesso con l'asta oltre i quattro metri e ottantasette, ma lo aveva fatto con un'asta flessibile ed elastica, e vestito con abiti leggeri.

Il suo corpo s'innalzò, si librò. In alto, più in alto... lasciò andare il tubo mentre il suo corpo si proiettava in alto e ricadeva.

Per un breve, terribile istante, si trovò sopra la rete e la paura gli attraversò il corpo come una scossa. Se ci fosse caduto sopra...!

Atterrò sulla punta dei piedi, con le ginocchia leggermente flesse. Cadde in avanti, sfiorò il terreno con le dita e cominciò a correre. Quando la sua asta toccò il terreno, partì una raffica, e poi le luci si accesero. Il margine della foresta era a pochi passi di distanza.

Rami umidi gli schiaffeggiarono il viso, gli strapparono i vestiti. Lui girò su se stesso, vide una brusca inclinazione del terreno, e si gettò lungo un breve pendio, mentre le pallottole laceravano le foglie sopra la sua testa. Ai tempi dell'atletica aveva corso il miglio in quattro minuti e quindici secondi. Un tempo abbastanza buono per metterlo fra i vincitori, ma in quanto tempo poteva correre il miglio ora, su un terreno sconosciuto e in mezzo al sottobosco e agli alberi?

Quando ebbe coperto una distanza che giudicò pari a ottocento metri, rallentò mettendosi al passo. La distanza era essenziale, ma doveva anche conservare le energie. Percorse un centinaio di passi con andatura veloce, poi riprese a correre.

Una strada, poco più di una pista appena segnata. Guardò, poi l'attraversò in fretta e superò un piccolo corso d'acqua. I suoi polmoni risucchiavano l'aria fresca, umida. Poteva sentire la fragranza dei pini.

Avrebbero impiegato cinque minuti a scoprire che era fuggito. Avrebbero trovato il tubo, ma avrebbero capito subito che lui aveva saltato con l'asta la recinzione? Aggiungiamo altri cinque minuti per organizzare la ricerca e mettersi in moto. Di notte, con la nebbia, sarebbero stati svantaggiati nel seguire le sue tracce, e si sarebbero affidati a una ricerca frettolosa e all'invio di pattuglie su tutte le strade esistenti.

Attraverso un momentaneo squarcio nella nebbia scorse le stelle. Non era lontano dalla rotta che intendeva seguire.

Lontano, alla sua destra, sentì il rombo di un torrente. Avanzò alla cieca verso il fondo di una piccola gola, dove entrò in acqua e risalì la corrente. Si fermò parecchie volte ad ascoltare, ma lo scroscio dell'acqua annullava tutti gli altri suoni.

Raggiunta una lastra di pietra, uscì dall'acqua senza lasciare tracce. Passò da quel ripiano di roccia a un altro, per non lasciare impronte. Si spostò da un ramo all'altro dondolandosi a forza di braccia, poi s'imbatté in un sentiero, dove corse, seguendolo per una cinquantina di metri. Attraversò un'altra strada, si addentrò nella foresta e corse fra gli alberi. Sentì dietro di sé il rombo di un motore.

Un'auto stava passando lungo la strada che aveva appena superato. Rimase immobile finché non fu passata oltre.

Davanti e intorno a lui c'era la taiga, la foresta siberiana. Una delle sentinelle aveva nominato Malovsky, evidentemente un villaggio o una cittadina, di cui però non sapeva niente. Sapeva che la prigione si trovava nella regione del Trans-Baikal, in Siberia, e aveva letto abbastanza per sapere che la zona era in via di trasformazione. Un deserto quasi intatto fino a non troppi anni prima, si era rivelata ai russi come una preziosa riserva di ricchezze minerarie. Di conseguenza, si stavano costruendo nuove strade e l'attività di sfruttamento del legname e delle miniere era in aumento; poteva imbattersi in qualsiasi momento in queste attività. Doveva muoversi con cautela.

Il campo di prigionia si trovava in un bacino vasto circa nove o dieci chilometri e, a parte la zona circostante la prigione, fittamente ricoperto di foreste. La sua fuga era avvenuta in direzione ovest, ma lui aveva deviato verso est e ora stava salendo in una zona rocciosa e montuosa, disseminata di foreste di pini. Si teneva al coperto, perché la luce stava aumentando e gli inseguitori avrebbero esaminato il terreno circostante con i binocoli. Seguendo un pendio, trovò la strada per raggiungere un ruscello che scorreva giù dalle montagne verso est.

Non vedeva nessun segno di vita: né taglio di legna, né attività minerarie. Camminando sulle rocce, lasciava poche tracce, anche se a questo stadio dubitava che le avrebbero cercate. In un primo tempo ci sarebbe stata semplicemente una vasta battuta, e solo quando non fossero riusciti a trovarlo avrebbero cominciato a cercare delle tracce o una pista.

Non correva più, ma camminava a passo regolare, per quanto glielo consentiva il terreno. Il ruscello piegò a nord e lui lo seguì. Da una lieve altura scorse un fiume in cui il corso d'acqua si gettava. Offriva la via più facile, ma sempre più pericolosa, dato che probabilmente i fiumi venivano usati come vie di comunicazione o per costruirvi abitazioni sulle rive. Corse il rischio e seguì il ruscello a valle. Il fiume correva da est a ovest, e quando lo raggiunse scoprì che la corrente era diretta a est.

Le rive erano coperte da fitte foreste, e in un punto scoprì un grosso tronco alla deriva, con molti rami attaccati, che si era arenato nella sabbia su un piccolo promontorio. Lui si accovacciò fra i rami, salì a cavalcioni del tronco e lo sospinse, tenendosi basso e sperando di non essere visto.

Parecchie volte scorse dei cervi, e una volta avvistò un orso bruno. L'animale lo guardò senza curiosità; poi, avendo apparentemente fiutato il suo odore, si allontanò trotterellando fra gli alberi. Era un grosso orso, massiccio come alcuni grizzly che aveva visto.

Il sole era alto e il cielo sereno. Con un ramo spezzato che conservava ancora parte del fogliame, lui cercò di dirigere il tronco alla deriva, avvicinandosi alla sponda.

Giudicò che la deriva fosse di circa tre chilometri l'ora, e quando finalmente riportò il tronco a riva erano passate almeno otto ore. Fece approdare il tronco vicino a parecchi altri della sua specie e risalì la riva barcollando, con le gambe indolenzite per avere mantenuto a lungo la stessa posizione. Era affamato, ma aveva già sofferto la fame in passato. Addentrandosi di nuovo nei boschi si fece un letto nel muschio e si stese a dormire.

Si svegliò alcune ore dopo, bevve da un ruscello vicino e si sedette di nuovo a studiare la situazione.

Non sapeva dove si trovava, se non in senso molto lato. Era a est o nord-est del Lago Baikal, probabilmente in una regione nota col nome di Jacuzia, che si stava sviluppando rapidamente. Quindi poteva imbattersi da un minuto all'altro in qualcuno. Questo doveva evitarlo.

Doveva muoversi con estrema cautela per non essere visto e non lasciarsi dietro tracce che potessero destare la curiosità degli abitanti della regione.

Avrebbe avuto bisogno di cibo, abiti più caldi, un'arma e, se riusciva a trovarla, una coperta. Da qualche parte, in un modo o nell'altro, doveva apprendere la sua posizione. Attualmente, quello che gli serviva era mettere la maggiore distanza possibile fra sé e i suoi inseguitori. Il viaggio sul fiume era stato lento e molto rischioso, ma significava anche che non era rimasta nessuna traccia. Seguire il fiume era una via facile, ma che sarebbe diventata sempre più rischiosa.

Il cibo poteva aspettare. A volte era rimasto parecchi giorni senza mangiare, e poteva farlo di nuovo.

Fra gli alberi caduti e i rami spezzati, trovò un bastone che faceva al caso suo. Lo avrebbe aiutato nel cammino e sarebbe diventato un'arma, se ne avesse avuto bisogno. E lui sapeva combattere con un bastone.

Si mise in marcia, allontanandosi dal fiume. Aveva percorso appena poche centinaia di metri quando trovò un sentiero, evidentemente una pista di animali, ma forse usata anche dai cacciatori. La seguì ad andatura regolare, tenendo le orecchie tese per captare qualsiasi rumore, gli occhi continuamente svegli, in cerca.

Molto tempo prima aveva assistito alla conferenza di un ufficiale del servizio segreto militare sulla Siberia e sul suo terreno. Aveva allenato la memoria a certi compiti, e ora tentò di ricordare che cosa era stato detto e cosa era stato indicato sulla carta fortemente ingrandita. C'erano montagne basse, vasti acquitrini e un complicato sistema idrografico. Malgrado il freddo, gran parte della regione del Trans-Baikal riceveva poca neve.

Il Lago Baikal lo ricordava bene, dato che era uno dei più interessanti specchi d'acqua della Terra. Lungo circa seicentocinquanta chilometri, largo a tratti più di ottanta, e profondo oltre centocinquanta metri, conteneva gran parte dell'acqua potabile della Terra. Visitato spesso da turisti russi, era un rifugio anche per i giapponesi, che stavano svolgendo un ruolo di rilievo nello sviluppo dell'industria siberiana. I giapponesi contavano sul Trans-Baikal per gran parte delle loro materie prime.

Fin dal momento della cattura, lui non aveva fatto altro che ricostruire mentalmente la mappa che aveva visto e ricordare quello che aveva sentito. Per fortuna aveva sempre amato leggere, e fra i libri che il nonno gli aveva portato dalla stazione commerciale sulla Baia di Hudson ce n'erano molti che riguardavano il Canada, lo Stretto di Bering e le coste che lo fronteggiavano.

Quattro dei più grandi fiumi della Terra scorrevano in Siberia. Se la sua posizione era quella che pensava, il fiume più vicino era la Lena, e l'Amur doveva trovarsi a sud, in parte lungo il confine con la Manciuria.

Si fermò più volte ad ascoltare, ma non sentì altro che un vento lieve che soffiava tra gli alberi. Ogni tanto vedeva degli uccelli. Sembravano comuni le pernici e una specie di allodola che non gli era familiare.

Accovacciandosi vicino a un tratto di terra nuda, tentò di disegnare a memoria la mappa che aveva studiato. A sud c'era l'Amur e a nord la Lena. Ora si trovava a est del Lago Baikal e si dirigeva verso la costa lontana, verso lo Stretto di Bering e il Mare di Okhotsk. Fra lo Stretto di Bering e la sua posizione attuale si trovavano diverse catene di montagne poco elevate, molte foreste, acquitrini, e la tundra, che si stendeva appena al di sotto o a cavallo del Circolo Artico.

Fra lui e il suo obiettivo si frapponevano i monti Jablonovi, Stanovoj e Verkhojansk, e uno dei lembi di terra più freddi del mondo.

Muovendosi come doveva, con grande cautela, e viaggiando a piedi, non aveva modo di fuggire dalla Siberia prima dell'inverno. E non aveva modo di sopravvivere all'inverno.

Non aveva l'abbigliamento, la protezione o la riserva di cibo necessari.

A meno di trenta gradi sottozero, i pneumatici si crepano e il metallo diventa fragile. Se un'automobile dura più di due o tre anni, il proprietario è fortunato.

E stava arrivando l'inverno, con temperature che avrebbero oscillato fra i trenta e i cinquanta gradi sottozero.

Si alzò e cancellò con lo stivale la sua rozza mappa. Riprese il cammino, al di là delle montagne era in attesa il freddo.

Un freddo glaciale, aspro, mortale...

4

Il colonnello Zamatev era seduto dietro la sua scrivania quando Pennington entrò nella stanza. Sulla panca, di lato, erano seduti il tenente Suvarov e lo jakut, Alekhin. C'era una sedia posta vicino al tavolo, di fronte a tutti e tre.

Zamatev accennò alla sedia. — Si sieda, prego. — Il colonnello era stato addetto militare tanto a Londra quanto a Parigi. Parlava inglese e francese con altrettanta scorrevolezza.

Pennington si sedette con diffidenza. Non aveva idea di quello che l'aspettava. Sapevano che aveva aiutato l'americano?

— Il maggiorc Makatozi è fuggito, c lci ha parlato con lui.

— Poche parole durante il periodo d'aria.

— Comunque, gli ha parlato. Le ha detto che progettava la fuga?

— Le sembra probabile? Non si sarebbe fidato di qualcuno che non conosceva. È un indiano. Non credo che parlino molto. Almeno, non a un bianco sconosciuto.

Makatozi se n'era andato, e che male poteva esserci a parlare, ormai? — Per la verità — soggiunse — ha accennato all'idea di andarsene. Credo che non gli piacesse la sistemazione. — Pennington sorrise. — Persino gli indiani si aspettano di meglio.

Zamatev ignorò il commento. Sembrava incline a essere affabile. Quello che voleva erano informazioni. Pennington vi rifletté, mentre aspettava la domanda seguente. Non sapeva niente che potesse compromettere le possibilità di successo dell'americano, e desiderava lanciare qualche punzecchiatura.

— Tutto ciò che lei può dirci potrebbe essergli utile — insinuò Zamatev. — Sono certo che il maggiore non aveva idea del luogo in cui stava per fuggire. Vede, avevamo dei piani per il maggiore come per lei. Potreste essere occupati qui entrambi, vivere nella comodità e nella sicurezza e avere una vita migliore che nel vostro paese.

"Fuggire dalla Siberia è impossibile! Presto sarà inverno. Senza abiti, cibo e un rifugio, un uomo non può resistere.

"Se sarà tanto sfortunato da eludere la ricerca, la terra lo ucciderà. Ho visto uomini assiderati, ma di rado li troviamo prima che gli animali selvatici li abbiano attaccati. Se lei potesse aiutarci...?"

Pennington non aveva intenzione di aiutarlo, né sapeva niente dell'americano, che non aveva accennato ai suoi piani una volta superata la recinzione. Tuttavia, una volta lui aveva scritto una relazione sui sioux. All'epoca era incerto fra la chimica, il suo primo amore, e un crescente interesse per l'antropologia.

— Il maggiore Makatozi — osservò — è uno sioux. Era un popolo guerriero, noto per il suo coraggio e la sua capacità di sopportare terribili sofferenze senza battere ciglio. Un guerriero sioux era condizionato ad affrontare lunghi periodi di fame ed esposizione alle intemperie. Era loro convinzione che fosse meglio morire in battaglia che vivere fino a tarda età. — Pennington sorrise. — Si è scelto un antagonista formidabile, colonnello Zamatev.

— Avevo sperato che lei volesse aiutare noi, e lui. — Zamatev fu brusco. — Se può, è uno sciocco a non farlo. Abbiamo uno scopo per lui; altrimenti lo lasceremmo andare. La Siberia troverebbe la soluzione. — Si alzò in piedi. — Tenente! Porti il prigioniero nella sua cella. — Poi aggiunse: — Non credo che il signor Pennington abbia molto appetito. Due giorni senza mangiare gli permetteranno forse di capire la situazione del maggiore.

Quando Pennington fu uscito, Zamatev si sedette. Non si era aspettato più di quanto aveva ottenuto, ma c'era sempre la possibilità che Makatozi avesse fatto qualche allusione o addirittura si fosse confidato con Pennington.

La posizione di Zamatev era stata sicura. Era un uomo noto, di provata abilità. Che gli fosse stato concesso di portare avanti questo progetto ne era la prova. Zamatev era anche un uomo ambizioso, anche se le sue ambizioni erano ben dissimulate. Era un buon funzionario di partito, oltre che un ufficiale efficiente, e finora non aveva commesso errori. Aveva intrapreso questo particolare incarico ottenendo alcuni successi minori e ora, all'improvviso, si trovava in una situazione che poteva rovinare la sua carriera.

Zamatev congedò Alekhin e si rilassò sulla sedia. Aveva bisogno di riflettere.

L'americano aveva superato la rete saltando con l'asta. Non c'era altra spiegazione, ma chi avrebbe mai pensato a una simile impresa? C'era stato un blackout, che non richiedeva alcuna indagine. Come fosse stato ottenuto il momentaneo corto circuito delle luci era abbastanza evidente. Negligenza, pura e semplice negligenza!

L'americano era fuggito. Un'accurata perlustrazione della zona si era conclusa senza esito. La ricerca era stata organizzata nel giro di quattro minuti, eppure l'americano era svanito nel nulla.

Aveva ricevuto aiuto dall'esterno della prigione? Nessuno sapeva che era prigioniero e nessun preparativo del genere avrebbe potuto essere fatto nel tempo disponibile.

Era stata svolta la solita rapida ricerca nella zona, una perlustrazione eseguita a cerchi concentrici che si allargavano progressivamente. Non avevano visto niente, trovato niente.

L'ovvia via di fuga verso la Cina era stata messa sotto sorveglianza. Le truppe di frontiera, già all'erta, avevano ricevuto ordine di intercettare un prigioniero in fuga. Quel confine era protetto in profondità, e i soldati erano pronti all'invasione o a incursioni da parte dei cinesi.

Verso la ferrovia transiberiana? Non era lontana e forniva la più rapida via di fuga dal paese. Un uomo aveva bisogno soltanto del biglietto o di un passaporto col visto. L'americano non poteva avere né l'uno né l'altro, eppure c'era stato chi aveva usato quel metodo di fuga, e la possibilità non poteva essere esclusa.

Il colonnello Zamatev aveva delle ambizioni. Aveva anche dei nemici, che sarebbero stati pronti a screditarlo, quindi non aveva il minimo desiderio di divulgare la fuga. Poiché l'esistenza della sua prigione era nota soltanto a un gruppetto di ufficiali, questo era facile, ma molto dipendeva dall'immediata cattura dell'americano.

Per un attimo il suo pensiero si volse all'oriente. Difficile prenderlo in considerazione. Era troppo lontano, troppo inospitale, troppo freddo. L'americano non aveva armi, era sprovvisto di abiti adatti anche per questa stagione, e non conosceva il paese. D'altronde, poteva avvertire qualcuno a est.

Che avrebbe riacciuffato Makatozi non aveva dubbi. La fuga era impossibile, e l'estate era già oltre la metà. Se l'uomo non veniva catturato, si sarebbe certamente arreso o sarebbe morto per il freddo intenso.

Finora dalla ricerca non era risultato niente di positivo. Erano state ritrovate delle tracce nei boschi dove si era rifugiato all'inizio, ma non fornivano alcuna indicazione, tranne l'urgenza di allontanarsi. Evidentemente l'uomo era fuggito dalla zona di ricerca immediata prima che arrivassero i suoi inseguitori.

Benché fosse nato anche lui in Siberia, il colonnello Zamatev proveniva da una vecchia famiglia ucraina, e il padre e il nonno erano stati entrambi generali. Suo padre era stato in stretto contatto con il maresciallo Vasily Blucher, forse il più grande genio militare che l'Unione Sovietica avesse prodotto. Ma Blucher era diventato troppo celebre e troppo popolare, e come risultato era scomparso in una delle purghe degli anni Trenta.

Blucher aveva prestato servizio in Cina sotto il nome di Galin e aveva collaborato all'addestramento dell'esercito nazionalista cinese, al tempo in cui i cinesi nazionalisti chiedevano aiuti alla Russia. Insieme con Michail Borodin era stato espulso dalla Cina, ma in seguito, in una guerra nor dichiarata contro i giapponesi, li aveva sconfitti in una delle più grandi battaglie fra carri armati mai combattute.

Il generale Zamatev, desiderando restare il più possibile lontano dall'attenzione di Stalin si era offerto di prestare servizio in Siberia e vi era rimasto. Tuttavia aveva conservato molte delle antiche amicizie, e non pochi di loro avevano aiutato Arkady Zamatev nella sua ascesa.

Il colonnello Zamatev non si faceva illusioni. Sapeva che la pace era una speranza illusoria, qualcosa che balenava su un lontano orizzonte, che tutti gli uomini desideravano, ma che aveva ben poche speranze di realizzazione finché gli uomini restavano quelli che erano. Ora non c'era una guerra dichiarata fra l'Unione Sovietica e nessun altro paese, ma la guerra era in atto lo stesso, una guerra aspra e spietata per i vantaggi militari e nelle comunicazioni, e lui era in prima linea in quella guerra e intendeva restarci.

Sapeva di essere già stato preso in considerazione per la promozione. Se avesse fallito con Pennington e Makatozi, quella promozione non sarebbe mai arrivata almeno per molti anni. Lui ne aveva trentacinque e sperava di diventare feldmaresciallo prima dei cinquanta. Il resto era da vedere.

Pennington poteva non passare mai dalla parte dei russi. Che tutto quel che sapeva sulla guerra chimica sarebbe entrato in suo possesso, Zamatev lo sapeva con certezza. Pennington non poteva essere costretto ad accettare l'ideologia sovietica, ma poteva essere indotto a parlare. C'erano droghe che avrebbero provveduto a questo, nonché alcuni metodi sperimentati e meno gentili.

Pennington, tuttavia, era molto meno importante dell'americano. Makatozi non doveva restare in libertà.

Zamatev riepilogò quanto era stato fatto. Le truppe lungo la frontiera erano state messe in allarme, così come i funzionari di polizia in tutto il Trans-Baikal, specialmente a Chita, Nerchinsk, e in paesi come Romanovka, Bagdarin, Vitimkon e Vershina.

Erano stati avvertiti anche gli aeroporti, perché il prigioniero in fuga era un aviatore, che avrebbe potuto tentare di rubare un aereo.

Ora lui non poteva fare altro che attendere la cattura dell'americano.

Zamatev uscì all'aperto. Era una di quelle giornate luminose e limpide così comuni nel Trans-Baikal. Guardò a est, verso le montagne, dove sorgeva una cima alta quasi milleseicento metri. Quello era un paese aspro, dove non era facile viaggiare, e per quanto ne sapeva nessun sentiero valicava quelle montagne, ma lui non si era mai spinto molto lontano dal campo. Si accigliò spazientito, irritato. Avrebbe dovuto conoscere meglio la regione.

Il telefono squillò e lui rientrò in fretta. Forse lo avevano preso! Forse...

Era Shepilov. KGB. — È vero? C'è stata una fuga?

— Dalla Siberia? È uno scherzo.

— Ma ho sentito...

Così, la voce si era già sparsa! Non esistevano segreti, in questo paese?

— Non è niente — disse, mantenendo un tono casuale. — Un piccolo inconveniente nient'altro.

Shepilov era in un certo senso il suo superiore, ma in un altro dipartimento. E Shepilov non lo poteva soffrire. Era seccato dalle amicizie di Zamatev a Mosca, dalla sua influenza nelle sfere più alte del potere.

— Se vi serve aiuto...?

— Grazie, ma ce la caveremo perfettamente. — Attaccò e si appoggiò allo schienale della sua sedia. Poi imprecò piano, con amarezza. Proprio ora, doveva succedere! Ora che tutto andava così bene!

Chi avrebbe mai sognato che un uomo potesse passare *sopra* la rete?

Domani lo avrebbero preso, domani, senza dubbio.

Per un istante restò seduto a riflettere, e poi sollevò di nuovo il ricevitore. Fece tre telefonate, mobilitando squadre di ricerca ancor più numerose.

Il bastardo! Dove si era cacciato? Perché non lo avevano già preso?

L'indomani sera c'era una riunione a cui doveva partecipare, e sicuramente gli avrebbero rivolto delle domande, sia pure solo casualmente. Le sue attività erano poco note, e non veniva incoraggiato a parlarne, ma era diffusa una viva curiosità e alcuni, come Shepilov, ne sapevano qualcosa. Una caccia come quella che lui aveva scatenato ora, avrebbe suscitato senz'altro dei commenti.

Irritato, Zamatev si avvicinò alla finestra, guardando fuori, verso le basse montagne. Nonostante le sue ambizioni, che se si fossero realizzate lo avrebbero portato a Mosca, Zamatev amava la Siberia, anche se a volte lo preoccupava il fatto che i modi qui fossero più disinvolti, che ci fosse, almeno in apparenza, meno rispetto. Per fare in modo che i tecnici venissero qui e ci restassero, bisognava accordare loro dei privilegi, oltre che una paga più alta, e questo aveva attirato innovatori e pensatori, uomini e donne le cui idee non sempre concordavano con quelle professate a Mosca. Finora non c'erano stati problemi, e Zamatev non pensava che certa gente si sarebbe spinta troppo in là, ma bisognava mettere un freno a tanta libertà di pensiero.

I suoi pensieri tornarono all'americano. Dove poteva essere? Che cosa avrebbe fatto? Doveva procurarsi del cibo. Avrebbe avuto bisogno di abiti più caldi.

Avrebbe rubato. Ma a chi? A qualche minatore isolato, a un cacciatore di pelli o a una stazione scientifica? Un furto avrebbe provocato un immediato rapporto, e allora avrebbero potuto concentrare le ricerche.

Zamatev tornò al suo tavolo e si sedette pesantemente. *Presto*, dovevano trovarlo presto. Era impossibile che nessuno lo vedesse.

Perché mai il telefono non squillava?

A un'ottantina di chilometri, non lontano dal punto in cui il fiume Tsipa si gettava nel Kalar, Joe Mack stava rannicchiato in un folto boschetto misto di abeti rossi orientali e larici, sorvegliando una baracca addossata a una parete di roccia. Ci vivevano due uomini, e uno di loro si era appena allontanato con lo zaino vuoto. Aveva preso un sentiero diretto a sud, e dal modo in cui aveva salutato con la mano si capiva che sarebbe rimasto lontano più di qualche ora. Probabilmente stava andando in città.

L'altro uomo lo aveva guardato allontanarsi; poi, presi alcuni attrezzi, era entrato nella galleria di una miniera.

Joe Mack attese ancora un istante, poi, seguendo un percorso attentamente studiato, scese il pendio, tenendosi al coperto fino a una quindicina di metri dalla casa.

Attese, cercando di controllare il respiro. Doveva tentare, anche a costo di farsi scoprire. Rimase immobile per un attimo, poi attraversò lo spazio aperto e fu in casa.

Un rapido sguardo d'insieme. Abiti caldi sull'attaccapanni. Frugò sotto un pastrano e prese una felpa pesante. Presto, alle mensole. File di viveri in scatola. Scelse una dozzina di scatolette, prendendole dalla fila anteriore e spostando le altre al loro posto, in modo che non si notasse la loro mancanza. Piegò la felpa come una bisaccia e vi mise dentro le scatolette.

C'erano molte cose, qui, che gli avrebbero fatto comodo, ma non perse tempo. Un altro rapido sguardo in giro.

Un coltello da caccia! Era sotto un tavolo, posato su alcuni blocchetti di legna da ardere.

Lo raccolse, diede una rapida occhiata, e fu all'esterno, oltre lo spazio aperto. Allora si fermò un attimo a guardare indietro. Nessuno in vista. La terra era compatta, e lui giudicò di non avere lasciato tracce. Portando il suo sacco, salì più in alto. Quando ebbe raggiunto un punto dal quale poteva fare la guardia, si sedette sui talloni e aprì la prima scatoletta.

Pesce, di una qualità che non conosceva. Era digiuno da due giorni, quindi mangiò con prudenza. Un morso, un boccone più piccolo, poi ancora un morso. Bevve un po' dell'olio della scatoletta. Poi attese, ma il suo stomaco non reagì. Dopo un po' mangiò ancora qualcosa, poi bevve da un rivolo d'acqua che sgorgava da una fessura nella roccia. Strisciando sotto alcuni rami caduti, si addormentò.

Alle prime luci dell'alba, finì il pesce, poi cominciò a studiare il fiume. Da dove era seduto poteva vedere che il fiume che aveva seguito si gettava in un corso d'acqua più grande, che scorreva in direzione nord-est.

Mettendosi nelle tasche e dentro la camicia le scatolette restanti, indossò la felpa pesante. Poi, tenendosi al coperto, scese la montagna fino al fiume.

Era lo Tsipa, ma lui non lo sapeva. Era un fiume, e lui si accovacciò fra i salici lungo la riva per osservarlo.

Niente barche, niente movimento, niente.

Attese per mezz'ora, scegliendo il tronco che avrebbe usato per la traversata.

Quando fu passato abbastanza tempo, entrò in acqua e si spinse al largo. Il fiume non era largo, ma la traversata era lenta. Poi, all'improvviso, sentì il pulsare di un piccolo motore!

Un battello stava risalendo il fiume.

5

Tornare indietro era impossibile. Poteva soltanto proseguire verso valle, e il tronco offriva un ben misero riparo. Scivolò in acqua e, afferrandosi al moncone di un ramo, rimase aggrappato al tronco, tenendo naso e bocca appena sopra il pelo dell'acqua.

Il battito regolare del motore continuò. Lui non osò alzare la testa per guardare, e non cercò di dirigere troppo il tronco. Il battello a motore si avvicinava sempre di più. A giudicare dal suono, era un fuoribordo.

Il suo cuore cominciò a pulsare con battiti lenti, pesanti. Respirò a fondo, preparandosi a immergersi, se necessario. Fino a questo punto era sicuro di non essere stato visto, e non aveva nemmeno lasciato prove del suo passaggio, dopo la prima ora di fuga, o giù di lì. Di conseguenza, la sua ricerca doveva coprire una vasta area e non poteva essere concentrata. Se veniva visto da qualcuno che poteva riferirlo, tutto questo sarebbe finito.

Se lo sconosciuto a bordo dalla barca avesse fatto tanto di scorgerlo, doveva essere distrutto. Che l'uomo potesse essere armato e potesse spararagli a vista, lo dava per scontato.

Questo qualcuno stava cercando lui? Un cacciatore? Un pescatore? O un viaggiatore che stava tornando a casa?

Il tronco si trovava fra lui e la barca, ma la sua sommità si ergeva a non più di quindici centimetri dall'acqua. All'improvviso il battito del motore parve cambiare. La barca si stava avvicinando sempre di più.

Lui inspirò a fondo e si tuffò sott'acqua. La barca si avvicinò, poi passò così vicina che lui sentì la turbolenza creata dall'elica. Con prudenza lasciò emergere la testa dall'acqua. Il battello stava procedendo controcorrente e lui deviò il tronco di traverso rispetto alla leggera corrente, per tenersi nascosto finché riusciva a raggiungere la riva.

Era una riva bassa di salici, e lui strisciò sulla sponda, lieto di sentire il calore del sole. Rimase disteso lì per qualche minuto, lasciando che il sole asciugasse in parte l'acqua che gl'inzuppava i vestiti.

Aveva perso il bastone ma ne trovò un altro, un ramo solido che levigò un po' con il coltello rubato.

Irrequieto e impaziente di proseguire, si allontanò dal fiume, dirigendosi a est. Lasciò i salici e i pioppi del letto del fiume e avanzò attraverso una foresta di larici, misti ad abeti e a pini di una specie sconosciuta. C'erano gruppi di ciliegi selvatici, che ricordava dai tempi dell'infanzia, e boschetti di pioppi tremuli.

Se la prese comoda, dato che la velocità non era più essenziale. Ora doveva evitare di farsi scoprire e pensare alla sopravvivenza. A mezzogiorno, in un folto di abeti, mangiò la seconda scatoletta. Era anch'essa di pesce.

Qua e là trovò alcuni ciliegi selvatici, ma il frutto era così povero di polpa intorno ai noccioli, che offriva ben poco, tranne l'acre dolcezza del gusto.

Pian piano i suoi vestiti si asciugarono.

Si muoveva con cautela, perché in qualsiasi momento poteva imbattersi in un cacciatore o in un gruppo di cercatori. I cacciatori sperava di evitarli, ma un gruppo di cercatori poteva fornirgli quello che desiderava di più, una carta geografica.

Un cercatore in Siberia difficilmente era solo. Probabilmente faceva parte di una spedizione mandata dal governo, ed era ben provvisto di carte del terreno sul quale doveva lavorare.

Quando ebbe camminato per due ore e coperto una distanza che giudicò pari a otto chilometri circa, avvistò il grande fiume, che scorreva verso di lui. Proseguì, tenendosi al riparo. Trovò tracce di animali, ma nessuna umana. Il fiume si trovava fra due catene montuose e quando le ombre cominciarono ad allungarsi lui deviò e salì più in alto sul fianco della catena più vicina. L'aria calda tende a salire, e a metà pendio avrebbe fatto più caldo che sul fondovalle.

Sul pendio dove trovò un giaciglio, trovò anche alcune bacche delle pernici bianche, quelle che gli indiani conoscevano col nome di *Kinnikinic*. Mangiò un po' di bacche, che erano nutrienti ma piuttosto insipide. Di sotto i cespugli raccolse alcune delle foglie secche per farne un tè.

Con la corteccia di betulla preparò un piatto e accendendo un fuocherello fece bollire l'acqua per il tè, assicurandosi che le fiamme non toccassero la corteccia sopra il livello dell'acqua. Il tè era amaro, ma aveva un buon sapore.

Aveva acceso il fuoco con ramoscelli secchi, che non facevano quasi fumo, e lo aveva acceso sotto un abete, dove il fumo che saliva in alto, per quanto scarso, era filtrato dal passaggio fra i rami fitti.

Tenendo basso il fuoco e usando una roccia per rifletterne il calore, si raggomitolò vicino e cominciò a esaminare la situazione più attentamente.

Era un uomo braccato nel paese più grande del mondo. Gran parte dell'area in cui ora si muoveva era deserta. Avrebbe dovuto viaggiare a piedi, quindi lentamente. Stava per sopraggiungere l'inverno, e viaggiare d'inverno, nelle sue condizioni era inconcepibile.

La sua situazione era stata migliorata dal furto del coltello e della felpa, ma solo di poco. Aveva bisogno di un'arma che potesse uccidere la selvaggina a distanza e fosse silenziosa. Bene, la sua gente aveva risolto quel problema tanto tempo prima, con l'arco e le frecce.

Lui aveva costruito spesso degli archi ed era abile nel loro uso. Spesso aveva vissuto nell'isolamento selvaggio delle montagne del Montana o dell'Idaho, e si era spinto fino alla Columbia Britannica senza altre armi. Costruire un buon arco richiedeva tempo, quindi doveva trovare un posto sicuro in cui nascondersi.

Avrebbe avuto bisogno di carne. Soprattutto, avrebbe avuto bisogno di grasso, che era sempre la cosa più difficile da trovare nei luoghi selvaggi. Finora aveva pensato soltanto a mettere la maggior distanza possibile fra sé e i suoi inseguitori, ma ormai la caccia doveva essersi allargata, e loro sarebbero stati ovunque. Doveva proseguire, più lentamente, cercando un posto per nascondersi e attendere, un posto dove uccidere qualcuno degli animali che aveva intravisto o di cui aveva trovato le tracce.

Doveva prendere delle pelli. Soprattutto doveva procurarsi delle pellicce. Avrebbe avuto bisogno di indumenti caldi.

Eppure doveva affrontare la realtà. Procurarsi una riserva di cibo che gli bastasse per tutto l'inverno era virtualmente impossibile, cominciando così tardi.

Rifletté su se stesso. Fin dall'infanzia, era tornato nei boschi ad ogni occasione. Ci aveva vissuto ed era sopravvissuto ad alcune delle peggiori condizioni immaginabili. Aveva ucciso o si era procurato il cibo da solo; sapeva confezionare degli indumenti; aveva preparato spesso dei mocassini, cosa che non tutti gli indiani sapevano fare, ormai. Joe Mack coprì di cenere il suo piccolo fuoco e si distese su un mucchio di foglie, coperto da rami di abete. Era un giaciglio freddo e pieno di correnti, ma Joe Mack aveva già vissuto in questo modo.

Di colpo spalancò gli occhi.

Alekhin! Alekhin non si era mai lasciato sfuggire le tracce di un prigioniero in fuga. Alekhin era uno jakut, l'equivalente di un indiano americano. Doveva conoscere i boschi deserti e doveva sapere come riflettere in proposito. Sapeva come Joe Mack avrebbe cercato di sopravvivere, e sapeva di che cosa aveva bisogno.

Era Alekhin, non Zamatev, il suo primo e peggior nemico. Zamatev poteva dirigere. Poteva dare ordini. Poteva mobilitare tutte le forze della Siberia sovietica per trovare un uomo, ma era da Alekhin che lui doveva guardarsi, perché Alekhin avrebbe pensato come un indiano. Avrebbe compreso le leggi della sopravvivenza, e prima o poi qualcuno lo avrebbe visto e avrebbe riferito la sua presenza.

Alekhin era un maestro nel seguire le tracce, e Joe Mack sapeva che nessun uomo poteva ingannare a lungo un tipo come Alekhin. Lo jakut avrebbe trovato la sua pista e lo avrebbe seguito. Poteva persino intuire dov'era diretto e trovarsi lì ad aspettarlo quando Joe Mack sarebbe arrivato.

Lui, Joe Mack, non aveva amici in Siberia. O almeno, nessuno che lui conoscesse. Immaginava che ci fossero dei dissidenti. Anzi, aveva sentito parlare di loro. In Siberia c'erano anche molte persone che aspiravano a un tipo di vita più libero e meno opprimente, ma questo non significava che fossero sleali verso il loro governo. Madre Russia, l'avevano chiamata sotto gli zar, e molti la pensavano ancora così. Potevano anche non approvare del tutto il loro governo, ma era *il loro* governo, e sapevano ben poco di buono sul conto dell'America.

Se fosse stato visto, lo avrebbero denunciato, catturato o ucciso. Anche se poteva esserci qualche persona comprensiva, o cordiale, lui non ne conosceva nessuna, né sapeva dove trovarle. Doveva considerare ogni uomo e ogni donna come un suo nemico.

Soprattutto, doveva pensare ad Alekhin.

Il trentaduesimo giorno della ricerca, Alekhin arrivò alla remota capanna di Alexei Vanjushin. Alexei, il cui compagno era andato a Chita, era solo, e fu lieto di ricevere un visitatore, anche se era uno jakut.

Alekhin era un uomo paziente La ricerca dell'americano fuggito si era estesa a tutta la Siberia per tre settimane prima che gli fosse ordinato di parteciparvi, eppure era rimasto a guardare e ascoltare per tutto quel tempo. Lo aveva divertito l'idea che l'americano fosse scomparso così completamente e che lui solo sapesse come e perché.

La ricerca era stata concentrata intorno alle città, lungo i confini, sul percorso della Transiberiana, dovunque tranne dove avrebbe dovuto concentrarsi. Alekhin rispettava Zamatev, anche se non lo apprezzava. Il russo era incredibilmente leale. Era anche crudele e assolutamente spietato, qualità che lo jakut comprendeva e ammirava. Zamatev aveva un solo neo: era Zamatev, ed era russo.

Un russo non pensava come uno jakut. Tanto meno pensava come uno sioux. Zamatev faceva tutte le cose giuste, ma in questo caso erano sbagliate, perché non capiva il modo di pensare dell'uomo a cui dava la caccia.

Quando lo jakut ricevette l'ordine di unirsi alla ricerca, sapeva che qualunque traccia di pista era stata cancellata dai piedi degli inseguitori, dalle automobili in corsa, e in genere dagli sforzi inutili.

Per catturare un prigioniero evaso bisogna pensare come un prigioniero evaso. E se questo prigioniero è un indiano, bisogna pensare come un indiano.

Alekhin non aveva fretta. L'americano non sarebbe riuscito a uscire dalla Siberia prima dell'inverno, e l'inverno probabilmente lo avrebbe ucciso. Non aveva senso affannarsi in tutte le direzioni. Prima bisognava decidere che cosa aveva fatto l'americano.

La ricerca iniziale era stata rapida e accurata, eppure l'americano non era stato trovato. Dunque, era già oltre i limiti della loro ricerca prima che questa cominciasse. L'americano era stato un atleta, quindi sapeva correre, e così aveva fatto.

La prima ricerca era fallita, la caccia successiva aveva impiegato un numero maggiore di soldati, ma del tutto ignari delle capacità dell'uomo che cercavano.

Lentamente, giorno dopo giorno e con cura meticolosa, Alekhin aveva perlustrato la regione circostante. Aveva visitato tutti i campi di cercatori, parlato con cacciatori e pescatori, con barcaioli e ispettori, e non aveva appreso nulla di significativo, fino al giorno in cui raggiunse il remoto campo di Vanjushin.

Vanjushin preparò il tè. Era un giovane geologo e ingegnere minerario che aveva trovato un'importante zona mineraria e la stava saggiando da solo. Almeno, fino al punto in cui avrebbe potuto passare le consegne a un ingegnere competente nello sfruttamento delle miniere e ai minatori. Amava lavorare nelle zone selvagge, e una volta impiantata questa miniera sarebbe partito per scoprirne un'altra.

— Oh, mi ricordo quel giorno, come no! Era il giorno che Paul andò in città, o forse quello dopo. Mi ha lasciato solo per quasi due settimane, e quasi senza provviste. — Si accigliò. — Credevamo di averne di più, ma ci trovammo a corto. Almeno, io mi ci trovai.

— Vuoi dire che ti sono mancate delle provviste?

— Oh, no! Non proprio. — Accennò alle mensole, con le loro file ordinate di scatolette. — Pensavo che ne avessimo di più. Credevo che le scatolette fossero disposte su tre file, ma non era così.

Alekhin guardò fuori dalla finestra. Aveva un'aria sonnolenta. — Paul andò in città quel giorno? E tu cosa facesti?

— Andai a lavorare, naturalmente. Stavo facendo una perforazione sulla parete della galleria. Qui non abbiamo energia elettrica, quindi è tutto lavoro a mano.

Alekhin spinse verso Vanjushin la sua tazza da tè vuota. — Allora nella capanna non c'era nessuno?

Vanjushin si strinse nelle spalle. — Non c'era motivo perché ci fosse. Stavamo spesso fuori tutti e due a lavorare, ma non c'era nessuno in giro che potesse rubare qualcosa.

— Ma vi sono mancati dei viveri in scatola.

— Oh, quello è stato solo un errore di calcolo! Probabilmente è stato Paul a metterli sulle mensole. Avevamo una dozzina di scatolette di pesce. Era pesce del Baikal. Il mio preferito. — Si strinse nelle spalle. — Forse l'ha mangiato lui.

— Certi uomini lo fanno. Ho conosciuto soldati che razziavano i viveri. — Alekhin bevve un sorso di tè. Faceva caldo, qui fuori al sole; un'altra di quelle giornate incredibilmente limpide per le quali la zona della Jakuzia andava famosa. — Avete perso altro?

— No, non proprio. — Vanjushin corrugò la fronte. — Ora che ci penso, sì. Ho perso il mio coltello. Il mio coltello preferito. Ma è stato Paul! Usa sempre le cose senza rimetterle al loro posto.

Vanjushin preparava un tè eccellente, rifletté Alekhin. Un tè eccellente. I suoi occhi scrutarono i pendii ricoperti di alberi, poi tornarono sulla capanna. Finì il tè e poi si alzò.

Vanjushin levò gli occhi su di lui. Dio, com'era grosso quell'uomo! Non alto, solo grosso. Era largo di spalle e di torace e robusto, ma non grasso. Si muoveva con l'agilità fluida di un provetto ballerino. Vanjushin aveva conosciuto uomini simili in passato, ma non spesso. La loro caratteristica era la potenza.

Gli occhi di Alekhin percorsero di nuovo la capanna. — Comoda — osservò — ma non è posto per passarci l'inverno.

— No, per quello scenderò a Chita. Potrei addirittura spingermi a Irkutsk. — Anche Vanjushin si alzò. — Spiacente di non poterti essere utile.

Gli occhi di Alekhin si posarono sui vecchi indumenti appesi ai chiodi infissi nella parete di tronchi. Alcuni erano molto impolverati. Se fosse sparito qualcosa di lì, quanto tempo sarebbe passato prima che se ne accorgessero?

— Mi sei stato utile — disse Alekhin. — E grazie per il tè.

Uscì all'aperto, guardò le colline e sorrise. Ora sapeva.

Alekhin non sorrideva spesso, ma ora sapeva non soltanto la direzione presa dall'americano, ma anche qualcosa sull'uomo che era. Aveva rubato il cibo con tanta abilità che Vanjushin non se n'era accorto, e probabilmente aveva preso anche qualche indumento caldo. Il coltello era stato la sua unica mossa falsa, ma quella era stata una necessità. Un uomo può sopravvivere con un coltello. Un uomo davvero in gamba non ha bisogno di altro. Certo, poteva sbagliarsi, ma Alekhin era sicuro. Il suo istinto gli diceva che Makatozi era passato di qui.

Alcune ore dopo era seduto nell'ufficio del colonnello Zamatev.

— A est? Quell'uomo è pazzo! È troppo lontano! Farà troppo freddo! Perché non in Cina? Quella è la via logica, la via facile.

Alekhin fissò Zamatev con i suoi occhi dalle palpebre pesanti, occhi che sembravano privi di espressione, privi di emozione. — È un uomo dei boschi, un uomo delle solitudini. Lei non lo prenderebbe mai.

Zamatev provò un impeto d'ira. Alekhin presumeva troppo, contando sui loro anni di collaborazione. Come osava lo jakut dire questo *a lui*? Che cosa gli era preso?

— È indiano. Per catturare un indiano lei deve pensare come un indiano.

— Bah! È un uomo civile! Un ufficiale nell'aviazione del suo paese! Si è laureato all'università!

— È un indiano. — Lo jakut si mise la mano sul cuore. — Lo sento qui. Qualunque altra cosa sia diventato, è sempre un indiano.

— E allora? Lei lo capisce, allora? Che cosa farà adesso?

— Tenterà di fuggire. Vivrà come un indiano. Se verranno i guai morirà da indiano, ma prima cercherà di fare un'altra cosa.

— Che cosa?

Lo jakut guardò il colonnello Zamatev, e non senza soddisfazione. — La ucciderà — disse.

6

Il giorno che Alekhin bevve il tè nella capanna di Vanjushin, Joe Mack era accovacciato sotto un abete rosso a circa ottanta chilometri di distanza. Il pino faceva parte di una vasta pecceta, su una catena montuosa che sovrastava il fiume Kalar.

L'ultima delle scatolette di pesce era finita, e lui aveva disposto alcune trappole realizzate con i lacci sotto la sterpaglia, non molto lontano. Ora stava osservando il fiume.

Come possibile via di fuga non sembrava una scelta allettante: la corrente era forte e lui avrebbe dovuto risalire controcorrente. La soluzione migliore era procedere lungo il fianco della montagna, lasciandosi guidare dal corso d'acqua senza il pericolo di incontrare qualcuno sul fiume o sulle rive.

Finora aveva avuto fortuna, ma non poteva durare. Il cibo era stato insufficiente, ma lui era abituato a patire la fame. Molte volte da ragazzo, sulle montagne, aveva vissuto di quello che riusciva a cacciare, catturare con le trappole o raccogliere nella foresta. Doveva prepararsi a farlo di nuovo.

L'avanzata lungo il fianco della montagna sarebbe stata lenta, ma poteva tenersi al coperto e dubitava di incontrare qualcuno nella foresta.

C'erano dovunque tracce di animali, per lo più di cervi o alci, ma erano comuni anche le tracce di lupo, e due volte si era imbattuto nelle impronte di un grosso orso.

Le sue trappole improvvisate non avevano catturato niente nel tempo che poteva concedersi, così recuperò i suoi lacci da scarpe e riprese la marcia lungo la montagna. Di tanto in tanto trovava bacche di gaultheria, e ne raccoglieva alcune lungo il cammino. Servivano ben poco a placare la sua fame, ma avevano un gusto piacevole e gli davano l'illusione di mangiare qualcosa di buono.

Da un pioppo tremulo tagliò una striscia di corteccia, grattando via i tessuti morbidi fra la corteccia e il legno. Masticò la polpa succosa e carnosa, come aveva fatto spesso da ragazzo, e proseguì.

Non si faceva illusioni. Zamatev non avrebbe mai rinunciato alla ricerca, e aveva alle spalle tutta la potenza dell'Unione Sovietica, e tutte le risorse che poteva mobilitare in fatto di uomini, aerei, automobili ed elicotteri, tutti collegati via radio. I servizi dell'esercito dovevano essere in stato di allerta e le agenzie civili mobilitate, e la sua descrizione doveva essere stata trasmessa. E l'inverno era in arrivo, con il suo freddo terribile.

Il suo unico vantaggio era che non sapevano dove si trovava e quindi non potevano concentrare la ricerca. Una volta che l'avessero saputo, le sue probabilità si sarebbero ridotte almeno della metà.

L'aria era limpida e fresca. Il sole era luminoso. La Siberia aveva pochissima pioggia e ancor meno neve e, almeno in questa zona, le nuvole erano rare. Eppure su una catena montuosa, da qualche parte davanti a lui, erano state registrate le temperature più basse al di fuori dell'Antartico.

Finora aveva viaggiato lentamente, nascondendosi quando avvertiva dei movimenti, evitando qualsiasi traccia della presenza umana. Dormiva a tratti quando il sole era caldo, ma la temperatura si stava abbassando. Doveva fermarsi presto, così come doveva catturare qualche animale per ricavarne le pelli. Avrebbe avuto bisogno di abiti.

La valle del Kalar si restringeva in un canyon, e Joe Mack, barcollante e sul punto di crollare per lo sfinimento, si appoggiò al tronco di un albero morto e guardò il fiume in basso, ad alcuni chilometri di distanza. Ogni tanto poteva scorgere uno scintilliò d'acqua, non di più.

Non sarebbe dovuto essere stanco, ma la mancanza di cibo stava minando persino la sua grande forza. Dal momento della fuga aveva percorso, calcolò, almeno duecentoquaranta chilometri. Per la maggior parte del tempo aveva sofferto il freddo e la fame, sostentandosi a malapena con il cibo che riusciva a trovare. Doveva fermarsi. Doveva recuperare le forze. Doveva prepararsi all'inverno.

Nei giorni precedenti era sopravvissuto nutrendosi di bacche, raschiando la corteccia dei pioppi tremuli, mangiando alcune pernici bianche che aveva ucciso, un certo numero di scoiattoli, una marmotta e i pesci che aveva infilzato.

Rimase a lungo fermo a fissare il fiume con aria stanca; poi lentamente voltò la testa per scrutare la zona circostante.

La parete rocciosa alle sue spalle era oscurata da un folto, quasi impenetrabile manto di abeti rossi orientali. Sotto di lui, gruppi di betulle e pioppi tremuli ricoprivano il pendio, e un rivolo d'acqua correva fra le rocce verso il fiume, molto in basso. Stava distogliendo la testa quando qualcosa attirò la sua attenzione. Sotto gli abeti rossi, le ombre sembravano insolitamente nere. Guardò ancora, poi si avvicinò e s'inginocchiò. Dietro il folto di abeti rossi sembrava aprirsi una caverna.

Strisciando sotto i rami più bassi, si ritrovò in una cavità profonda circa tre metri e larga altrettanto. Qui, almeno per un po' avrebbe potuto riposare.

Fuori, più volte nelle ultime ore, aveva visto gli escrementi di una pecora di montagna o di un cervo. Erano molto simili.

Se fosse riuscito a uccidere una pecora di montagna avrebbe avuto al tempo stesso la carne e la pelle.

La lancia che si era costruito era adeguata, ma niente di più. Quello che gli occorreva era un arco con alcune frecce. Anche se avesse avuto un fucile, sparare gli avrebbe fatto più male che bene, dato che il suono avrebbe attirato sicuramente l'attenzione. Poteva anche costruirsi una fionda. Molti indiani avevano usato la fionda, e lui era esperto nell'usarla fin da bambino.

Il nonno era stato un uomo brusco e gentile al tempo stesso. «Impara a vivere della terra» gli aveva detto. «I tuoi antenati lo hanno fatto, e puoi farlo anche tu. Impara a conoscere le radici, le foglie, le noci e i semi. Ora non devi vivere così, ma chi può sapere che cosa ha in serbo il destino?»

I grandi uomini della sua fanciullezza non erano stati George Washington o Abramo Lincoln, né Jim Thorpe o Babe Ruth, ma Nuvola Rossa, Cavallo Pazzo, Gall e una dozzina di altri. Dalla nonna aveva sentito le storie di spedizioni di guerra indiane, di scorrerie contro gli arikara, i kiowa, i crow e gli shoshone. Per tutta l'adolescenza era stato incantato dai racconti dei grandi guerrieri della nazione sioux, degli scalpi presi, di uomini che preferivano morire piuttosto che arrendersi.

Ogni estate, quando la scuola finiva, era andato con parecchi compagni nei boschi, dove avevano vissuto come facevano un tempo gli indiani, dove avevano cacciato, messo trappole e vissuto dei frutti della terra, come era stato loro insegnato.

Dormì nella caverna, tremando di freddo accanto a un fuocherello, e quando giunse l'alba capì che doveva restare qui finché non avesse ucciso animali che gli fornissero cibo e indumenti. Doveva fabbricarsi un arco e le frecce. Nel frattempo, preparò una fionda e raccolse pietre con cui armarla.

Alimentò il fuoco con pezzetti di corteccia e poi aggiunse ramoscelli più grandi. Poi, armato di lancia e fionda, uscì sul pendio della montagna.

Prima ascoltò a lungo e con attenzione per udire suoni che non fossero quelli della taiga, come veniva chiamata la foresta in Siberia. Raggiunse un punto di osservazione e guardò il fiume, ma non vide niente. Rimase assolutamente immobile, con tutti i sensi all'erta. Aveva bisogno di carne e di abiti. Aveva anche bisogno di tendini, per farne la corda dell'arco. Ai vecchi tempi, questa era fatta di tendini presi dalla spalla del bisonte, o poco più giù. Ora doveva arrangiarsi. C'erano delle renne selvatiche nelle valli e lungo i pendii. Finora ne aveva viste due, ma non aveva un'arma per ucciderle. La lancia avrebbe funzionato se fosse riuscito ad avvicinarsi abbastanza, e perfino la fionda, se la distanza era giusta e se riusciva a lanciare con sufficiente precisione.

Lentamente, i minuti passavano, e lui attendeva, osservando. Passò un ghiottone, ma lui non aveva nessuna voglia di attaccare una creatura così formidabile e inutile. D'altronde, la pelliccia poteva essere utile e in un'altra occasione...

Un enorme orso trotterellò pesantemente giù dalla montagna, tenendosi al riparo dei pioppi tremuli, molto più in basso del punto in cui era seduto lui. Anche stavolta non aveva un'arma adeguata con cui affrontare una bestia simile. Eppure era il grasso che gli occorreva, e quell'orso ne era ben provvisto.

Joe Mack rabbrividì nell'aria gelida del mattino. Ormai era agosto, la Luna delle Prugne Mature, ma il mese volgeva già al termine, e si stava avvicinando il Tempo delle Foglie Gialle.

Poco prima che il sole fosse alto, uccise una volpe azzurra, la scuoiò e arrostì la carne sul fuoco. Tese la pelle e la ripulì. Poi la lasciò tesa nella caverna e tornò a sorvegliare la pista.

Il giorno dopo scese al fiume e fiocinò tre pesci. Riportandoli indietro, s'imbatté in una piccola conca dove l'aria era più calda, e c'era persino un lieve cambiamento nella vegetazione. Sulle montagne si formavano di tanto in tanto minuscoli microclimi come questo, punti che grazie a qualche circostanza fortuita erano più caldi o più freddi dell'ambiente circostante. Cacciando nei boschi, si era imbattuto in parecchie piante che erano più tipiche della Manciuria o del Giappone, che della Siberia. Improvvisamente all'erta, lui cercò con cura e trovò una mezza dozzina di frassini. Dal lato all'ombra di uno di essi, tagliò un ramo che secondo lui poteva diventare un buon arco, poi tornò verso la caverna seguendo un percorso tortuoso.

Per tutto il giorno seguente lavorò al suo arco, levigandolo con i bordi taglienti delle pietre e sfrondandolo con cura. A tratti tentava di piegarlo. Praticò due tacche nella parte inferiore, una in quella superiore.

Eppure era preoccupato. Stava restando troppo a lungo nello stesso posto, e non poteva evitare di lasciare tracce della sua presenza.

Il quinto giorno uccise una pecora da montagna, la scuoiò, fece una buona cena e si mise al lavoro per preparare la pelle. A mezzogiorno, stanco del lavoro uscì all'aperto e sedette sulla sua roccia, osservando il fiume.

Sentì il rumore prima di afferrarne il significato. Ascoltò guardando il fiume, e infine un battello a motore entrò nel suo raggio visivo. Anche se era troppo lontano per distinguerne il carico, sembrava pieno di uomini. Poi, mentre il battello passava scorse il riflesso del sole sulle canne dei fucili.

Soldati! Almeno un plotone!

Preoccupato, ritornò alla sua caverna. Allora avevano scoperto dov'era? Si era tradito in qualche modo? Questa era una squadra di ricerca o un normale avvicendamento di truppe?

Alla seconda ipotesi non poteva credere. Qui non c'era nessun confine da difendere, nessuna fortezza, nessun campo. Un gruppo così piccolo non poteva compiere delle manovre, quindi dov'erano diretti?

Tagliando a strisce sottili la carne della pecora di montagna, l'affumicò e la fece essiccare, ripulendo nel frattempo alcuni tendini e intrecciandone tre per farne una corda per l'arco. Poi prese l'arco, con la corda non ancora pronta all'uso, e la sua provvista di carne avvolta nella pelle, e risalì la montagna.

Lasciando la riva del Kalar, si diresse a nord seguendo una cresta che sovrastava un ruscello, viaggiando in direzione nord-est. Non si fermò né per cacciare né per riposare, ma continuò a muoversi, tenendosi al riparo delle foreste e delle sporgenze rocciose. A sera era sicuro di aver percorso almeno trenta chilometri, e quella notte si accampò vicino a un enorme albero caduto, all'aperto e senza fuoco. Al mattino rimosse accuratamente ogni traccia della sua presenza e sollevando manciate di foglie lasciò che il vento lieve le sparpagliasse sul punto in cui aveva dormito.

Superando una forcella fra la cima più alta e una lunga cresta montuosa, cominciò cautamente a scendere verso la valle. Trovato un riparo in un folto bosco di abeti rossi, si mise al lavoro sulla pelle di montone per farne un panciotto, usando il cuoio grezzo come filo per cucire. Fu un lavoro lento e penoso, ma dal punto in cui era seduto godeva di una buona visuale del fianco della montagna, e poteva lavorare e fare buona sorveglianza.

Non voleva abiti pesanti, ma parecchi strati di indumenti leggeri, che conservassero il calore del corpo e consentissero al tempo stesso la libertà di movimenti a tutte le membra.

Prima che calasse il buio, si spostò lungo il pendio della montagna, scendendo fra i pioppi tremuli, dove trovò un boschetto in cui erano cadute molte foglie. Là si addormentò, un campo asciutto, senza fuoco.

Quando si svegliò, vide non lontano, in basso, parecchie torri di una centrale elettrica, o qualcosa di simile e un villaggio. Era abbastanza vicino da distinguere persone che si muovevano, ma non da capire chi erano o cosa facevano. Si addentrò di nuovo nel folto della foresta, procedendo lungo una cresta ripida dove si accampò di nuovo. Là, nascosto fra rocce e alberi, continuò il suo lavoro sul panciotto di montone e sull'arco. Ora cominciò a cercare il tipo di legno adatto per le frecce. La corda che aveva non gli piaceva, ma avrebbe dovuto accontentarsene finché non trovava di meglio.

Studiando la scena in basso, scorse delle persone muoversi lungo quella che sembrava una strada, e in lontananza, a sud, vide un sottile filo di fumo levarsi da quello che poteva essere un villaggio. Dove c'era un villaggio dovevano esserci dei cani. Dal punto in cui si trovava, poteva vedere il Kalar curvare verso il sud e poi puntare di nuovo a nord. Doveva assolutamente riattraversare il fiume, e l'idea non lo attirava affatto. Traversare un fiume significava esporsi a possibili osservatori, a parte il disagio di bagnarsi con un tempo che diventava sempre più freddo.

Salendo, avanzò lungo la montagna all'ombra della catena montuosa e si diresse a est, tentando di restare al coperto. Qui, però, gli alberi erano radi e gran parte del pendio era esposto.

Ormai le notti si stavano allungando. Proseguì, inciampando ogni tanto, stanchissimo.

Alla fine si sedette, incapace di continuare senza riposarsi. Era appoggiato a una roccia, seminascosto da un cespuglio e da un albero che cresceva nei pressi. Il sole stava sorgendo e persino quel lieve calore era piacevole. Addossò la schiena alla roccia. I suoi occhi si chiusero.

Se avesse fatto ancora una quindicina di metri, avrebbe trovato un sentiero, un sentiero appena tracciato, ma pur sempre un sentiero.

A circa tre chilometri dal punto in cui si trovava, scorreva dal nord il fiume Kalar, il fiume che lui temeva di attraversare. E qualche chilometro più in là c'era un altro fiume, ancor più largo e molto più pericoloso.

Giorni e giorni di movimento incessante con troppo poco cibo e poco riposo lo avevano intontito di stanchezza. Piano piano, i suoi muscoli si rilassarono, una volta i suoi occhi si aprirono quasi per metà, e poi si addormentò.

Un vento gelido ululava fra gli abeti; una foglia secca volteggiò sul sentiero e finì per adagiarsi al suolo. Un tordo di montagna si posò su un ramoscello e poi volò lontano di qualche metro.

Sul sentiero si udì un lieve scalpiccio, e comparve un uomo. Era un uomo basso e robusto, largo tanto quant'era alto, un uomo con un logoro berretto di pelo, una pelliccia rosicchiata dalle tarme e pantaloni pesanti infilati negli stivali dall'aspetto goffo. Stava per superare una lieve curva nel sentiero quando vide un piede.

Si fermò, guardandosi cautamente intorno. Nessun altro. Nessun vicino, almeno. Si rimise in ascolto e sentì un lieve russare. Di sotto il pastrano prese un AK-47 e l'arma scintillò. I suoi vestiti erano logori, ma non c'era niente di logoro nel fucile.

Aggirando l'albero, vide un uomo addormentato addossato a una roccia, un uomo emaciato e stanco. Vide l'involto di carne affumicata, la lancia, la fionda e l'arco senza corda e senza frecce.

Yakov si mise a sedere in silenzio su una roccia di fronte all'uomo addormentato. Poi raccolse un sassolino e lo lanciò sul viso dell'uomo.

Joe Mack si svegliò con un sussulto, ma con tutti i sensi all'erta. I suoi occhi, aprendosi, guardarono nella canna dell'AK-47.

7

Le guance dell'uomo erano flaccide e lui sembrava grasso, ma Joe Mack non si lasciò ingannare. Aveva già visto uomini del genere e sapeva che quello che sembrava grasso era la muscolatura naturale di un uomo estremamente possente, forte per natura, la cui forza era nata con lui.

I due si squadrarono per un attimo, e poi l'uomo parlò in quello che Joe Mack sapeva essere russo, anche se non conosceva che poche parole di quella lingua.

— Non parlo il russo — replicò.

Con sua sorpresa, la faccia dell'uomo si illuminò di allegria. — *Engless!* — esclamò stupito. — *Spik Engless!* — L'AK-47 non tentennò. — Chi sei?

— Sono un americano — disse parlando lentamente — in viaggio in questo paese.

Gli occhi dell'uomo lo squadrarono con intenzione. — E questi vestiti? Sono da turista?

Joe Mack improvvisamente sorrise e il viso dell'uomo si illuminò di nuovo. — Turista alla maniera difficile — rispose.

Per un momento l'uomo ci rifletté sopra, poi sorrise di nuovo. — Come mai sei qui? È un posto isolato.

Joe Mack era perplesso. Quest'uomo non era un soldato, eppure portava un AK-47 e dava tutta l'impressione di essere pronto ad usarlo. I suoi abiti erano raffazzonati, i modi diffidenti come i suoi. Anche quest'uomo era un fuggiasco?

— È meglio viaggiare nei posti isolati — parlò di nuovo lentamente. — Mangio quello che offre la terra.

Gli occhi dell'uomo lo scrutarono. — Io sono Yakov — disse.

— Io sono Joe Mack — rispose lui.

— Dove vivi?

— In America. Finché ci ritornerò, vivo come posso, dove posso. Presto verrà l'inverno. Non ho una casa per l'inverno.

— Ah sì?

Yakov era distante tre metri, e l'AK-47 non oscillava. Non ce l'avrebbe mai fatta a coprire quei tre metri e mettere le mani su quel fucile senza beccarsi quattro o cinque pallottole, e l'uomo non era un idiota.

— Perché non scendi là — Yakov indicò con la mano il villaggio distante.

Joe Mack decise di correre il rischio. Dopo tutto, che cosa

ci faceva Yakov sulle montagne con un AK-47? — Mi metterebbero in una casa con le sbarre.

— Ah! Un americano! Un prigioniero? In Siberia? La Russia non è in guerra con l'America.

— No? — Joe Mack inarcò un sopracciglio. — Vai a raccontarlo al colonnello Zamatev.

All'istante l'atteggiamento dell'uomo cambiò. — Zamatev? Dici Zamatev? — Per la prima volta, la canna dell'arma si abbassò. — Dove dici Zamatev?

— A ovest di qui, molti chilometri. Ero suo prigioniero.

— Tu fuggito? Lui ti cerca?

— Mi cerca.

Yakov rimase in silenzio chiaramente riflettendo. Indicò il rozzo panciotto di pelle di montone. — Tu fai?

— Sì.

Yakov indicò il bastone ricurvo. — Cos'è quello?

— Un arco. Sto fabbricando un arco. Poi farò le frecce. Ho bisogno di cacciare. — Joe Mack sollevò la fionda, e l'AK-47 puntò nuovamente su di lui. — L'arco sarà meglio di questa.

— Come uccidi montone?

Joe Mack indicò la fionda. Prese dal suo involto un pezzo di carne di montone essiccata e affumicata. Lo porse a Yakov. — Ti piace? È montone.

Yakov accettò, e Joe Mack ne prese un altro pezzo dall'involto. Masticarono in silenzio.

— Non sembri americano.

— Sono un indiano, un pellerossa.

— Ah! Io vedo indiani in film. Cinema.

— Non sono un indiano del cinema — ribatté irritato Joe Mack.

Yakov si guardò attorno. — Presto freddo, molto freddo. — Esitò. — Anch'io evaso. Evaso tre anni fa.

— Tre anni? — Joe Mack lo studiò con rinnovato interesse. — Come vivi?

— Vivo.

Esitò, come se riflettesse. — Mio padre — disse — era lituano. È esiliato in Siberia. Mia madre è donna tungus. — Yakov lo guardò. — I tungus sono popolo delle renne. Si alzò. — Penso che dobbiamo andare.

Joe Mack lo imitò. — Io viaggio solo.

Yakov parlò di sopra la spalla. — Viene il freddo, tu muori. Ci vuole molto cibo per resistere al freddo. Meglio venire con me.

A malincuore, diffidente, Joe Mack lo seguì. Yakov si mise

in marcia di buon passo, ripercorrendo il sentiero da cui era venuto. Un attimo dopo si mise al trotto, girandosi una volta per vedere se Joe Mack gli teneva dietro.

Corse per un'ora poi Yakov rallentò e cominciò a camminare. — Il Kalar — indicò.

Il fiume scorreva di fronte a loro a circa quattrocento metri di distanza. Ora Yakov si muoveva con una cautela che eguagliava la sua, mentre avanzavano fra gli alberi verso la sponda del fiume. Lì, nascosta con cura, Yakov teneva una canoa.

Attesero in una piccola insenatura, nascosta fra le canne. A un ordine, Yakov affondò la pagaia e Joe Mack seguì il suo esempio. In meno di venti minuti erano sulla riva opposta e nascondevano la canoa in un punto noto a Yakov; poi lui fece strada fra il sottobosco.

Giunto a una radura, si fermò. — A est c'è l'Olekma. Grande fiume. Molto pericoloso da traversare. Troppe persone, barche. A volte nessuno, quindi meglio aspettare.

Tracciò uno schema nel terreno argilloso, lo schizzo di una strada e punti di riferimento ancora più a est. — Qui — puntò un dito sulla mappa — c'è gente come me, come te. Se piaci a loro, resti col freddo. Se non piaci, vai.

Si alzò in piedi. — Ora torno indietro. La strada è lunga. Tu dici il mio nome. — Scrollò le spalle. — Non so. È una donna che dice sì o no. — Salutò con la mano. — Vai.

Joe Mack si alzò e lo guardò allontanarsi, ma Yakov non si voltò indietro. Lui guardò ancora una volta la rozza mappa tracciata nell'argilla; poi la cancellò.

Yakov che strano tipo. Aveva traghettato Joe Mack oltre il fiume, gli aveva indicato la strada e poi era tornato a fare quello che aveva in mente, qualunque cosa fosse. Tutto quello che gli serviva era un AK-47.

Una donna che dice sì o no? Che genere di donna? Aveva letto di donne russe belle, ma quello era stato ai tempi degli zar. Le uniche donne russe che aveva conosciuto erano state atlete la cui femminilità era incerta, a dire il meno. Ne aveva viste altre in fotografia, ma con gli abiti che portavano era difficile dire se erano attraenti.

In ogni caso, quello era un ponte sul quale non aveva intenzione di passare. In qualche punto a est avrebbe trovato rifugio e in qualche modo avrebbe superato l'inverno.

Yakov lo aveva portato al di là del fiume, e di quello gli era grato. Ora doveva sopravvivere, e quella sera vicino al suo fuoco da campo lavorò all'arco, assottigliandolo leggermente, provandolo di tanto in tanto con l'espediente di piegarlo sopra il ginocchio. E quella notte fece freddo, tanto, tanto freddo. Appena un assaggio di quello che doveva venire.

Al mattino preparò le frecce, scegliendo con attenzione il legno leggero, raddrizzandole e levigandole. Due giorni dopo ripartì, portando le frecce in una rozza custodia fino al momento in cui avrebbe potuto farsene una migliore.

Davanti a lui, in qualche posto c'era il fiume Olekma e lui ne conosceva il nome. Spesso si era trovato vicino ad aviatori che conoscevano o avevano studiato la Siberia.

Sapeva che quattro dei maggiori fiumi del mondo avevano origine in Siberia: l'Ob, lo Jenisei, la Lena e l'Amur. Sapeva che gli Stati Uniti avevano una superficie di quasi otto milioni di chilometri quadrati, ma la Siberia era vasta più di tredici milioni di chilometri quadrati, ed esistevano vaste zone ancora quasi sconosciute, tranne alle popolazioni indigene.

Nell'ossidiana, trovata la seconda sera dopo che aveva lasciato Yakov, intagliò punte di freccia che erano capolavori nel loro genere. Mentre lavorava, osservava il paese. Dovunque si fermasse, doveva stare all'erta, osservare il territorio, notare ogni sottile cambiamento dell'aria o del vento.

Eppure ora, per la prima volta da quando aveva lasciato casa sua da bambino per frequentare la scuola, si sentiva solo. Non provava il desiderio di compagnia, ma di qualcos'altro, sentiva un anelito indefinibile, l'istintivo bisogno di protendersi all'esterno, una strana sensazione di vuoto.

Guardò oltre la vastità che si stendeva ai suoi piedi, dalle montagne brulle e gelide che sorgevano intorno a lui, oltre la foresta, fino alle nude lame di roccia che si protendevano verso il cielo, e provò di nuovo quel senso di nostalgia.

Se fosse morto stanotte, chi lo avrebbe ricordato? Chi avrebbe seppellito il suo corpo? Bruciato la sua carne? Sarebbe stato abbandonato ai lupi e ai ghiottoni, agli avvoltoi e alle formiche. Sarebbe venuto e passato, e dietro di sé non avrebbe lasciato niente che lo ricordasse. Non aveva moglie, né un figlio, né una figlia.

Era ciò che uno sioux veniva allevato per essere, un guerriero. Delle quattro virtù che si richiedevano a un guerriero ne aveva due, coraggio e fortezza. Aveva anche generosità? E saggezza?

Quando era un ragazzo e uccideva per procurarsi la carne, non c'erano altri con cui dividerla. Eppure quando era partito per la scuola aveva lasciato il suo cavallo preferito a un amico. All'università, a parte quelli con cui giocava a football o usciva ad allenarsi, era stato solo. Grazie alle sue vaste letture e alla guida del nonno, era stato uno studente capace e pronto. Aveva imparato in fretta ed era stato anche diligente. Sapeva che le donne erano attratte da lui, e ballava bene, ma non si era sentito attirato da nessuna ragazza in particolare. Si era tenuto molto in disparte, e ad ogni vacanza era scomparso fra le montagne. Non aveva provato nessuna ostilità per l'uomo bianco. Avevano avuto armi superiori e strategia migliore, e lui lo riconosceva. L'uomo bianco aveva occupato la terra, ma i sioux avevano tolto le Colline Nere ai kiowa, e questi a loro volta le avevano prese ad altri.

Era immensamente orgoglioso e camminava eretto, fiero di essere un indiano e fiero del suo posto nel mondo dell'uomo bianco. Aveva capito fin dall'infanzia che sarebbe diventato un soldato; il volo era venuto in seguito. Aveva scoperto di avere una comprensione immediata delle esigenze del volo e un'istintiva capacità di apprezzare un apparecchio messo a punto. Gli piaceva volare e gli piaceva eseguire i collaudi. Amava portare un apparecchio al massimo del suo rendimento e ancora più in là, e le sue capacità e il suo orecchio gli consentivano di individuare la minima debolezza o tendenza alla debolezza.

Aveva capito subito perché i russi lo avevano catturato, ed era deciso a non dare loro niente. La fuga era stata il suo primo pensiero, e si era tenuto pronto alla minima occasione. Il suo occhio aveva misurato la rete, la distanza dalla foresta, il tempo necessario. Aveva notato il sottile tubo e aveva pensato di usarlo come da ragazzo. Il tubo non aveva la flessibilità delle aste moderne, ma non era diverso da quelle usate nelle prime competizioni.

Aveva capito subito che cosa fare e come farlo. L'aiuto dell'inglese era stato un di più inatteso che aveva fatto tutta la differenza. Fuggire era una cosa, restare in vita un'altra. Se fosse morto o fosse stato ucciso prima di tornare in America, la sua sarebbe stata solo una vittoria a metà. Se fosse fuggito dalla Russia e sopravvissuto, avrebbe potuto contare sulla vittoria completa, un vero colpo.

Era rimasto ancora un po' di montone, ma doveva uccidere un altro animale. Ora, però, aveva arco e frecce.

Quando tornò il mattino, lui si alzò e si arrampicò sulla montagna, e gli spettri di Nuvola Rossa e Gall si addensarono intorno a lui. Forse c'erano anche le ombre di indiani ancor più antichi, quelli che avevano percorso per primi questa via per l'America, seguendo la selvaggina fuori dell'Asia, in quello che chiamiamo stupidamente il Nuovo Mondo.

Nuovo lo era per i primi europei, ma era antico, antichissimo per altri che erano venuti prima, e le piste che avevano lasciato erano piste antiche, sepolte tra le foreste, nascoste nel cuore della tundra.

Joe Mack, ufficiale e gentiluomo, era ridiventato un selvaggio come i suoi avi, compreso quel nobile scozzese i cui antenati avevano insanguinato i loro spadoni immergendoli nelle carni degli uomini dei clan nemici.

Quando venne la sera, scese verso un torrentello e abbatté una renna che era venuta ad abbeverarsi. Nel gelo della sera scuoiò l'animale, scelse i tagli di carne e li arrostì sul fuoco. Il resto della carne lo tagliò a strisce come aveva fatto la sua famiglia, e le fece essiccare su un piccolo fuoco, mentre fino a tarda notte, nel gelo, lui ripuliva la pelle tesa e tagliava i tendini dalla spalla della renna per farne un'altra, e migliore, corda per l'arco.

Sopra il piccolo fuoco, schermato dalle rocce e dagli alberi in modo che neppure un bagliore trapelasse, lui mormorò i canti del suo popolo, rosso e bianco, interrompendosi solo di tanto in tanto per ascoltare.

Si stava alzando il vento, il vento era gelido. Le stelle erano molto luminose, e a nord si scorgeva un accenno di chiarore nel cielo. Il vento gemeva tra i boschi di pini, agitando le foglie dei pioppi tremuli poco più in basso. Antichi spettri vagavano nella notte, chinandosi a scrutare il piccolo fuoco danzante, come faceva lui. Il fuoco era appena sufficiente per scaldarlo, ma le fiamme tremolanti gli parlavano della poesia del suo popolo.

Fuori nel buio, qualcosa si mosse, qualcosa di diverso dal vento, qualcosa di enorme e sinistro. — Vecchio Orso — disse Joe Mack a voce alta — torna là da dove sei venuto. Io voglio la tua carne, la tua pelle e il tuo grasso, ma non stanotte.

"Torna indietro, Vecchio Orso, e racconta ai tuoi orsacchiotti che stanotte hai visto un guerriero sioux e lui ti ha lasciato vivere perché aveva ucciso abbastanza per quel giorno."

Si svegliò in una mattinata fredda e grigia e riportò alla vita le sue ceneri spente, massaggiandosi i muscoli per riattivare la circolazione. Il vento che aveva ululato per tutta quella lunga notte ululava ancora, e i fiumi correvano a sud, spingendo in fretta le loro acque verso una terra più calda.

— Scaldati, mio corpo — disse Joe Mack — sopporterai di peggio!

Ripiegò la pelle di renna e raccolse arco e frecce.

Le scarpe che aveva ai piedi erano consumate e lacerate dalle rocce della pista. — Stasera — disse a voce alta a se stesso — mi farò dei mocassini.

8

Quella sera, spiegando la pelle di renna, disegnò il contorno di ogni piede. Lasciando il margine per i lati, ritagliò con cura le sezioni prescelte. Piegando verso l'alto i due lati, usò delle strisce sottili per cucirli insieme al tallone e poi sulla punta. Dopo averli provati, praticò dei fori per i lacci di cuoio grezzo.

Una pelle come quella che aveva davanti avrebbe fornito comodamente nove paia di mocassini. Ne confezionò soltanto quattro paia, sapendo che si sarebbero logorati facilmente, ma costretto a conservare il resto della pelle per ricavarne lacci di cuoio.

Per il freddo avrebbe avuto bisogno di calzature molto migliori, ma ci sarebbe stato tempo in seguito. I mocassini come questi, di pelle conciata alla bell'e meglio, non duravano molto, ma per il momento potevano andare. La pelle che aveva usato non era ben preparata a causa della mancanza di tempo e della necessità di spostarsi. Confezionati con un cuoio trattato come si deve, i mocassini sarebbero durati molto di più.

Al mattino, l'aria era limpida e fredda. Dal punto in cui era seduto, i suoi occhi potevano spaziare su una vasta zona del paese. Era una terra di foreste, interrotta da basse montagne scabre e larghe distese di paludi. A causa delle paludi, le vie di transito sarebbero state in una certa misura obbligate, quindi doveva muoversi con prudenza ancor maggiore.

Joe Mack aveva scartato la sua lancia, conservando l'arco e la faretra di frecce, oltre alla fionda e a una piccola riserva di sassi della misura adatta. Il coltello che aveva rubato era di buona qualità.

Lui era rimasto di proposito nelle terre alte, seguendo il margine della foresta all'altezza della legna da taglio. Aveva trovato di rado tracce umane, tuttavia mentre procedeva si era formata in lui la certezza che se voleva sopravvivere all'inverno doveva dirigersi più a sud, nonché a est. A sud si stendeva la regione dell'Amur, dove ci sarebbe stata più selvaggina, ma anche un rischio maggiore di essere scoperto.

Era mezzogiorno quando si mosse, ma prima seppellì le suole e i tacchi logori dei suoi stivali. La loro scoperta poteva rivelare la sua presenza.

A est c'era l'Olekma, un fiume largo. Yakov aveva detto che traversarlo poteva essere pericoloso, ma lui doveva traversarlo.

Secondo la mappa che Yakov aveva disegnato sul terreno, il fiume, che in questo punto scorreva da sud a nord, si trovava proprio di fronte a lui. In un punto più a sud l'Olekma descriveva una decisa curva a ovest, aumentando in ampiezza.

Yakov lo lasciava perplesso. Dove andava, armato com'era? Esisteva una resistenza armata antisovietica, in Siberia? Ne dubitava. Oppure era un ladro, associato con una banda di ladri? C'erano state delle rapine nell'Unione Sovietica, alcune delle quali molto drammatiche, ma a parte un articolo occasionale stampato sui loro giornali e riportato da giornali americani o europei, o informazioni spigolate da cronache di processi, lui non sapeva niente.

Si tenne al riparo degli alberi. La terra era coperta di aghi di pino e soffice sotto i piedi. Quando arrivò in vista dell'Olekma, studiò da una posizione elevata, fra gli alberi, quello che riusciva a vedere del corso d'acqua.

Sentì quasi subito il borbottio lontano di un motore, e poi comparve una lancia a vapore. Era diretta a monte, e trasportava almeno una dozzina di soldati.

Cercavano lui? Ma come potevano sapere dov'era? Aveva commesso qualche errore nel nascondere la sua presenza? Oppure questa era una ricerca a tappeto che copriva una vasta area? Proprio sotto i suoi occhi, il battello deviò verso la riva. Lui attese, poi guardò sbarcare i soldati. Cominciarono subito ad accamparsi.

Al sole faceva caldo, e Joe Mack si sedette a osservare i movimenti nel campo che si andava formando. Una dozzina di soldati... li ricontò... e un ufficiale, forse un sottufficiale. Poteva vedere il sole scintillare sulle loro armi. Se non davano la caccia a lui, certamente davano la caccia a qualcuno o a qualcosa.

Il battello a vapore, lungo non più di dodici metri, era ormeggiato a riva. Era troppo distante perché lui distinguesse i dettagli, ma ebbe l'impressione che fosse vecchio, forse un battello da tempo in servizio sul fiume. Doveva rimettersi in cammino, ma sperava di farsi un'idea della loro direzione. Tuttavia, una volta che fossero stati al riparo della foresta, lui non avrebbe potuto seguire i loro progressi.

Alzandosi e tenendosi sotto gli alberi, partì diretto a nord lungo il fianco della montagna. Sotto di lui, e non lontano dal punto in cui si erano accampati i soldati, due torrenti si gettavano nell'Olekma, uno per parte. Il vento era freddo e lui fu lieto di addentrarsi nella foresta e allontanarsi dalla direzione in cui soffiava. Avanzò serpeggiando fra gli alberi, attento a non spezzare rami e a non lasciare tracce evidenti. I suoi mocassini morbidi quasi non lasciavano tracce sul letto di aghi di pino.

Che cosa lo aspettava oltre l'Olekma non sapeva, ma gli stavano tornando pian piano alla mente notizie dimenticate da tempo... tratte da libri che aveva letto molto tempo prima o da conferenze informative dell'esercito.

Come superare l'Olekma?

Trovata una pista di animali, la seguì lungo il pendio, fermandosi di tanto in tanto ad ascoltare. Non sentì niente.

Quando ebbe camminato per più di tre chilometri, secondo la sua stima, si fermò a riposare e ascoltare. Mentre aspettava, masticò un po' della carne secca ricavata dalla pecora di montagna.

Se il gruppo di soldati stava dando la caccia a lui, ce ne sarebbero stati altri. In qualche modo aveva rivelato la sua presenza qui, o era stato visto.

Il fiume doveva essere sorvegliato. Traversare l'Olekma non sarebbe stato facile come traversare il Kalar.

Avrebbero cercato di prenderlo vivo? Non aveva importanza. Preferiva essere morto che di nuovo prigioniero. Ma se fosse riuscito a superare il fiume al buio? Le notti si stavano allungando. Sarebbe riuscito a trovare i mezzi, il modo?

Scese il pendio fra i pini, scegliendo un percorso diagonale sul fianco della montagna. Davanti a lui c'era un piccolo ruscello. Si fermò prima di avvicinarsi, per ascoltare ancora. Poi scese fino all'acqua e ne seguì il corso verso il fiume, fermandosi spesso ad ascoltare.

Era un uomo solo in un paese ostile, dove nessuno era suo amico. Doveva essere pronto a uccidere o essere ucciso.

Soprattutto, doveva rimanere in guardia. Anche se la terra dinanzi a lui era praticamente disabitata, c'era sempre la possibilità di imbattersi in un cacciatore o in un cercatore.

Se ricordava bene, i russi stavano costruendo una nuova ferrovia che attraversava il paese ai suoi piedi. La loro Transiberiana correva lungo l'Amur, troppo vicina alla Cina per i loro gusti.

Trovando una roccia sotto i larici, ben riparata alle spalle da una folta vegetazione, si sedette. Dalla roccia piatta poteva guardare in basso e oltre l'Olekma, per studiare il traffico. A quest'altezza, sul fiume c'era poco movimento. Studiò per mezz'ora la corrente, tutto quel che riusciva a vedere delle sponde e il terreno oltre il corso d'acqua. Oltre il fiume c'era una stretta fascia di quelli che sembravano alberi di basso fusto e cespugli, e ancora più in là il fianco brullo della montagna. Osservò le ombre addensarsi nelle gole sulla riva opposta, e gli sembrò di vedere una via che risaliva oltre la cresta montuosa offrendo un nascondiglio. Apparentemente c'era un fiumicello che scendeva dalle montagne di fronte a lui, scorrendo verso nord-ovest. Se fosse riuscito a seguirlo fino alla sorgente, vicino alla sommità della cresta, si sarebbe nascosto lì fino al momento di superare la sella montuosa.

Tornando nel folto degli alberi si stese a riposare, guardando in alto il tetto verde cupo formato dall'intreccio dei rami sempreverdi. Lentamente, i suoi muscoli si rilassarono e riuscì a riposare meglio. Stanotte doveva attraversare l'Olekma, correre fra gli alberi bassi per raggiungere il letto del torrente e poi puntare a sud-est seguendo il corso d'acqua verso la cresta.

E pensare che appena qualche settimana prima era partito in macchina dalla base aerea di Edwards per cenare con degli amici a Beverly Hills, pregustando i prossimi giorni in Alaska. Adesso era un prigioniero evaso, che fuggiva per salvarsi la vita nel cuore della Siberia.

Era alto un metro e ottantotto, e quando era partito per l'Alaska pesava ottantasei chili. Ora dubitava di pesare più di settantanove chili, e probabilmente sarebbe dimagrito ancora, prima che questa terribile prova fosse finita.

Le notti stavano diventando più lunghe e più fredde. Avrebbe avuto bisogno di abiti più caldi, e avrebbe avuto bisogno soprattutto di un posto in cui rintanarsi per aspettare la fine dell'inverno.

Ma dove? Come?

Poi si addormentò, e si svegliò al lieve agitarsi delle fronde vicine. Si mise seduto, tendendo la mano verso le sue armi.

Il movimento cessò. C'era qualcosa lì, che lo osservava. Si

alzò in piedi, prese l'arco e incoccò una freccia, aspettando. Non successe niente.

Il giorno era finito. Fra poco sarebbe stato buio. Ignorando chiunque si trovasse fra i cespugli, si allontanò, seguendo il ruscello in giù, verso l'Olekma. Un animale, pensò, forse un lupo in cerca di preda. Ma non in cerca di lui.

Il fiume gli fu davanti all'improvviso, con le sue acque scure che scintillavano nella penombra. C'erano molti salici lungo le rive, e alberi più grandi che non riuscì a riconoscere nella semioscurità. Guardò verso la riva opposta. Era un buon nuotatore, ma non eccezionale. Non aveva mai trascorso molto tempo nell'acqua. I torrenti di montagna della sua patria erano stati corsi d'acqua stretti, impetuosi, di rado profondi. Si guardò attorno cercando un tronco alla deriva, ma non ne trovò. C'erano detriti galleggianti ovunque, ma per lo più troppo leggeri per essere utili, a parte alcuni vecchi tronchi giganteschi che si erano arenati nel fango, con le radici allargate come immensi ragni neri.

Poi trovò quel che voleva. Stavolta era un'asse, una tavola di legno di misura standard lunga due metri e mezzo, strappata a qualche segheria o a qualche cantiere. Spinse in acqua l'asse, facendola scivolare sopra un tronco. Quando l'estremità cadde dal tronco, finì in acqua con uno scroscio.

Istantaneamente il silenzio della notte fu lacerato dal maligno abbaiare di un grosso cane, non troppo distante.

Un'abitazione vicina? Non ne aveva visto nessuna traccia. Eppure all'improvviso, a meno di quindici metri, un rettangolo di luce si disegnò nel buio mentre una porta si apriva. Una voce burbera impose al cane di tacere.

L'uomo si mise in ascolto; poi ammonì il cane in tono più calmo e rientrò in casa.

Joe Mack attese che il cane tornasse a stendersi davanti alla porta. Quindi, con cautela, si tolse il panciotto e la felpa, vi avvolse l'arco, le frecce e la fionda, ed entrò in acqua, cercando di non fare rumore.

L'acqua era gelida come il ghiaccio, e la notte era silenziosa. Malgrado i suoi sforzi, l'acqua scrosciò e il cane si mise in piedi ringhiando. Lui si spinse al largo e il cane scese sulla riva, abbaiando furiosamente. La porta si spalancò e l'uomo gridò infuriato; poi, con una pila in mano, scese fino al bordo dell'acqua.

Era a valle di Joe Mack, e quando proiettò il fascio di luce sull'acqua, lo mancò di una quindicina di metri. Una mano appoggiata alla pesante tavola, Joe Mack nuotava controcorrente, ma veniva inesorabilmente spinto a valle verso la luce che spiava, frugava.

Joe Mack, col cuore che gli martellava, girò l'asse verso valle e tentò di nuotare con maggior vigore, assecondando la corrente ma dirigendosi verso la riva opposta. La luce passò sopra di lui, esitò e tornò indietro, come se l'uomo avesse scorto qualcosa che destava i suoi sospetti. Joe Mack si lasciò sprofondare nell'acqua, ma tenne l'asse di legno e il suo piccolo fardello fra sé e la luce.

Il raggio di luce li raggiunse, ma ormai era fioco. Pian piano, Joe Mack era riuscito a trovare la sua direzione verso valle, trasportato dalla corrente a una velocità superiore a quella delle sue bracciate. La luce della pila sfiorò il suo involto, ma sapeva che ormai era così lontano che la luce non avrebbe rivelato altro che dei detriti alla deriva.

Gli sembrò che passasse molto tempo prima di raggiungere la riva opposta, e quando alla fine riuscì ad approdare su un banco di fango e recuperò il suo piccolo fardello, era almeno un chilometro e mezzo più a valle di quanto avrebbe voluto.

Rabbrividendo, tentò di asciugarsi con una manciata d'erba. Quindi indossò di nuovo i suoi vestiti. Erano solo in parte asciutti, ma gli procurarono un calore quasi immediato.

Ritornando sulla riva fangosa, spinse di nuovo in acqua la tavola. Non c'era tempo di cancellare le orme che aveva lasciato.

Camminando di buon passo, si spinse fra i salici verso un folto boschetto di betulle. Passando a zigzag fra gli snelli tronchi bianchi, salì costantemente, allontanandosi dal fiume. Penetrò in una foresta di betulle, frassini di montagna, ciliegi selvatici e una specie di pioppi. Presto si sarebbe concesso una pausa per riposare e preparare del cibo. Meglio ancora, si sarebbe preparato una bevanda calda.

Era stanco ma tenne duro, rimanendo ai margini della foresta e dirigendosi verso nord finché raggiunse il torrente che aveva visto scendere dalla catena montuosa sovrastante. Il letto del torrente era scavato nella montagna, e gli offriva riparo per la sua arrampicata sulla roccia nuda.

Si vedevano soltanto pochi cespugli, ma parecchio muschio. Era difficile procedere, ora, sempre in salita, e si era fatto giorno. Avrebbe dovuto restare nascosto nel letto del torrente o superare la cresta montuosa alla luce del giorno sperando di non essere visto.

Se doveva restare nel letto del torrente, non correva rischi di essere visto, a meno che qualcuno non sorvolasse la catena montuosa o qualche cacciatore o cercatore non s'imbattesse per caso in lui. E non sapeva che cosa lo aspettava dall'altro lato della catena montuosa.

Raggiunto un banco di muschio al riparo dal vento, si stese per lasciare che il calore del sole gli scacciasse il gelo dalle ossa. Molto tempo prima aveva imparato a rilassarsi del tutto, a riposare semplicemente. Ora lo fece.

Il cielo era di un azzurro incredibile, il vento lieve era gelido, ma fragrante e piacevole. Là, sotto il cielo aperto, riposò e poi dormì per qualche minuto, piacevolmente ristorato.

Sostituì la corda dell'arco, appese la faretra al suo posto, sotto la spalla, e lentamente riprese a salire lungo il letto del torrente verso la sorgente, che sgorgava dal piano inclinato di roccia verso la sommità della cresta montuosa. Saliva lentamente, orientandosi dietro una lastra di pietra, aspettando e tendendo le orecchie. Lo sentì di nuovo.

Nella valle sotto di lui, erano in corso dei lavori pesanti. Sentì il rombo di quello che doveva essere un bulldozer. Spingendosi avanti, trovò un posto da cui sbirciare oltre un macigno per guardare giù nella valle.

Un altro fiume! Imprecò sottovoce. Ma fra il punto in cui era rannicchiato e il fiume, c'erano dei lavori in corso. Poteva vedere per oltre un chilometro in entrambe le direzioni, e c'erano almeno tre macchinari pesanti in funzione. Un bulldozer, una motozappa e una terza macchina che non riusciva a identificare. Cinquanta o sessanta fra uomini e donne lavoravano laggiù con le pale, preparando il terreno per una linea ferroviaria.

Imprecò di nuovo, guardando le montagne più in là. In un modo o nell'altro doveva raggiungere quelle montagne. Doveva superare il tratto di terreno che stavano preparando per la posa dei binari, traversare il fiume e raggiungere le montagne più in là.

In un modo o nell'altro, ma *come*?

Prese dal suo pacco un altro pezzo di montone essiccato. Era duro, coriaceo e freddo, ma lui ne staccò un pezzo con un morso e cominciò a masticare, esaminando la situazione.

Di notte, si sarebbero certamente fermati di notte. Aveva sentito parlare di questa ferrovia, aveva saputo che doveva essere da qualche parte sul suo cammino, ma dove esattamente non lo aveva saputo.

Qualcosa si mosse! Lui si girò di scatto, alzandosi per metà. Stava guardando nella canna di una pistola. L'uomo che impugnava la pistola era a una decina di metri di distanza, in piedi a gambe divaricate, e lo fissava. Era un viso affilato, quasi da studioso, e l'uomo aveva i capelli di un biondo rossiccio e gli occhi freddi, grigio-azzurri.

Joe Mack guardò la pistola e valutò la distanza. I suoi muscoli si tesero. Si protese leggermente in avanti.

9

Il colonnello Arkady Zamatev si stava radendo. Si guardò allo specchio, ma senza approvazione. C'era ancora potenza nei pesanti muscoli delle spalle e del torace, ma c'era anche un accenno di mollezza, e questo non gli piaceva. Finì di radersi e pulì il rasoio. Guardando nello specchio poteva vedere la ragazza. Era seduta sul letto, e lo guardava.

Kyra era la migliore, rifletté. Aveva cervello. Sarebbe diventata un'ottima moglie. Il guaio era che non c'era posto per lei nei suoi piani, anche se il matrimonio vi occupava un posto importante. Sposare la donna giusta era importante. Lui aveva evitato di proposito ogni legame, evitato qualunque cosa avesse un vago sentore di stabilità. Quando si fosse sposato avrebbe scelto la figlia o la sorella di un uomo importante.

Arkady Zamatev sapeva dove voleva arrivare, e sapeva come arrivarci. Finora non aveva commesso errori. Finora, tutti i pezzi dell'incastro erano andati al loro posto, tutti tranne questo dannato americano. La sua fuga poteva rovinare tutto.

— Sei un bell'uomo, Arkady.

Lui le lanciò un'occhiata, facendo un lieve inchino. — Ti ringrazio.

Lei era bellissima, e aveva qualcosa di speciale, qualcosa di diverso. Oppure erano i suoi ormoni a parlare? Si guardò con una certa malizia allo specchio e disse a se stesso: "Non fare l'idiota".

— Secondo me — lei si stava accendendo una sigaretta, e per un attimo lui si sentì assalire dall'irritazione — lontano, fin dove vuoi. — Fece una pausa. — *Se catturi l'americano.*

— Sei al corrente?

— Lo sanno tutti. Quando l'esercito viene messo all'erta, la voce corre. Lo prenderai, penso. Come potrebbe sfuggirti?

Zamatev non amava parlarne. Lei sapeva mantenere un segreto; se n'era già accertato. Ciò nonostante...

— Forse è già morto. Come potrebbe sopravvivere? Senza viveri? E comincia a far freddo.

Arkady Zamatev disse qualcosa che aveva in mente fin dall'inizio, ma che finora non aveva mai detto. — Questo è diverso — ammise — ma lo prenderemo.

— Anche Shepilov lo vuole.

— Che cosa ne sai di Shepilov? — Gli occhi di Zamatev erano freddi. — Non pensavo che lo conoscessi.

— Ho lavorato nel suo ufficio.

— Lo sapevo, ma...

Lei sorrise con aria provocante. — No, non l'ho fatto, se è quello che ti stai chiedendo. Comunque, Shepilov non incoraggia le ragazze. Ha troppa paura di sua moglie. È una vera strega. O almeno, così ho sentito dire.

Zamatev sapeva tutto di Masha. La gente la evitava, e almeno una volta Shepilov era stato trascurato al momento delle promozioni per causa sua. Assóciati con un uomo e ti assocerai con sua moglie, e lei era detestata. Era uno sbaglio che Zamatev non intendeva commettere. Se lo ripeté di nuovo.

— Shepilov — lei scosse la cenere dalla sigaretta — lo vuole. Vuole poter dire, tu hai perso il prigioniero e ci è voluto Shepilov per catturarlo.

— Lo prenderò.

— Ne sono certa. Lo spero. Sei un uomo in gamba, Arkady, un bene per la Russia, ma hai dei nemici. Stai fra i piedi a troppe persone. Shepilov, per dirne uno. Finora non hanno potuto dire niente; ora lo dicono, sottovoce e fra loro. Domani, se Shepilov dovesse catturarlo...

— Lo so — ammise lui.

Ripose il rasoio e prese la camicia. Lei stava scendendo dal letto e lui distolse lo sguardo. Chissà perché, lo aveva sempre imbarazzato vedere una donna vestirsi. Era stupido da parte sua, dopo tutto quello che c'era stato fra loro, ma tuttavia quella sensazione restava.

— Com'è, questo americano?

Zamatev smise di abbottonarsi la camicia. Fissò lo specchio, ma ricordò l'americano. — Alto — rispose — dall'aria forte. Arrogante. — Fece una pausa, allacciò un altro bottone, e aggiunse: — Non aveva paura. Tutti gli altri, tutti, erano spaventati, ma lui no.

— Ho sentito dire che è un indiano.

— È vero.
— Ma erano selvaggi! Primitivi!
Lui si strinse nelle spalle. — Una volta. Ora mi risulta che sono a capo di compagnie petrolifere. Suvarov mi dice che uno di loro è stato vice presidente degli Stati Uniti.
— Ma è davvero un indiano? Allora Shepilov si sbaglia. Lui sta cercando nelle città. Sta cercando lungo l'Amur.
— Dove pensi che dovrebbe cercare?
— Nella taiga. Se è un indiano...
— È quello che pensa Alekhin.
— Alekhin lo sta cercando? — Lei rabbrividì piano. — Mi spaventa, Alekhin. C'è qualcosa in lui, qualcosa di maligno.
Zamatev capì quello che voleva dire, ma scrollò le spalle. — È uno jakut.
— Ho conosciuto molti jakut. Due delle mie migliori amiche sono jakut. Anche loro hanno paura di lui.
Zamatev finì di vestirsi e prese il cappotto. Alekhin trovava sempre i suoi uomini. Il guaio era che quando arrivava il GRU, erano morti. Succedeva spesso, davvero troppo spesso. Si sparava spesso per necessità, ma Alekhin sembrava uccidere per piacere. Bene, avrebbe dovuto parlargli. Questo americano lo voleva vivo, se possibile. L'americano non serviva a niente, da morto.
Strano, che in tutto questo tempo non fosse stato visto né segnalato. Alekhin pensava di avere un indizio. Lo jakut era certo di sapere dov'era, eppure finora non lo aveva catturato. Arkady Zamatev detestava l'idea di partire anche lui per la taiga. Questo avrebbe offerto troppe opportunità ai suoi nemici. Finché era in circolazione avevano paura di lui, e voleva che continuassero così.
Lei si stava abbottonando la camicetta. — Arkady? Vuoi che ti aiuti?
Stupito, lui la guardò. — Tu? Come potresti aiutarmi?
Lei gli sorrise. — Posso esserti utile. Lavoro nel servizio da tre anni.
— Pensi che questo ti abbia insegnato abbastanza? — la redarguì lui gentilmente.
— Mi ha insegnato che sono quasi tutti perditempo. Per lo più sono sgobboni stupidi. Non hanno acume, intuito. Se e passato tanto tempo dalla sua evasione, ci vuole qualche idea nuova.
Zamatev non avrebbe potuto essere più d'accordo di così. Ma come poteva aiutarlo Kyra?

— Forse un punto di vista nuovo — suggerì lei. — Lasciami lavorare con te.

Lui scosse la testa. — No. Questo... — indicò la stanza e il letto — ... è una cosa. Il lavoro un'altra.

— Non voglio favoritismi — replicò lei freddamente — e mi aspetterei di essere trattata come gli altri. — I suoi occhi incontrarono quelli di lui. — Sono ambiziosa anch'io. Per te, oltre che per me. Ci saranno momenti in cui tu sarai lontano, e io potrò stare qui. E poi, conosco il compagno Shepilov.

Zamatev scosse la testa, ma senza troppa convinzione.

— Pensaci — aggiunse lei, e andò in bagno.

Lui rimase immobile per un minuto, indeciso. Andava contro tutto ciò in cui credeva, tutte le decisioni che aveva preso, eppure era allettante avere un'alleata nel servizio. Oppure era un'infiltrata di Shepilov in persona? Aveva lavorato nel suo ufficio.

In strada faceva freddo. Si fermò un momento a guardare lungo il viale, notando le auto in sosta. Era una vecchia abitudine dei tempi in cui era stato addetto militare a Londra e Parigi, dove ci si poteva quasi aspettare di essere seguiti. Sembrava che si stesse semplicemente abbottonando il pesante cappotto e sollevando il colletto per difendersi dal vento, ma i suoi occhi erano attenti. Oggi c'era di nuovo la vetturetta. Lui congedò il suo autista con un cenno e s'incamminò di buon passo lungo la strada.

Svoltando al primo angolo si fermò di colpo, calzando meglio i guanti. Un attimo dopo la vetturetta sfrecciò oltre. Lui ridacchiò e, traversando la strada, andò in ufficio.

Sulla scrivania lo attendeva il solito lavoro di routine: documenti da leggere e da siglare, altri da leggere e da cestinare. Esaminò con metodo la pila finché arrivò ai rapporti sulla ricerca del maggiore Makatozi. Erano disposti in quattro gruppetti ordinati. Niente... niente... ad Albazino, presso la frontiera dell'Amur, le guardie avevano colpito e ucciso un buriat, che tentava la fuga in Cina... un cercatore di tracce jakut aveva seguito una pista per un certo tratto, solo per vedersela svanire sotto gli occhi.

Gli stivali dell'americano avevano lasciato orme nitide, quando si riuscivano a trovare delle tracce. Ora erano sparite, come se l'uomo si fosse involato su uno di quelli che gli americani chiamavano dischi volanti.

Zamatev imprecò. Forse aveva davvero bisogno di Kyra. Certamente, aveva bisogno di qualcuno con un cervello. A quest'ora avrebbero dovuto catturare qualunque evaso.

Sempre, finora, era stata questione di ore, in casi eccezionali di giorni.

Ma che cosa poteva fare, Kyra, che non fosse stato fatto? Che cosa poteva fare *lui*? Metodicamente, esaminò nei dettagli quello che era stato fatto.

La rapida ricerca immediata, che aveva fruttato finora la cattura di otto fuggiaschi su dieci. Poi la ricerca più ampia e completa, gli ordini emanati alle truppe sull'Amur, le spedizioni di ricerca partite da vari centri, la gente messa all'erta dovunque. Nessuno aveva visto niente.

Alekhin sosteneva di avere una traccia, per quanto labile. Il possibile furto di un coltello, non dimostrato; il possibile furto di scatolette di viveri, anch'esso non dimostrato. I resti di una pecora che secondo Alekhin era stata macellata da un cacciatore prima che gli animali selvaggi raggiungessero la carcassa. Questo era perlomeno discutibile.

La verità era che non avevano niente. Non avevano visto niente e non sapevano niente. L'uomo poteva essere morto. Poteva essere annegato traversando un fiume, essere stato ucciso da animali selvaggi, o essere morto di fame.

Là fuori si stendeva un paese immenso e desolato, e pochi riuscivano a sopravvivere. L'uomo non aveva armi, non aveva mezzi per procurarsi il cibo. Non conosceva la regione. Non avrebbe trovato alleati fra la popolazione. Qualunque russo leale poteva tradirlo. D'altra parte, pensò in una pausa delle sue riflessioni, questa non era la Russia. Era la Siberia. Qui c'era gente che non amava il governo, per quanto potesse amare la Madre Russia.

Zamatev scartò l'idea. Le probabilità che s'imbattesse in uno di loro erano davvero limitate.

No, se l'uomo era ancora vivo, adesso era là fuori, gelato, affamato e spaventato all'idea della cattura.

Zamatev si alzò in piedi e si avvicinò alla finestra. La vetturetta era là fuori. Ridacchiò. Shepilov era così trasparente! Ma, pensò accigliandosi, sapevano di Kyra? Se lo sapevano, e se lei non era già un'infiltrata, avrebbero trovato il modo per farla diventare tale. O almeno, ci avrebbero provato.

Il colonnello Zamatev prese un foglio di carta dal cassetto della sua scrivania e scrisse il nome Makatozi. Sotto di esso, elencò *Alternative*: nord, sud, est, ovest.

Il nord era impossibile: freddo, un mare ghiacciato, nessuna possibilità di fuga. Ovest, tutta la Russia: molto dubbio. Sud, verso l'Amur e la Cina: probabile. Est, verso lo Stretto di Bering o il Mare di Okhotsk: possibile, ma improbabile.

L'area migliore per una ricerca concentrata: la regione dell'Amur. Laggiù le truppe erano in stato di allarme, il partito stava conducendo una ricerca discreta ma accurata, e tutti gli ufficiali erano stati messi al corrente. L'uomo avrebbe avuto bisogno di viveri, quindi non poteva restare a lungo nelle zone desertiche. Ma se l'uomo fosse stato in grado di cacciare, come suggeriva Alekhin? Se avesse davvero ucciso quella pecora di cui avevano trovato la carcassa?

E va bene, avrebbe preso in considerazione quella possibilità. Supponiamo che fosse ancora vivo, come credeva Zamatev. Qualunque uomo di buon senso doveva capire che non poteva sopravvivere all'inverno nella zona in cui si trovava ora. Gran parte della selvaggina si sarebbe spostata a sud in terre più calde; quella che restava sarebbe stata difficile da catturare. La selvaggina si sarebbe spostata di meno, col freddo. I fiumi sarebbero stati gelati, col ghiaccio troppo spesso per potervi pescare attraverso, a meno che il fuggiasco non restasse fermo in un solo posto per impedire al ghiaccio di richiudere il foro che aveva aperto.

Dunque, il fuggiasco doveva spostarsi a sud, nella regione dell'Amur. Poteva persino tentare con i Monti Sikhote Alin, lungo la costa del Mar del Giappone. Laggiù si faceva buona caccia, o almeno così aveva sentito dire l'ultima volta.

Il confine era sorvegliato. Sull'esercito si poteva contare. Ora gli serviva un'accurata perlustrazione del territorio a nord e a est dell'Olekma, grosso modo dall'Amur alla catena dei Monti Stanovoi.

Si diresse alla porta e l'aprì, affacciandosi nell'anticamera. — Yavorski? Voglio parlare alla compagna Lebedev.

Emma Yavorski si alzò. Era una donna robusta e disordinata, ma era efficiente. — Quella nuova? È attraente.

Gli occhi di Zamatev erano gelidi. — Può darsi. È anche astuta. Ho un lavoro per lei.

La Yavorski aveva buone aderenze. Era anche incline a dire quello che pensava. La sua disapprovazione era evidente. — Naturalmente. — Il suo sorriso era quasi insultante.

Lui ribatté con freddezza. — La manderò ad Aldan.

La Yavorski rimase sbalordita, vedendo frustrate le sue fantasticherie. — *Ad Aldan?*

— È una donna intelligente. Ho bisogno di qualcuno laggiù che sia in grado di sovrintendere alla ricerca. — Fece una pausa e la fissò. — Volevi andare al suo posto, compagna? È questo che devo intendere?

— Ad Aldan? No, no, certamente no. Pensavo solo...

— È un punto nevralgico — replicò Zamatev. — Ho bisogno di qualcuno laggiù per essere sicuro che il freddo non li faccia poltrire. — Si rese conto che questa era stata la mossa giusta. Nessun uomo avrebbe mandato ad Aldan una donna per la quale provava interesse. — Mandala da me appena arriva.

Rientrò in ufficio e si fermò davanti alla carta della Siberia. Aldan probabilmente era troppo lontana, ma lui doveva scuoterli, indurli a uscire alla ricerca. I suoi occhi scrutarono i fiumi, controllando le città a sud di Aldan.

Sentì bussare e si girò. Lei aveva i capelli castani scostati dalla fronte. Era vestita in modo accurato ma semplice. Ci si poteva fidare di Kyra Lebedev per fare la cosa giusta. In breve, le spiegò. Si era quasi aspettato una protesta, ma non ce ne furono.

Usando la mappa, spiegò la sua idea. — È una zona vasta, e non posso trovarmi dappertutto. Vai laggiù. Accértati che stiano svolgendo attivamente la ricerca. Pretendi rapporti, rapporti dettagliati. Controlla che parlino con tutti i cacciatori e i cercatori, gli ingegneri del progetto BAM e gli operai. Controlla qualunque particolare sospetto, anche solo alla lontana.

— Vuoi che vada personalmente alla ricerca?

— No, no, certamente no! Se è laggiù, dobbiamo trovarlo! Dobbiamo riportarlo indietro! — Le lanciò un'occhiata. — Quando puoi partire?

Lei guardò dalla finestra. — Ormai è troppo tardi. Posso partire domattina.

— Prendi Stegman. È un buon autista e sa curare la manutenzione della macchina col freddo. È anche un uomo forte, se ne avrai bisogno, e non è sciocco.

Ci fu un momento di silenzio, poi lui disse: — Sentirò la tua mancanza.

— E io la tua. Ma ti ho chiesto di aiutarti. L'ho voluto io.

— Raggiungi Aldan in aereo. Potrai procurarti una macchina laggiù.

La condusse verso la mappa e discussero le varie possibilità. Le domande di lei furono poche e intelligenti. — E se lo trovo?

— Riportalo in catene. E intendo dire *in catene*. Se non

puoi portarlo indietro vivo, uccidilo. Mi fido del tuo giudizio. — Fece un'altra pausa. — Può farlo Stegman.

L'espressione di lei era fredda. — Non ho bisogno di Stegman per quello. Posso farlo io.

10

La pistola era impugnata saldamente, ma gli occhi dietro di essa non erano quelli di un assassino. Erano occhi calmi, scrutatori, interessati. L'uomo parlò, ma in russo. C'era una domanda, nelle sue parole, e Joe Mack immaginò che gli chiedesse chi era o che cosa stava facendo.

— Sono un uomo che desidera stare solo.

Con sua sorpresa, l'uomo rispose in inglese. — Chi sei? Che cosa fai qui?

— Sono un marciatore — mentì Joe Mack in tono convincente. — Sto girando il mondo a piedi. È stata una scommessa — aggiunse — una scommessa fatta per gioco. Devo riuscire entro il prossimo giugno. Devo soltanto raggiungere Los Angeles.

Joe Mack non aveva idea se l'uomo gli credesse o meno. In ogni caso, stava guadagnando tempo, cercando di trovare una via d'uscita, una via che lo portasse lontano dalla pistola.

— E hai avuto il permesso? — L'uomo era scettico, e la pistola non vacillava.

— No. Non ho nessun interesse a stare qui. Non do fastidio a nessuno; vivo dei frutti della terra.

— Se intendi andare a piedi, hai molta strada da fare. L'inverno è alle porte. Faresti meglio a venire con me. Ti troverò un rifugio.

— No — rispose Joe Mack.

— No? — La pistola accennò un movimento. — Non desidero sparare.

— Allora non farlo. — Joe Mack era teso, in attesa. — Devi solo andartene e scordarti di me. Dopo tutto — aggiunse — se mi porti laggiù, dovrai rispondere a molte domande. Una delle domande sarà che cosa ci facevi, quassù a quest'ora.

Gli occhi dell'uomo si fecero di colpo diffidenti. — Sono venuto a vedere i progressi della ferrovia. — Fece un gesto con la pistola. — Sono ingegnere. Volevo allontanarmi per vederla bene.

— Ti crederanno? Non penseranno che sei venuto a incontrare me?

— A incontrare te? Cos'è questa storia? Come potevo sapere che eri qui?

— Già, come? Di tutti i posti in cui potevi andare, vieni proprio da me. Non dirò che l'incontro era preordinato, ma non lo negherò nemmeno.

L'uomo ci stava riflettendo, e l'idea non gli piaceva. Sarebbe stato il KGB a fare le domande, e di rado accettava le spiegazioni semplici.

— Tu parli bene. Hai vissuto in America?

— Nel Canada. Ho studiato lì.

— Siediti. Rilassati. Il Canada è un bel posto. Ho degli amici laggiù.

L'altro non si sedette. — Devo tornare indietro. Tu verrai con me.

Joe Mack scosse la testa. — No, se sei intelligente. Tu puoi consegnarmi, ma il KGB è sospettoso. Ti faranno delle domande. Vorranno sapere come mai sono capitato qui. Si domanderanno se non sono venuto perché avevo un amico. Perché mai, di tutta la Siberia, ho scelto proprio questo posto? Negherò di averti mai conosciuto. Negherò di essere venuto a incontrarti perché mi avresti aiutato. — Joe Mack sorrise. — Non mi crederanno. È meglio per te se ti allontani semplicemente, senza aver visto niente.

— Ma se ti consegnerò prigioniero? Mi crederanno.

— Io insinuerò che siamo stati visti insieme. Che ti sei spaventato. Non lo dirò chiaro e tondo, ma loro capiranno. In Russia non è mai stato saggio sapere troppo. Tu sei ingegnere. Hai visto la ferrovia da qui. Allontanati, come avresti fatto se non fosse successo niente.

— E quando ti prenderanno? Perché ti prenderanno.

— Può darsi. Se lo faranno, non dirò niente, e non avranno motivo di fare domande su questo incontro. Non sospetteranno che sia mai avvenuto.

Lentamente, la pistola si abbassò, ma Joe Mack non si mosse. Un colpo di pistola adesso, accidentale o meno, avrebbe rovinato tutto.

— Torna indietro, prenditela comoda, fatti vedere mentre studi il tracciato della ferrovia da qui. Io me ne andrò senza lasciare tracce della mia presenza.

— Ma io diventerò un traditore.

— Come? Che danno posso fare io, un uomo solo, al tuo paese? Tutto quello che desidero è trovarmi a casa, con la mia famiglia — aggiunse.

L'ingegnere lo guardò. Poi ripose la pistola e si allontanò. La fronte di Joe Mack si coprì di sudore, malgrado il vento gelido. Si mise subito in piedi e si allontanò, muovendosi con molta rapidità nella foresta di larici. Quando trovò una pista di animali, cominciò a correre. Corse con leggerezza, con agilità, per parecchi minuti, poi rallentò mettendosi al passo. Quando le ombre si allungarono, superò di nuovo la cresta e scese verso la linea ferroviaria in costruzione.

In lontananza poteva vedere un gruppo di baracche e di luci. Qui tutto era tranquillo. Attraversò la linea ferroviaria senza problemi e proseguì verso la riva del fiume. A valle c'era un ponte, evidentemente un ponte per il trasporto di attrezzature e materiali da costruzione. Poteva essere sorvegliato, ma lui ne dubitava. Qui, nel cuore della Siberia, non ce ne sarebbe stato motivo. Eppure doveva essere cauto.

Il vento era freddo. Rabbrividì, cercando di tenersi basso, vicino al terreno, dove il vento non lo avrebbe investito. Trovò un posto dietro una baracca del cantiere e si accovacciò lì, studiando il ponte. Si delineava nettamente contro il cielo, ma lui non riusciva a vedere nessun movimento, nessun segno di vita. Attese, sempre osservando.

E la baracca dietro la quale aspettava? Non c'era nessuna luce, nessun suono di movimenti. Un deposito di attrezzature, senza dubbio, ma non poteva essere forse l'ufficio di un ingegnere? Ascoltò e attese. A circa un centinaio di metri c'era una costruzione che probabilmente era la mensa e ancora più in là un lungo edificio squadrato, che lui aveva già notato. Si vedevano le luci accese in entrambe le costruzioni e si sentiva della musica provenire dall'edificio squadrato.

Con cautela, aggirò l'angolo dell'edificio e tentò la porta. Si aprì facilmente sotto la sua mano. Aspettò un istante e poi entrò. Un lieve chiarore rossastro emanava dalla stufa.

Aspettando, ascoltando, si guardò attorno. I suoi occhi si adattarono alla vaga luce che proveniva dalla stufa.

Vide un tavolo piatto sul quale si trovavano mappe, cianografie, una squadra, un compasso, delle penne. Una sorta di zaino con molte tasche pendeva da un chiodo all'estremità del tavolo. Era pieno di mappe e di carte. Aprendo lo sportello della stufa per avere più luce, sfogliò le mappe e i documenti. Una era una carta geografica del Trans-Baikal che riproduceva la regione in cui si trovava ora. Se la mise dentro la camicia, tornò verso la porta, attese un istante e poi sgusciò all'esterno. Aveva perso tempo per chiudere lo sportello della stufa; ora chiuse dietro di sé la porta esterna e rimase assolutamente immobile guardando e ascoltando. Non si notava nessun movimento.

Un vento freddo sussurrava intorno alle grondaie della baracca. Lui sentì uno scroscio di risa provenire dall'edificio che aveva giudicato una mensa; allora si diresse verso il ponte. Se qualcuno avesse guardato fuori, avrebbe visto semplicemente un uomo che se ne andava per i fatti suoi.

L'estremità più vicina del ponte non era sorvegliata. Lui s'incamminò, tenendo l'arco pronto per usarlo come un'arma offensiva, se ce ne fosse stato bisogno. Non ce ne fu bisogno. Il ponte non era affatto sorvegliato.

Due catene montuose parallele si dipartivano dal ponte in quel punto, e fra loro scorreva un torrente. Lui risalì il torrente, trovando uno stretto sentiero, e procedette in direzione nord-est.

Nel cielo apparve un pallido chiarore, e lui camminò a passo regolare, senza fermarsi a riposare. Quando giunse l'alba, si addentrò nella foresta, un folto di betulle e larici, e trovando una piccola conca, in parte protetta dal vento da tronchi caduti, si stese a riposare. Prima di addormentarsi, tirò fuori la mappa e la studiò.

Si trovava, decise, a una certa altezza del versante meridionale di quella che veniva chiamata catena dei Monti Stanovoj. Ormai non aveva nessuna possibilità di fuggire dalla Siberia. Era come aveva immaginato. Avrebbe dovuto trovarsi un posto per rifugiarvisi durante il lungo inverno, e aveva maggiori probabilità di trovarlo più a sud. Lui l'aveva saputo, ma non aveva potuto disporre di una mappa per chiarire la situazione.

Tutt'intorno a lui c'erano nemici. Era stato incredibilmente fortunato nei suoi due brevi contatti. Non poteva aspettarsi che la fortuna durasse.

La mappa che aveva rubato era troppo generica per essere utile a un ingegnere nel suo lavoro, quindi c'erano buone probabilità che non si accorgessero della sua mancanza. Se l'uomo che aveva incontrato sulla cresta montuosa era quell'ingegnere, non avrebbe detto niente, tuttavia Joe Mack sapeva di dover mettere della distanza alle sue spalle.

Ora, rannicchiato nel suo rifugio riparato e nascosto, dormì. Alcune ore dopo, si svegliò, gelato e scosso da brividi. Si mise in piedi e si scaldò dondolando le braccia in quello che un tempo era stato un esercizio di riscaldamento prima delle gare, per attivare la circolazione del sangue. La sua piccola provvista di montone era finita, e ora doveva dedicarsi di nuovo alla caccia. Aveva bisogno di cibo e di abiti più caldi.

Soltanto quando uscì dalla piccola cavità si accorse di quello che aveva fatto. La sua marcia verso nord-est lo aveva portato in un *cul-de-sac* circondato da alte montagne. Per uscirne doveva scalare quelle creste gelate. S'innalzavano ripide per almeno ottocento metri dal punto in cui si trovava adesso, e arrampicarsi sulle rocce scivolose non sarebbe stato facile.

D'improvviso, i suoi occhi scorsero qualcosa fra gli alberi, non lontano. Era lo spigolo di un tetto... una specie di costruzione! Guardò, distolse lo sguardo, poi guardò di nuovo. Era ancora lì, ma non c'era traccia di fumo. Si avvicinò di più fra gli alberi. Era una struttura di discrete dimensioni, quasi quadrata, fatta di tronchi. Dal camino non usciva fumo. Lui scese fra gli alberi fino al sentiero che conduceva alla casa. Non vide orme né alcun segno di passaggio da molto tempo. Con l'approssimarsi dell'inverno, era dubbio che qualcuno viaggiasse da queste parti. Evitando il sentiero, si tenne al riparo degli alberi.

Poco a poco fece il giro della costruzione. C'erano quattro finestre e una porta di servizio. Quella porta non mostrava segni di uso recente.

Attese per un po', sorvegliando la casa. Dietro di essa c'era un abbeveratoio in cui scorreva l'acqua, l'acqua di una sorgente. Poteva vedere e sentire l'acqua cadere da un tubo nell'abbeveratoio. Mentre lui stava a guardare, un cervo uscì dagli alberi di fronte a lui e bevve all'abbeveratoio. Aspettando il momento giusto, uccise il cervo con una freccia e si accinse a scuoiarlo. Era esperto, e gli ci volle poco tempo per scuoiare il cervo e mettere da parte i tagli di carne migliori, ma ogni tanto si raddrizzava per ascoltare e guardare tutt'intorno.

A parte la costruzione vicina, il posto gli ricordava un angolo della regione dei Seven Devils, nell'Idaho. Suo padre c'era andato qualche volta a caccia con il vecchio Cougar Dave, valicando le montagne per riunirsi a lui.

Si avvicinò alla porta posteriore e la tentò, ma era chiusa a chiave. Fece il giro dell'edificio e tentò la porta sul davanti, e questa si aprì facilmente sotto la sua mano. Lui rimase fermo sulla soglia, facendo un accurato inventario dell'interno.

Lungo una parete c'era una fila di brandine, sufficienti per una dozzina di uomini. C'era una stufa e un caminetto molto più vecchio. Alcuni utensili erano sparsi in giro, e vecchi abiti erano appesi ai ganci lungo le pareti. C'era molta polvere e tutto dimostrava che il posto non veniva occupato da anni.

Gli abiti erano logori e vecchi, per lo più sudici. Lui intuì che qui avevano lavorato dei condannati ai lavori forzati, probabilmente in una miniera, perché aveva scoperto alcuni attrezzi e una lampada da minatore. Non c'era nient'altro di utile. Indietreggiò e si richiuse la porta alle spalle. Circondato com'era dalle montagne, corse il rischio e accese dei fuochi per affumicare la carne e seccarla. Rimase là per tre giorni, ripulendo la pelle del cervo e riposando. Il quarto giorno seppellì quel che restava della carcassa, nascose i rami sui quali aveva fatto seccare la carne e cancellò tutte le tracce che aveva lasciato, spargendo foglie e polvere sul terreno. Soltanto allora ripartì verso monte.

Seguendo il torrente, raggiunse la sua fonte e si trovò davanti a una bassa sella fra le montagne. Dormì lì, e la mattina dopo si avviò al passo che superava la sella.

La mattinata era fredda, e c'era del ghiaccio lungo le sponde del ruscello che seguì. Avanzando con andatura regolare, non vide nessun capo di selvaggina. Aveva percorso alcuni chilometri quando si accorse di un lieve ronzio. Fermandosi per ascoltare, lo risentì. Era il rumore debole ma inconfondibile di un elicottero!

Si guardò frettolosamente in giro. Lungo il ruscello crescevano dei bassi abeti rossi misti a larici; correndo, lui si tuffò sotto l'abete rosso più vicino, raggomitolandosi vicino al tronco. I rami bassi dell'abete rosso sfioravano il terreno, formando una copertura perfetta.

Era stato visto? Lui non aveva visto l'elicottero, non volendo perdere tempo a cercarlo con gli occhi. Ma loro avevano visto lui?

Era sulla sua testa, ora, e volava in circolo. Poi s'innalzò, volando più alto, descrisse un mezzo giro intorno al bacino e poi si allontanò verso il fondovalle. Spiando tra i rami scostati, vide l'elicottero abbassarsi; pareva che stesse atterrando vicino alla costruzione.

E se fossero saliti verso monte, cercando? Erano otto chilometri buoni, tutti in salita, ma potevano sorvolarli e atterrare proprio vicino a lui. Doveva allontanarsi, ma una volta uscito dal riparo degli abeti sarebbe stato in piena vista, se volavano di nuovo da questa parte, e i ripari scarseggiavano.

Andare o non andare? Attese, ascoltando, riflettendo.

Sbirciando fra i rami di abete, studiò il terreno davanti a lui. A circa duecento metri, c'era un gruppo di massi di granito, apparentemente frammenti staccati dal gelo che erano scivolati giù dal fianco della montagna. Una volta là in mezzo, avrebbe avuto un riparo, e il suo abbigliamento si mimetizzava bene con l'ambiente. Lasciò di corsa gli abeti e poi rallentò per guardare e ascoltare. Non vide e non sentì niente.

Erano ancora nella casa di tronchi? Avevano scoperto qualche segno della sua presenza che lui non era riuscito a cancellare? Riprese la corsa, zigzagando fra le rocce cadute, raggiunse la piccola foresta di massi e trovò riparo fra loro. Nessun suono, niente.

Stava per lasciare il suo riparo spiccando un'altra corsa, quando sentì l'elicottero. Stava arrivando basso, proprio attraverso il passo che aveva scelto lui. Le lastre di granito erano franate in varie posizioni, per cui fornivano dei ripari rudimentali. Lui strisciò sotto una lastra, nascondendosi ben bene, e attese.

L'elicottero arrivò a quota così bassa che lui poté sentire il vento creato dal battito delle pale del rotore, ma proseguì oltre il passo e virò a nord per evitare la cima che fronteggiava il passo a un'estremità, innalzandosi qualche chilometro più a est.

Alzandosi, lui riprese il cammino per superare il passo. Non c'erano molti ripari, ma sapeva di dover affrontare il rischio. Vide spesso le orme di animali, e parecchie volte di lupi. Portava con sé della carne, e anche se era stata affumicata ed essiccata, i lupi dovevano fiutarla. Quella notte si accampò in un tratto ricoperto di betulle rachitiche e dormì, tremando di freddo, senza fuoco e con una copertura esigua. La mattina fu un sollievo e lui si rimise in marcia con il corpo irrigidito dal freddo. Passò molto tempo prima che riuscisse a scaldarsi, e sentì la paura gravargli sulle spalle come un mostro che non riusciva a scrollarsi di dosso. Superò la sella e a mezzogiorno puntò di nuovo a sud, lasciandosi alle spalle la cima imponente. Si sentiva i piedi intorpiditi e si muoveva goffamente. Non c'era riparo dal vento e nessun posto per nascondersi. Proseguì incespicando, gelato e stanco, perché aveva dormito male, lottando contro il freddo per tutta quella lunga notte.

Aveva un disperato bisogno di trovare un animale che potesse fornirgli un mantello più caldo o qualcosa in cui avvolgersi mentre dormiva.

Giorno dopo giorno, procedette verso sud. Vide parecchie volte degli aerei, e due volte passarono degli elicotteri. Stavano cercando lui o riguardavano in qualche modo la ferrovia? Non aveva modo di saperlo, ma aveva scarsa importanza, perché ormai tutta la Siberia doveva essere al corrente della sua fuga.

Aveva sempre freddo. Aveva bisogno di cibo migliore, e aveva bisogno di grasso, sempre la cosa più difficile da trovare nelle zone desertiche. Aveva consumato un altro paio di mocassini e si sentiva i piedi indolenziti a furia di camminare sul terreno roccioso. Era costretto sempre più spesso a fermarsi per riposare. Di tanto in tanto uccideva una pernice bianca o un gallo cedrone. Una volta prese dei pesci. Il tempo aveva cessato di esistere; ormai non pensava altro che ad andare avanti.

E poi vide l'orso.

11

Era un grosso orso bruno, foderato di grasso. Joe Mack si accovacciò vicino a un albero caduto e studiò la situazione. Aveva bisogno dell'orso, ne aveva disperatamente bisogno, ma poteva uccidere un orso di quella taglia con una freccia? Era stato fatto e senza dubbio poteva essere fatto di nuovo, ma lui non l'aveva mai fatto.

Si guardò attorno cercando un albero con i rami bassi. Poteva aver bisogno di arrampicarsi molto in fretta, ed era improbabile che un orso di quella stazza provasse a scalare un albero. Gli orsi più grandi scalavano di rado gli alberi, sapendo per istinto quale poteva essere l'effetto del loro peso.

Lanciò un'altra occhiata all'albero, decise quali rami avrebbe scelto, e guardò di nuovo l'orso. Non c'era quasi vento. Joe Mack prese una freccia dalla custodia, la mise in posizione e poi attese un istante. Quindi, allungando la mano all'indietro, prese altre due frecce. Sollevò ancora una volta l'arco, aspettando e osservando. La distanza era quasi giusta; l'orso era girato in un'altra direzione, col fianco sinistro ben visibile. Lui lasciò andare la corda dell'arco e scoccò la freccia.

Andò a segno, nel fianco dell'orso, proprio dietro la zampa anteriore sinistra.

L'orso lanciò un grugnito poderoso e si sollevò per metà in posizione eretta; poi ricadde giù, cercando di afferrare la freccia o di morderla. Joe Mack si alzò e fallì il secondo colpo per la troppa impazienza. La freccia graffiò appena l'orso, che girò su se stesso e vide Joe Mack. Con un ruggito, si avventò su di lui. Joe Mack lanciò la terza freccia mentre l'orso scavalcava d'un balzo un tronco. Per un attimo la gola dell'orso era stata chiaramente visibile, e stavolta la sua mira fu buona, ma l'orso continuò ad avanzare.

Girandosi di scatto, lui si aggrappò a un ramo e cominciò a salire. L'orso si lanciò contro l'albero, straziando la gamba di Joe Mack con i lungi artigli, strappandogli i pantaloni e sfilandogli il mocassino dal piede.

Joe Mack salì più in alto e poi guardò giù. L'orso stava attaccando l'albero, spezzando i rami secchi più bassi nella furia di raggiungerlo. Joe Mack incoccò un'altra freccia e, mentre l'orso cominciava ad arrampicarsi, lanciò la freccia nell'ampio stomaco rosseggiante, attraverso la gola dell'orso.

Le spalle dell'animale erano già coperte di sangue per la ferita precedente, ma lui continuava ad allungare gli artigli, scrollando l'albero finché Joe Mack fu costretto ad aggrapparsi disperatamente. Ansimando, l'orso tentò di arrampicarsi. Joe Mack preparò un'altra freccia, ma la perse quando dovette aggrapparsi convulsamente all'albero per non essere scagliato a terra.

Si tenne stretto all'albero, raggiungendo una buona presa su un ramo più alto e issandosi verso la cima.

Gli sforzi dell'orso sembravano indebolirsi. Ricadde sulle zampe posteriori e poi lanciò un nuovo ruggito furioso quando Joe Mack si mosse.

Quindi ricadde di nuovo, tentò di rialzarsi e infine giacque immobile. Joe Mack attese, osservando. Alla fine, con estrema cautela, scese giù dall'albero. Punzecchiò l'orso con l'estremità dell'arco. Non ci fu nessuna reazione.

Recuperò prima la freccia caduta e poi quella affondata nel fianco dell'orso. Le frecce erano difficili da trovare e ne avrebbe avuto bisogno. Poi si guardò attorno con attenzione.

Il terreno circostante era brullo e aspro. Un torrentello correva fra le rocce poco lontano, con un po' di ghiaccio sulle sponde. I pini erano stenti e lacerati dalla tempesta, spuntando a volte dalla nuda roccia.

Ai piedi di alcune betulle rade raccolse dei rametti secchi e accese un piccolo fuoco, nascosto dagli alberi circostanti. Poi si mise al lavoro sulla carcassa dell'orso.

Era un lavoro lungo e noioso, e la sua forza non era più quella di un tempo. Asportò la pelle e cominciò a raccogliere il grasso, tagliando i pezzi migliori di carne. Ne arrostì una parte sul fuoco, mangiandola mentre lavorava.

Che cosa non avrebbe dato per una buona tazza di caffè!

Un sole freddo stava scomparendo dietro una cresta ghiacciata. Il vento s'insinuava nella gola e frugava fra gli alberi, trovando foglie da sollevare e rami da far stormire al freddo. Joe Mack lavorò fino a notte alta, scaldandosi le mani gelate sul fuoco, costruendo una rastrelliera sulla quale essiccare la carne e affumicarla. Sgomberando un tratto piano, tese la grande pelle e cominciò a ripulirla del grasso e dei brandelli di carne.

A notte alta, un lupo ululò. Da un punto più lontano, un altro rispose. Sentivano l'odore della carne fresca dell'orso, e sarebbero venuti. Lui dispose a portata di mano l'arco e le frecce. La luce del fuoco tremolava sui pini e sui rami nudi e spogli delle betulle. Lui si scaldò le dita gelate. Avrebbe mai sentito caldo di nuovo?

Alimentò il fuoco, e quando si fu consumato, smosse le ceneri e si stese sul terreno caldo. Poi dormì un po', svegliandosi in un'alba glaciale. L'acqua del ruscello era così fredda che gli fece dolere i denti, ma lui bevve in abbondanza.

I lupi non si erano allontanati. Li scorgeva di tanto in tanto, rapide ombre grigie fra gli alberi, in attesa di quello che sapevano sarebbe stato loro.

— Ve ne lascerò un po' — disse a voce alta.

Più tardi, in piedi vicino al cranio dell'orso, vi posò una mano sopra. — Ti chiedo perdono, Orso. Non è stato con ira che ti ho ucciso. Avevo bisogno della tua carne. Avevo bisogno del grasso delle tue costole.

Arrostì dell'altra carne e la mangiò, e mangiò grandi pezzi di grasso. Di questo aveva bisogno per sopravvivere.

Alla fine cominciò a raccogliere tutta la carne che poteva portare, impacchettando quella che aveva affumicata e seccata. Lavorò sulla pelle e finalmente l'avvolse per trasportarla. Sarebbe stata pesante, ma ora lui avrebbe avuto caldo, caldo.

Il terzo giorno se ne andò, lasciando la testa dell'orso sulla forcella di un albero e la carcassa ai lupi. Si allontanò fra le creste scabre di roccia che puntavano in alto verso il cielo grigio, allontanandosi dai pini stenti dove riposava il cranio dell'orso, e scendendo a valle verso una terra più calda.

Due giorni dopo, mentre stava riacquistando le forze, trovò un segno indicatore... un'incisione su un albero, appena una sottile incisione, con un'altra più breve sopra... ed esitò. Era vicino, allora, vicino alla gente di cui aveva parlato Yakov. Si fermò sulle rive di un torrente per lavare le ferite lasciate dagli artigli dell'orso. Sembravano cicatrizzarsi bene. In una pozza tranquilla si vide riflesso nell'acqua. Aveva i capelli incolti e ribelli, e i vestiti sporchi del viaggio. La giornata era calda, così prese tempo per lavare e asciugare la camicia, per ravviarsi i capelli e scuotere dal panciotto di montone le foglie e i ramoscelli che vi si erano attaccati passando fra i boschi. Come quasi tutti gli indiani, aveva poca peluria sul viso, quindi radersi diventava di rado un problema. I pochi peli che gli crescevano sul mento poteva strapparli, se gli davano noia.

Si lavò il viso e le mani, poi controllò il suo armamentario. Eppure non riprese il cammino. Doveva o no cercare di trovare la gente di cui gli aveva parlato Yakov? Qui non conosceva nessuno, non poteva fidarsi di nessuno. Ogni volta che si formava un gruppo del genere, c'era sempre qualcuno che faceva l'informatore o tradiva per ottenere qualche privilegio o beneficio per sé. D'altra parte, lui aveva bisogno di un rifugio, e loro dovevano avere un rifugio. Evidentemente riuscivano a sopravvivere al freddo, e con loro avrebbe potuto avere maggiori possibilità.

Aveva perso il conto dei giorni passati dopo la fuga dalla prigione.

Non c'era più tempo. Doveva trovare un posto in cui svernare, e certamente in questo immenso paese, con chilometri e chilometri di foresta e tundra, con le sue montagne brulle e le sue gole rocciose, doveva esserci un posto.

Eppure rifuggiva dall'avvicinare gli esuli di cui aveva sentito parlare. Come potevano vivere al di fuori della legge? Come si mantenevano? Come facevano a restare indisturbati? C'era una connivenza ufficiale? Sarebbe stato bene accetto lui, un uomo così ricercato?

Un pallido sole era sospeso nel cielo grigio, un sole lontano, offuscato dalla distanza. La foresta era fitta, le montagne si vedevano solo attraverso squarci occasionali. Vide cervi, e una volta scorse le impronte di un grosso felino.

Una tigre? Ce n'erano molte a sud di qui, nella regione del fiume Ussuri e sulle montagne lungo il mare. Quanto si era spinto a sud? La vegetazione era un po' cambiata. Vide ancora una volta i lievi segni su un albero, ma non vide orme umane. Questo sentiero veniva usato raramente.

I suoi mocassini non facevano rumore sugli aghi di pino che tappezzavano il sentiero. Qua e là, vi erano foglie cadute da altri alberi, ma lui le evitava. Frusciavano quando vi si passava in mezzo, scricchiolavano se erano asciutte. Questa non era la foresta dell'Idaho, dell'Oregon o dello stato di Washington, ma era una foresta, e ora si sentiva a casa sua. Aveva della carne e una veste calda che poteva ridurre alle dimensioni che preferiva, e avrebbe trovato un posto in cui attendere la primavera, con le sue acque vivaci e spumeggianti.

Sentì per prima cosa il fumo, il più lieve, il più intangibile degli odori, e si fermò di colpo, si spostò sotto gli alberi, e attese, ascoltando, fiutando il vento.

Passò un momento prima che lo sentisse di nuovo, e allora si allontanò, stavolta più lentamente. Ora si stava addentrando in un boschetto di pioppi tremuli, in cui la maggior parte delle foglie dorate era caduta, tappezzando il terreno della foresta sul quale camminava, pavimentandolo con una cascata di foglie simili a monete d'oro.

Da qualche parte davanti a lui c'era un fuoco, e quello che aveva fiutato era il fumo di legna che si levava da quel fuoco. Un fuoco significava gente, vita, qualcosa di pericoloso per lui.

Come un'ombra, si mosse fra gli alberi, scavalcando tronchi caduti, evitando il sentiero. Di tanto in tanto esitava, aspettando che i suoi sensi cogliessero qualche odore, qualche suono. Non sentì niente.

Se lo trovò davanti all'improvviso, uno strano rifugio fra gli alberi, col fumo che usciva da un camino tozzo, una porta aperta e una voce di donna dal tono freddo, calmo. Era un tono di rifiuto, e lui non aveva bisogno di conoscere la lingua per capirlo.

Comparve sulla soglia un uomo, un uomo massiccio, grosso e vestito rozzamente come Joe. L'uomo stava discutendo in tono di minaccia, ma indietreggiava. Poi apparve sulla porta una donna, con i capelli biondi sotto un berretto di pelliccia. Teneva in mano una pistola.

Non era spaventata. Era in preda a una collera fredda. Le parole lui non riusciva a capirle, ma il tono era imperioso.

Lei fece un cenno con la pistola, e l'uomo arretrò, borbottando. Poi si voltò e percorse il sentiero, allontanandosi dal rifugio. Una volta sola si girò a guardare indietro; fermandosi, sputò nella polvere.

Erano queste le persone che cercava? Yakov aveva parlato di una donna che diceva sì o no, e questa sembrava capace di farlo. Ridacchiò, divertito, e la donna, che stava per rientrare, dovette sentirlo, perché si fermò di colpo, guardando attentamente in giro.

Dal punto in cui si trovava poteva vedere il suo antagonista, se così lo si poteva chiamare, allontanarsi, già piuttosto distante. Lei lo seguì con gli occhi, poi si guardò attorno. Fece una domanda, come per chiedere se c'era qualcuno.

All'improvviso lui sentì un altro odore.

Caffè!

Si alzò in piedi, e gli occhi della donna furono pronti. Lo trovarono subito, e lei parlò in tono interrogativo.

— Vorrei una tazza di caffè. — Lui parlò con calma, alzando la voce solo il tanto necessario.

Con suo stupore, lei gli rispose in inglese. — Allora venga a prenderla.

Aveva ancora la pistola in mano quando lui uscì dalla foresta. Attraversò lo stretto sentiero e si avvicinò fra gli alberi radi fino a raggiungere la donna ferma sul gradino del rifugio. Era alta; i suoi occhi incrociarono quelli di lui alla pari.
— Chi è lei?

— Gli amici mi chiamano Joe Mack.

Era sorpresa ma non spaventata. Capì subito chi era, chi doveva essere. E riconosceva un guaio quando lo vedeva. Se fossero venuti a cercarlo, avrebbero trovato loro, sarebbero stati compromessi, rovinati, distrutti. Tutto ciò che avevano costruito sarebbe andato perduto.

Prima, il caffè promesso, e poi liberarsi di lui. Si augurò che fosse così semplice.

Lui era alto e molto eretto. Camminava con scioltezza, e i suoi occhi perlustrarono la stanza mentre entrava. Si fermò appena oltre la porta, dove un ceppo segato faceva da sedile. Si sfilò dalla spalla il suo bagaglio, posandolo vicino a sé.
— Ho della carne — disse.

Lo sguardo della donna era una domanda. — Carne di orso — precisò. — Se le piace.

— Ne ho mangiata una sola volta. — Lei accettò un pezzo di carne e si diresse verso la cucina, tirando fuori dei tegami. Quando la carne fu sul fuoco, gli portò il caffè. Lui lo assaggiò con cautela, poi sorrise. Aveva denti bianchissimi. — Che buono! Mi è mancato.

— Dove è diretto?

Lui le lanciò un'occhiata. — Sa chi sono?

— No, soltanto che è in corso una ricerca, una ricerca molto seria. La vogliono disperatamente.

Lui bevve un sorso di caffè. — Non posso uscire dal paese fino alla primavera — disse. — Devo trovare un posto per vivere fino ad allora.

— Com'è arrivato qui?

Lui scrollò le spalle. — In parte per caso. Ma ho incontrato un uomo, un uomo che ha detto di chiamarsi Yakov. Mi ha parlato di gente che viveva nella foresta.

— Vivere? Nascondersi è la parola giusta. Non sono venuti a prenderci perché non si curano di noi. Siamo niente, o meno di niente, e a volte diventiamo preziosi.

Lui le lanciò una rapida occhiata. — Preziosi? In che senso?

— Wulff... è l'uomo che ha il potere qui... ricava qualcosa dalla nostra caccia. Ogni anno riceve pellicce, le migliori, e guarda dall'altra parte.

— Siete in molti?

— Ventinove, ora. — Lei lo guardò con occhi freddi e calcolatori. — Alcuni di noi discendono da vecchi esuli dei tempi degli zar. Altri hanno scontato la loro condanna e non sanno dove andare. Altri ancora conoscevano semplicemente le persone sbagliate. Nessuno fra noi è ricercato.

— Capisco. — Lui si alzò in piedi. — Quando avrò mangiato mi rimetterò in viaggio. Non vi farò correre rischi.

Bevve il caffè. Lei gli scoccò una rapida occhiata di sottecchi. — Io sono Natalia — disse. — Qui mi chiamano semplicemente Talia.

— È un bel nome.

Lei non disse niente. Lui finì il caffè, e Talia si avvicinò alla cucina per girare la carne.

— Quell'uomo che se ne è andato? Era in collera con lei.

Lei scrollò le spalle. — È uno stupido, ma uno stupido pericoloso. Ci manderà tutti in rovina. È Peshkov. È stato un soldato, ma di mestiere era macellaio. — Fece una pausa. — Dice di chiamarsi Peshkov. Io penso che menta. Non mi fido di lui.

Joe Mack la guardò mentre preparava la carne. Era snella ed aggraziata, una donna davvero bella. Lui non era bravo a giudicare l'età delle donne, non lo era mai stato. Probabilmente lei non aveva ancora raggiunto la trentina. Era calma, sicura di sé.

— Che cosa le ha detto Yakov?

— Niente, tranne che eravate qui, alcuni di voi.

— Perché gliel'ha detto?

— Stava arrivando l'inverno. Sapeva che avrei avuto bisogno di un posto per superare l'inverno, ma non si preoccupi. Non resterò.

Lei guardò il suo bagaglio. — Che cosa c'è?

— Carne, quasi centocinquanta chili, e una pelle d'orso.

— Ha portato tutta quella roba?

— Non è niente. Porto pesi del genere da quando ero ragazzo. — Sorrise leggermente. — Se lei vivesse in America, forse avrebbe sentito parlare dell'indiano d'Alaska che trasportò un pianoforte oltre il Passo Chillkoot, ai tempi della corsa all'oro.

— Anche noi abbiamo i nostri portatori. Gli jakut trasportano pesi enormi.

Gli portò un piatto di carne tagliata a fette e gli riempì la tazza. — Sa cacciare, allora? Sa mettere trappole?

— C'è anche una pelle di volpe azzurra, lì dentro. Non è stata conciata bene. Non ne ho avuto il tempo.

— Dividerà quello che uccide?

— Io sono un indiano, uno sioux. I cacciatori fra noi dividevano sempre. Ma non deve preoccuparsi. Proseguirò, andrò più lontano, e quando verrà la primavera tornerò in America.

Lei inarcò un sopracciglio con aria cinica. — È così facile?

Lui scrollò di nuovo le spalle. — Non dico che sarà facile. Dico che lo farò.

Mangiò in silenzio. La carne non era stata soltanto cotta, ma anche insaporita. Niente di quello che aveva mai mangiato gli era parso così buono. E con il caffè fu come un sogno.

Lei si alzò. — Zitto! Arriva qualcuno.

12

I passi si avvicinavano. Joe Mack continuò a mangiare con calma assaporando ogni boccone. Stava arrivando una persona sola, probabilmente un uomo a giudicare dal suono dei passi, e Joe Mack sapeva che cosa poteva fare.

La porta si aprì. Natalia indietreggiò, ma disse: — Va tutto bene. Riconosco il passo. È mio padre.

Comparve sulla soglia, un uomo snello che sembrava più alto di quanto fosse. Aveva un viso magro da studioso, rasato di fresco. Si fermò bruscamente quando vide Joe Mack.

Natalia gli parlò e lui ascoltò; poi, con voce incerta ma in inglese, disse: — Lei è il benvenuto in questa casa. Non riceviamo spesso delle visite.

Joe Mack sorrise. Quest'uomo gli piaceva. — Lo immagino, ma questa non durerà a lungo. Non desidero creare problemi.

— Talia dice che lei è un cacciatore.

— So cacciare — e poi aggiunse: — e mettere trappole.

— È un vantaggio. La nostra unica fonte di guadagno sono le trappole. E il nostro cacciatore migliore se ne è andato. Abbiamo bisogno di carne.

Joe Mack indicò il suo carico. — È vostro, un bell'orso grasso.

— Ah sì? Mi risultava che il suo popolo non uccidesse gli orsi. — Arrossì leggermente. — Voglio dire il popolo indiano.

— Solo quando ne abbiamo bisogno. Lo spieghiamo all'orso.

— Capisco. — L'uomo si rivolse alla figlia. — Dobbiamo istruirlo sulla nostra procedura. — Si rivolse di nuovo a Joe Mack. — Ci lasciano in pace, ma nel caso si svolgesse una ricerca abbiamo dei nascondigli. Finora Wulff non sa che siamo in tanti. E ci rendiamo utili. Ogni due mesi viene lasciata dietro la sua abitazione una balla di pelli. Lui vuole solo le migliori.

Joe Mack lanciò un'occhiata a Natalia. — Sei d'accordo? Dividerei la carne con te e tuo padre.

Guardò il padre. — La vostra casa è qui?

L'uomo più anziano sorrise. — Per il momento. Un giorno speriamo di tornare nel nostro paese. Siamo della Lituania, una nazione che i russi hanno assorbito dopo la seconda guerra mondiale. La conosce?

— Un po'. C'erano dei minatori lituani che vivevano nella città dove sono andato a scuola per la prima volta. Andavo spesso a trovare uno dei miei compagni di scuola. Suo padre recitava sempre le poesie di Martin Lap.

— Naturalmente. È uno dei nostri poeti più noti. — Lui scosse la testa. — Incredibile! Sentire il suo nome da un americano! — Fece una pausa. — Io ero un insegnante! Un professore universitario, ma i russi ricordavano soltanto che ero uno di quelli che erano andati nella foresta a fare i partigiani.

— Lei ha combattuto i tedeschi?
— Sì, ma i russi si ricordavano soltanto che avevo combattuto, che avevo fatto la resistenza. Tutti noi siamo sospetti, perché si teme che potremmo farlo di nuovo, contro i russi. Io temo di aver superato tutto questo. Ora non desidero altro che la pace e il ritorno a casa mia.
— Ci sarà ancora? Sarà tutto uguale?
L'uomo più vecchio scosse la testa. — Ben poco, temo. Sarebbe casa nostra, comunque, il nostro paese. Vorrei che Talia lo conoscesse.
— Questa — Joe Mack accennò un gesto — è casa vostra? La vostra casa, ora?
— Oh, no! — L'altro sorrise. — Questa è una vecchia stalla che è stata adattata come dormitorio per gli operai. La usiamo di tanto in tanto quando siamo in viaggio. Non ci vive nessuno.
Assaggiò la carne che Talia mise in tavola e poi la mangiò di gusto. — È buona. — Alzò di nuovo gli occhi. — Lei ha ucciso *un orso*? Con quello? — indicò l'arco.
— Perché no? La mia gente non conosceva altro fino all'arrivo dell'uomo bianco. Con quello abbiamo ucciso anche bestie più grandi, anche se — aggiunse — questo era davvero un grosso orso.
Il vento soffiava lungo la stretta valle, ululando intorno al tetto e agitando le fronde dei sempreverdi. Gli raccontarono tutto della loro vita e dei rischi che correvano e dissero che, nonostante le varie prigioni dell'uno o dell'altro genere, la Siberia era considerata tutta un'immensa prigione. — Molti di quelli mandati qui in esilio non hanno voluto andarsene, anche quando potevano. Sono rimasti, e molti si sono fatti una famiglia qui.
"Molti di noi preferiscono il folto dei boschi. Qui non ci danno fastidi. Come ho già detto, alcuni sanno che siamo qui, ma non esattamente dove, e noi non diamo fastidio a nessuno. Lontano dagli occhi, lontano dal cuore, come dice il proverbio."
L'uomo si alzò in piedi. — Venga! È tempo di muoversi. Divideremo i nostri pesi.
All'aperto faceva freddo. Joe Mack rabbrividì e guardò lungo la gola schiacciata. Poi seguì Natalia e suo padre. Si chiamava Stephan Baronas, aveva detto. Lasciando la gola, presero un sentiero appena segnato che risaliva fra gli alberi. Era riparato dal vento, per cui, anche se faceva freddo, il gelo si sentiva di meno.

Il villaggio, quando lo raggiunsero, era un semplice agglomerato di capanne nel cuore della foresta. Poiché non era stato fatto nessun tentativo di sgomberare uno spiazzo, c'erano soltanto le capanne alcune delle quali scavate semplicemente nel terreno ricoperte di tronchi, a malapena visibili a pochi metri di distanza, perché alberi e vegetazione mascheravano le loro facciate.

— Questo Wulff di cui parlava è una specie di funzionario del distretto? È vicino?

— Si trova a chilometri di distanza, ad Aldan. Uno di noi fu sorpreso a vendere pellicce. Ora, se noi gli consegniamo le pellicce, lui non dice niente. È un problema soddisfare le sue esigenze.

— Ma come vivete?

— Andiamo a caccia e raccogliamo frutti. Qua e là nei boschi abbiamo campi di grano. Coltiviamo verdure e orzo, sempre lontano da qui. È molto difficile, ma ce la caviamo. Anzi — aggiunse — viviamo meglio di molti abitanti dei villaggi.

— Dividete la carne con gli altri — suggerì Joe Mack. — Domattina andrò di nuovo a caccia.

— È gentile da parte sua. Vuol trascorrere la notte da noi?

— Per questa notte, ma poi dovrò trovare un posto per me. Non vorrei essere d'impaccio — aggiunse.

La notte fu molto tranquilla, eppure lui dormì male. Si era abituato all'aria aperta e ai rumori degli alberi, degli animali in movimento. Qui era troppo calmo, troppo comodo.

Avevano un'altra via d'uscita? Lui non voleva chiederlo, ma era irrequieto perché non lo sapeva. Essere sorpreso in un posto simile... era una trappola. O poteva diventarlo.

Scoprì che Stephan Baronas gli piaceva. Era un uomo mite, simpatico, eppure sembrava dotato di forza di carattere. E quanto a Talia, aveva una bellezza tranquilla.

Entrambi si muovevano bene nella foresta. Stavano imparando a vivere con la natura, decise lui, imparando a muoversi col vento, ad accettare la natura selvaggia e a non combatterla. E quella era la chiave per sopravvivere.

Alla fine si addormentò, e quando venne l'alba lo svegliarono i movimenti di Talia. Si mise subito seduto. — Ero stanco — confessò. — Non mi ero accorto di essere così stanco.

Il caffè era sul fuoco, e aveva un buon sapore. Lui bevve il caffè e tentò di non guardare Talia mentre si muoveva per la casa. Il padre li raggiunse.

— Mi troverò un posto — disse Joe Mack — ma prima sistemerò una fila di trappole. Lacci e rami caduti — aggiunse, di fronte ai loro sguardi interrogativi. — Ho cacciato con le trappole per pagarmi gli studi — spiegò. — Sulle montagne dell'America ci sono molti animali selvatici.

Era piacevole non dover pensare a proseguire, e non preoccuparsi di essere scoperto, per il momento. Baronas parlava bene e, man mano che discorreva, l'inglese gli tornava alla mente. Parlava, disse, polacco, francese e tedesco, oltre al russo. — La lingua lituana è più vicina al sanscrito di qualunque altra, e noi eravamo un popolo indo-europeo. La maggior parte di noi è protestante, luterana o calvinista.

— Sarebbe utile — suggerì Joe Mack — se sapessi parlare il russo.

— Glielo insegneremo — replicò Baronas — se ci sarà il tempo.

Joe Mack trovò il posto adatto per lui in un folto di betulle miste a pioppi tremuli. Qua e là c'erano gruppetti di larici e pini. Come sempre nelle foreste di pioppi tremuli, i tronchi caduti erano molti, ma mentre si addentrava nella foresta, progettando di costruirsi un riparo con la legna secca, trovò una spaccatura nella pietra della parete rocciosa dietro i pioppi tremuli. Era larga appena quanto bastava per insinuarvisi dentro, ma lui aveva imparato da tempo a non fidarsi delle prime impressioni. Era riuscito ad avanzare di circa due metri e mezzo quando si fermò col piede sinistro a mezz'aria. Davanti a lui si apriva un sinistro buco nero che sembrava sprofondare nelle viscere della montagna. Lanciando un pezzo di roccia, lo sentì rimbalzare da una parete all'altra e infine cadere lontano, scrosciando, nell'acqua. Stava cominciando a indietreggiare, quando notò un ripiano di roccia che sporgeva alla sua sinistra. Era largo in tutto un metro e venti e terminava in una cengia molto più larga.

Dopo aver preparato una torcia, rientrò nella spaccatura, e accendendo la torcia vide una vasta zona di roccia piatta e nuda, sotto una sporgenza più alta della testa di un uomo. Era una nicchia naturale, che si apriva su quell'abisso in cui aveva sentito dell'acqua, ma la caverna era riparata in parte dalla parete di roccia e in parte da un folto gruppo di larici. Era un ottimo nascondiglio, un rifugio eccellente, e richiedeva un'esplorazione.

Lui dedicò il pomeriggio a mettere trappole lungo alcune gole dove aveva visto le orme di piccoli animali. Il tempo era freddo e l'acqua gelida. Lavorò vicino a parecchi corsi d'acqua minori che scorrevano verso il fiume, in una zona dove non vide orme o prove dell'esistenza di trappole poste da altri.

Per quanto potessero essere cordiali Stephan Baronas e sua figlia, Joe Mack sapeva che ci sarebbe stata opposizione da parte di qualcuno della comunità per la sua inclusione, sia pure temporanea. Quindi doveva dimostrare il proprio valore al gruppo, in modo che lo accettassero anche se a malincuore. Poteva superare l'inverno in un punto qualsiasi di questa zona, con o senza di loro, ma per la fuga finale aveva bisogno di conoscere un po' di russo e doveva procurarsi dei rubli.

Tornando la sera a casa dei Baronas, prese la sua pelle d'orso e il resto della sua roba.

— Non c'è bisogno che lei se ne vada — disse Baronas. — La sua compagnia ci fa piacere. Non accade spesso di avere visitatori, e non parlo con un americano da quasi quarant'anni. Dai tempi della guerra.

— Domani sera — promise lui. — Stasera ho da fare.

Parecchie persone si affacciarono alla porta delle loro abitazioni per guardarlo passare. Lui si limitò a salutare con un cenno del capo e proseguì per i fatti suoi. Sapeva che durante la sua assenza avrebbero discusso della sua presenza, e non desiderava interferire trovandosi nei pressi durante le discussioni.

Tornando alla sua caverna, raccolse legna per il fuoco e la immagazzinò, lavorando sodo, eliminando alcuni tronchi caduti dalle vicinanze del sentiero che intendeva usare. Nel fare così, trovò un altro ingresso alla caverna, ben nascosto dietro il tronco di un vecchio albero enorme. Portò dentro fronde di abete rosso per farne un letto e trovò un posto per il fuoco, dove il fumo sarebbe stato disperso dal fogliame.

La sua caverna era una semplice nicchia nella roccia, con il profondo crepaccio davanti all'entrata e la facciata mascherata per metà dalla parete sporgente di roccia, attraverso una fessura dalla quale lui era entrato per la prima volta. Il resto della caverna era nascosto dal fitto gruppo di larici intrecciati fra loro, oltre il crepaccio.

Aveva un riparo sulla testa, protezione dal vento e un angolo nascosto della caverna che il fuoco avrebbe riscaldato. Col passare del tempo poteva renderla più sicura contro il freddo. Prima o poi i suoi vicini avrebbero saputo dove viveva, ma lui non aveva intenzione di mostrarla a loro, tranne, forse, a Stephan Baronas e a Talia.

Forse poteva nascondersi qui per tutto l'inverno, e in primavera, quando la ricerca avesse esaurito il suo corso, avrebbe potuto fuggire. Il terzo giorno andò a caccia.

La vegetazione qui era un misto di quella tipica del Trans-Baikal che aveva attraversato e delle regioni dell'Estremo Oriente, simile, supponeva, a quella che cresceva in Manciuria. Risalendo le basse montagne, avvistò e inseguì un goral, una piccola antilope dai peli ricciuti. Più tardi, tornando fra i larici, prese tre grossi galli cedroni. In tutti i casi uccise le sue prede con la fionda e i galli cedroni, dopo che ne ebbe abbattuto uno, non sembrarono affatto spaventati. Riuscì ad ucciderne altri due prima che volassero via.

Lui tornò alla comunità fra gli alberi e consegnò il goral, tenendosi la pelle. I galli cedroni li portò dai Baronas e mangiò con loro.

Quando controllò la sua fila di trappole, scoprì che undici dei suoi oltre trenta lacci avevano fruttato una preda. Aveva preso due ermellini, cinque scoiattoli e quattro volpi azzurre. Era una buona caccia, ma lui risistemò i lacci e le trappole nelle cavità formate dai tronchi caduti e poi tornò nel suo nascondiglio, dove scuoiò gli animali e tenne una parte della carne per armare le sue trappole. Quella sera cominciò le lezioni di russo, imparando le cose più semplici, saluti e risposte, e un certo numero di termini: caldo e freddo, vicino e lontano, alto e basso, e i termini usati per foresta, palude, fiume, lago, stagno, casa e città.

— Domani — osservò Baronas — partirò per Aldan. Resterò lontano parecchi giorni. Porteremo un pacco di pellicce per Wulff, e c'è un uomo che compra pellicce e non fa domande.

— Ho delle pellicce per il contributo a Wulff e altre da vendere.

— Bene! Lo pensavo. Le porti qui molto presto, e vedremo che cosa possiamo fare.

La mattina, poco prima dell'alba, Joe Mack portò le pellicce a Baronas. Consegnandole, gli disse: — Torni presto. Ho molto da imparare.

Insieme a Baronas partivano altri due, un uomo basso e tarchiato di nome Botev e il suo compagno, Borowski. Quando furono scomparsi alla vista, Talia disse: — Ho il caffè sul fuoco. Vuoi entrare?

Quando fu seduto con una tazza in mano, lei aggiunse: — Hai fatto un buon lavoro con le trappole.

— Da ragazzo sapevo fare ben poco d'altro. Era un'attività tipica del mio popolo.

— Non conosco il tuo popolo.

— Eravamo una nazione di guerrieri — rispose lui semplicemente. — Avevamo conquistato più territori di Carlomagno. Forse, se non fosse arrivato l'uomo bianco, lo avremmo conquistato tutto. — Fece una pausa. — Naturalmente, c'erano i blackfeet. Erano guerrieri anche loro.

— Siete stati sconfitti dall'uomo bianco?

— Dalla nostra ignoranza e dalle nostre tradizioni. L'indiano considerava una battaglia come una guerra. Non ragionava in termini di campagne militari. Era un handicap. E poi, c'era la questione dei rifornimenti. Noi non avevamo un piano a lunga scadenza. L'uomo bianco pensava in termini di campagne, di una serie di battaglie fino alla sconfitta del nemico. Non combatteva per la gloria, ma per la vittoria. L'indiano non seppe adattarsi, non in tempo.

"Inoltre non era abituato a combattere d'inverno. Quando l'uomo bianco attaccava i suoi accampamenti invernali, non era preparato e veniva ricacciato nella neve."

Rimasero in silenzio, e poi lei domandò: — E quando verrà la primavera, che cosa farai?

— Tornerò nel mio paese.

— Dev'essere bello, il tuo paese. Noi ne sentiamo parlare molto, e a me piacerebbe vederlo, ma avrei paura dei banditi.

Lui ridacchiò. — Ci ho vissuto molti anni e non ne ho mai visto uno. Ci sono ladri, trafficanti di droga, i topi di fogna che vivono sempre ai margini di quella che vorremmo fosse la civiltà. Sono qualcosa che esiste e con cui bisogna fare i conti, proprio come fate voi, qui in Russia. — Fece una pausa. — Il mio paese è bellissimo, almeno quasi tutto. Abbiamo i nostri punti dolenti, come tutte le nazioni, ma sento che il mio posto è là.

— Forse potrò andarci, una volta o l'altra. Mi piacerebbe.

Lui la guardò. — Potresti andarci. Se riuscissi a lasciare la Russia, ti accoglierebbero a braccia aperte. Forse anche i russi saranno liberi di viaggiare, un giorno. Tutto cambia. Noi accoglieremmo volentieri i russi come visitatori. Ai vecchi tempi molti russi si stabilirono in America e divennero buoni agricoltori, buoni cittadini.

Si alzò in piedi. — Ho molto da fare. Posso tornare a prendere un caffè?

— Quando vuoi.

Sulla porta si fermò. — È meglio, credo, se nessuno sa esattamente dove vivo, tranne te e tuo padre, se desiderate saperlo.

— Forse.

Una voce rude li interruppe. — E così, hai un visitatore!

Era quel Peshkov.

— Sì — disse Joe Mack.

Peshkov si accigliò. — Non ti conosco.

Joe Mack si sentì bene all'improvviso. — Oh, ma mi conoscerai! Mi conoscerai!

13

Peshkov fissò Joe e nello stesso tempo borbottò alcune parole a Talia. Era un uomo dalla corporatura possente, con le sopracciglia folte e gli occhi piuttosto sporgenti. Aveva un modo tutto suo di abbassare la testa e fissare con odio l'interlocutore di sotto le sopracciglia.

Joe Mack comprese il senso delle parole e all'improvviso si accorse che la lingua aveva un suono familiare. Forse i figli di quei minatori lituani che aveva conosciuto parlavano il russo? Se era così, forse poteva ricordare alcune parole.

Peshkov parlò a Talia, in tono rapido, irritato. La replica di lei fu tranquilla ma ferma. Di questo scambio di battute lui non capì niente, ma riconosceva i guai quando li vedeva, e rimase dov'era, senza accennare ad andarsene.

Alla fine, evidentemente infuriato, Peshkov si allontanò brontolando.

— Guai? — chiese Joe Mack.

— È un bestione sgradevole — rispose lei — ma abbiamo bisogno di lui. È uno dei nostri migliori cacciatori.

— Non gli piaccio.

— A lui non piace nessuno. Vorrebbe prendere il comando, ma è mio padre quello che la gente guarda con rispetto.

— E anche te, penso.

Lei scrollò le spalle. — Peshkov vuole dare ordini. E vuole me.

— Lo sospettavo. — Joe Mack si volse per andarsene. — Se avrai fastidi, me ne occuperò io.

Durante la settimana che seguì, non vide affatto Peshkov, ma nemmeno Talia. Uccise uno wapiti e riportò alla comunità più di centocinquanta chili di carne. Le sue trappole fruttarono buone prede, e nella sua caverna preparò due mazzi di pelli, uno per Wulff e l'altro da vendere al prezzo corrente per le pellicce. Aveva appreso che esisteva un mercato nero delle pellicce.

Ora che aveva il tempo di farlo, preparò le pelli con cura, come gli era stato insegnato a fare. Ogni volta che incontrava uno della comunità, metteva alla prova con loro il suo russo. Era vero, come si rese conto ben presto, che i figli dei minatori avevano parlato russo, e ora qualche parola gli tornava alla memoria. Di tanto in tanto sentiva una parola pronunciata da uno degli abitanti del villaggio e la riconosceva. A scuola quei bambini avevano parlato inglese, ma fra loro tornavano alla lingua parlata in casa.

La terza settimana, lui lasciò il torrente sul quale aveva disposto le sue trappole e risalì le montagne verso nord, mettendo le sue tagliole alle sorgenti di alcuni ruscelli che scorrevano lassù. Era una zona che sembrava non fosse mai stata sfruttata con le trappole, lontana dal villaggio, in cui non trovò impronte di uomini, né tracce che qualcuno vi fosse mai stato prima di allora.

Il suo bottino fu ricco. Fin dalla prima volta che mise le trappole ebbe successo. Gli scoiattoli, gli aveva detto Baronas, erano molto richiesti, e lui ne trovò numerosi. Prese anche ermellini, volpi azzurre e marmotte, la cui pelliccia era anch'essa molto ricercata. Parecchie volte vide tracce di grossi orsi; dalle loro orme era evidente che si trattava di una specie di grizzly.

Un pomeriggio, accovacciandosi vicino a un torrente, rifletté sulla propria posizione. Se fosse riuscito a vendere le pellicce, avrebbe potuto accumulare un po' di soldi con cui pagarsi il viaggio, se necessario. Stava facendo progressi nello studio del russo. Nel frattempo aveva saputo che molti degli abitanti indigeni, e lui poteva passare per uno di loro, parlavano poco o niente il russo. I popoli koriak, jakut e lamut avevano appena un'infarinatura della lingua. Prima della primavera doveva escogitare una storia da raccontare, una storia di copertura che fosse abbastanza plausibile da essere accettata. Almeno finché non avessero avuto il tempo di pensare, e a quel punto lui sarebbe stato già lontano.

Kyra Lebedev era una bella donna che faceva di tutto per apparire banale. Aveva scoperto da tempo che le belle donne non facevano carriera altrettanto rapidamente delle meno belle. La bellezza era un vantaggio nella marcia di un uomo verso il successo, ma non per una donna. Gli uomini la sospettavano di non avere cervello e le altre donne erano gelose. Il successo era importante per lei, e aveva valutato ben presto il compagno Shepilov. Era un uomo intelligente, ma difettava di energia. Voleva il successo e si aspettava che gli cadesse fra le braccia. Era avanzato a ritmo costante, finché all'improvviso si era trovato a confronto con Arkady Zamatev.

Fin dall'inizio aveva riconosciuto la minaccia. Shepilov era pigro, a volte negligente, un inflessibile uomo di partito, ma amante della vita comoda e sicuro che tutto sarebbe andato per il suo verso.

Zamatev ignorava convenevoli e favoritismi. Svolgeva il suo lavoro in modo accurato ed efficiente. Il suo ufficio funzionava con un minor numero di aiutanti di ogni altro. Qualunque incarico affidato a lui veniva sbrigato con rapidità e finezza. C'erano meno sprechi nel suo dipartimento che in tutti gli altri della Siberia centrale, e lui aveva accuratamente eliminato gli alcolizzati e i lavativi. Kyra Lebedev sapeva che Zamatev sarebbe arrivato in alto, ed era decisa a salire con lui.

Era innamorata di lui? Guardandosi nel piccolo specchio della sua stanza d'albergo, sorrise all'idea. Non lo era. Credeva davvero nell'amore? Si strinse nelle spalle. Rispettava Zamatev e ammirava il suo modo calmo e intelligente di procedere. Si sapeva sempre a che punto si era, con Zamatev. Tutto quadrava, tutto tornava sempre al suo posto. Non faceva promesse, e lei sapeva di non rientrare nei suoi piani per il futuro. Lui invece rientrava nei suoi.

Capiva perfettamente che cosa aveva in mente Zamatev, ma sapeva anche che se desiderava raggiungere i gradini più alti del governo, lui era il suo biglietto. Quindi, mai pretendere niente, mai aspettarsi niente, mai essere d'impaccio, ma mostrarsi sempre comprensiva, utile ed efficiente come lui.

Non sapeva se Zamatev avrebbe realizzato le sue ambizioni o meno. In effetti, pensava di no. Uomini del genere mettevano a disagio i superiori. Non che potessero temere il suo successo, ma quella sua stessa efficienza ed energia poteva costringerli a muoversi più in fretta di quanto desiderassero. Gli uomini che occupavano posizioni di comando nell'esercito vi riuscivano di rado grazie alla loro abilità, ma piuttosto perché erano accomodanti. Gli uomini al comando non volevano tipi abrasivi. Erano arrivati in cima, e ora volevano rilassarsi. Volevano uomini socialmente accettabili e ragionevolmente efficienti.

Zamatev poteva farcela. A volte uomini del genere ci riuscivano. Gorbaciov l'aveva fatto; altri ci erano quasi riusciti, ma avevano fallito per essere stati un po' troppo sicuri di sé.

Ciò nonostante, Arkady Zamatev era in ascesa e sarebbe andato lontano, e Kyra intendeva restare con lui fino al momento in cui avrebbe dovuto tagliare i ponti e cavarsela da sola. Se Zamatev riprendeva l'americano, era sicuro che sarebbe andato a Mosca. Quindi l'americano doveva essere ritrovato.

L'uomo al comando qui era Wulff. Lei sapeva ben poco di positivo su di lui. Il suo dipartimento era amministrato in maniera poco efficiente; ciò nonostante, lui aveva buone aderenze e sembrava tenere saldamente in pugno la situazione. Non era la prima situazione del genere che le capitava di vedere. Il suo dipartimento non creava problemi ai superiori. I risultati potevano non essere i migliori, ma qualunque cosa accadesse nella sua zona era limitato a quell'area, e nessuno desiderava problemi dove sembravano non esisterne. La disciplina era dura, secondo certe voci, e c'erano altre voci che i suoi superiori approfittavano tranquillamente della situazione. Qualunque altra cosa si potesse dire di lui, Wulff aveva il controllo, e se lei voleva ottenere cooperazione doveva muoversi con circospezione.

Wulff conosceva Arkady Zamatev e non avrebbe voluto contrariarlo. Quello che lei cercava era collaborazione e un atteggiamento disinteressato da parte di Wulff. Non era, a quanto aveva saputo, un uomo ambizioso. Aveva quello che voleva e desiderava che tutto restasse com'era. Non avrebbe voluto che nessuno facesse dondolare la barca mentre filava così liscia, ne era sicura.

La ricevette seduto dietro una scrivania. Era un uomo grasso ma solido, in parte calvo, con occhi rotondi e diffidenti. Le sue labbra sorridevano, ma i suoi occhi la squadravano per valutare i suoi problemi.

— Non ho saputo niente — le assicurò, dopo che Kyra ebbe spiegato — e lo avrei saputo. Naturalmente, è una zona vasta e, se hai ragione tu ed è venuto da questa parte, dobbiamo trovarlo.

— Preferirei non disturbare il tuo dipartimento — suggerì la donna. — Voglio avere libertà di muovermi. Credo di sapere che cosa va fatto.

— Certamente, ma devi essere preparata. La natura è molto selvaggia. Sarebbe meglio, credo, se tu rimanessi qui in città. Siamo isolati, ma può essere molto piacevole, e saremmo felici di intrattenerti. — Sorrise. — Mia moglie sarebbe particolarmente felice, dato che abbiamo pochi visitatori.

— Mi piacerebbe conoscerla, ma c'è molto da fare, e io — sorrise — desidero trovarmi al centro dell'azione.

Era una donna straordinaria, pensò Wulff. Lavorava per Zamatev? C'era sotto qualcosa, forse? Be', perché no? Arkady era scapolo. Ma duro, pensò lui, molto duro.

— Ci sono notizie da parte di cacciatori? Cercatori? Tecnici? Voglio dire, qualunque cosa insolita? Qualche sconosciuto? Qualche furto?

Lui sorrise, scuotendo la testa pesante. — Niente. Abbiamo pensato a tutto, e abbiamo girato la regione da un capo all'altro. — Sorrise di nuovo. — Come voi.

Il sorriso di lei fu un tantino forzato. — Sorvolando la regione abbiamo visto un posto...

— Lo so — ribatté lui — i miei uomini ci sono stati qualche tempo fa. — Non voleva che estranei ficcassero il naso, e prima si liberava di questa, meglio era.

Non era una stupida. Questa era acuta, insolitamente intelligente. Prima se ne liberava, meglio era.

— Chi è quest'uomo che cercate? Un americano, ho sentito dire?

— L'ho sentito anch'io — replicò lei. Aveva intuito un certo disagio e decise che Wulff non voleva che estranei cercassero in giro. Bene, quello riguardava lui. Il suo compito era cercare e riprendere il maggiore Makatozi. D'altronde, Wulff non era un idiota, e doveva già conoscere i dati essenziali. — È un aviatore in possesso di informazioni che desideriamo avere. È così semplice. È molto importante catturarlo subito.

— Ormai è passato molto tempo — disse Wulff. — Probabilmente è morto. — Fece una pausa. — La sorveglianza lungo la frontiera è stata molto accurata. I miei uomini sono andati in tutte le città, i villaggi, gli accampamenti lungo l'Amur. L'esercito è eccezionalmente all'erta. Se è vivo, lo troveremo.

— Sarebbe utile — disse lei — se lo trovassi io. O se venisse consegnato a me. Posso assicurarti che il colonnello Zamatev te ne sarebbe molto grato.

— Ma certo. Io sono un ammiratore del colonnello. Gli auguro ogni successo. — Si girò sulla sedia. — La sua cattura potrebbe significare molto per il colonnello. Potrebbe addirittura portarlo a Mosca.

Un trasferimento, Wulff lo sapeva, che avrebbe fatto piacere a molti. Zamatev era troppo tagliente, troppo duro perché si potesse trattare con lui. O forse il guaio era che non voleva trattare affatto. Se non riusciva a catturare questo americano, forse sarebbe rimasto con loro per sempre. Questo di per sé era un incentivo sufficiente. Il colonnello Zamatev aveva molti ammiratori, ma sarebbe stato più facile ammirarlo se fosse stato a Mosca.

— Come abbia fatto a catturare un uomo simile, sfugge alla mia comprensione. Il GRU...

— È stato il colonnello Zamatev a organizzare l'operazione — disse lei sorridendo — così come organizza molte cose.

Wulff si alzò. Il colloquio era finito. — Se posso esserti utile, conta su di me, ma credo che il tuo americano sia morto.

"Dove potrebbe andare? Come potrebbe vivere? È inverno, e la regione deserta là fuori è immensa. Credi, compagna, io ci sono stato. Quand'ero più giovane..."

— Quest'uomo è diverso. È un indiano, un pellerossa.

Wulff rimase sbalordito. Un indiano? Aveva creduto che fossero tutti morti. Non sentiva parlare di indiani da quando era ragazzo e vedeva quei film americani. Emozionanti, per la verità.

— Come può essere? Non era un ufficiale dell'aviazione americana?

— È anche quello. — Kyra si avviò alla porta. — Quello che devi capire è che si tratta di un uomo che sa come sopravvivere nella taiga.

Una volta uscita, Kyra si sentì irritata. Non era venuta a capo di niente. Che cosa avrebbe fatto Wulff? Avrebbe collaborato? Oppure avrebbe cercato di catturare lui l'americano? O avrebbe lavorato con Shepilov? Strinse ancor più la cintura del cappotto per difendersi dal vento. Wulff avrebbe badato al proprio tornaconto.

Stegman la stava aspettando con una macchina. Era un uomo magro, ma forte, sulla quarantina, che si muoveva con l'agilità di un uomo più giovane di dieci anni. Era uno dei migliori collaboratori di Zamatev.

— Niente di definito — gli riferì. — Qualunque cosa vada fatta, dobbiamo farla da noi. — Fece una pausa. — Ti conosce?

— Non credo.

— Andrò a piedi. Ma quello che voglio è scoprire la prossima mossa che farà il compagno Wulff. Potrebbe essere molto utile.

Stegman salì in macchina e fece il giro dell'isolato, poi parcheggiò a una certa distanza, in un punto da cui poteva sorvegliare la porta. Kyra Lebedev tornò in albergo e tirò fuori le carte che aveva portato, stendendole sul letto. Era perplessa. Anche lei, che aveva vissuto e lavorato in Siberia, restava sempre stupita dalle sue dimensioni. Ora, al pensiero di trovare un uomo in quella vastità, era atterrita.

Tanti fiumi! Tante foreste! Eppure se era un indiano doveva essere un cacciatore, e avrebbe cercato di vivere dei prodotti della terra. Nel cuore dell'inverno questo sarebbe stato impossibile. Wulff probabilmente aveva ragione. L'uomo doveva essere morto, o lo sarebbe stato presto.

Dovevano averne la certezza. Studiando la carta, lei cominciò a riflettere, tentando di immaginare quello che doveva aver fatto il prigioniero in fuga.

Prima aveva dovuto allontanarsi dalla zona della prigione, e non aveva osato farsi vedere. Ma poteva essere andato in qualsiasi direzione, e loro non avevano piste, tranne la convinzione di Alekhin che fosse andato a est, una convinzione basata su qualcosa di così evanescente...

Un coltello mancante che poteva essere stato semplicemente smarrito. La circostanza casuale che mancava del cibo. Il cibo poteva non esserci mai stato, oppure poteva essere stato mangiato da qualche operaio affamato che aveva raggiunto la casa, aveva visto il cibo e lo aveva preso senza tante cerimonie.

Eppure lei aveva sentito parlare molto di Alekhin da Arkady e dalle due amiche jakut. Lo detestavano. Era un bruto scontroso che se ne stava molto appartato ed era notoriamente crudele. D'altra parte, tutti convenivano che nessuno era più abile di lui nel catturare i fuggiaschi. Lei doveva parlargli. Ma dov'era Alekhin?

Di nuovo l'elicottero... quello era il mezzo più rapido di ricerca e Stegman era un pilota superbo.

Prima avevano tentato di controllare ogni edificio abbandonato di cui si avesse notizia, avevano seguito corsi d'acqua e strade ed erano atterrati per fare domande... niente. Assolutamente niente.

Si sentì bussare alla porta. Era Stegman.

— È uscito subito dopo di te, ed è andato a piedi in un piccolo edificio su una strada secondaria. — Stegman alzò gli occhi su di lei. — L'uomo che ci abita commercia in pellicce.

— Ah sì? Pellicce. Un uomo quindi, che potrebbe conoscere cacciatori. E Wulff non ha mandato qualcosa? È andato di persona? Questo è interessante.

— Sì.

Lei ci rifletté, mentre Stegman aspettava. A voce alta disse: — Potrebbe trattarsi di un affare personale, ma in caso contrario perché ci sarebbe andato da solo invece di mandare qualcun altro?

— Una fonte? — suggerì Stegman.

— Proprio quello che stavo pensando. Una fonte *privata.* — Lanciò un'occhiata a Stegman. — Hai notato il cappotto? Una splendida pelliccia.

— Sì.

— Credo che farò una chiacchierata con questo pellicciaio. Ti sei fatto dare il suo nome?

— Zhikarev, Eugeny Zhikarev, in attività negli stessi locali da cinquant'anni.

— Ah, un sopravvissuto. Bene, vedremo.

Il cuore le batteva più veloce. Forse Wulff sapeva qualcosa, forse si muoveva solo a caso, ma perché un pellicciaio? Forse era questo lo spiraglio che stava aspettando. Se lo era...

Muoversi in fretta, quello era il segreto. Se questa era la pista di cui aveva bisogno, lei poteva avere in mano Makatozi entro la fine della settimana. Forse addirittura oggi!

Stava quasi correndo quando raggiunse la macchina.

14

Eugeny Zhikarev era turbato. Era un ometto con i capelli grigi arruffati e folti baffi neri. Portava occhiali dalla montatura d'acciaio che gli stavano eternamente appollaiati sulla punta del naso e sembravano in imminente pericolo di scivolare giù. Questa mattina indossava una camicia grigia con un logoro gilet di velluto sul quale erano ricamati degli arabeschi con fili rossi, oro e verdi.

In negozio portava le pantofole. Più volte, negli anni giovanili, aveva subito le torture della Ceka, e come risultato i suoi piedi erano menomati. Portava le scarpe solo quand'era necessario lasciare la bottega. Dato che il suo alloggio era sul retro, di fianco al magazzino, le sue assenze erano rare.

Suo padre era stato notevolmente ricco sotto lo zar, quando aveva gestito una pellicceria di grande successo in quella che allora era chiamata S. Pietroburgo. La rivoluzione aveva messo fine a tutto questo, e avendo perduto tutto ciò che possedeva in Russia, Zhikarev padre era fuggito in Siberia, dove era ancora attivo uno dei suoi fornitori di pellicce. Lì, lontano dalla sede del potere, gli Zhikarev avevano tirato avanti. In Russia c'era sempre un mercato per le pellicce, come del resto in Manciuria e in Cina. Gli Zhikarev, padre e figlio, se l'erano passata bene, cercando di non dare nell'occhio, nella loro abitazione piuttosto squallida, conformandosi esteriormente a tutte le regole, ma operando con un discreto margine di profitto.

Era scontato che funzionari come Wulff potevano sempre ottenere da lui pellicce a un prezzo modesto; nel caso di Wulff questo significava pellicce per lui, per sua moglie e per almeno altre due signore, del tutto gratuitamente. Inoltre, in certe occasioni erano state realizzate delle pellicce per gente che Wulff voleva impressionare, e Wulff da parte sua aveva chiuso un occhio su certe attività di Zhikarev. Prendeva ciò che gli veniva dato, lasciava cadere ogni tanto delle allusioni discrete, e manteneva buoni rapporti con Zhikarev senza dire niente.

Wulff non prometteva niente, non offriva niente. I suoi commenti erano rari ma venivano compresi al volo. Diceva semplicemente: «Il compagno Tizio sta cercando un cappotto di pelliccia. Sapete, qualcosa di molto bello. Mi ha chiesto se potevo raccomandargli un pellicciaio.» Era così che si trattavano certe faccende.

Nel negozio aleggiava un lieve odore di cibi che Zhikarev cucinava nel suo alloggio. Aleggiava anche un odore di cuoio appena conciato, un altro dei prodotti in cui commerciava.

Le pareti del negozio e delle stanze sul retro erano spesse. Non faceva mai davvero caldo, però, perché Zhikarev teneva bassa la temperatura a causa delle pellicce esposte. Di solito erano sparse in giro pile di pelli e pellicce, pelli singole o in balle.

All'insaputa di Wulff e chiunque altro, Eugeny Zhikarev manteneva un conto privato in una banca di Hong Kong, una procedura che aveva sbrigato, come faceva ogni altra cosa, con discrezione, efficienza e abilità.

Eugeny Zhikarev si considerava un russo leale. Amava il

suo paese. Non amava molti dei suoi funzionari. Era sopravvissuto a una rivoluzione, parecchie purghe e un certo numero di interrogatori. Questi ultimi lo avevano lasciato alquanto menomato nel corpo, ma non nella mente.

Negli ultimi dodici anni gli avvenimenti avevano seguito un corso tranquillo, e ora lui pensava sempre più spesso di ritirarsi dagli affari. Questo avrebbe voluto dire lasciare la Russia, ma avrebbe anche significato la libertà dagli interrogatori e il tempo per rilassarsi e leggere. Per una ragione o per l'altra, non aveva mai trovato il tempo di leggere tutti i libri che avrebbe voluto, molti dei quali difficili da procurarsi in Russia.

Negli ultimi tempi aveva pensato sempre più spesso a un appartamento a Hong Kong, in Giappone, o anche in California. I piedi gli facevano sempre più male ultimamente, e questo lo preoccupava. Era un avvertimento?

Tornò nel suo modesto alloggio e mise un cavolo sul tagliere. Avrebbe preparato di nuovo zuppa di cavoli. Il suo odore era sempre rassicurante per i funzionari statali, perché aveva l'odore dell'innocenza.

Fin da quando aveva aperto la nuova balla di pellicce si era sentito turbato. Era una serie particolarmente buona, soprattutto la volpe azzurra e l'ermellino. Pelli di scoiattolo ce n'erano in abbondanza, ma quelle pelli di volpe azzurra e di ermellino...

Aggiunse acqua e lasciò cadere il cavolo nella pentola, unendo qualche fetta di carota. Mentre mescolava e pensava, rimuginava sulla visita di Wulff.

Le balle di pelliccia erano lì sul tavolo, ma Wulff le aveva guardate appena. Era venuto subito al punto.

«Compagno, c'è un americano in circolazione. È un pellerossa, e dev'essere catturato. Tu conosci più cacciatori di chiunque altro. Spargi la voce. Noi lo vogliamo. *Io* lo voglio! Lo voglio e lo voglio vivo. Se non lo prendiamo, ci ritroveremo i soldati in tutta la zona. Non ci sarà pace per nessuno, finché non lo troveremo!

«Se senti qualcosa, vedi qualcosa, sospetti qualcosa, vieni subito da me. *Subito*! Mi senti?»

Aveva fatto un pausa, e poi, in tono più gentile: «Non vorrei che ti succedesse qualcosa. Non vorrei che qualcuno ti facesse delle domande. Mi capisci?

«Trovalo! Trovalo subito! Spargi la voce. Quell'uomo è un nemico della Russia.»

Wulff era uscito a grandi passi e Zhikarev si era dedicato a preparare la zuppa di cavoli, ma era preoccupato. Il compagno Wulff parlava di rado con tanto vigore. Non ne aveva bisogno. Tutti sapevano quello che poteva fare e che avrebbe fatto, se necessario.

Zhikarev si scostò dalla fronte una ciocca di capelli grigi. Osservò la minestra. Gli piaceva un po' più densa. Esitò, sentendo aprirsi la porta esterna. Girandosi, guardò verso l'ingresso del negozio.

Una giovane donna era ferma lì, una giovane donna molto attraente, ma una di quelle sveglie. Lui conosceva il genere. Erano pronte, brusche, esigenti e quasi impossibili da accontentare. Si pulì le mani su uno strofinaccio, lo posò e si diresse verso l'ingresso del negozio.

Lei stava guardando le pelli.

Zhikarev si passò le dita fra i capelli grigi. La donna si era girata a guardarlo. Lui sperò di non essersi rovesciato niente sul panciotto.

Guardando oltre lei, verso la vetrina, scorse una macchina ferma in strada; vicino c'era un uomo robusto, dall'aria forte. Poteva significare guai.

— Io sono la compagna Lebedev. Tu sei Eugeny Zhikarev?

— Sì.

— Hai sentito parlare del prigioniero fuggito? Dell'americano?

Lui si strinse nelle spalle. — Se n'è parlato, ma io incontro così poche persone. Vedi, sono occupato con le pellicce...

— Lo so. Fai affari con i cacciatori?

Lui si strinse di nuovo nelle spalle, lasciando che i suoi occhi ammiccassero vagamente. — Se hanno pellicce da vendere. Spesso tratto con qualcuno che è stato nella taiga a comprare pellicce. Non vedo molti cacciatori che tendono trappole. Quelli non vengono in città.

— Io lavoro con il colonnello Zamatev. Stiamo cercando l'americano. — Lei accennò alla balla appena aperta. — Le hai appena comprate?

— Sì. Vengono da lontano.

— Chi te le ha vendute?

Una domanda diretta, a cui era difficile sfuggire. Si strinse di nuovo nelle spalle. — Un cacciatore. Io...

— Voglio il suo nome. La località. — Gli occhi della donna erano freddi. — Lo voglio subito!

Zhikarev batté le palpebre. — È solo un cacciatore occasionale. Faccio affari con tante persone. Questo — aggrottò la fronte scuotendo la testa — credo che fosse il compagno Borowski.

— Parlami di lui.

Zhikarev era diffidente. Questa era una giovane donna molto sveglia, e se c'entrava il colonnello Zamatev...

— Si sa così poco. Senza dubbio il compagno Wulff ha un dossier su di lui. Si fanno pettegolezzi, naturalmente. Si dice che sia stato un soldato che ha combattuto valorosamente contro i tedeschi, ma suo padre era ebreo e voleva lasciare il paese. Fu mandato quaggiù, e la sua famiglia con lui. Borowski era indesiderato ovunque, e si mise a tendere trappole. Non so se questo sia vero.

— Viene spesso?

— Una, due volte l'anno.

— Dove vive?

Zhikarev scrollò le spalle. — Non parlano, questi cacciatori. Hanno paura che altri invadano il loro territorio. Credo — disse — che metta trappole sugli affluenti della Siniaja, a nord di qui. Sospetto — aggiunse — che venda la maggior parte delle sue pelli a Jakutsk.

— Apri la balla.

Eugeny Zhikarev prese un coltello e tagliò i legacci, aprendo in parte la balla. Lei capiva qualcosa di pellicce? Lui allargò le pelli e fece un passo indietro dal tavolo. Il cuore gli batteva forte.

Lei girò in fretta le pelli, guardandone una qua e là. Lui la osservava e i suoi timori aumentavano. Capiva davvero qualcosa. Capiva. Lui se ne rese conto perfettamente.

All'improvviso la donna prese in mano un ermellino. — Questa pelle non è stata conciata dallo stesso uomo che ha lavorato le altre. È diversa. Vedi? È trattata in modo molto più esperto, da qualcuno che ama una bella pelle.

Le rigirò una per una, controllandole. Ormai non c'era via d'uscita. Lei vide quel che Zhikarev aveva già visto.

Fece un passo indietro e lo guardò. Lo guardò con occhi freddi, curiosi. Poi si diresse alla porta e lanciò un richiamo. Un attimo dopo apparve sulla soglia l'uomo robusto.

— Stegman, voglio sapere tutto ciò che sa quest'uomo su un ex soldato, un ebreo di nome Borowski. Voglio sapere di queste pelli. — Gli mostrò le pelli, girandole rapidamente. — Spero che ce lo dirà qui, in modo che non dobbiamo portarlo via.

— Collaborerà — disse Stegman. — Il compagno Zhikarev

e io siamo vecchi amici. — Sorrise, scoprendo i denti bianchi. — Come vanno i piedi, compagno?

Zhikarev era spaventato. Si addossò al tavolo. Perché aveva aspettato tanto? Sarebbe potuto essere lontano. C'erano tutti quei bei soldi a Hong Kong e lui sapeva come lasciare il paese. Lo sapeva perfettamente.

— Qualunque cosa possa fare per aiutarvi — disse con calma — lo farò. I cacciatori non parlano di dove mettono le trappole, né di come.

— Questa balla di pelli — disse Kyra. — Quando l'hai comprata?

— È stato appena ieri. — Non aveva senso mentire su quel punto. Si poteva controllare così facilmente. — Me le ha portate Borowski. Non so stavolta, ma credo che quando viene porta anche pelli di altri cacciatori. Quelle là sono nuove per me. Non vedo niente di simile da anni. Il cacciatore — in questo fu onesto — è estremamente esperto tanto nel tendere le trappole quanto nel trattare le pelli. — Le indicò con un gesto. — Guarda! Sono state catturate con i lacci. La pelliccia è intatta. Questo cacciatore non ha usato tagliole d'acciaio.

Kyra Lebedev era eccitata, ma nascose le sue emozioni. Questa era una pista fresca, e buona. Doveva muoversi con cautela. Se riusciva a sbrogliarsela bene, se riusciva a ritrovare l'americano...

— La Siniaja dici?

— È un affluente della Lena. Vi sfocia tra qui e Jakutsk.

— Lo so. — Il tono di lei fu brusco. — Conosco benissimo questa zona. — I suoi occhi erano gelidi. — Cercheremo. Se non troveremo niente, torneremo.

"Ti suggerisco — i suoi occhi erano duri — di frugare bene nella tua memoria, compagno. Ti consiglierei di cominciare a ricordare tutto quel che sai su questo Borowski e su queste pellicce.

"Chi altri è venuto qui con lui? Esattamente con quale frequenza porta le pelli? Perché hai pensato alla Siniaja? Credevo che fosse stata completamente sfruttata dai cacciatori."

Sorrideva, ma per quanto sorridesse, il sorriso non era piacevole. — Vedi, avevo uno zio col quale vivevo da bambina. Era un pellicciaio e commerciava in pellicce.

Si avviò alla porta. — Vieni, Stegman. Ci vorranno solo poche ore per visitare la Siniaja e tornare indietro. — Sorrise ancora. — Spero che non stiamo sprecando il nostro tempo!

Uscirono e Stegman chiuse con cura la porta dietro di loro. Per un attimo dopo che se ne furono andati, Zhikarev non si mosse. Aveva detto qualcosa di sbagliato? Riesaminò in fretta i pochi minuti di conversazione. Aveva sperato di portarli fuori strada, e ora sperava che ci fossero delle trappole sulla Siniaja e sui suoi affluenti. In passato era stata una buona zona, e nell'intervallo poteva essere stata ripopolata.

Non sapeva da dove venisse Borowski. Si era imposto la regola di non fare domande. Non desiderava sapere più di quanto era necessario per gli affari, e sapeva che c'erano evasi e altri che non volevano farsi trovare. Lo sapeva anche Wulff.

Quella gente laggiù nella taiga doveva pur vivere. Erano innocui. Erano là da anni, alcuni, e non avevano mai fatto del male a nessuno. Tutto quel che volevano era vivere in pace nei boschi.

Wulff si era pian piano arricchito con le pellicce che gli portavano e non voleva che fossero disturbati. Ma che cos'era Wulff per il colonnello Zamatev? Una parola o due di Zamatev, e Wulff si sarebbe ritrovato a fare il semplice impiegato in qualche avamposto sperduto. Zhikarev lo aveva visto succedere.

E allora, che fare? Aspettare e vedere. Ma nel frattempo prepararsi. C'era poco da fare. Aveva quest'idea in mente da tanto tempo, deciso com'era a non subire mai più un interrogatorio del KGB o di chiunque altro. Era uno dei pochi in grado di prepararsi la fuga, una procedura attentamente studiata nel corso degli anni grazie al suo commercio di pellicce.

In una remota postazione militare sull'Amur, aveva organizzato discretamente l'acquisto di pellicce provenienti dalla Manciuria. L'ufficiale del posto di guardia lasciava passare le pellicce e riceveva in cambio dei piccoli favori. Dopo oltre un anno, l'ufficiale aveva permesso a Zhikarev di passare per andare a ritirare le pellicce. Questa era diventata una procedura fissa, quindi ora Zhikarev non doveva fare altro che superare la frontiera e non tornare.

Era possibile che la sua casa fosse sorvegliata?

Lui non sapeva niente di questo sconosciuto, di quest'uomo che aveva mandato le sue pellicce insieme a quelle di Borowski e altri. Poteva essere l'americano. Eugeny Zhikarev sentiva un'affinità con lo sconosciuto per il modo in cui lavorava le pelli. Trattava le pelli con rispetto. Non era incurante. Non le trattava in maniera sbrigativa. Lo straniero era conosciuto da Borowski, e Borowski era un brav'uomo.

Ora Borowski si trovava forse in guai seri. Poteva metterlo in guardia?

Zhikarev poteva progettare di lasciare la Russia, ma non intendeva tradire la Russia. Amava il suo paese, anche se non amava alcuni di coloro che lo governavano. I funzionari locali, per lo meno. Non sapeva niente di quelli di Mosca. Almeno, niente più di tutti gli altri.

Un attimo di riflessione gli fece capire che non poteva fare niente per Borowski. Non sapeva come raggiungerlo e in ogni caso non osava lasciare la città. No, a meno che non decidesse di andarsene per sempre.

Poi pensò, se non era sorvegliato...

Se non trovavano niente sulla Siniaja, avrebbero capito che aveva mentito. Sarebbero tornati.

Doveva fuggire subito, stanotte.

15

Joe Mack lasciò la pista appena tracciata che stava seguendo e scese lungo un ripido pendio, in mezzo ai pioppi tremuli. Crescevano così fitti che doveva cambiare continuamente direzione, a volte mettendosi di fianco per poter passare. Qui, sulle foglie umide e sui tronchi caduti, non lasciava nessuna traccia del suo passaggio. Si fermò parecchie volte per guardarsi attorno con attenzione e ascoltare.

Il suo nascondiglio era il più sicuro che si potesse immaginare. Aveva studiato le vie di accesso da ogni lato, e un cacciatore poteva passare tranquillamente sulla roccia che lo sovrastava senza mai sospettare la presenza della nicchia. Eppure ogni volta che si avvicinava lui sceglieva un percorso diverso, e ogni volta con cautela maggiore. La sicurezza poteva generare imprudenza.

Aveva voglia di andare al villaggio. Baronas doveva essere tornato insieme con Borowski e Botev. Avrebbero avuto notizie, e forse avrebbero avuto del denaro.

Si fermò di colpo. Un'ombra si era mossa nella foresta. Attese, tendendo le orecchie. Il suono era stato quasi impercettibile, e poi c'era stato un movimento. Non era stato un animale selvatico. Era un uomo.

Joe Mack prese una freccia dalla faretra e attese, l'arco in mano.

Ancora una volta ci fu un movimento, un movimento furtivo, cauto. Joe Mack si trovava in alto, fra i pioppi tremuli sul pendio della collina. Scrutò la foresta, aspettando. Non poteva prendere la mira con precisione contro nessun bersaglio, tanto gli alberi erano fitti. C'erano pochi rami bassi, e quei pochi erano secchi, neri e nudi. Attese. Era un indiano e capiva il valore della pazienza; capiva la selvaggina e capiva i cacciatori.

Ancora un movimento, qualcosa di nero, qualcosa che si muoveva con cautela estrema, qualcosa che era in agguato.

L'ombra si mosse ancora, balenò per un attimo fra gli alberi. Era un uomo. Era Peshkov.

Stava cercando il nascondiglio di Joe Mack.

Era distante poco più di ottocento metri, ma Peshkov non poteva saperlo. O stava cercando il nascondiglio o tendeva un agguato a qualcuno. Non un animale, perché in questo folto d'alberi c'erano poche probabilità di trovare un animale, a quest'ora del giorno.

Peshkov si mosse ancora, passando di fronte a Joe Mack, ma ad almeno cento metri di distanza. Era visibile solo a sprazzi, perché gli alberi a quella distanza formavano quasi un muro, fondendosi l'uno con l'altro.

Ora gli uomini avevano raggiunto una piccola radura. Osservandolo, Joe Mack decise che Peshkov stava semplicemente sondando il terreno, in cerca di qualche indicazione. Là dov'era non avrebbe trovato niente, eppure se Joe Mack si fosse attardato solo qualche minuto, avrebbero potuto trovarsi faccia a faccia.

Ora si stava allontanando, e Joe Mack lo guardò andar via. Almeno sapeva di essere braccato, e dopo questa esperienza doveva stare doppiamente attento nel tornare dal villaggio al suo rifugio. Rimase dov'era ancora qualche minuto, poi scese dalla montagna, calandosi da un albero all'altro.

Tornato al villaggio, depositò le pellicce, poi andò al villaggio. Stephan Baronas lo attendeva con una manciata di rubli. — Ci è andata bene — annunciò — ma temo che ci siano guai.

— Che genere di guai?

— Siamo rimasti fuori città fino a sera, e abbiamo visto

atterrare un elicottero. Sono scese due persone, un uomo e una donna.

Baronas prese la pipa e la caricò metodicamente di tabacco. — Non vediamo spesso degli elicotteri. Vengono usati per le grandi imprese, come la costruzione della BAM. A volte sbarcano dei cercatori, ma quando la stagione è così avanzata ne vediamo pochi.

— Hai riconosciuto i passeggeri?

— No, ma l'uomo, che sembrava un subordinato, aveva un certo atteggiamento. Sai com'è. Credo che fosse del KGB o qualcosa del genere. Borowski ha avuto la stessa impressione.

"Avevamo già venduto le nostre pellicce, ma Borowski ha voluto tornare indietro. Spesso ci sono cose di cui abbiamo bisogno che non possiamo comprare da noi. Zhikarev spesso ha fatto in modo di procurarcele. Siamo tornati da lui."

— E...?

— Non c'era. Il posto era buio e silenzioso. Non ce lo aspettavamo, dato che vive nel retrobottega. Stavamo per andare via quando è arrivata una macchina. Erano l'uomo e la donna, gli stessi scesi dall'elicottero, ma questa volta c'era Wulff con loro. Hanno bussato alla porta di Zhikarev, ma nessuno ha risposto. L'uomo che sembrava del KGB ha forzato la porta.

"Noi spiavamo da una certa distanza. Non siamo riusciti a sentire niente, ma è chiaro che non hanno trovato nessuno dentro. Hanno richiuso, sono saliti in macchina e sono ripartiti a tutta velocità."

Baronas rimase in silenzio, fumando e riflettendo.

— Siamo andati subito via e siamo tornati qui per una strada diversa. Non abbiamo idea di quello che è successo o del motivo per cui Zhikarev se n'è andato, se lo ha fatto.

— Cercano me.

Baronas scrollò le spalle. — Può darsi.

— Anche Peshkov mi ha cercato.

— Lei conosce Peshkov? Ah sì! Ricordo! Talia mi ha parlato del suo incontro con lui. Sia prudente. È un uomo pericoloso e infido.

Joe Mack fissò il fuoco. Fuori il vento soffiava gelido. Fra poco avrebbe dovuto tornare a casa sua, badando a non farsi seguire. Peshkov aveva intenzione di derubarlo? Di ucciderlo?

Qui l'atmosfera era calda e confortevole. Talia entrò dall'esterno. Lui accennò ad alzarsi, ma lei gli fece segno di restare seduto. — E resti. Ho preparato uno stufato. Mangeremo fra poco.

Baronas cominciò la lezione di russo, e Joe Mack ascoltò con attenzione, ripetendo le parole dopo di lui. Ben presto fu pronto il caffè e la lezione continuò mentre lo bevevano e, più tardi, mentre cenavano.

Entrò Borowski. — Credo che se ne sia andato — disse. — Mi riferisco a Zhikarev. Penso che sia fuggito. Mi disse una volta che preferiva morire piuttosto che farsi interrogare di nuovo, quindi penso che abbia semplicemente lasciato tutto per fuggire.

— Come può fuggire?

Borowski si strinse nelle spalle. — Altri lo hanno fatto, e lui è un vecchio astuto. Un commerciante di pellicce fa tante conoscenze strane. Lui sa molte cose. Dopo tutto, sa da dove vengono le pelli, nella maggior parte dei casi. O almeno può indovinarlo con sufficiente precisione. In fondo, certi tipi di animali hanno un determinato habitat, e in certe zone le pellicce sono migliori che in altre.

— Gli auguro buona fortuna — disse Joe Mack.

— Avrà bisogno di auguri. — Borowski lanciò un'occhiata a Talia, che era appena tornata nella stanza. — Credo che sparirò per qualche tempo.

— In questo periodo dell'anno? Dove andrai?

— Mi avranno visto entrare da Zhikarev. Se cercano lui, cercheranno anche me. — Guardò Baronas. — Sii prudente, Stephan. Non hanno mai scoperto questo posto, ma non credo che abbiano mai cercato seriamente. Wulff si è comportato bene, ma se si tratta di scegliere fra il suo collo e il nostro, toccherà al nostro.

Quando Joe Mack finì di mangiare, alzò gli occhi su Natalia che era rientrata nella stanza mettendosi vicino a loro. — Non troveranno facilmente il mio rifugio. Potreste venire là.

— Andrà tutto bene, penso.

Lui si alzò. — Ricordatevi dov'è e venite, se potete.

— È meglio se lei si trova un altro posto, Joe Mack. Un posto più lontano. Lo rifornisca di legna da ardere e di carne. Con questo tempo la carne si conserverà, ma il terreno è gelato. Scavi per qualche palmo e sarà meglio di tutti quei frigoriferi che avete negli Stati Uniti.

— Il permagelo? — Joe Mack ne aveva sentito parlare. La terra era gelata e rimaneva tale, da un anno all'altro. Costruire diventava difficile, perché qualunque cosa apportasse calore a quel terreno gelato, provocava il disgelo e inondava la zona circostante.

Conversarono a lungo e lui ascoltò, parlando poco. Parlare non faceva parte della sua natura, ma gli piaceva che gli altri parlassero, e imparava molto.

— Resti per la notte — propose Baronas. — Il freddo è pungente, adesso.

L'idea non gli piacque, ma l'idea di camminare nei boschi gelidi gli piaceva ancor meno. Rimase, e la casa era calda e accogliente. Borowski se ne andò, finalmente, e parlarono fra loro, e Joe Mack fece molte domande, ma loro ne fecero ancora di più a lui. Come si stava in America? Lui raccontò qualcosa, badando a non parlare troppo, altrimenti avrebbero pensato che mentiva. Tirò fuori la carta che aveva rubato e la studiarono insieme. Guardando la carta, Baronas poté dargli molte notizie sulla regione. In parte l'aveva visitata di persona, in parte ne aveva soltanto sentito parlare. Discutevano in un misto di inglese e russo.

— Lei parla francese? — chiese all'improvviso Baronas. — Ho sentito dire che in America lo insegnano nelle scuole.

— Lo parlo.

— Nel mio paese sono in pochi a non saper parlare parecchie lingue. Siamo una piccola nazione, e molti parlano polacco e russo, ma ci sono alcuni che parlano anche svedese, o francese e tedesco. Ai vecchi tempi, quando ero ragazzo, si viaggiava molto. Mio padre era stato parecchie volte a Copenhagen e a Oslo. Aveva un cugino che andò in America.

"Da giovane ho letto alcune delle sue lettere. Magnifiche lettere! Viveva nel Minnesota."

— Ci hanno vissuto anche alcuni del mio popolo — disse Joe Mack.

— Ha detto di essere indiano, vero? Ma ha gli occhi grigi.

— Mio nonno era uno scozzese delle Highlands. Alcuni dei miei antenati hanno combattuto al fianco di Bonnie Prince Charlie. Ce ne furono altri che cavalcarono con Cavallo Pazzo quando sconfisse Custer.

— Ah! Ho sentito parlare di lui!

— Quasi tutti ne hanno sentito parlare. Era un grande combattente, e molti del mio popolo lo ammiravano, prima di cominciare a leggere i libri dell'uomo bianco su di lui. Noi lo abbiamo combattuto e lui ha combattuto noi. Era un soldato, come me. Ha fatto quel che doveva fare, come ho fatto io. Un soldato ha una missione da compiere, e lui fece del suo meglio per portare a termine la sua.

"Un indiano è diverso solo in quanto sceglie la sua missione. Nessuno ha mai costretto un indiano ad andare a caccia di scalpi. Li cacciava per avere onore, prestigio nella sua tribu. Quand'ero bambino, vennero a trovarci dei vecchi guerrieri che avevano conosciuto Custer. Loro lo ammiravano. Non sapevano che farsene di uomini deboli.

"In seguito, alcuni guerrieri sostennero di averlo ucciso. La verità era che non lo riconobbero. Prima di quell'ultima marcia si era tagliato i capelli, e loro cercavano invece i capelli lunghi. Nessuno seppe chi lo uccise o quando. I vecchi che vennero a trovarci erano convinti che fosse rimasto ucciso all'inizio della battaglia."

Joe Mack fece una pausa. — Sono così pochi a rendersi conto che non era la prima battaglia. Solo pochi giorni prima, i sioux bloccarono l'avanzata del generale Crook. I sioux erano convinti di aver vinto, il generale Crook pensava di aver vinto, ma gli uomini di Crook dovettero ritirarsi. Molti erano feriti, le munizioni erano finite.

"In quella battaglia i sioux erano armati meglio, e superavano di numero i soldati. I sioux avevano fucili nuovi Winchester e Remington, armi a ripetizione molto migliori degli Springfield ad azione singola in dotazione all'esercito.

"C'erano indiani shoshone che combattevano dalla parte dell'uomo bianco, ma quello succedeva spesso. Gli shoshone erano vecchi nemici dei sioux. Non ci temevano come individui, ma ci temevano in quanto popolo."

— Noi sappiamo così poco delle vostre guerre indiane, e quasi tutti i racconti sono sensazionali piuttosto che realistici.

Joe Mack era d'accordo. — È così anche da noi. Pochi si prendono la pena di capire o di considerare la storia americana col senso della prospettiva. E noi americani amiamo sentirci in colpa per qualcosa. Comunque, non sono mai io il colpevole, ma sempre quegli altri americani, il governo passato o presente o l'altro partito politico. Gli americani non trovano quasi mai colpevoli gli altri paesi. Siamo sempre noi o la nostra presunta influenza su altri paesi.

Il fuoco crepitava. — Fa freddo — osservò Natalia. — Questa notte sarà la più fredda che si sia mai avuta finora.

Lui le lanciò un'occhiata. — Sai qualcosa della regione che si stende da qui allo Stretto di Bering?

— Saresti pazzo ad andare da quella parte. Sono chilometri e chilometri di foreste, montagne e paludi, con molti fiumi gelidi da superare, poi c'è la tundra. E nella tundra non ci sono posti per nascondersi. Chilometri e chilometri di terreno aperto. Avrai maggiori possibilità andando verso la Manciuria.

— Forse.

— Talia ha ragione. Da quella parte lei non ha speranza. Ci sono pochi villaggi e ancor meno persone, tranne lungo la riva del mare. Quelli che troverà sono nativi o uomini del governo, quelli che azionano le installazioni radar o i pochi campi d'atterraggio. Come dice mia figlia, non ci sono posti per nascondersi.

— Forse avete ragione.

— Ha intenzione di tentare lo stesso?

— Sì, e per tutte le ragioni che suggerite voi due. Se è una follia andare da quella parte, saranno propensi a credere che sono andato in un'altra direzione.

Joe Mack mise altra legna sul fuoco. Il vento stava rinforzandosi, e faceva freddo. Allontanandosi dal fuoco, lo si sentiva subito. Un ambiente grande non si poteva riscaldare affatto, un ambiente piccolo che permettesse la dispersione del monossido di carbonio forse sì. Doveva ricordarselo.

Talia preparò un paglierìccio per lui accanto al fuoco e uno per sé dalla parte opposta. Il padre avrebbe dormito tra il fuoco e la parete esterna, ma più vicino al fuoco, con una pelle di renna appesa a pochi centimetri dal suo dorso per riflettere il calore. Avrebbe potuto esserci calore vicino al fuoco e nello stesso tempo ghiaccio in formazione sulla parete.

Parlarono, ma lui rimase in silenzio ad ascoltare. I suoi pensieri erano già rivolti a nord-est, verso lo Stretto di Bering e i chilometri che doveva percorrere. Quando il freddo avesse superato il culmine, sarebbe partito. Non avrebbe atteso la primavera. Con il caldo sarebbero ripresi gli spostamenti.

Osservò il viso della donna alla luce baluginante del fuoco. Era bella, e sottile al punto da sembrare fragile, ma era stata forte con Peshkov. Non aveva paura.

— Non hai conosciuto altro che questo?

Lei si guardò attorno. — All'inizio, quando ero piccola, vivevamo in città. Era una città piccola, ma molto graziosa. Mi piaceva. D'estate avevamo i fiori, e c'era una chiesa.

— Andavi in chiesa?

— Non era prudente. Se uno andava in chiesa, veniva sottoposto a indagini o convocato per ricevere un rimprovero. A volte un pastore veniva in casa nostra a parlarci. Era un luterano, un uomo che viveva nel villaggio e lavorava in una miniera. Lo ricordo bene.

— Era un brav'uomo — confermò Baronas.

— E lei che cosa faceva? — chiese Joe Mack a Baronas.

— Facevo il giardiniere. Un agricoltore su piccola scala. Coltivavo orzo e rabarbaro. Il rabarbaro era molto popolare come medicina, oltre che come alimento. — Distolse gli occhi dal fuoco. — Ho imparato a coltivarlo, e ho imparato alcune altre cose sul giardinaggio. Alcune piante crescono molto bene qui, ma la stagione è breve. Spesso il gelo arriva in anticipo e tutto va perduto.

— Io non ho mai fatto del giardinaggio. Sulle montagne coltivavamo un po' di grano, e a volte aiutavo con quello.

Il vento si stava levando.

— C'era un marinaio che conoscevo una volta — disse Baronas — e in una notte simile a questa mi ripeté quello che erano solite dire le mogli dei pescatori d'alto mare e dei naviganti. Quando i venti ululavano e il mare grosso s'infrangeva contro le rocce, dicevano: «Che Dio abbia pietà dei poveri marinai in una notte come questa!»

— Amen — disse Joe Mack.

— Sss! — Natalia alzò una mano. — Arriva qualcuno!

16

Le loro voci tacquero. Il vento ululava intorno al tetto e il fuoco scoppiettava. Un rametto cadde, le scintille sprizzarono in alto. Joe Mack aspirò il buon odore del fumo di legna e attese, tendendo le orecchie per cogliere ogni minimo rumore.

Arrivò. Uno scalpiccio di piedi sulla ghiaia all'esterno. Un uomo solo. Joe Mack si rilassò, sorvegliando la porta, come tutti. Il saliscendi si sollevò. Il nuovo arrivato batté i piedi a terra per liberarli dal fango prima di entrare, poi la porta si aprì.

Era Yakov.

Non portava armi. Si avvicinò al fuoco e si tolse le manopole, tendendo le mani verso le fiamme. — Fa freddo — disse — freddo.

I suoi occhi trovarono Joe Mack. — E allora? Non è stato facile, quello che hai fatto. Venire qui, trovare questo posto.

Nessuno parlò, tutti sembravano in attesa di qualcosa. Joe Mack guardò Baronas. — Devo andarmene? Se avete qualcosa da discutere...

— No. Lei è uno di noi, ormai. La prego, resti.

Yakov guardò Baronas, sfregandosi le mani per scaldarle. — È inutile. Non si trova più a Nerchinsk. È stato trasferito dalla prigione di notte. — Frugò nel fuoco con un piccolo stecco. — Siamo arrivati troppo tardi — disse in un bisbiglio — troppo tardi!

— Ma è vivo? — domandò Baronas.

— Allora era vivo — rispose Yakov — e quando è stato riportato via dalla prigione era in grado di camminare. Non so dove lo abbiano portato. Dobbiamo aspettare.

Lanciò un'occhiata a Joe Mack. — Ti cercano. L'incarico è stato affidato ad Alekhin.

— *Alekhin!* — esclamò Baronas. — Questo è male, molto male!

Yakov si strinse nelle spalle. — È soltanto un uomo.

Nessuno parlò. Fuori il vento sibilava. Poi Natalia domandò: — Yakov? Hai mangiato?

Lui sorrise. — Non oggi. Ieri, un po'.

— Resta seduto dove sei. Preparerò qualcosa.

— Nel frattempo c'è il tè — disse Baronas. Lanciandogli un'occhiata, osservò: — Devi essere stanco.

Yakov indicò Joe Mack. — La regione è in agitazione per causa sua. Devi essere importante.

Joe Mack scrollò le spalle, accettando anche lui una tazza di tè. — Sono fuggito. Questo a loro non piace.

Yakov mise un altro ramo sul fuoco. — Non sei fuggito. La Siberia e una prigione con le mura di ghiaccio. Nessuno fugge dalla Siberia.

— Io lo farò.

— Sei in gamba nella foresta — ammise Yakov. — Non hai lasciato tracce del tuo passaggio, che io abbia visto. Ma io non sono Alekhin.

— È abile, allora?

— È il maestro. Nessuno è migliore di lui, nessuno gli si avvicina neanche lontanamente. Nella foresta è come uno spettro, e riesce a vedere dove non c'è niente. Nessuno gli è mai sfuggito, nessuno.

Poi conversarono fra loro, ma le poche parole che lui conosceva non erano sufficienti. Quando parlavano lentamente e rivolti a lui, riusciva a capire, se le parole erano semplici. Molto di quello che aveva imparato dai figli dei minatori gli tornava alla mente, e Stephan Baronas era un maestro paziente. Ma quando conversavano fra loro, riusciva ad afferrare solo una parola di tanto in tanto. Eppure la stanza era calda e accogliente, e lui non desiderava muoversi.

La comodità era un pericolo. Doveva tornare al gelo del suo campo, dove non si sarebbe sentito tanto a suo agio come qui, dove il freddo stesso sarebbe servito a tenerlo all'erta.

Ventinove persone, gli avevano detto. Lui non ne aveva incontrate più di una dozzina, e c'era poco movimento in giro. Sapeva che c'erano state discussioni sulla sua presenza e contrasti fra quelli che temevano i fastidi che poteva procurare loro e quelli che apprezzavano la carne che poteva dividere con loro.

Joe Mack si alzò in piedi. — Io vado — annunciò, e uscì senza voltarsi indietro.

Fuori, nell'oscurità, il vento era freddo e tagliente. Il terreno era gelato. Era improbabile che qualcuno stesse a spiare a quest'ora e col freddo, ma lui era diffidente. Quando tornò al suo campo, nel nascondiglio fra le rocce, accese un piccolo fuoco e si preparò il letto. Doveva farsi degli abiti più caldi, o sarebbe morto assiderato. Eppure, per quanto facesse freddo, la sua salute era buona, e viveva della carne degli animali che uccideva. Era una vita selvaggia, quella che conduceva ora, ma una vita per la quale era nato. Coprì il fuoco di cenere, si avvolse nella sua pelle d'orso e fissò la roccia sopra di sé. Presto avrebbe dovuto andarsene. Era un pericolo per loro. Ancora un po', per imparare meglio la loro lingua, appena un po'.

I suoi occhi si erano chiusi, e ora si riaprirono. Era davvero per quello che voleva restare? O perché aveva bisogno della gente più di quanto avesse creduto possibile?

Un vento glaciale ululava fra gli alberi, e un ramo si spezzò per il freddo. Lui si strinse nella pelle d'orso e cercò di riparare la testa da una corrente d'aria. Doveva scaldare la roccia prima di dormire, scaldarla col fuoco, questo doveva fare prima di addormentarsi la sera. Allungò un braccio dal calore del suo giaciglio per spingere un altro rametto fra i tizzoni del fuoco. Pensò alle pareti rocciose lungo le quali aveva viaggiato, ai fiumi che doveva superare e alle foreste che doveva attraversare. E poi pensò ad Alekhin, il cercatore di tracce, Alekhin che era là fuori da qualche parte, là fuori in cerca di orme, in cerca di lui.

Aveva creduto che non sapessero dove si trovava, ma nelle

settimane passate aveva visto parecchie spedizioni di soldati, che cercavano. Era un caso? O aveva lasciato qualche indizio, qualche indicazione del suo passaggio?

Alekhin era in gamba. Doveva essere doppiamente prudente.

Per due giorni rimase alla larga da quello che aveva cominciato a considerare il villaggio, ma il terzo giorno uccise un goral e portò la carne per metterla in comune.

Andò alla casa dei Baronas, ma non trovò nessuno. Deluso, fece per andarsene; poi aggiunse della legna al fuoco e lasciò la carne che aveva portato. Si allontanò nella foresta.

Era nel cuore della foresta e camminava sulle foglie umide fra le betulle e i larici, quando la vide.

Era in piedi, in un corridoio naturale fra le betulle e i larici. Aveva il cappuccio abbassato, e un raggio vagabondo di sole sfiorava i suoi capelli biondi. Era una donna bellissima, si rese conto. Non che avesse importanza per lui. I giorni si stavano trasformando in settimane, e presto sarebbe partito.

Lei gli venne incontro nella foresta e si fermò a pochi passi di distanza. — Non sei venuto a trovarci.

— Ho attizzato il vostro fuoco, e ho lasciato la carne.

— Grazie. Abbiamo trovato la carne e abbiamo capito che eri stato tu. — Lei fece una pausa. — Non eravamo andati lontano. — Esitò di nuovo. — C'era una riunione.

Lui attese senza dire niente. In qualche punto, qualcosa si mosse tra le foglie morte.

— La riunione riguardava te. Peshkov vuole che te ne vada. Anche Rusinov. Sono uomini importanti fra noi. Mio padre ha parlato in tuo favore, e così Yakov.

"«Dove potrebbe andare?» ha chiesto Yakov. «Siamo nel cuore dell'inverno.»

"«Non ha importanza» ha obiettato Peshkov. «È un pericolo per tutti noi.»

"«E tutti noi mangiamo la carne procurata da lui» ha detto mio padre."

— Presto me ne andrò.

— Dove andrai? Dove puoi andare?

— Dov'ero quando sono venuto da voi. Tornerò nella foresta.

Un vento agitò le foglie, un vento freddo, glaciale. — Mio padre dice che puoi restare. Non è Peshkov che decide per noi. — Un'ultima foglia dorata cadde da un pioppo tremulo e rimase impigliata fra i suoi capelli. Joe Mack distolse lo sguardo. Era una vera donna, questa.

— Come sono, qui? Continuano a cercare anche col freddo?

Lei scrollò le spalle. — Di solito, no. Per te, forse. È Zamatev, stavolta, e c'è Alekhin. Questo non era mai successo. Penso che si faranno delle ricerche, ma non molte. Gli uomini potrebbero morire, quaggiù. — Fece una pausa, riflettendo. — Penso che andranno in certe località. Tenteranno di eliminarti, di localizzarti. Poi, quando verrà la primavera, si muoveranno.

S'interruppe. — C'era una donna ad Aldan. Era lei a dare gli ordini. Non la conosco.

— Una donna? Che tipo di donna?

— Molto attraente, ha detto qualcuno, ma non sappiamo. — Lo guardò. — Noi abbiamo dei mezzi... voglio dire, a volte possiamo scoprire certe cose. Questa donna era ad Aldan quando sono state vendute le pellicce. L'uomo con lei lo conosciamo. Si chiama Stegman. Lo conosciamo. È del KGB, o almeno lo era. Era stato assegnato al colonnello Zamatev, quindi anche la donna lavora senza dubbio per lui. Usavano un elicottero.

Lui rammentò l'elicottero che lo aveva sorvolato. Lo stesso? Poteva darsi. Chiunque lo pilotasse si era fermato ad indagare su quella vecchia costruzione.

— Alla vostra riunione, che cosa è stato deciso?

— Per il momento puoi restare. La tua carne ti ha procurato degli amici. La vita è molto dura, qui, d'inverno. Nei mesi caldi possiamo uscire tutti e procurarci da mangiare. Piantiamo. Raccogliamo nella foresta. Non ce la caviamo male. D'inverno a volte va molto male, e tu ci hai portato della carne.

S'incamminarono insieme lungo il sentiero appena segnato. C'erano molti tronchi caduti, spesso l'uno sull'altro, neri di umidità. Il cammino era pieno di insidie. Gli occhi di Joe Mack erano occupati a osservare, a cercare. C'erano pochi animali nella foresta fitta. Di solito si trovavano più vicino ai torrenti o alle radure e ai prati aperti. La foresta era densa e anche a mezzogiorno ombrosa e povera di luce. Ma ora le giornate erano ancor più brevi, le notti lunghe e gelide.

— Devi parlare a Yakov. Sua madre apparteneva al popolo dei tungus. Sono allevatori di renne, grandi viaggiatori e cacciatori. Vivono ancora come vogliono, per lo più, e ce ne sono molti a nord-est di qui. Potresti incontrarli.

Proseguirono senza parlare. Scavalcando un tronco caduto, lei mise il piede nella cavità di un altro e scivolò. Si aggrappò al braccio di Joe e rimase stupita. — Sei forte!

— Dove ho vissuto c'era molto lavoro duro, e poi a scuola... conosci il decathlon? Richiede abilità in tutte le specialità atletiche. Al college vinsi parecchie gare, ma poi persi alle selezioni per le Olimpiadi. Semplicemente, non ero abbastanza bravo.

— Botev andrà presto a Jakutsk. Porterà le pellicce.

— Ne avrò qualcuna anch'io. Non è lontana?

— Non possiamo andare sempre nello stesso posto, e Stegman e quella donna sono stati visti ad Aldan, mentre visitavano il commerciante di laggiù. È pericoloso tornarci adesso.

— Andrà solo?

— No. Qualcuno andrà con lui. Forse non dovranno fare tutto il tragitto. A volte incontrano altri cacciatori e vendono le loro pellicce. Ne ricaviamo di meno, ma anche il rischio è minore.

Si attardarono, non volendo porre fine a quel momento. Un vento freddo ululava fra i larici e gli abeti rossi. — Vieni a trovarci, Joe Mack. Voglio che mi parli delle città e delle donne. — Alzò gli occhi su di lui. — Non sono stata da nessuna parte da quando ero bambina. Sappiamo così poco, quaggiù. Qualche volta, dalla *Voce dell'America*...

Sorpreso, lui esclamò: — La sentite *qui*?

— Quando abbiamo le batterie. Non c'è energia elettrica. Yakov sta lavorando a un mulino ad acqua che spera possa produrre energia per noi, ma è ben lontano dall'essere finito.

— Io sono la persona sbagliata per parlarti delle città. — I suoi occhi incontrarono quelli di Natalia, e lui scrollò le spalle. — Non sono andato molto in giro. Alcuni del mio popolo bevono troppo, in città, e io non ho mai voluto correre quel rischio.

Lei rise, ma senza umorismo. — È un problema anche qui. Sentiamo parlare di sforzi per convincere la gente a bere di meno, ma finora non hanno avuto successo.

— Io so molto poco della Russia.

— Mio padre dice che non è cambiata. La Russia di oggi è la stessa degli zar. Come nazione, i russi sono sempre stati diffidenti verso gli estranei. Hanno sempre vissuto al di fuori della comunità delle nazioni. Quello che sta succedendo ora in Afghanistan è cominciato molto tempo fa. Rileggi *Kim* di Kipling, e soprattutto alcuni dei suoi racconti. E non hanno mai permesso il libero commercio nel loro paese o concesso alla loro gente di viaggiare liberamente fuori della Russia. Balzac doveva incontrare la sua amante polacca in Svizzera, perché non era permesso recarsi in Francia per lunghi periodi.

— È un peccato. Ho ammirato molte bellezze, qui, e ho visto ben poco.

— La penisola di Kamcliatka è magnifica. Ci sono vulcani, cime coperte di neve, cascate e splendide foreste. Se fosse possibile, penso che il tuo popolo verrebbe a visitarla. Voi siete grandi viaggiatori, lo so. — Rabbrividì. — La temperatura sta scendendo. Avremo un brutto inverno, credo.

— Non vi hanno infastidito, quaggiù?

Lei scrollò le spalle. — Siamo in una zona isolata, e non facciamo niente per attirare l'attenzione. Wulff sa che esistiamo, ma le nostre pellicce lo arricchiscono. Con tutto cio, se causassimo fastidi, ci farebbe incarcerare o fucilare tutti. — S'interruppe. — Io penso che sappia soltanto che esistiamo, ma non sa dove e non vuole saperlo. Ne sa chi c'e qui o quanti siamo.

"Vedi — alzò di nuovo gli occhi su di lui — siamo lontani da tutto. Nessuno viaggia da queste parti. Un giorno o l'altro...

Ripresero a camminare. — È vero che in America hanno tutti l'automobile?

— Certe famiglie ne hanno due o tre. Un'auto non è considerata un lusso, ma una necessità. Molte persone percorrono parecchi chilometri per andare al lavoro, e chi non guida la macchina o non ne possiede una è oggetto di curiosità.

— E tu?

— Io ho imparato a pilotare un aereo prima che a guidare una macchina, e preferisco tuttora volare. Sulle montagne dove sono cresciuto, non c'erano strade. Non nelle vicinanze, almeno. Mio nonno e mio padre non le volevano, e non volevano visite. Quando lasciai le montagne per andare a scuola, andai a vivere con dei parenti scozzesi e salii in macchina per la prima volta.

— Gli indiani possiedono automobili?

Lui ridacchiò. — Il furgoncino ha rimpiazzato il cavallo. Penso che ogni indiano ne abbia uno, o se non possiede un furgoncino lo possiedera presto.

Si fermarono di nuovo. — Il modo di vivere cambia molto rapidamente in America. Quando si diffusero le automobili, gli americani cominciarono a viaggiare ancor di più, e dapprima vi furono parchi turistici dove potevano fermarsi per la notte e accamparsi. Di solito c'era una costruzione con le docce e un posto per cucinare. Poi nacquero gli ostelli, dove si poteva prendere in affitto una stanza con una rimessa per la macchina a fianco. Questo dette origine al motel, e ora i motel stanno passando di moda. Ormai troppi americani prendono l'aereo, invece di viaggiare in macchina. Una volta c'erano stazioni di rifornimento a ogni angolo e quasi altrettanti motel. Ora diminuiscono di anno in anno. Io sono convinto che presto ci saranno in America vaste zone in cui non viaggerà nessuno, tranne gli abitanti del posto. È più rapido viaggiare in aereo.

— Ma avete le ferrovie!

— Certo, e per poco meno di un secolo sono state molto importanti. Lo sono sempre meno, da un anno all'altro.

Joe Mack non proseguì. C'era in lui un'irrequietezza che prese come un avvertimento. Si separarono lì, ai margini del gruppo di casupole, e Talia si allontanò senza voltarsi indietro. Per un lungo istante, lui rimase a fissarla.

Era una vita grama, quella che l'aspettava; una donna giovane e bella condannata a vivere per tutta la vita in una foresta, tirando avanti in una rozza capanna, sempre nel timore di essere scoperta e di quello che poteva derivarne. Lui non era mai stato un frequentatore entusiasta dei ricevimenti e nemmeno delle cerimonie cui un ufficiale era tenuto a partecipare. C'era andato, e si era reso conto dell'effetto che creava, ma si era sentito più felice quando si trovava nei boschi o quando volava, solo e alto nei cieli. Eppure, pensando a Natalia, la immagina in abito da sera a uno dei balli o delle cene cui aveva partecipato. Era fatta per quel mondo, non per questo.

Si fermò di nuovo, quando fu di nuovo nel cuore della foresta di betulle, e si guardò attorno con attenzione. Non doveva farsi seguire. E ormai doveva prepararsi alla fuga. Soprattutto, non doveva adagiarsi in un'esistenza alla giornata qui. Certo, questo era il posto migliore che potesse trovare per superare l'inverno, ma doveva tenersi pronto a muoversi, e alla svelta, in qualsiasi momento.

La ricerca era in atto, e sarebbe stata una ricerca senza tregua. Ricordando Alekhin, capì che l'uomo doveva essere spietato oltre che tenace. E a un certo punto, nella catena dei giorni, si sarebbero incontrati. In qualche luogo, in qualche modo, sapeva che sarebbe accaduto.

Uomo a uomo, faccia a faccia, e la morte per uno di loro o per entrambi.

Ricordando gli occhi freddi di Alekhin, dalle palpebre pesanti, sentì un brivido gelido.

17

Il colonnello Arkady Zamatev era in preda a una collera gelida. Era anche spaventato.

Aveva trascorso la serata partecipando a un trattenimento nell'alloggio del compagno Shepilov, dove era stato circondato quasi subito da curiosi che volevano notizie sull'americano fuggito.

Chi era? Che cosa era successo, esattamente? Dov'era adesso? Fra i presenti c'erano persone importanti. Per questo bisognava lasciar fare a Shepilov. C'erano anche persone che sarebbero andate in giro a farsi domande reciprocamente. La torre finora solida che aveva costruito mostrava segni di logorio e di crepe.

Non c'era che una sola risposta. Doveva ritrovare l'americano senza indugi. Ma non era forse quello che aveva tentato di fare? Non aveva messo tutti in allarme? Non aveva tentato tutto quello che gli era venuto in mente? E senza una sola pista.

Be', non molte. C'era, naturalmente, l'intuizione di Alekhin e gli indizi in cui lui, Alekhin, credeva.

Zamatev sedette alla sua scrivania e pagina per pagina riesaminò i rapporti che aveva ricevuto dal campo.

Negativo.

L'uomo era svanito come un fantasma. In una terra immensa, solo in parte esplorata, senza armi, senza cibo, senza abiti adatti, lui si era volatilizzato. L'uomo non sapeva parlare il russo. Non poteva assolutamente conoscere il paese abbastanza bene per sopravvivere. A parte la storia inconsistente raccolta da Alekhin, non c'erano state denunce di furti; eppure l'uomo, se era vivo, doveva pur mangiare in qualche modo.

Pennington era stato riportato al comando e passato al torchio. Era stato trattato con durezza, ma evidentemente non sapeva niente. Era chiaro che Pennington diceva la verità. Dopo tutto, non avevano passato molto tempo insieme, e la loro conversazione attentamente spiata, era stata uno scambio di banalità. Come sosteneva Pennington, l'uomo non aveva voluto né potuto fidarsi di lui. Nemmeno il loro informatore nella prigione sapeva niente.

Zamatev preparò il tè. Gli piaceva forte, e questa notte ne aveva bisogno.

Spiegò ancora una volta la carta e la studiò. Prima, la grande mappa del Trans-Baikal e delle terre a oriente. Quella porzione della Siberia a est del Lago Baikal fra la frontiera con la Cina sull'Amur e l'Oceano Artico, era un territorio immenso. Degnò appena di un'occhiata il grosso dito di terra che puntava a est verso lo Stretto di Bering e l'Alaska. Quello era impossibile, assolutamente impossibile. Montagne, fiumi e tundra. Pochi villaggi, pochi abitanti, molte piccole catene montuose, acquitrini e freddo intenso.

A sud verso l'Amur; quella doveva essere la via. Forse verso est, a sud di Magadan?

Stava esaminando la mappa quando sentì bussare alla porta. Per un attimo rimase paralizzato.

Il KGB? Di solito venivano la notte. Ma lui, Zamatev, *era* il KGB, o almeno era il GRU, che era quasi la stessa cosa.

Il colpetto alla porta si ripeté. Troppo leggero perché fossero loro. Si avvicinò alla porta. — Chi è? — domandò.

— Kyra.

Aprì la porta. — Entra, entra! Come stai? — Il suo bacio fu breve. Lei aveva le labbra gelate dall'aria notturna.

Non si perse in preamboli. Si diresse subito verso la scrivania. Posò sulla carta un rapporto dattiloscritto. — Quello che ho scoperto è tutto qui, ma lascia che te lo dica a voce. Penso di avere una pista.

Lui sedette e si rilassò sulla sedia. — Dimmi.

— Abbiamo sorvolato una vasta zona e non abbiamo trovato niente, assolutamente niente. Abbiamo fatto domande, controllato rapporti. Niente.

"Ad Aldan, però, c'è un commerciante di pellicce. Un uomo di nome Eugeny Zhikarev."

— Il nome mi è familiare.

— Esatto. Stegman lo ha interrogato una volta.

— Che cosa c'entra?

— Un commerciante di pellicce, come ho detto, e aveva appena ricevuto una piccola balla di pelli. Era evidentemente nervoso, e le pellicce c'entravano qualcosa. Io le ho esaminate, e m'intendo abbastanza di pellicce. Alcune erano pelli molto belle, e le migliori erano conciate in modo diverso dalla massa delle altre. La maggior parte delle pellicce era lavorata in modo molto rozzo, ma un certo numero di esse rivelava la mano abile di un uomo che s'intendeva di pellicce e amava occuparsene.

"Evidentemente anche Zhikarev se n'era accorto, ma ha detto di non conoscere l'uomo che aveva fatto quel lavoro. Io gli credo."

— Gli credi?

— Sì. Le pellicce vengono dalla foresta e sono evidentemente prese e lavorate da vari cacciatori. Lui non potrebbe conoscerli tutti, e questo era nuovo.

— Lo sai?

— Lui lo giura, e io gli credo. Ho esaminato molte delle pellicce che mette in vendita o baratta. Nessuna era trattata nello stesso modo.

Kyra si tolse il berretto di pelliccia e scosse i capelli. — Il compagno Wulff ha una bellissima pelliccia, e anche sua moglie, che ho visto per caso. Questo non è un fatto inatteso in una regione dove le pellicce sono così comuni, ma ho idea che il compagno sappia fare molto bene i suoi affari. Credo che i commercianti gli facciano dei favori e che lui li ricambi.

— E allora?

— Tu e io sappiamo che sono cose che succedono, e Wulff sembra molto soddisfatto della sua posizione.

— È una buona posizione, e lui ha molti amici. — Gli occhi di Zamatev non tradirono niente. — Alcuni dei suoi amici nelle alte sfere hanno anche loro delle belle pellicce. Non è insolito.

— Io non critico. Commento soltanto. Un commento potrebbe essere che Wulff sa molto sulle pellicce e sulla loro origine. Senza dubbio potrebbe fornire informazioni, se volesse.

— Ah si?

Zamatev ci stava riflettendo. Che Wulff si facesse fornire delle pellicce era indubbio. Che di conseguenza potesse chiudere un occhio su alcune cose era anche probabile. Che tradisse in qualche modo il governo, Zamatev non poteva crederlo. Se Wulff avesse saputo dov'era l'americano, lo avrebbe arrestato o almeno denunciato. Dunque non lo sapeva. Ma era forse negligente? Conosceva un luogo in cui l'americano poteva trovarsi? Una volta Wulff era stato un uomo molto in gamba. Tempo addietro aveva controllato un vasto territorio selvaggio. Adesso era un amministratore ed era contento di esserlo.

— Gli hai parlato?

— Si è mostrato pronto a collaborare. È tornato con me a casa di Zhikarev, ma Zhikarev se ne era andato.
— Andato?
— Non era in casa.
— Siete entrati?
— Sì. Tutto sembrava in ordine, solo che la balla di pellicce era stata disfatta e unita ad altre pellicce dello stesso tipo. Non c'erano tracce di bagagli preparati in fretta. Sembrava che fosse semplicemente uscito.
— Ma tu non ci credi?
— No. Penso che Stegman lo abbia spaventato. Penso che sia andato via. Posso sbagliare, ma non credo che tornerà. O per meglio dire, non credo che abbia intenzione di tornare.
— Ma potrebbe farlo?
— Per precauzione ho suggerito ai loro comandanti che le guardie di frontiera siano sostituite per alcuni giorni. Che le guardie fossero mandate in licenza e altre fossero messe al loro posto. — Sorrise. — Giusto nell'eventualità che Zhikarev si sia fatto degli amici lungo il confine.
— Bene! Molto, molto bene! Un amico di Zhikarev potrebbe essere cordiale anche verso un suo amico. Hai ordinato l'arresto di Zhikarev?
— Sì.
Zamatev si avvicinò alla finestra e guardò fuori. La vetturetta era parcheggiata più avanti, lungo la strada, stanotte. La degnò appena di un'occhiata. Questa era una pista, benché esigua, poco più consistente di quella trovava da Alekhin.
Se l'americano era un indiano doveva anche essere abile nel mettere le trappole. Non erano tutti cacciatori? Se lo era, poteva prendere pellicce per procurarsi il denaro che gli occorreva per pagarsi il viaggio. In ogni caso, lui non poteva permettersi di trascurare nessuna pista.
— Sei stanca.
— Non troppo stanca.
Lui sorrise. — Torna a casa, e riposati un po'. Ci sarà parecchio da fare, qui, stanotte.
— Non sappiamo niente — lo ammonì lei. — Ci sono soltanto le pellicce.
— E quello Zhikarev che è scomparso. Sono solo i colpevoli che fuggono.
— A volte è altrettanto pericoloso essere sospettati — disse lei. — Zhikarev era stato già interrogato da Stegman.
— E da altri.

Lui fece una pausa riflettendo. — Dobbiamo trovarlo, ma Wulff può sapere qualcosa. È uno che sa sempre piu di quello che dice e lo usa a proprio vantaggio. Stavolta lo userà per il mio.

— Sii prudente con lui. Ha molti amici.

Dopo che lei fu uscita, lui tirò fuori le sue carte e le studiò. Kyra e Stegman erano andati sulla Siniaja e non avevano trovato niente, e così poteva verificarsi ovunque. Le pellicce erano state vendute ad Aldan.

Perché era vicina? Oppure perché conoscevano un compratore che non avrebbe fatto domande? Naturalmente, a causa del profitto che ne derivava, potevano essercene molti. Ma supponiamo che loro vivessero vicino ad Aldan? Lui tracciò un circolo mentale intorno alla zona e comincio a studiare i corsi d'acqua. Era un paese selvaggio, una volta che ci si allontanava dalla città. La Siniaja era lontana da Aldan. Non era nemmeno nei dintorni. Era più vicina a Jakutsk.

Considerò quella possibilità. Un possibile acquirente a Jakutsk? Certo, in un centro così grande ce ne doveva essere certamente uno o più di uno. Stegman doveva saperlo. Un tempo aveva lavorato nei pressi di Jakutsk e lì aveva conosciuto tutti.

Erano le tre del mattino quando arrivò Alekhin. Entrò in silenzio, sedette e ascoltò.

Era appena arrivato dalla taiga, e quando Zamatev gli parlò delle pellicce il suo viso non tradì alcuna reazione, ma lui sorrise dentro di sé. Ma certo! Quell'uomo era indiano. Sapeva cacciare e tendere trappole. Se aveva trovato un buon posto per nascondersi e un modo per vendere le pellicce che prendeva, avrebbe potuto raggranellare un po' di denaro prima della stagione mite. Con i soldi in tasca e un cambio di abiti sarebbe stato più difficile da trovare. Poteva persino uscire dalla foresta.

Zamatev scosse la testa. Non Makatozi. Sarebbe rimasto nella foresta. Inoltre non conosceva la lingua. Quanto ci voleva a imparare il russo? Anche solo un po'?

— Non credi nelle pellicce? — domandò Zamatev.

— Ci credo. Quell'uomo è abile nel tendere trappole, penso. Credo che voi stiate perdendo tempo. Alekhin può catturarlo. Solo Alekhin.

— Lo voglio vivo.

Alekhin si strinse nelle spalle. — Sempre qualcuno e morto. Alcuni preferiscono lottare con me, così uccido. Perché no?

— Un uomo di nome Borowski è venuto con le pellicce. Non era solo. Sono venuti ad Aldan.

Alekhin rifletté. Dovevano esserci tracce. Borowski non era l'americano, che sapeva così bene nascondere una pista. Borowski avrebbe lasciato qualche traccia, ma scoprire il punto da cui era entrato in città sarebbe stato difficile.

— Cercherò. — Alekhin guardò in direzione di Zamatev. — Lotterà, questo qui. Se lotta, lo uccido.

— Non voglio che sia ucciso! Lo capisci? Lo voglio vivo! — S'interruppe. — Tu sei un uomo astuto, Alekhin. Hai teso trappole agli animali, perché non a un uomo? Tendigli una trappola, e portalo da me. Quando mi avrà detto quello che voglio, potrai averlo.

Alekhin meditò sulla proposta. Tendergli una trappola? Sarebbe stato divertente. Gli sarebbe piaciuto vedere l'americano in trappola, impotente.

— Ci proverò. — Alekhin si alzò e, voltandosi, uscì dalla stanza senza guardare indietro. Zamatev ne fu irritato, ma aveva bisogno dello jakut. Non c'era nessuno come lui, e nessuno gli era mai sfuggito, una volta che lui si era messo sulle sue tracce. Nemmeno l'americano gli sarebbe sfuggito.

Chiese e ricevette il dossier su Eugeny Zhikarev. Lo sfogliò in fretta. L'uomo non faceva alcun danno, solo che era sospettato di commerciare illegalmente in pellicce. Non era insolito. La maggior parte delle pellicce veniva venduta attraverso i canali ufficiali, ma alcuni commercianti erano noti per trattenere le pellicce migliori e venderle o scambiarle sul mercato nero.

L'uomo era davvero fuggito? Lui rincontrollò il dossier. Era stato interrogato da Stegman e a Stegman piaceva lavorare sui piedi. Era improbabile che Zhikarev sarebbe andato molto lontano, se doveva camminare. Quindi lo avrebbero trovato, e avrebbero scoperto da dove venivano le pellicce.

Kyra... era come un'estensione di lui stesso. Una donna astuta, intelligente, ma era stata nel dipartimento di Shepilov. Non doveva fidarsi troppo di lei, non ancora. Mai.

Era sempre meglio tenere per sé i propri piani. Non rivelarli a nessuno era più sicuro.

Tornò alla finestra, pensando a quale immenso paese si stendeva là fuori. Alekhin doveva avere ragione. L'uomo era a caccia, da qualche parte. Se aveva venduto pellicce, aveva un po' di denaro. Ma come le aveva vendute? Doveva avere stabilito un contatto con qualcuno che poteva scambiare le pellicce o che lo aveva messo in contatto con Zhikarev. Certo, stavano facendo troppe illazioni. Le pellicce potevano non essere state prese dall'americano. Si stavano aggrappando alle pagliuzze. Come aveva fatto l'uomo a sparire in modo così improvviso, così totale?

Eppure doveva essere cauto. Non solo entro i confini della Jakuzia, ma in tutta questa parte del paese c'erano state noie. Anzi, era sorto addirittura un movimento per la fondazione di una nazione indipendente, e si era dovuto far intervenire l'esercito.

Stupidi idioti! Come potevano sperare di esistere, situati al centro del territorio in mano ai russi? E tuttavia c'erano ancora dei dissidenti in circolazione, e nella Jakuzia non si sapeva mai da che parte stavano le simpatie. La breve rivolta, se così si poteva chiamare, era stata domata in modo rapido e brutale, ma lo spirito che l'aveva animata era ancora vivo, nascosto nel cuore di molti, da queste parti. Un errore poteva risvegliare quello spirito, e se non altro potevano rallentare la produzione. Senza dubbio c'erano persone nella Jakuzia che non si erano mai esposte durante quella fallita sommossa nazionalistica, ma che ora potevano essere disposte ad aiutare qualcuno nella fuga. Alcuni dei loro uomini erano in carcere.

Imprecò amaramente. Perché doveva succedere proprio ora che andava tutto così bene? Adesso il suo futuro era in pericolo. Tutto quello che aveva fatto, i suoi anni di lavoro, l'oculata scelta delle persone giuste da frequentare, tutto poteva andare sprecato per colpa di un solo uomo, di questo americano!

Tornò verso la carta. Alekhin lo avrebbe trovato. Non aveva mai fallito, e ora per la prima volta aveva ricevuto un incarico ufficiale. Si era guardato attorno, facendo domande qua e là; questo Zamatev lo sapeva. Adesso era coinvolto, e avrebbe trovato l'americano.

Eppure lui era pieno di dubbi. Tante settimane, e mai nemmeno un avvistamento dell'uomo!

A chilometri di distanza, in direzione sud-est, un pesante autocarro procedeva sussultando nella notte. La strada era cattiva, piena di buche e inattesi rigonfiamenti o interruzioni nella pavimentazione. Il permagelo rendeva difficile la costruzione delle strade, e ancor più ardua la loro manutenzione.

C'era buio nella cabina, soltanto la fioca luce proveniente dal pannello degli strumenti faceva risaltare le sporgenze dei volti e trasformava guance e occhi in pozze scure.

— Questa volta posso portarla solo fino a Zavitinsk — stava dicendo il conducente — e potrò riprenderla a bordo fra sei giorni, quando sarò di ritorno.

— Così andrà benissimo — disse Zhikarev. — Pagherò come al solito. Metà quando mi lascerà a Zavitinsk e l'altra metà quando mi riporterà ad Aldan.

— Ottimo! Ho ricevuto lo stesso da Potanin quando l'ho portato a Jakutsk.

Zhikarev pensò che sarebbe svenuto. Il cuore parve saltare un battito, e ci volle un istante prima che riuscisse a riprendere fiato. — Potanin? Ha portato il tenente Potanin a Jakutsk?

— La prima licenza che è riuscito ad avere in due anni. Aveva bisogno di riposo. Quella sorveglianza sul confine è dura, dura! Non si può mai sapere che cosa combineranno quei cinesi. — Il camionista si girò a guardarlo. — Ehi, si sente bene?

— Sto benissimo. — Zhikarev trasse un lento respiro affranto. — Chi ha preso il suo posto?

— Il tenente Baranski. Con lui niente scherzi! Quello sì che è un pesce freddo! Si attiene al regolamento. — Il conducente lanciò un'occhiata a Zhikarev. — Se lei ha qualche idea di combinare affari oltre il fiume, se la scordi.

Zhikarev si appoggiò allo schienale del sedile. Il cuore gli batteva lentamente, pesantemente. Aveva fatto tutta questa strada! E tornare ad Aldan...

18

Rannicchiato vicino al fuoco, Joe Mack tirò fuori la carta che aveva rubato nel cantiere della ferrovia. Era troppo sommaria per l'uso di tutti i giorni, ma gli permetteva di farsi un quadro generale di quello che stava tentando.

Il problema era di quelli che si dovevano affrontare ogni mattina, e come soleva dire suo nonno, «il male che c'è, è sufficiente per un giorno». Ogni giorno doveva essere considerato come una unità; ogni giorno doveva essere vissuto bene, e se si fosse fatto questo, la serie dei giorni si sarebbe snodata senza problemi.

Il domani doveva essere un'ombra in fondo alla sua mente, qualcosa a cui doveva pensare mentre viveva l'oggi.

Doveva cercare di procurarsi altre carte, più dettagliate. Doveva cercare di tracciare la sua rotta mentre era ancora in grado di adattarsi a qualunque cambiamento di piani. Doveva affumicare ed essiccare carne in modo da potersi muovere rapidamente una volta in viaggio.

Prima di partire da qui, doveva avere in mente una serie di obiettivi, ciascuno dei quali doveva cancellare mentalmente, una volta che lo aveva raggiunto. Soprattutto, doveva tenersi pronto a partire all'istante, da qui o da qualsiasi posto in cui si fermava. Non poteva permettersi di restare coinvolto emotivamente... e ora perché gli veniva in mente questo?

Scosse la testa per cancellare l'idea. Non era coinvolto, ed era improbabile che lo fosse. Non qui, in Siberia.

Sapeva che lo stavano cercando, e sapeva che erano scrupolosi. Sapeva che all'inizio la ricerca era stata rapida ma casuale, perché all'inizio non c'erano stati dubbi che sarebbe stato ritrovato subito. Quei primi giorni li avevano visti perlustrare l'area in cui avrebbe dovuto trovarsi lui. Lui non c'era perché si era spostato troppo in fretta e poi aveva raggiunto il fiume. Soprattutto, era rimasto in territorio selvaggio. Ora la ricerca sarebbe stata lenta, minuziosa e avrebbe sfruttato ogni angolazione possibile.

Lui credeva di trovarsi ora in una zona in cui non ci si aspettava la sua presenza. Non credeva che avessero idea di dove si trovava e sperava che non l'avessero. Eppure c'erano dei dubbi. E se lo avessero saputo? Doveva considerare quell'ipotesi.

Ogni giorno andava a caccia, ogni giorno essiccava della carne. Consegnava carne agli abitanti del villaggio e li faceva vivere meglio di quanto avessero mai vissuto. Glielo ripetevano in continuazione, e per quel motivo la maggior parte di loro voleva che restasse, almeno fino alla primavera.

Di tanto in tanto lui si recava alla casa di Stephan Baronas, e ogni sera imparava qualcosa di russo. Ora poteva rivolgere semplici domande e cominciava a formulare delle frasi. Le sue conoscenze aumentavano, e ormai era persino possibile che potesse passare inosservato, perché in Siberia c'erano molti gruppi etnici, parecchi dei quali conoscevano il russo poco o niente. Ciascuno aveva la sua lingua e parlavano il russo, se mai lo facevano, solo come una lingua straniera.

Ora aveva una trentina di chili di carne secca e affumicata, e con quel freddo intenso non c'era pericolo che non si conservasse.

Il suo piano era di scendere lungo il fiume Gonam fino al punto in cui si gettava nell'Uchur, superare quest'ultimo e attraversare la regione fino alla Maja e all'Udoma, poi seguirla verso monte e valicare le montagne verso il fiume Kolyma. Non era che un piano generale, e le probabilità di seguirlo fedelmente erano scarse, ma era quella direzione, o una simile, che lui doveva prendere.

La distanza che doveva superare era incredibile, ma se aveva fortuna, poteva coprirne una parte galleggiando sui fiumi. Quella era una possibilità fortuita e un rischio. C'era un altro aspetto che doveva considerare, ma lui rifuggiva dal farlo. Forse avrebbe dovuto trascorrere un altro inverno in Siberia, prima di poter fuggire.

Non aveva senso preoccuparsi di questo. Doveva affrontare i problemi immediati. Aveva bisogno di vestiti.

Aveva bisogno di vestiti russi del genere che si portava in Siberia. Le sue condizioni attuali avrebbero attirato subito l'attenzione, cosa che non voleva. Prima o poi sarebbe venuto il momento in cui avrebbe dovuto mescolarsi alla gente, e doveva avere lo stesso aspetto che avevano loro. La sua pelle scura non era insolita, qui. Gli jakut, i tungus, i gold e i buriat erano tutti scuri come lui e qualcuno anche di più.

Nel frattempo si preparava un percorso in caso di fuga. Vagabondando nella fitta foresta, trovò una via relativamente sgombra di ostacoli, dove avrebbe potuto correre, se necessario. Nella sua mente previde ogni mossa, ogni svolta, ogni passo che avrebbe fatto. Le probabilità che dovesse fuggire per questa via erano scarse. Nessuno poteva sapere dove si sarebbe trovato quando si sarebbe resa necessaria la fuga, ma se fosse successo vicino al villaggio oppure di notte, dal suo rifugio, lui avrebbe avuto chiaro in mente il percorso.

A molti chilometri di distanza, alla sorgente del fiume Ningam, si preparò un rifugio d'emergenza. La regione era isolata, e c'era poca selvaggina, che decise di non cacciare. Avrebbe potuto averne bisogno in seguito. Trovò un punto in cui parecchi alberi caduti si erano intrecciati ai rami dei loro vicini. Uno, un grande abete rosso, aveva rami pesanti che sfioravano il terreno. Sotto di esso cresceva un abete rosso più piccolo, con una corona di rami che toccavano anch'essi il suolo. Altri alberi erano caduti in modo da rendere difficile l'accesso e il tutto sembrava proprio quello che era, un intrico di vegetazione e alberi caduti.

Sotto di esso, si preparò un nascondiglio mascherato alla perfezione. Anche qui progettò una via d'accesso e una via d'uscita diversa, in caso di necessità. La folta vegetazione in alto e l'abete rosso caduto di recente avrebbero costituito una copertura perfetta. Accumulò legna da ardere e la dispose in giro in luoghi protetti, ma in modo tale che potesse sembrare caduta per caso nella posizione in cui si trovava.

Se fosse stato costretto a fuggire all'improvviso senza portare altro che quanto aveva addosso, qui avrebbe potuto trovare rifugio. Quando sarebbe venuto per lui il momento di partire per la sua fuga, poteva fermarsi la prima notte in questo posto.

Quella sera, nella capanna dei Baronas, disse: — Devo procurarmi dei vestiti. C'è qualcuno qui che può confezionarli?

— Tutti noi, in un modo o nell'altro — rispose Baronas — ma non i capi che le servono. Bisognerà acquistarli.

— Avete dei contatti?

— Certamente, ma lei è più robusto di tutti noi, tranne Peshkov, e lui è più corpulento. — Fece una pausa, bevendo un sorso di tè. — Deve rendersi conto che quelli che sono disposti a rifornirci in segreto si metterebbero subito in allarme se sospettassero che lei s'è rifugiato fra noi. Noi siamo considerati russi, anche se fuggiaschi. Lei sarebbe un nemico.

— I vestiti non si ottengono facilmente. Significa mettersi in fila, aspettare — disse Natalia. — Questo sarebbe impossibile. È abbastanza difficile per qualunque cittadino comprare gli abiti di cui ha bisogno. Non sono mai sufficienti. — Lo guardò, un po' pensierosa. — Potrei cucirti una camicia.

— Sarebbe utile — rispose Joe Mack. — Vestiti posso farmene anch'io, ma non del tipo che passa inosservato in un paese o in una città. I vestiti che so confezionare sono fatti per la foresta. In una città si farebbero notare subito.

— Non tanto quanto potrebbe pensare — disse Baronas. — In Siberia, la gente indossa tutto quello che ha. Voi vestite come un ostiak. Gli ostiak — spiegò — sono cacciatori anche loro. E lungo i fiumi fanno i pescatori.

— Ti farò una camicia — ripeté Natalia. — Ho un po' di stoffa. — Lasciò la stanza.

Baronas lo guardò, sorridendo leggermente. — Si rende conto di quello che significa, amico mio? Una stoffa del genere è difficile da ottenere.

— Non deve — replicò Joe Mack. — Posso farne a meno.

— Può darsi. Lei non capisce quanto è stato fortunato. Non è stato visto. Se l'avessero visto, l'avrebbero riconosciuto subito per quello che è, uno straniero e un fuggiasco. Ci sono spie dappertutto, ma nel suo caso tutti sono spie.

"Denunciarla o catturarla metterebbe chiunque in grado di chiedere favori. Il suo amico colonnello Zamatev, per esempio, potrebbe procurare molti benefici a qualcuno che abbia contribuito alla sua cattura, quindi non solo sarebbe un dovere consegnarla alle autorità, ma sarebbe anche molto proficuo.

"La camicia — aggiunse — sarebbe utile. La farebbe somigliare di più a un russo."

— Devo trovare un modo per procurarmi dei vestiti — insistette Joe Mack. — Prima che venga la primavera devo avere una giacca e dei pantaloni.

Baronas scosse la testa. — Impossibile! E poi — aggiunse — anche quelli a cui lei porta la carne sarebbero terribilmente invidiosi, se si procurasse dei vestiti che loro non riescono a ottenere.

— Ciò nonostante...

— Lo so. — Baronas si strinse nelle spalle. — La aiuteremo in ogni modo possibile. Ma tutti abbiamo bisogno di vestiti. Natalia ha bisogno di vestiti, e io pure. È difficile per chiunque, ma per noi che viviamo nella foresta è quasi impossibile. È così facile, allora, procurasi vestiti in America?

— Basta comprarli. Ci sono molti negozi e anche sarti. Se si ha il denaro non c'è problema.

— E il denaro?

— Quasi tutti hanno un lavoro. Abbiamo i nostri poveri, naturalmente. Il nostro mondo sta cambiando, come il vostro, e sono necessarie nuove abilità, più addestramento, maggiore istruzione. Mestieri che un tempo consentivano a un uomo una vita agiata per la sua famiglia non vanno più bene.

"Mio padre da ragazzo aveva un amico che voleva diventare un tecnico delle macchine a vapore. A quei tempi quasi tutte le trebbiatrici erano a vapore e farle funzionare rendeva bene. Alcuni anni dopo, le trebbiatrici furono azionate da trattori a benzina. Ora anche quello è cambiato.

"Un tempo gli uomini seguivano il raccolto del grano dal Texas al Canada, ammucchiando il grano in covoni, trebbiandolo. Ora le mietitrebbia fanno tutto da sole, e non c'è più bisogno di tanti braccianti. Una volta non era soltanto un modo per guadagnarsi da vivere, ma era un'avventura per un giovanotto. Ora tutto questo è finito."

— Ce ne sono molti che vivono tendendo trappole, come lei?

— Tendendo trappole? Pochissimi. Alcuni uomini che vivono vicino alle terre selvagge, naturalmente, ma per lo più sono ragazzi che si guadagnano il denaro per la scuola. Tendere trappole non è più importante in America. Un tempo c'erano molti castori, ed erano in voga i cappelli di castoro. La moda decretò il passaggio ai cappelli di seta, e il prezzo delle pelli di castoro calò in modo drastico. I cacciatori dovettero cercarsi un altro modo di sbarcare il lunario.

— È lo stesso dappertutto — commentò Baronas. — Per sopravvivere bisogna adattarsi.

Natalia rientrò nella stanza e s'inginocchiò vicino al fuoco, aggiungendo degli stecchi. Versò loro il tè e sedette sull'orlo del focolare.

Joe Mack ascoltò i suoni della notte. Se ci fossero stati dei passi li avrebbe sentiti. — Mi cercheranno — li mise in guardia — e alla fine troveranno questo posto. Non vorrei procurarvi dei guai.

— Abbiamo sempre saputo che un giorno ci avrebbero trovati. Non l'hanno fatto semplicemente perché non se ne sono curati. Non abbiamo fatto niente di male, non desideriamo fare niente di male.

— Che succederà, se vi trovano?

Baronas si strinse nelle spalle. — Forse ci manderanno in un campo di lavoro. Se penseranno che siamo abbastanza fastidiosi, in uno dei campi di sterminio, a lavorare nelle miniere d'uranio, a pulire gli scarichi dei sottomarini atomici. Loro sanno sempre cosa fare.

— E tu? — domandò Natalia. — Come sei finito qui?

Lui le lanciò un'occhiata. — Ero un maggiore dell'aeronautica militare, ma volavo su apparecchi sperimentali. Li collaudavo, se preferisci. Loro lo sapevano, naturalmente. Credevano che potessi collaborare e rivelare loro quello che volevano sapere. Uno degli aerei che dovevo collaudare era progettato per operare nelle condizioni più proibitive dell'Artico, quindi mi stavo acclimatando. All'improvviso, al largo dello Stretto di Bering, la mia radio ha smesso di funzionare. Sono stato costretto a gettarmi in mare e fatto prigioniero. Evidentemente era stato tutto attentamente progettato e orchestrato con cura. I dettagli non sono importanti.

— E se torni in America?

Scrollò le spalle. — Lascerò l'aeronautica. Potrebbero comprendere quello che sarò costretto a fare, ma non perdonarlo. È meglio che riacquisti la mia indipendenza.

Talia lo guardò con aria incerta. Lui parlava abbastanza facilmente, ed era cordiale, ma c'era qualcosa di diverso in lui. Spesso restava in silenzio per lunghi periodi e sorrideva di rado. Lei si sentiva attratta da lui e tuttavia un po' intimorita.

— Io ho degli amici che sono emigrati in America — disse Baronas. — Alcuni se ne andarono in cerca di maggiore libertà, altri nella speranza di diventare ricchi e tornare carichi di soldi. Uno solo di loro è tornato, e soltanto per una visita.

— La mia casa era in montagna — replicò Joe Mack — e molto isolata. Era una casa molto grande in fondo a un prato e con una vista magnifica, ma era costruita nella montagna e fatta di rocce trovate nei dintorni. Avevamo enormi caminetti e bruciavamo legna raccolta nel bosco, come nella foresta qui attorno. C'erano molti tappeti indiani.

"Mio nonno, che era scozzese, aveva costruito la casa con l'aiuto di alcuni uomini che aveva assunto. Non c'era nessuna strada che portasse a quel luogo, solo sentieri stretti. Qualunque cosa venisse dall'esterno doveva essere trasportata con i cavalli da soma. In seguito, sono tornato a casa parecchie volte in elicottero.

"Era una regione selvaggia. Meravigliosa, e io l'amavo. Tornerò laggiù. Dal nostro ampio portico potevamo spingere lo sguardo fino al vicino stato di Washington, e a nord c'era il Canada."

— Sembra meraviglioso! — esclamò Natalia. — Sarebbe bello vivere di nuovo in una casa vera, anche se così isolata.

— A noi non sembrava isolata. Era il nostro mondo, e soltanto le stagioni cambiavano. Non lontano dalla nostra casa c'era un dormitorio per quelli che lavoravano per noi. Erano indiani.

— Sioux?

— No, quello non era il paese dei sioux. Non lo era mai stato. Noi avevamo sempre da quattro a sei indiani che lavoravano per noi, e di solito erano kutenai o nez perce. Dopo un po', mio padre, assunse dei pastori baschi, e sono ancora con noi, come gli indiani.

— C'erano delle città nelle vicinanze? C'era gente?

— A volte scendavamo al fiume Priest. Ma spesso ce ne andavamo a cavallo sulle montagne, restando sempre alla larga dalle strade e dalle città, per andare a trovare degli amici nell'Idaho centrale. Non avevamo una grande passione per le città — aggiunse — solo per fare acquisti.

Si alzò in piedi. — Si fa tardi, e voi vorrete dormire.

— Il tuo sembra un paese meraviglioso — osservò Natalia con aria malinconica. — Vorrei poterlo vedere.

— Ti lasceranno partire?

Lei scosse la testa. — Sarebbe molto difficile, credo. Davvero molto difficile.

Lui uscì nella notte e rimase fermo un istante, tenendosi addossato alla parete, aspettando che i suoi occhi si adattassero all'oscurità esterna.

Il vento agitava le foglie secche non ancora cadute. Un ramo scricchiolò per il freddo. Nella foresta, qualcosa si mosse e lui rimase immobile, poi avanzò lungo la parete, abbassandosi sotto la finestra illuminata, e si soffermò nel punto in cui iniziavano gli alberi.

Tutti i rami e ramoscelli erano stati raccolti dal suolo per essere usati per accendere il fuoco, quindi Joe Mack raggiunse il riparo degli alberi senza fare rumore; poi si fermò ad ascoltare. Qualcosa o qualcuno era là nei paraggi.

Peshkov? Probabilmente...

Avanzò nel buio sotto gli alberi e poi risalì la collina tenendosi al coperto. Là giunto, si accovacciò, in attesa.

Stava arrivando qualcuno. Qualcuno lo seguiva.

Perché mai qualcuno avrebbe dovuto seguirlo di notte? Per catturarlo o per ucciderlo. Non potevano esserci altre ragioni.

A meno che, naturalmente, non fosse per entrare nel suo rifugio e rubargli le pellicce e la carne.

Un passo fece scricchiolare il terreno gelato. Un'ombra enorme si mosse, e lui si alzò dal punto in cui era accovacciato.

— Se tenti di girarti — disse — ti ucciderò.

19

Joe Mack tenne il coltello puntato contro il rene di Peshkov. — Tu mi segui — gli disse in russo. — A me non piace.

— No, no! Vado a casa mia. Vado a dormire!

— Allora va'. Ma se mai ti ritroverò a seguirmi o appostato dove mi trovo io, ti darò la caccia e ti ucciderò.

Peshkov stava recuperando il sangue freddo, che la paura gli aveva fatto perdere. — O magari ti ucciderò io — si vantò.

Joe Mack fece un passo indietro, il coltello ancora pronto. — Bene! Ora ci capiamo. Va', ma non voltarti. La vista della tua faccia potrebbe farmi cambiare idea.

Lui se ne andò, incespicando per la fretta. Una volta, a una certa distanza, si girò a gridare qualcosa, parole che si persero nel vento.

Guardandolo allontanarsi, Joe Mack capì che presto sarebbe venuto per lui il momento di andarsene. Un nemico era più che sufficiente, e un nemico che portava guai a lui li avrebbe portati anche a questa piccola comunità, che lo aveva accolto con amicizia.

Le settimane erano passate e lui aveva perso il conto dei giorni. Quanto tempo mancava alla primavera? Quanto ci sarebbe voluto prima che facesse abbastanza caldo per viaggiare? Non aveva nessuna voglia di morire nella neve, e gli uomini finivano assiderati in fretta, quasi istantaneamente, se per caso spezzavano il ghiaccio di un ruscello o si bagnavano.

Si diresse fra gli alberi verso il suo rifugio, fermandosi per ascoltare, per scoprire se era seguito. Il freddo era tagliente, e lui aveva la faccia coperta fino agli occhi. Accese un piccolo fuoco, quando fu al sicuro nella caverna, perché c'era bisogno soltanto di un fuoco piccolo. Non voleva stare al caldo, solo al sicuro dal freddo.

Dov'era Zamatev adesso, e cosa stava facendo? Il freddo poteva rallentare una ricerca ma non poteva fermarla, e il colonnello russo era spietato e tenace. Dovunque fosse, doveva essere intento a riflettere, fare piani, escogitare astuzie.

E Alekhin? Dov'era, lui?

C'era stata una donna, ad Aldan. Le donne in Russia lavoravano come gli uomini e potevano occupare qualsiasi posto. Questa doveva essere stata di grado alto, forse seconda soltanto a Zamatev. A lei doveva fare particolare attenzione, perché le donne a volte avevano lampi di intuizione, o almeno un approccio diverso da quello di un uomo. La sua mente, lavorando su un altro canale, poteva trovare risposte che Zamatev e i suoi collaboratori maschi non avrebbero preso in considerazione.

Il peggio era che poteva esserci qualcosa che lui non prendeva in considerazione. Mentre se ne stava disteso, avvolto nella sua coperta d'orso, ci pensò. Forse avrebbe dovuto discuterne con Natalia. Lei poteva individuare qualcosa che lui stava ignorando.

Quello che doveva fare era abbastanza semplice. Doveva fuggire dalla Siberia e tornare in America.

Il loro problema era altrettanto semplice: impedire la sua fuga e catturarlo nuovamente. La sua rotta logica era verso la Cina, ma quella via era sbarrata, ne era sicuro, dall'attenta sorveglianza sul confine. Prima o poi avrebbero intuito che lui era diretto a est, e più lontano arrivava, più sarebbe stato ristretto il territorio che doveva attraversare e più concentrata la ricerca.

Anche ora dovevano essere riuniti, intenti a confrontare le loro idee con un solo obiettivo: catturarlo.

Si svegliò riposato, e la caccia lo portò sulle orme di un bell'alce giovane in buone condizioni. Lo uccise con una sola freccia e gli tolse rapidamente la pelle, per timore che si congelasse prima che lui avesse finito. Tuttavia riuscì a salvare la pelle e i tagli migliori di carne, e non aveva fatto neppure cinquanta metri che già i lupi stavano sbranando la carcassa. Portò la carne ai Baronas perché fosse distribuita, tenendo per sé solo il necessario.

— Bene! — Baronas ne fu soddisfatto. — Questo metterà fine a una parte delle chiacchiere.

— Chiacchiere?

— Alcuni cominciano a innervosirsi. Botev è tornato, e Lermontov è arrivato da Jakutsk. Laggiù ci sono truppe speciali, con elicotteri, in attesa soltanto di una tregua nel maltempo. La nostra gente è spaventata.

Si alzò in piedi. — Porterò loro la carne. Saranno tanto occupati a mangiare che non potranno parlare.

Quando fu uscito, Joe Mack guardò Natalia. Lei cuciva la camicia che gli stava confezionando, una camicia molto bella. — Dovrò andarmene — disse.

Lei annuì. — Lo so. — Alzò la testa, e i loro occhi s'incontrarono. — È stato bello averti qui.

— Sì, è stato bello anche per me.

Seguì un lungo silenzio, e lui alimentò il fuoco avido.
— Quando tornerai in America, penserai a me?
— Come potrei dimenticarti? — ribatté lui, e fu sorpreso da quelle parole. Perché mai aveva detto una cosa del genere?
— È molto lontana. Saranno tutti contro di te.
— Come potrebbe essere altrimenti? Se il nostro popolo e il vostro potessero sedersi insieme e parlare delle loro famiglie, delle loro fattorie e del loro lavoro, penso che non ci sarebbero problemi.
"Sono i nostri governi che lottano in continuazione per le loro posizioni, ciascuno tentando di ottenere un vantaggio.
"La Russia non si fida del proprio popolo. Hanno costruito un muro per tenerlo dentro, e non gli permettono di viaggiare."
— La vostra gente va dove vuole?
— Naturalmente, e così fanno in quasi tutto il mondo. Ogni anno milioni di americani si spostano nel loro paese o vanno all'estero, e molti visitatori di altri paesi vengono in America. Possono andare dovunque vogliano, tranne in poche basi militari, che comunque nessuno vuole vedere. Fotografano tutto, e a noi non importa. Ci si aspetta che lo facciano. Il nostro popolo fa lo stesso quando va in Inghilterra, in Francia, in Giappone, ovunque.
"L'ironia della situazione è che l'Unione Sovietica spende milioni nel tentativo di rubare informazioni che potrebbe avere per niente, se fosse cordiale."
Il fuoco crepitò e un rametto cadde, facendo sprizzare una pioggia di scintille. — Può darsi — disse Joe Mack — che io debba partire all'improvviso, senza avere la possibilità di salutare. Non giudicarmi ingrato.
— Mio padre mi ha avvertita di questo. — Lei sollevò la camicia per controllare il lavoro. — Non riesco a immaginare come vivrai o come farai a sfuggire alla cattura. Cercheranno dappertutto, e più ti avvicinerai al mare, più la ricerca si concentrerà. E come fuggirai? Come potrai traversare il mare?
Lui scrollò le spalle. — Quello è un problema di domani. Ci penso sempre, ma nel frattempo devo affrontare l'oggi.
— Ci sono poche persone, là dove vai tu. Se ti vedranno, capiranno chi sei.
— Devo coltivare l'arte di diventare invisibile.
— Non voglio che tu te ne vada.
Lui incontrò il suo sguardo e rimase in silenzio. Che cosa

c'era da dire? Doveva andare. Restare significava morire. E restare significava essere sconfitto, e lui era uno sioux. Poteva combatterli da solo. Era sempre stato solo. Era una delle ragioni per cui amava pilotare aerei come aveva fatto. Lassù era solo, non dipendeva da altri che da se stesso.

Quando aveva vagato per la foresta da ragazzo, era stato solo. Quando era andato a scuola, l'unico indiano, era stato solo. Ma non gli era mai importato. Era più forte per questo.

Ripensandoci, capì che amava la gente. Gli piaceva averla intorno, sentire le loro voci, i loro movimenti, la loro attività, ma non aveva mai dovuto farne parte. Partecipava di rado. Lui era l'osservatore interessato, ma quando agiva era solo.

Gli piaceva, ora, starsene qui, in questo posto tranquillo. Gli piaceva avere Natalia vicino, gli piaceva guardarla, gli piaceva il modo in cui le sue palpebre si sollevavano quando lo guardava, gli piaceva vedere il movimento delle sue dita. Era una donna adorabile, aggraziata, bella, e qui in questo posto non c'era nessun futuro, non per lei.

— A che cosa stai pensando? — gli domandò all'improvviso.

— A te.

— A me? In che senso?

— A come sei bella, a come è sprecata tutta questa bellezza in un posto così solitario. Dovresti vivere in America.

— Credo che mi piacerebbe. Ci ho pensato; molto prima che tu venissi, ci ho pensato. È stato un sogno.

— Potrei tornare a prenderti.

— *Qui?* Nella Russia sovietica? In Siberia? Tu sei pazzo.

— Tornerò in ogni modo. — Lui parlò con calma e Natalia lo guardò, sbalordita. — Sono stato attaccato. Sono stato sottratto al mio paese, portato qui come prigioniero. Sono stato minacciato, e colui che mi ha minacciato, che mi ha fatto catturare, non mi ha affrontato da solo, da uomo a uomo.

— Ma è assurdo! Non lo farà mai, naturalmente. Non è così che vanno le cose.

— Potrebbe non avere scelta.

Lei lo guardò attonita. Era pazzo? — Se sarai tanto fortunato da fuggire, e le probabilità a tuo sfavore sono un milione contro una, faresti bene a restare lontano.

— Io non seguo i tuoi criteri di giudizio. Non seguo nemmeno quelli del mio paese. Sono uno sioux. Nel cuore, sono un selvaggio. — Agitò una mano. — Questa foresta, credi che mi sia estranea? La foresta è la mia casa. Io sono parte di essa, proprio come lo sono la tigre, l'orso e il lupo. Io appartengo a questo posto e lo conosco da sempre. Sono nato in un'epoca sbagliata. Avrei dovuto cavalcare al fianco di Cavallo Pazzo. Avrei dovuto sedere in consiglio con Nuvola Rossa o John Grass, ma meglio ancora avrei dovuto essere là a guidare le spedizioni di guerra contro i crow, gli shoshone, o chiunque fosse il nostro nemico.

"L'ho sempre saputo. — Si scoprì il torace. — Vedi queste cicatrici? Mi sono sottoposto ai riti d'iniziazione della Danza del Sole. Delle strisce di cuoio mi sono state infisse nella carne, e sono stato appeso ad esse finché si sono spezzate. Un tempo era un'usanza del mio popolo: ora non lo è più, ma per me era necessario.

"Una volta, molto tempo prima della battaglia di Little Big Horn, dove fu sconfitto il generale Custer, un guerriero di nome Pioggia-sul-viso fu arrestato da Tom Custer, il fratello del generale Custer. Non soltanto arrestato, ma maltrattato fisicamente da Tom Custer, che era un uomo dotato di forza eccezionale. Pioggia-sul-viso non lo perdonò mai. Si dice che durante il massacro strappò il cuore a Tom Custer e lo mangiò."

— Che orrore!

— Può darsi. Ma lui non dimenticò mai, e nemmeno io. — Rimase in silenzio per qualche minuto, e poi aggiunse: — Il capitano Tom Custer era un soldato molto valoroso. Pochi hanno ottenuto la Medaglia d'Onore, la nostra più alta decorazione militare. Tom Custer la meritò due volte.

— Mangiare *il cuore* di un uomo? È orribile!

— Ai nostri occhi, sì. Ma per Pioggia-sul-viso era il tributo più alto che potesse rendere a un uomo valoroso. A suo parere doveva rivalersi sul corpo di Tom Custer. Se Pioggia-sul-viso l'abbia realmente ucciso, non sappiamo. Alcuni smentiscono l'episodio del cuore, ma per Pioggia-sul-viso era l'onore più grande che potesse rendergli, perché mangiare il cuore di un uomo o di un animale significava che voleva ottenere una parte della sua forza e del suo coraggio.

Si strinse nelle spalle. — Non so nemmeno io se crederci o no. Dato il genere di uomini che erano, *potrebbe* essere successo. Era quello che Pioggia-sul-viso avrebbe dovuto fare. Nell'infuriare della battaglia avrebbe cercato Tom Custer per ucciderlo, e Tom Custer se lo sarebbe aspettato. Di questo puoi star certa.

"Pioggia-sul-viso può avere odiato Tom Custer, ma lo rispettava anche. Quanto a Custer, dubito che odiasse Pioggia-sul-viso, ma riconobbe in lui un combattente."

— E tu ti definisci un selvaggio in quel senso?

— Il colonnello Zamatev stava seduto a una scrivania e ha scritto un ordine che mi ha costretto a lanciarmi in mare e ha distrutto l'aereo sul quale volavo e mi ha fatto catturare e portare da lui. Questo non è stato soltanto un colpo per il mio paese, ma un insulto personale per me.

Sorrise, ma senza traccia di umorismo. — Voglio soltanto vedere se può farlo, da uomo a uomo, solo in mezzo alla foresta o anche in una strada buia, dove ci siamo soltanto noi due.

— Sei molto stupido. Se riesci a scappare, resta lontano e al sicuro.

— Stupido per te, stupido anche per me, in un certo senso. Ma è così che sento. È così che sono. Te l'ho detto che sono un primitivo e sono contento di esserlo.

"Oh, mi piacerebbe affrontarlo davanti a un tavolo in qualche incontro diplomatico. Niente mi piacerebbe di più. Ma le possibilità che accada sono scarse. Quindi, se riesco a fuggire, tornerò indietro."

Lei scosse la testa, sbalordita. — Mio padre non ci crederà.

— Io penso di sì. Non approverà, ma capirà. Io non appartengo a questo secolo, Natalia. Non appartengo nemmeno a quello passato. L'ho sempre saputo.

"Io porto le scarpe degli uomini di oggi. Volo sui loro aerei, mangio il loro cibo, ma il mio cuore è nelle regioni deserte, con le penne fra i capelli."

— Non odii gli americani bianchi?

— Perché dovrei? Il mio popolo si spostò a occidente dal confine fra Minnesota e Wisconsin, e conquistammo o distruggemmo tutto ciò che si trovava sul nostro cammino. Avanzammo nel Dakota, nel Montana, nel Wyoming e nel Nebraska. I kiowa erano calati dal nord a occupare le Colline Nere, scacciando quelli che vi erano vissuti prima di loro. Poi noi scacciammo loro.

"Avremmo potuto sconfiggere l'esercito. Lo abbiamo combattuto e qualche volta abbiamo vinto, qualche volta perso. Soltanto alla fine ci siamo riuniti in numero sufficiente, come nella battaglia di Rosebud e di Little Big Horn. Avremmo potuto sconfiggere l'esercito, ma non potevamo sconfiggere gli uomini con l'aratro. Erano troppi.

"Ma questo accadde tanto tempo fa. Gli Stati Uniti sono anche il nostro paese, e se non ne ricaviamo il meglio, la colpa è nostra. Molti di noi lo fanno. Ci sono indiani nel campo della politica, dell'arte, degli affari, dovunque. Molti di loro hanno nomi inglesi e quindi non vengono riconosciuti dagli indiani che li sentono semplicemente nominare, senza conoscerli.

"Molti indiani amano la vita di una volta, solo che viaggiano su un furgone invece che su un cavallo."

— Tu sei un uomo strano — disse Natalia. — Non credo di capirti del tutto.

— Sono un anacronismo. Non me ne importa. Fin da bambino ho sognato dei vecchi tempi e ho desiderato vivere come una volta. Il mio vecchio nonno capiva, e diceva spesso che gli sarebbe piaciuto vivere in Scozia ai tempi in cui dominavano i clan, prima che i nobili andassero a vivere a Londra e trasformassero i pascoli per allevare più pecore e meno combattenti. Era un vecchio terribile, ma grande.

Joe Mack andò nella rimessa dov'era immagazzinata la legna e tornò con una bracciata. — Domani dovrò spaccare un po' di legna.

Poi parlarono tranquillamente di tante cose, per lo più senza importanza. Ma alla fine Joe Mack aggiunse: — Se avessi un figlio non lo alleverei come sono stato allevato io. Il mondo è cambiato e continua a cambiare, e dobbiamo essere preparati a questo. Io posso sognare di cavalcare sulle praterie del Dakota, ma so pilotare un aereo e ho contribuito a crearne tipi ancor più progrediti. Bisogna accettare la realtà.

"La civiltà è semplicemente un'organizzazione che l'uomo ha creato per poter vivere in pace con i suoi vicini. Le leggi sono l'armatura della costruzione, e se un uomo adotta come regola quella di violare la legge, non ha un posto nell'organizzazione."

Si scrollò dalle maniche frammenti di corteccia, lasciati dalla legna che aveva portato al fuoco. — Sarà una notte rigida, e ho molta strada da fare.

— Mio padre tornerà a casa fra poco.

— È bello, questo... stare seduto accanto al fuoco con te.

Lei alzò gli occhi. — Sì.

— Vorrei che potesse durare per sempre.

— Mi piacerebbe.

— Non posso restare. Scopriranno che sono qui. — S'interruppe. — Ho avuto fastidi con Peshkov — spiegò. — È un uomo amareggiato, vendicativo, credo. Devo partire.

— È un peccato.

Lui si alzò nuovamente. — Potresti fare un lungo viaggio nella buona stagione?

— Sì.

— Conosci le Sikhote Alin?

— Ne ho sentito parlare. Sono montagne, non è vero? Lungo il Mar del Giappone?

— C'è un posto laggiù che si chiama Baia di Plastun. Ti piacerebbe. Fa più caldo di qui.

— Che cosa vuoi dire?

— Fatti portare laggiù da tuo padre. Verrò a prenderti.

— Ma è impossibile! Quella costa è sorvegliata! C'è il radar! Qualunque aereo entri nella zona cuscinetto verrà abbattuto.

La porta si aprì, lasciando entrare una folata di aria gelida. — Joe Mack! Deve andarsene subito! — Baronas era ansioso. — Lermontov è appena tornato, e ha fatto la strada più in fretta che poteva. Non si sa come, sono convinti che lei è qui. Stanno arrivando!

— Grazie. — Lui esitò sulla porta. — Te ne ricorderai? Forse ci vorrà un anno, o anche due, ma io verrò.

Lei si alzò guardandolo. L'avrebbe ricordata così, snella, alta e bionda, eretta alla luce del fuoco, mentre gli tendeva la camicia.

— Io sarò là.

20

Corse veloce nella notte e attraversò rapido la foresta. Giunto al suo rifugio non perse tempo. Prese la sua provvista di carne e la mise ai suoi piedi. Poi indossò la veste di pelle d'orso e si mise in spalla il carico. Preso l'arco e le frecce, diede un'ultima occhiata in giro. A parte le ceneri del fuoco, non rimaneva nessuna traccia della sua presenza.

Uscì nella notte e corse lungo la via segreta che aveva preparato e imparato a memoria. Non era un sentiero, soltanto una scelta di varchi fra gli alberi, ma sulla quale si poteva muovere in fretta senza timore di cadere. Il freddo era intenso. Il suo fiato crepitava, gelandosi appena lasciava le sue labbra.

Quanto faceva freddo? Almeno trenta gradi sotto zero. Probabilmente di più. Doveva essere prudente, muoversi in fretta ma senza sudare. Il sudore poteva gelare, formando uno strato di ghiaccio vicino alla pelle.

La terra era gelata, e sentiva del ghiaccio sotto i piedi. Lui rallentò l'andatura per avanzarc con cautela, perché ora stava entrando nella zona in cui era passato una volta sola. Si sarebbe rifugiato nel nascondiglio che aveva preparato alla sorgente del fiume Ningam.

Muovendosi con prudenza, era sicuro di non lasciare tracce. Non c'era neve. Contrariamente a quanto credeva la gente, in parecchie zone della Siberia non c'era molta neve. Il clima è secco. Lui superò cautamente un ruscello, battendo sul ghiaccio davanti a sé per saggiarne la resistenza.

Non avevano bisogno di seguirlo per trovarlo. Potevano disseminare la zona di persone che gli dessero la caccia. Potevano sorvolare la regione, cercandolo. Lui doveva evitare le costruzioni abbandonate, evitare i sentieri, evitare qualunque posto sul quale l'occhio si soffermava naturalmente.

Faceva freddo. Si fermò per ascoltare e non sentì alcun rumore, ma quando riprese a muoversi fu con estrema prudenza. Di tanto in tanto si metteva una manopola a coppa sul naso, benché fosse in parte riparato dal berretto di pelliccia che portava.

Qua e là incontrò uno strato di neve portato dal vento, poco più che un velo di brina. Fin dove si era spinto? Esitò di nuovo, controllando la direzione e poi riprendendo il cammino. Quello che doveva ricordare era che una distanza grande ai suoi occhi era soltanto un breve balzo per un elicottero, e le tracce si vedevano facilmente dall'alto.

Proseguì a passo regolare, evitando la neve leggera dovunque fosse possibile, restando al riparo degli alberi quando poteva. Quando i primi, pallidi raggi di sole si mostrarono, aveva fatto molta strada. Era in cammino da sette ore circa, valutò, ma dubitava di avere percorso anche solo cinque chilometri in un'ora, in qualsiasi momento, perché avanzare era precario e lui aveva cercato di procedere, quand'era possibile, sopra superfici rocciose, sgombre di neve. Ancora un'ora e sarebbe stato vicino al rifugio predisposto.

Il problema dell'elicottero lontano pungolava il suo inconscio già da parecchi minuti quando s'impose alla sua attenzione. Indietreggiò in fretta fra gli alberi, mimetizzandosi accuratamente contro un tronco d'albero. Attese, tendendo le orecchie. Il freddo era intenso. Batté insieme le mani e tentò di massaggiarsi le gambe per tenere attiva la circolazione. Nel frattempo, il suono del motore si avvicinava sempre di più. A questa distanza e nel gelo immobile, si sentì parecchio tempo prima che lui riuscisse a vederlo.

Quando fu in vista volava molto basso, e aveva appena superato la catena montuosa più vicina. Un elicottero del genere poteva portare probabilmente tre persone.

Si avvicinò, volando a non più di trenta, trentacinque metri da terra, seguendo lo stesso torrente che aveva seguito lui. Gli fu sopra, e quando passò lui riuscì a scorgere le facce degli uomini a bordo, anche se non poté distinguere i lineamenti. Proseguì con un brontolio sordo, dirigendosi verso la cresta montuosa che lui doveva superare per raggiungere il campo nascosto.

Aspettò, battendo i piedi per combattere il freddo. E se atterravano? La vegetazione era rada, e lo avrebbero trovato in poco tempo. Aveva la mente lucida. Se atterravano, doveva cercare di uccidere il pilota. Se non poteva prendere la mira bene, doveva colpire il primo uomo che usciva dal portello dell'elicottero.

Avrebbe avuto bisogno di tre frecce per tre tiri veloci, e poi doveva cercare di allontanarsi. Il suo campo si trovava a otto chilometri almeno, ed era un buon nascondiglio. Naturalmente, se avessero sbarcato truppe per una ricerca sistematica, lui era finito.

Aspettò, le frecce pronte, la mente limpida.

L'elicottero stava tornando indietro.

Virò a bassa quota, un lento circolo ampio intorno alla zona. Avevano forse visto qualcosa? Una traccia? Un movimento?

All'improvviso, cominciò ad abbassarsi su una spianata a nemmeno quaranta metri da lui. Non c'era sottobosco in cui nascondersi, solo alcuni alberi a basso fusto e delle rocce.

L'elicottero perse ancora quota e si posò sul terreno, colpendo l'aria con le pale. Mentre atterrava, il portello si aprì. Lui tese l'arco. Un uomo armato di AK-47 scese dal portello, e mentre faceva per voltarsi, Joe Mack scoccò la freccia.

Fu un tiro facile e lo colpì in pieno alla spina dorsale. L'uomo cominciò ad accasciarsi, e Joe Mack lasciò partire la seconda freccia.

Il bersaglio era visibile a stento: un uomo all'interno della cabina, apparentemente l'uomo ai comandi. La luce balenò sulla canna di un'arma e lui si gettò a terra nell'attimo in cui l'uomo sull'elicottero apriva il fuoco. Gli alberi furono innaffiati di pallottole. Schivando i colpi, lui si rialzò correndo, ma non fuggì.

L'elicottero doveva avere una radio! Quando fu quasi dietro l'elicottero, lasciò partire un'altra freccia attraverso il portello spalancato.

Qualcuno dentro l'elicottero stava gridando. L'uomo stesso a terra non si era mosso.

Il rotore prese a pulsare più veloce, e l'elicottero cominciò a sollevarsi da terra. Lui aspettò, osservando. C'era qualcosa che non andava. Il pilota era ferito, oppure...

Si sollevò, si staccò da terra, balzò in avanti, descrisse un giro completo, e poi parve virare bruscamente, prima di urtare con il muso contro una cresta rocciosa distante meno di ottocento metri. S'infranse con un fragore spaventoso di alberi spezzati e metallo dilaniato, poi si formò una sfera di fuoco e ci fu una violenta esplosione, e le fiamme si spensero.

Lui corse avanti verso l'uomo morto, giacché era morto, con una freccia nella spina dorsale. Joe Mack estrasse la freccia, poi esaminò in fretta le tasche dell'uomo. Alcuni fiammiferi, un coltello nella cintura. Lui fece rotolare il corpo in un piccolo canale naturale e lo coprì di sterpi. Non prese l'AK-47, perché il caricatore era vuoto. Coprì anche quello, in modo che non si vedesse subito dall'alto, e poi riprese la marcia.

Ora correva, correva con tutte le sue forze.

Il suo nascondiglio alla foce del Ningam era lontano meno di otto chilometri. Quando lo avrebbe raggiunto, la notte non sarebbe stata lontana. Il pilota era riuscito a chiamare per chiedere aiuto?

Correndo, rifletteva. Avrebbero battuto la zona a tappeto, se il pilota era riuscito a far pervenire un messaggio, e lui non avrebbe avuto speranza. Se no, potevano considerare l'incidente puramente accidentale. L'asta delle sue frecce doveva essere bruciata, e a meno che le loro indagini fossero state accurate si sarebbero lasciati sfuggire le punte di freccia, che potevano essere cadute a terra, nel rogo dell'elicottero.

Dopo un'accurata osservazione dei dintorni e un attento ascolto, superò la cresta rocciosa e scese dal versante opposto, lungo il letto asciutto di un corso d'acqua. Si trovò subito al riparo degli alberi, e trotterellando ad andatura regolare si diresse verso il suo rifugio. La notte lo aveva quasi raggiunto prima che fosse al riparo. Finora non aveva sentito apparecchi, anche se la montagna che ora si frapponeva fra lui e il luogo dell'incidente poteva assorbire il suono.

Rallentò, mettendosi al passo, e cominciò a seguire il percorso studiato. La foresta era così fitta che lui ebbe difficoltà persino a trovare i segni di riconoscimento che aveva lasciato per ritrovare il suo rifugio.

Il cuore gli martellava quando scivolò fra gli alberi e sgusciò nel nascondiglio.

Non aveva potuto vedere che cosa era successo all'interno dell'elicottero. Aveva messo a segno le sue frecce, lo sapeva. Evidentemente ne aveva ferito uno, o forse tutt'e due... negli angusti confini del piccolo elicottero non sarebbe stato improbabile. Dovevano esserci state poche possibilità di sfuggire alle ferite.

Il pilota, perlomeno, doveva essere rimasto ferito seriamente e doveva essere morto o svenuto ai comandi.

Quanto avrebbero saputo, quelli che sarebbero venuti a cercarli? Il pilota aveva segnalato che erano attaccati? Non gli era sembrato che usasse il microfono, ma Joe non poteva dirlo con sicurezza.

Ora che cosa doveva fare? Restare dov'era e sperare che non lo trovassero? O tentare di fuggire e forse farsi sorprendere allo scoperto?

A Chagda, quasi in direzione nord, c'era un aeroporto, un importante campo di atterraggio, gli sembrava. La ricerca probabilmente sarebbe partita da lì, ma la sua conoscenza del paese era troppo limitata. Baronas aveva accennato a Chagda.

C'era un villaggio, o una cittadina, di nome Algama, a non più di una trentina di chilometri dal punto in cui si trovava ora. Era a oriente, per quanto riusciva a ricordare.

Restare immobile, aspettare, quella sarebbe stata la scelta più difficile, ma lui era indiano, e la pazienza aveva fatto parte del suo addestramento. Non c'erano buoni nascondigli, nei dintorni, e sarebbe stato meglio starsene semplicemente tranquillo e sperare che non lo trovassero. Molto meglio che trovarsi in cammino quando la regione sarebbe stata sorvolata da aerei ed elicotteri che ricostruivano l'incidente.

Il freddo era intenso, e lui si arrischiò ad accendere un piccolo fuoco nel suo bivacco ben nascosto. Preparò un po' di tè, offertogli dai Baronas, e poi si addormentò.

Ore dopo, fu svegliato dal ronzio di un aeroplano che volava in alto.

Raggomitolato nel suo cappotto di pelle d'orso, attese. Per ore, non sentì niente; poi si udì il ronzio di un aereo che volava in circolo, non di un elicottero. Avevano trovato il relitto? L'esplosione e la breve fiammata non potevano aver lasciato molto da vedere. Per quanto poteva dedurre dal poco che aveva visto, il relitto aveva preso fuoco e l'improvvisa esplosione aveva spento le fiamme. Naturalmente, non era riuscito a scorgere niente nei boschi dove l'elicottero era precipitato.

Per tutto il giorno, a intervalli, sentì aerei in volo di ricognizione. Per tre giorni, tremando nel freddo intenso, rimase nascosto. Infine, quando passarono ore senza che si sentisse più il rumore degli apparecchi, lui lasciò il suo nascondiglio, portando con sé tutta la carne che aveva, e si diresse al fiume.

Il Ningam si gettava nel Gonam, e circa cento chilometri più avanti il Gonam confluiva nell'Uchur. Laggiù c'era un villaggio. Tutto questo lo sapeva dalle sue conversazioni con Baronas e Botev.

Poteva usare il fiume solo come guida. Ormai doveva essere gelato, probabilmente, ma fidarsi del ghiaccio di un fiume non rientrava nei suoi piani. Durante la notte era caduta la neve, e il ghiaccio del fiume ne sarebbe stato ricoperto. Il ghiaccio sotto la neve spesso si scioglieva, lasciando punti in cui si poteva sprofondare facilmente.

Joe Mack, correndo leggero, seguì una pista appena segnata vicino al fiume, avvantaggiandosi del percorso più facile. Le ore si susseguivano e lui non vedeva nessuno, non sentiva nessuno. Una volta, davanti a lui, e sulla riva opposta del fiume, sentì abbaiare dei cani, ma era troppo distante perché abbaiassero contro di lui.

L'Uchur scorreva da qualche parte di fronte a lui. Con un pizzico di fortuna lo avrebbe raggiunto la sera successiva. Era un grande fiume, e traversarlo avrebbe rappresentato un problema.

Trascorse la notte in una piccola grotta scaldata da un fuocherello. Dormì male, perché il freddo lo svegliava in continuazione. Era stato attento a tenere naso e orecchie coperte per tutto il giorno, sapendo che erano soggette al congelamento. Finora aveva avuto una fortuna incredibile.

Era mortalmente stanco, e cominciava ad avere l'impressione di non avere mai sentito caldo. Di fronte a lui sorgeva una montagna, e lui procedeva incespicando, intorpidito dal freddo, pensando soltanto che doveva cercare di tenersi a est. Vicino alla base di quella montagna il Gonam si gettava nell'Uchur.

Era mezzanotte passata quando raggiunse finalmente la

sponda del fiume. Inciampando, mezzo congelato, fissò il ghiaccio. Era gelato completamente? Non aveva modo di saperlo. Avanzò lungo la riva, seguendo una strada molto battuta. Al largo, sul ghiaccio, poteva vedere i ripari costruiti dai pescatori che pescavano attraverso fori aperti nel ghiaccio. Alcuni lasciavano trapelare un po' di luce.

La strada che stava seguendo si restrinse in un viottolo, e il viottolo scendeva verso il fiume gelato. Qualcuno, parecchie persone, erano passate sul ghiaccio. Raccogliendo un ramo, lui si avviò, battendo il ghiaccio davanti a sé. Seguiva le tracce, visibili vagamente sul leggero strato di neve. Molto tempo dopo si arrampicò su una sponda ripida, scivolando due volte e cadendo prima di raggiungere la sommità. Esausto e semiassiderato, si guardò attorno, battendo lentamente le palpebre, cercando di vedere qualcosa, qualunque cosa potesse offrirgli riparo.

Riprese a camminare, scivolò e cadde. Sembrava così facile restare lì disteso, rinunciare a lottare...

— Tirati su di lì! — Era una voce di donna, che parlava in russo, ma una voce brusca, aspra. — Tirati su, ti dico, o morirai!

Lui si sollevò sulle ginocchia e poi, con uno sforzo, in piedi. — Vieni dentro, idiota, prima di congelarti!

Lo spinse verso la porta di una tozza baracca quadrata tra gli alberi, e lui per poco non cadde appena entrato, poi si raddrizzò. Dentro faceva caldo, un caldo quasi torrido. Era una baracca confortevole, con una stufa, che ardeva fino a essere incandescente, un tavolo, due sedie, una brandina e una larga panca. C'erano delle mensole alle pareti e dei vestiti appesi ai ganci.

Lui si girò a guardarla, e si squadrarono. Lei era una donna giovane e robusta, con le spalle larghe e occhi di un azzurro sorprendente. — Sì, sono una donna — esclamò — quindi puoi smetterla di sgranare gli occhi. Sono anche una donna sposata, e non vado cercando un uomc, se è quello che stai pensando.

— Non è così — rispose lui semplicemente. — Sono soltanto infreddolito e affamato.

— Questo lo vedo. Siediti. — Si avvicinò per aiutarlo a deporre il suo carico. — Che cosa c'è dentro?

— Carne — rispose lui.

— Puoi dividerne un po' con me. Qui ho ben poco, con mio marito lontano e niente soldi.

— Serviti pure — disse lui.

— Il tè è pronto. — Lei frugò nell'involto. — Preparerò un po' di questa roba per tutti e due.

— Prendine un po' per te — la invitò. — Io mi rimetterò in cammino all'alba. Tienitene una parte. Se non hai carne, ti aiuterà.

Lei lo ringraziò e poi lo ignorò, dedicandosi a preparare da mangiare. Man mano che riprendeva calore, lui si guardava attorno. La baracca era pulita, ma tutto era squallido. Aveva di fronte a sé l'autentica povertà.

La donna gli porse un grosso bicchiere di tè. — Bevilo — gli ordinò. — Sei sfinito.

— Grazie — disse lui.

Lei si girò a guardarlo — Che cosa fai? — domandò. — Chi sei?

— Un viaggiatore — rispose — che non vuole avere niente a che fare con le autorità. Non ti ringrazieranno nemmeno per avermi sfamato.

— Che vadano al diavolo! — esclamò lei con amarezza. — Si sono portati via il mio uomo e mi hanno lasciato ben poco.

Lo fissò con attenzione. — Che cosa sei? Tu non sei russo.

— Mia madre era una ostriak — mentì lui.

— Sono brava gente. Una volta ho vissuto a Baltsgara. Ce n'erano molti che abitavano nella foresta, laggiù. Andava tutto bene finché non venivano costretti a stare al chiuso. — Gli lanciò un'occhiata. — Tu stai fuggendo qualcosa.

— Non fuggendo — obiettò lui in tono mite. — Semplicemente evitando.

Lei rise senza allegria. Poi mise nei piatti la carne. — Mangia questa. Ti stai scaldando un po'?

— Sì, grazie. Sei una brava donna.

— Tienilo a mente — ribatté lei brusca. — Lo sono e lo resterò.

Mangiarono in silenzio. Lei gli riempì di nuovo la tazza. — Dove vai?

Lui scrollò le spalle. — Via.

Lei guardò l'arco e la faretra piena di frecce. — Non ho mai visto niente di simile da quando ero bambina.

— Hai visitatori?

— Io? — sbuffò. — No. — Indicò la panca. — Dormi là, e quando verrà il giorno, fila.

— D'accordo — rispose lui. La donna aveva preso poca carne. Lui ne tirò fuori dell'altra. Giudicò che fossero circa cinque chili. — Tieni questa. Sei una brava donna, e hai diviso con me.

Dormì bene, serenamente, e quando venne l'alba e aprì gli occhi, lei era già vicino al fuoco.

— C'è il tè. Bevilo e mettiti in cammino. — Si alzò, guardandolo. — Ho avuto tempo per pensare e so chi sei, anche se potresti passare per un ostiak agli occhi di qualcuno.

Lui mangiò, bevve il tè, e si mise in spalla il carico.

— Sei una brava donna — ripeté. — Pregherò per te e per la tua famiglia.

— Pregare, eh? È molto tempo che non lo sento dire. Da quando ero piccola e avevamo delle chiese, dove vivevo, e dei preti. Be', prega, se vuoi. Mi farebbero comodo un po' di preghiere. Ora va' per la tua strada, e se sosterrai di avermi visto, io dirò che hai mentito.

— Certamente. — Lui sorrise all'improvviso. — Ma non dimenticare che c'è un uomo in cammino che serberà un posto per te nella sua memoria.

Uscì e s'incamminò in fretta, imboccando un sentiero nella foresta. Quando si voltò indietro, lei era là, immobile, e lo guardava andar via. Sollevò una mano, ma lei si girò e rientrò nella sua baracca, nella sua baracca piena di calore.

21

Il colonnello Zamatev spiegò la carta sul suo tavolo. — Fammi vedere — suggerì.

Kyra Lebedev mise il dito su un punto. — In quelle vicinanze. Abbiamo un rapporto. È stato visto, in quella località. Con una donna.

— Una donna?

— Se ci muoviamo in fretta — disse Kyra — possiamo prenderlo. Il nostro informatore dice che non vive con gli altri, ma ha un posto non lontano da lì. L'informatore non è sicuro, ma crede che sia il nostro uomo.

— E l'informatore? È attendibile?

Lei scrollò le spalle. — Quando serve ai suoi interessi. Ci ha già fornito informazioni, ma penso che lo faccia solo quando ha un rancore personale verso le persone denunciate.

— Ce ne sono molti, così. Comunque, se ci muoviamo alla svelta, noi...

— Sprecherete il vostro tempo. — Alekhin parlò per la prima volta. Kyra si riteneva importante, e a lui non piacevano le donne piene di sé. In particolare non gli piaceva questa Lebedev.

— Che cosa vuoi dire? — domandò Zamatev.

— Se mai è stato là, adesso non c'è più. Se n'è andato.

— Come puoi averne la certezza? — chiese Zamatev irritato.

Alekhin si alzò in piedi e si avvicinò al tavolo. Mise un dito tozzo sul fianco di una montagna vicino alla foce del Ningam. — Che cosa è successo, qui?

— Niente che io sappia — ribatté Zamatev. — Oh, sì! Uno dei nostri elicotteri da ricognizione è precipitato. Si è schiantato contro una montagna o roba del genere. Ho il rapporto. — Accennò a una scatola sul tavolo. — E allora?

Alekhin guardò in su, di sotto le folte sopracciglia. — Sono stato io a trovarlo.

— E anche i corpi degli uomini. E con questo?

— Di due uomini.

— Due? — Zamatev lanciò un'occhiata al rapporto. — Non l'ho esaminato, ma c'erano tre uomini su quell'elicottero.

— Ma soltanto *due* corpi. Carbonizzati al punto da essere irriconoscibili.

— C'erano tre uomini, sull'elicottero — replicò Zamatev in tono paziente. — Tre. Troveremo l'altro corpo quando avranno cercato meglio.

— L'ho trovato io.

— Ebbene, allora?

— L'ho trovato a terra, a cinque chilometri dal luogo dell'incidente. Era stato ricoperto di terriccio e fogliame. Era morto. Era stato ucciso.

Zamatev si sedette, fissando Alekhin. Kyra fece per parlare ma un gesto la zittì. — Che cosa stai dicendo?

— È stato l'americano. L'indiano. — Puntò il dito sulla mappa. — L'elicottero è atterrato qui. Un uomo è sceso. È stato ucciso, colpito alla schiena con una freccia.

— *Una freccia?* — All'improvviso Zamatev si spazientì. — Di che stai parlando? Ucciso *con una freccia*?

— È stato colpito alla spina dorsale. Un ottimo colpo. Poi gli uomini a bordo hanno sparato. L'indiano si è messo a correre, scoccando un'altra freccia dentro il portello aperto, credo. Il pilota è stato ferito da questa freccia. Ha decollato, e l'apparecchio si è schiantato contro la montagna precipitando nella foresta.

Zamatev si alzò, posando le nocche sulla carta. — Ora fammi capire. Stai dicendo che questo indiano ha abbattuto uno dei nostri elicotteri con arco e frecce?

— Gli uomini hanno raggiunto il luogo dell'incidente dopo che io l'avevo scoperto. Hanno guardato in giro e hanno raccolto ossa bruciate e qualche altra cosa. Poi se ne sono andati.

"Io non me ne sono andato. Sono rimasto tre giorni. Ho cercato di capire. Ho setacciato la terra bruciata e le foglie. Ho trovato due punte di freccia.

"Una era stata vista da quelli che avevano controllato l'incidente. Sembrava priva di importanza, solo un vecchia punta di freccia dei tempi antichi.

"Non era vecchia. Nessuna punta di freccia in Siberia era fatta come queste. Ne ho trovate due, non una. Penso che l'indiano abbia lanciato due frecce nel portello aperto."

Il colonnello Zamatev si risedette. Non era uno sciocco, e se c'era una cosa che Alekhin conosceva, erano le prove lasciate nelle regioni selvagge da uomini e animali. E il terzo corpo era stato ritrovato, aveva detto, a una certa distanza dal luogo dell'incidente.

— Sei sicuro che il terzo uomo sia stato ucciso?

— Sì. C'erano delle tracce nel punto in cui l'apparecchio è atterrato. Tracce sul terreno, nel terriccio. C'erano impronte dove l'uomo è sceso dall'apparecchio.

"È indietreggiato con un'arma. Aveva cominciato a voltarsi quando la freccia lo ha colpito. È stato un ottimo colpo. La freccia ha trapassato la spina dorsale e si è conficcata in profondità. È un uomo molto forte, penso.

"Qualcuno dall'elicottero ha sparato. Ho trovato segni di proiettili sugli alberi, ma l'indiano era già lontano. Ho seguito le sue tracce. È corso in fretta verso un punto più lontano dall'elicottero, e poi ha lanciato altre due frecce. L'elicottero si è allontanato, ha decollato con gravi difficoltà. Un pattino, o come lo chiamate, ha strisciato sul terriccio.

"L'indiano ha pensato che forse l'elicottero aveva chiesto aiuto. Ha nascosto il corpo e si è affrettato ad allontanarsi."

— E ora dov'è?

Alekhin si strinse nelle spalle. — È andato lontano e molto in fretta, secondo me. — Si alzò. — Lo troverò io.

— Aspetta! Quanti uomini ti servono?

— Nessuno. Farò da solo. Gli uomini vanno sempre in giro, rovinano le tracce. — Fece una pausa. — Forse potresti mettere all'erta i soldati fra Oimiakon e Magadan.

— Alekhin, ti rendi conto di quello che stai dicendo? È un territorio enorme! È impossibile!

Alekhin si strinse nelle spalle. — Se lo vuoi, stabilisci la sorveglianza. Andrà da quella parte, se non ora, in seguito. Lo conosco. Me lo sento qui. — Si portò una mano al cuore. — Quest'uomo non pensa al tempo. Non pensa alla distanza. Nella foresta si sente a casa sua.

— Quest'uomo — replicò Zamatev — è quello che gli americani definiscono "ufficiale e gentiluomo". Si è laureato con lode all'università. È un pilota di grande esperienza, con una notevole conoscenza della meccanica e dell'aerodinamica. Lui è....

— Lui è un indiano. Lo vedo chiaramente. Tutto quello che dici è vero, ma qui — Alekhin si toccò il cuore — è indiano.

"Si è rifugiato nella foresta, e la foresta è il suo ambiente naturale. Non lo cercare nelle città. Non aspettarti che abbia bisogno di quello che serve a te. Quello che gli occorre glielo dà la foresta."

— Là fuori morirà assiderato — osservò Kyra.

— C'è già stato. Ed è vivo. — Alekhin si raddrizzò. — Io lo troverò. Lo ucciderò.

— Tu non lo ucciderai! Questo è un ordine! Lo voglio qui, vivo! Lo voglio in prigione. Ha informazioni che ci servono, e io devo averle. Azzoppalo, se vuoi. Accecalo, se preferisci, ma dev'essere in grado di parlare.

Quando la porta si chiuse dietro di lui, Zamatev lanciò un'occhiata a Kyra. — Riesci a crederci? Un elicottero perduto, distrutto da quell'indiano.

— Il rapporto sull'incidente è stato consegnato — disse Kyra in tono cauto. — È già stato inoltrato al servizio.

Zamatev si morse le labbra, poi si voltò a guardare dalla finestra. Com'era il vecchio detto? Non svegliare il can che dorme. Bene, perché no? Era meglio degli interminabili rapporti, delle domande, di tutto quello che sarebbe successo se lui avesse corretto il rapporto in base alle informazioni di Alekhin. Non serviva a niente farsi addebitare la perdita di un elicottero e la morte di tre uomini. Aveva già abbastanza problemi.

— Riesci a crederci? Da Oimiakon a Magadan? È impossibile!

— Alekhin crede che stia andando a nord e a est.

— È assurdo! È impossibile! — Lui si interruppe, imprecando sottovoce. Chi avrebbe creduto che un uomo potesse fuggire da una prigione e svanire nel nulla? Persino ora, lo sapevano con certezza?

Lanciò un'occhiata Kyra. — Sei pronta per un altro viaggio? Voglio che tu prenda Stegman e tutti quelli che ti servono e cerchi il villaggio. Il posto dove il rapporto dice che si trovava. Voglio che trovi la donna, se esiste, e la interroghi. Voglio sapere tutto quel che c'è da sapere sul maggiore Joseph Makatozi.

— Dovrei restare lontana per parecchio tempo.

Lui la guardò. — Be', non sei tenuta a partire stasera. Lunedì basterebbe. Dopo tutto — suggerì — ci vorrà del tempo per prepararsi.

— Certo. Partirò lunedì, allora. — Lei si alzò e prese i guanti e la borsa. — La vetturetta mi ha seguito, quando sono uscita prima.

— Quelli sono gli uomini di Shepilov. Mi sorvegliano sempre. Io non ci bado. Li tiene occupati.

Quando lei fu uscita, Zamatev andò nuovamente alla finestra e osservò la piccola vettura partire, seguendo Kyra. Ridacchiò. Lei sapeva affrontare la situazione. Era troppo in gamba per loro, troppo astuta.

Tornando alla scrivania, contemplò la carta. Da Oimiakon a Magadan? Impossibile! Corrugò la fronte, poi puntò un dito sul Nel'kan. Suvarov era lì, con un altro incarico. Che si rendesse utile, allora.

Nel'kan era più vicina. Laggiù c'erano degli uomini validi, e se fossero scesi dal nord avrebbero potuto forse, intercettare l'americano.

Alekhin poteva avere ragione. Forse stavano perdendo tempo, cercando nei villaggi e nelle città, sorvegliando le frontiere. Se l'uomo era tornato a vivere come un indiano, doveva certamente trovarsi nella foresta. Poteva far freddo, ma gli aborigeni avevano vissuto là per migliaia di anni. Poteva essere fatto ancora.

Allora? Qual era la situazione? Kyra avrebbe trovato il villaggio dove l'informatore aveva detto che si trovava una donna. Suvarov si sarebbe messo in moto da Nel'kan. E Alekhin seguiva la pista dell'indiano dal luogo dell'incidente.

Ma che idea! Tre uomini e un elicottero perduti! Kyra aveva ragione, come sempre, meglio lasciar perdere il rapporto. Non aveva senso intorbidire le acque.

Naturalmente, c'era Shepilov, ma Shepilov andasse pure al diavolo!

Eugeny Zhikarev era fermo nella notte, e osservava il camion sparire lungo la strada piena di buche.

Potanin aveva ottenuto una licenza ed era andato a Jakutsk. Al comando c'era ora un certo tenente Baranski, un fanatico dei regolamenti. In piedi nell'oscurità sui piedi mutilati, lui si domandò che cosa doveva fare.

Non osava tornare alla bottega. Sarebbe stato interrogato, e ne aveva abbastanza di tutto quello. La fuga era esclusa, per il momento, e pensare che tutti quei bei soldi lo aspettavano ad Hong Kong!

Ora non poteva pensarci. Tentare di farla in barba a Baranski voleva dire rovinare tutti i suoi progetti. Baranski lo avrebbe arrestato o denunciato, se lui avanzava l'idea di combinare affari oltre confine. Sarebbe stato arrestato, interrogato...

No. Quello era escluso. Allora, che fare? Dopo tutto, lui era un commerciante di pellicce, nonché di altri articoli, e c'erano altri come lui che si conoscevano fra loro. Per il bene degli affari era importante che si conoscessero. Che fare, dunque?

Aveva bisogno di tempo. Due settimane, forse un mese, prima che Potanin tornasse sulla frontiera. Sarebbe tornato al verde, oppure non somigliava a nessuno dei soldati che Zhikarev aveva conosciuto. Al verde e pronto a fare affari. Quindi lui doveva soltanto aspettare, ma dove?

Khabarovsk? Là c'era suo cugino, che svolgeva un piccolo commercio di pellicce, oltre a occupare un posto statale. Sulla costa, però, c'era un altro cugino, in una cittadina sulla Baia di Olga. Là sarebbe stato più al sicuro, ma era più lontano, quasi il doppio della distanza.

Saltellando sui piedi mutilati e usando un bastone per buona misura, si avviò lungo la strada verso un posto che conosceva. La strada era deserta. Che avrebbe detto, se fosse passata una pattuglia?

Sentì dietro di sé un suono confuso di voci, e si ritirò in fretta nel varco fra due edifici.

Una banda di *huligan*, di teppisti, e se lo trovavano lo avrebbero certamente derubato e percosso. Potevano addirittura ucciderlo. Bande simili erano diventate comuni in Russia. Non molto tempo prima, una di queste bande aveva percosso a morte un ingegnere per derubarlo dei blue jeans.

Per fortuna, non lo avevano visto. Tornarono indietro in un gruppo sparso, gridandosi oscenità.

Quando raggiunse il posto che cercava, alcuni autocarri si stavano preparando a partire. Essendo noto a parecchi autisti, trovò ben presto un passaggio per Khabarovsk.

Il camionista era loquace. Zhikarev avrebbe preferito dormire, ma sapeva che non esisteva fonte di informazioni migliori di questi conducenti, che erano continuamente in movimento. Quello che non avevano visto di persona lo apprendevano dagli altri camionisti.

— Come vanno le cose lungo la costa?

— Tranquille. La pesca è buona, dicono. — L'uomo accennò con la testa all'indietro. — Laggiù ci sono dei guai. Un prigioniero è fuggito, e dev'essere un tipo importante. Fanno ogni genere di domande. Io non dico niente. Che lo scoprano da soli, se ci riescono.

"Khabarovsk è in fermento. Piena di soldati. Anche di operai. Si fanno sempre nuove costruzioni, a Khab."

Continuò a parlare di questo e di quello, e Zhikarev ascoltava, ma con un orecchio solo. Voleva semplicemente riposare.

— Stavolta proseguo. Mi fermo a Khab solo per fare rifornimento. Vado fino alla costa.

Zhikarev aprì gli occhi. — Fino alla costa? Io ho un cugino sulla Baia di Olga. Stavo pensando...

— Resti con me. Posso portarla là direttamente.

— Mi piacerebbe. Mi piacerebbe molto.

— Le costerà. — L'autista gli diede un'occhiata, chiedendosi quanto valeva l'ometto. Non molto, probabilmente. Forse era meglio scaricarlo sulle montagne e...

No, no. Aveva parenti. Se non arrivava dove lo aspettavano, si sarebbe sparsa la voce. Forse sarebbe arrivata al KGB, ma di sicuro ai suoi amici. Questo commerciava pellicce, e quei mercanti di pellicce e cacciatori erano tutti solidali fra loro.

Prova a fare qualcosa a uno di loro e finisci col tuo camion in un fosso e la testa sfondata. Non faceva per lui; aveva troppe strade buie e solitarie da percorrere.

— L'ultima volta che sono sceso fino alla costa — disse — ho visto una tigre. Grossa, per giunta. Proprio in mezzo alla strada. Sembrava grande come una mucca. Si è tolta di mezzo con un balzo.

"È bello, laggiù, oltre i Sikhote Alin. Mi piacerebbe vivere lì quando metterò su casa. Se mai lo farò. — Abbordò una curva larga col pesante autocarro. Sulla strada non c'era traffico. — La mia ragazza dice di no. A lei piacciono le città. Vuole vivere a Khab. Eccitazione, dice lei.

"Prendi la notte scorsa. Il KGB dappertutto. Si preparavano a rastrellare un posto nella foresta. Dovevano essere almeno cinquanta, e c'erano anche soldati!"

Zhikarev ascoltava, sveglio solo a metà. Cominciava a pensare che aveva deciso di muoversi proprio al momento giusto. Nel suo negozio c'erano delle pellicce, ma aveva lasciato dei documenti per consegnarle a Wulff. Ridacchiò. Che fosse Wulff a dare spiegazioni.

— Dove vuole andare, esattamente? — stava chiedendo il camionista.

— A Olga — rispose lui. — Mio cugino abita lì.

— Oh, certo! Una volta era un paesello minuscolo. Da ragazzo ci sono stato una volta, allora c'erano soltanto la dogana e la caserma. Ora è diventato un posto come si deve.

"Frutti di mare! I migliori che ci siano. Appena pescati nella baia o nel Mar del Giappone! La Baia di Tetjukhe è poco più avanti, sulla costa. La conosco bene. Anche la Baia di Plastun. Mangiano tutti bene, da quelle parti! Pesce di tutte le qualità, anitre, oche, cacciagione, tutto quello che uno può desiderare. Quella scema della mia ragazza preferisce le luci vivaci e il ballo! Io preferisco mangiar bene! Mi piace anche pescare. Be', vuol dire che dovrò convincerla."

Zhikarev si addormentò, malgrado la scomodità, sobbalzando sulla strada dissestata, ascoltando il suono monotono della voce del camionista. Nella cabina faceva caldo e il conducente aveva coperto il sedile con una pelle di pecora.

Bruscamente, molto tempo dopo, l'autocarro si fermò all'ombra di alcuni alberi. Una mano toccò la spalla di Zhikarev.

— Vada per di là, sotto gli alberi. Farà freddo, ma aspetti lì.

Zhikarev si riscosse e abbottonò il cappotto pesante. Prese il bastone e scese goffamente dalla cabina.

Passerò a prenderla all'uscita da Khab. — Il conducente esitò e poi disse: — Io resterei nascosto, se fossi in lei. Corre voce che vogliono fermare un uomo con i piedi mutilati. Potrebbe usare un bastone.

Il camion si allontanò creando un viale di luce davanti a sé. Da quanto tempo viaggiava? Da giorni e notti, gli parve.

E così, lo stavano cercando? Bene, se l'era aspettato. Il conducente sembrava un tipo a posto. Se solo fosse riuscito a raggiungere la costa. Nessuno sapeva di suo cugino, o almeno pensava di no. Poteva restare lì finché le acque si fossero calmate, e poi tornare alla frontiera e dopo, Hong Kong.

Faceva freddo, un freddo intenso. Appoggiandosi al bastone, attraversò faticosamente la strada e si addentrò fra gli alberi

22

Peshkov venne a incontrarli ad Aldan. Il colonnello Zamatev provò un'istantanea avversione per lui, ma quello era il guaio di questo mestiere. S'incontravano tanti uomini di questo tipo, e bisognava trattarli coi guanti, perché potevano sapere qualcosa. Tuttavia erano bugiardi e traditori, e occorreva essere prudenti. C'era sempre il rischio di un'imboscata, come quella che si era verificata alcuni mesi prima, quando alcuni ufficiali del KGB erano stati attirati in una trappola e assassinati. C'era tanta criminalità, di questi tempi. Non compariva mai sui giornali, a meno che non si celebrasse il processo e fosse riportata la sentenza.

Peshkov li avrebbe guidati al villaggio. Stegman lo fissò minaccioso con i suoi gelidi occhi azzurri. — Se qualcosa va storto — lo ammonì — se ci saranno guai, ucciderò te per primo.

Peshkov deglutì. — Non ci saranno guai. Questa gente non combatterà. Per lo più sono vecchi o bambini.

Alcune ore dopo piombarono sul villaggio. Attaccarono in fretta e da tutti i lati. E non trovarono niente.

Vicino a una baracca c'era un vecchio seduto al sole, con parecchi nipotini che giocavano ai suoi piedi. Dentro la rozza capanna c'era una vecchia che preparava il tè con un samovar.

Tutte le altre case erano vuote.

— Vi dico che c'erano! — esclamò Peshkov disperatamente. — Quello Stephan Baronas viveva qui, con la figlia! Giorno dopo giorno, li ho visti io, con i miei occhi!

Alekhin si guardò attorno nella capanna. Sfiorò con le dita le ceneri del fuoco. — Freddo — disse. Sapeva di poter scoprire qualcosa, e in seguito avrebbe cercato. Non gli piaceva Peshkov e godeva nel vederlo sudare.

— Sono andati via — disse Peshkov. — Non riesco a capire. — Era sconcertato. — Dove potrebbero andare? Come farebbero?

— Ci hai guidati in un vicolo cieco — disse Zamatev in tono gelido. Si avvicinò al vecchio seduto al sole. — Nonno... — indicò — ... dove sono le persone che vivevano in quella casa?

Gli occhi del vecchio erano vaghi. La sua voce era resa tremante dall'età. — Saliscev? Se n'è andato. Io non... non ricordo quando. Tanto tempo fa, penso. A volte vengono dei campeggiatori. — Alzò la testa, improvvisamente infuriato: — Uomini vanno e vengono; uccidono la selvaggina; ci portano via il cibo. Stanno in quella casa o... — agitò una mano — ...in una di queste. Rubano. Uomini malvagi...

— Noi stiamo cercando Stephan Baronas e sua figlia, o un certo Borowski.

Il vecchio scosse la testa. — Non dicono mai come si chiamano. Vanno e vengono. Sono giovanotti robusti e dovrebbero essere nell'esercito o lavorare al progetto BAM. BAM? È la ferrovia? Avevamo una ferrovia quand'ero ragazzo. Era giù, vicino all'Amur. — Scosse la testa. — Non mi è mai piaciuta. Troppo vicino alla Cina! Quei bastardi gialli, non ci si può fidare di loro! Io non mi fiderei!

— Baronas — ripeté Zamatev con pazienza. — Ci hanno detto che vivevano in quella capanna.

— Noi siamo soli. Soli! Io non voglio stare solo! Voglio parlare! E ci sono solo quegli estranei. Sono tutti *huligan! Huligan!*

— Conoscevi Stephan Baronas? — Zamatev era paziente.

— Vanno e vengono. Qualche volta parlano, qualche volta no. — Aggrottò la fronte e strizzò gli occhi. — Baronas? È un nome russo? Non credo.

Zamatev s'infuriò. — Peshkov? Conosci quest'uomo? Chi è?

Peshkov sudava. — Non lo conosco. È qui. È sempre stato qui. Non c'è nessuna ragione...

— Tu mi hai portato qui per trovare l'americano. Hai parlato di questo Baronas. Qui non c'è nessun uomo con questo nome e nemmeno una figlia. Ci hai mentito.

— No! No, vi prego! Non ho mentito! Erano qui. Erano in molti, ma se ne sono andati!

— Quella casa — Zamatev puntò il dito — non è abitata da mesi, probabilmente!

Alekhin si sedette su un tronco caduto e rimase a guardare. Certo che era stata abitata, ma non lo avevano chiesto a lui. Era stata abitata fino a poco tempo prima, ed era stato fatto appena un goffo tentativo di mascherare la realtà. Lui non si curava di tutto questo. Era solo una perdita di tempo. Fra poco si sarebbe messo in viaggio, e avrebbe trovato quell'americano. Sapeva dove stava andando adesso e sapeva che più lontano arrivava, più sarebbe stato facile catturarlo. Non c'era fretta. Lo avrebbe preso a suo tempo. Nel frattempo quel vecchio pazzo li stava coprendo di ridicolo. E anche se lo torturavano, non avrebbero cavato altro da lui.

Alekhin disprezzava Peshkov, ed era soddisfatto di vederlo in imbarazzo.

Evidentemente gli abitanti di questo villaggio si erano dispersi, e avrebbero potuto tornare quando le acque si fossero calmate. Quello che a lui interessava era il posto in cui aveva vissuto l'americano, certamente non qui.

Si alzò e attraversò il piccolo spiazzo. Se fosse andato a trovare la famiglia Baronas, poi si sarebbe allontanato da quella parte. Si fermò di fronte a quel rifugio e si guardò attorno. Dopo un po', svoltò l'angolo e guardò in su fra gli alberi.

Raccogliendo legna per il fuoco, avevano staccato i rami secchi dalla parte inferiore dei tronchi di pioppo tremulo. Avevano raccolto anche quelli caduti al suolo.

Sotto gli alberi c'erano tracce vecchie. Alcune, dai grossi tacchi quadrati, le riconobbe come orme lasciate da Peshkov. Impronte più piccole precedenti, lasciate evidentemente dalla donna. Avanzò fra gli alberi. Le orme di Peshkov erano vecchie di giorni, ma intatte. Nessuno era passato di qui da allora.

Alekhin si fermò per studiare il terreno. Qui c'erano lievi sbavature sulle orme di Peshkov. Le osservò con attenzione. poi proseguì. Peshkov si era fermato, saldamente piantato al suolo, i grossi piedi fianco a fianco, le orme un po' confuse come se si fosse mosso. Qualcosa lo aveva fermato proprio qui, fermato bruscamente. C'erano delle tracce confuse dietro di lui. Si spostò in giro, tornò alle impronte e le studiò ancora un po'. Qualcuno era scivolato alle spalle di Peshkov e lo aveva bloccato. Un coltello puntato alla schiena, o una pistola. L'americano probabilmente non aveva una pistola e nemmeno la voleva. Avrebbe potuto prendere l'AK-47 al soldato che aveva ucciso sull'elicottero, ma lo aveva lasciato.

Non c'erano munizioni, naturalmente, ma non era per quello. L'americano voleva uccidere in silenzio. Una pistola faceva rumore. Attirava l'attenzione.

Perché non aveva ucciso Peshkov? Era debole, questo americano. Avrebbe dovuto ucciderlo e poi portare via il corpo e gettarlo in un crepaccio. Con un uomo come Peshkov, chi se ne sarebbe curato?

Si addentrò fra gli alberi. L'americano portava ai piedi qualcosa di morbido. Quelli che chiamavano mocassini. Le sue scarpe si erano logorate, e lui aveva usato la pelle di un animale per ricavarne delle calzature.

Non era una pista facile da seguire, ed era vecchia di molti giorni, ma nessuno era passato di qui prima di lui. Perse le tracce, le ritrovò, e poi trovò la caverna.

Un bel posto. Oh, davvero un bel posto! Chiazze di grasso della cucina sulla roccia, le ceneri dei fuochi. Fuochi molto piccoli di legna asciutta. Un fuoco che mandava pochissimo fumo, non molta luce. Eppure questo posto doveva essere stato caldo.

Alekhin uscì e rimase immobile, guardandosi attorno. Poteva sentire il mormorio di voci da quello che chiamavano villaggio. L'americano doveva avere escogitato una via d'uscita, un modo per andarsene di qui alla svelta, se necessario.

Alekhin se la prese comoda. Stava imparando qualcosa sull'uomo che seguiva. Uomini e animali prendono delle abitudini. Hanno certi modi di fare le cose, e una volta visitato un bivacco o due si sa sempre che cosa cerca, come accende il fuoco. E questo era cauto.

Alekhin era soddisfatto dell'americano. L'uomo usava la testa. Ora, quale sarebbe stato il suo prossimo passo? Doveva aver progettato una via di fuga. Doveva aver preparato un secondo campo e forse un terzo. Se l'americano era rimasto qui a lungo, doveva aver preparato la fuga.

Quando s'imbatté nel varco tra gli alberi, gli si rizzarono i capelli sulla nuca. Ah, ecco! Trovò una lieve traccia confusa qui, una parte di orma là, e si girò a guardare indietro.

Astuto! L'americano aveva scelto una via di fuga che conosceva. Non correva in linea retta, curvava tornando su se stessa, ma offriva sempre un percorso libero da ostacoli. Aveva usato questa via di notte, ecco perché non c'erano orme.

Pian piano Alekhin stava accumulando una riserva di conoscenze sull'americano. Se aveva escogitato una simile via di fuga una volta, poteva farlo ancora. Era qualcosa da tenere a mente.

Alekhin si girò e tornò al villaggio. I soldati si stavano raggruppando.

Zamatev era irritabile. Alzò la testa con rabbia. — Dove ti eri cacciato?

— Guardo in giro. Lui è stato qui. Devo sapere che cosa ha fatto qui.

— Quel vecchio scemo non sa niente! Peshkov ha mentito, penso, nella speranza di una ricompensa.

— Non ha mentito. È un idiota e un traditore, ma non ha mentito.

— L'americano è stato qui?

— Sì. — Accennò un movimento con la testa. — Ho trovato il suo rifugio. È un buon posto. — Mentre Zamatev si muoveva, Alekhin lo richiamò: — Non c'è niente, lì.

Zamatev si fermò. — Hai guardato in giro?

— Ora porta i mocassini. I suoi stivali erano consumati, così ora porta mocassini.

— Mocassini? Dove se li è procurati? Dobbiamo trovare...

— Li ha confezionati da solo — lo interruppe Alekhin. — È un indiano. Gli indiani sanno realizzare scarpe morbide. Sa anche cucire vestiti. Può vivere delle risorse della foresta.

— Riesci a seguire la sua pista?

— Naturalmente. Non c'è bisogno di seguirla da qui. Andrò nel punto in cui è precipitato l'elicottero. Lo seguirò da lì.

Tornarono indietro insieme, superando i soldati, che s'incolonnarono dietro di loro. Uno, un sottufficiale, salutò. — Dobbiamo bruciare le capanne, signore?

— Lascia stare — rispose Zamatev. — Torneranno. Allora li prenderemo.

Quando si allontanarono, Alekhin raggiunse il luogo dell'incidente con un elicottero e quattro uomini. — Restate dietro di me — li ammonì — e restate svegli. Tenete gli occhi aperti. Forse lo vedremo.

— Non può essere ancora nei paraggi?

Alekhin fissò il soldato con i suoi occhi dalle palpebre pesanti, finché il soldato cominciò a sudare e indietreggiare. — Non sappiamo quello che sta facendo. Non tiriamo a indovinare. Quest'uomo è pericoloso. — Li fissò. — Un uomo è morto qui, e due sono morti lassù. Non è che un uomo, ma tre sono morti e un elicottero si è schiantato e incendiato.

Li guardò con disprezzo. — Tenete gli occhi aperti o sarete morti anche voi.

Si mise in cerca di tracce. L'indiano era un uomo alto, dalla falcata abbastanza lunga. Se si trovava un'orma, bastava cercarne un'altra alla lunghezza approssimativa di quella falcata. Questo americano non sceglieva sempre la via più facile. Spesso saliva sulle pietre. Non doveva sforzarsi di essere cauto. Era sempre cauto, nei boschi. Era la sua natura.

Al calar della sera Alekhin aveva imparato qualcosa sui metodi di viaggio dell'americano.

Non si fermava per cacciare, quindi aveva una provvista di cibo. Aveva affumicato ed essiccato della carne, laggiù. Alekhin non aveva trovato la rastrelliera, ma aveva trovato i fori in cui era stata infissa nel terreno. Stava portando un carico, Alekhin poteva dedurlo dalla maggiore profondità delle impronte da quando aveva lasciato la caverna. Era molto leggero, ma c'era.

Sulla scena dell'agguato in cui Joe Mack aveva ucciso il soldato, Alekhin ne aveva intuito esattamente la ragione. Non c'era copertura per un uomo a terra. Appena il soldato si fosse girato, lo avrebbe visto.

Quella sera, intorno al fuoco, Alekhin riesaminò ogni mossa nella sua mente. Per seguire una pista occorreva decidere che cosa voleva fare l'inseguito.

Fuggire? Certamente, ma verso cosa? Dove? Era improbabile che l'americano avesse amici, quindi il suo unico obiettivo doveva essere allontanarsi, uscire dalla Siberia, tornare in patria. Alekhin non aveva mai creduto al confine con la Cina. Quest'uomo era un indiano. Avrebbe seguito l'antica rotta migratoria, la via che i suoi avi cacciatori avevano percorso seguendo la selvaggina fino in America.

Naturalmente, loro non sapevano di andare in America, e nemmeno di passare da un continente all'altro. Erano semplicemente andati a caccia e avevano seguito la selvaggina fino al luogo in cui avrebbero potuto ucciderla. E avevano continuato a seguire la selvaggina.

La via più breve per superare il mare era lo Stretto di Bering. Avrebbe scelto quella via. Zamatev non ci avrebbe mai creduto, ma del resto Zamatev era un cittadino, un uomo delle strade e delle città.

L'americano era indiano. Sarebbe andato là dov'era la selvaggina, perché era così che doveva vivere. Non osava spingersi in città perché non conosceva la lingua.

Zamatev poteva fare a modo suo. Alekhin non aveva il minimo interesse per le città.

Zamatev stappò la bottiglia e riempì due bicchieri.

— Sono venuto il più presto possibile — disse.

— Mi dispiace. Quando ho passato la voce, credevo che fossero lì. Quando abbiamo individuato il villaggio, non immaginavo che fosse deserto.

— Qualcuno ha parlato — ipotizzò Zamatev.

Lei sollevò il bicchiere. — Può darsi. Più probabilmente sono stati presi dal panico e sono fuggiti. Penso che l'americano fosse già andato via.

— Alekhin ha trovato la sua pista. Ora lo prenderà.

— Forse.

— Non lo credi?

— Chi lo sa? Questo è diverso. — Lei lo guardò al di sopra del tavolo. — Torni indietro domani?

— Devo.

— Io andrò in volo a Magadan. Da lì si potrebbe fare qualcosa.

Lui annuì. — Grigory è laggiù. Lui è in gamba.

— Stavo pensando a lui. — Fece una pausa, quasi esitando su quello che doveva dire. — C'è anche Shepilov, laggiù.

Il bicchiere di Zamatev toccò il tavolo con violenza. — Shepilov è a Magadan? Perché?

Lei scrollò le spalle. — È per questo che ci vado. Lui sa qualcosa, o crede di saperlo. Sai com'è, con lui. Non si muove a meno che non ci sia costretto. Ci vorrebbe qualcosa di importante per farlo andare a Magadan. Quel posto non gli piace.

— Come lo sai?

— Ho lavorato per lui. Non ricordi? Si facevano pettegolezzi, nel servizio. Magadan non gli piaceva, ma era stato assegnato lì a lungo, tempo fa.

— Quindi avrà degli amici laggiù? — Zamatev era pensieroso. — Forse ha ricevuto un messaggio da loro? È questo che pensi?

— Grigory lo saprà.

— Sì. Pensi che mi sia fedele?

— Oh, sì. Me lo ha detto lui, e so che odia Shepilov, almeno per quanto è in grado di odiare. Non è nel suo carattere, lo sai.

— L'odio annebbia il cervello. È meglio non provare emozioni quando si lavora. Fare quel che va fatto, e farlo con freddezza.

Dopo che lei se ne fu andata, tirò nuovamente fuori la carta. Ora la rete si stava stringendo. Sapevano dov'era. Non esattamente... quello sarebbe venuto dopo... ma sapevano dov'era stato, e Alekhin stava seguendo la sua pista. Kyra sarebbe andata a Magadan, e Grigory avrebbe saputo cosa fare. Suvarov era a Nel'kan, ancor più vicino.

Ma che cosa aveva portato Shepilov a Magadan? Shepilov non avrebbe mai lasciato le sue comodità, a meno che non fosse sicuro di qualcosa.

Ma Makatozi non poteva essere arrivato così lontano, a meno che non avesse rubato un aereo oppure ottenuto un passaggio su uno di essi.

Certo, Shepilov sarebbe stato felicissimo di catturare l'americano. A Zamatev pareva di vedere l'espressione gongolante sul suo viso.

Fissò di nuovo la mappa. Che sciocco era stato a non tenere l'uomo in catene. Ora tutto ciò che aveva fatto, tutto ciò per cui era vissuto, tutto ciò che sperava di realizzare, dipendevano dalla cattura dell'americano.

Fissò la carta, fissò la zona in cui doveva trovarsi. La fissò come se la semplice intensità del suo sguardo potesse far balzare fuori dalla carta Makatozi in carne e ossa.

Doveva prenderlo. Non c'era altra via. Doveva catturare l'americano.

Non c'era tempo.

Per quale motivo Shepilov era andato a Magadan?

Perché?

23

Alekhin non aveva fretta. La Siberia era un paese immenso, e l'americano viaggiava a piedi. Per dare la caccia a un uomo con successo, è meglio cominciare a pensare come lui.

Come si spostava? Dove dormiva? Era abile nel seguire una pista? Quali posti sceglieva quando voleva nascondersi?

Che cosa mangiava? Se andava a caccia, come cacciava? Fino a che punto era un boscaiolo esperto? Come traversava i corsi d'acqua? Che cosa faceva per evitare incontri con la gente? Che cosa sapeva del paese che stava attraversando? Qual era la sua meta finale? Era disposto ad alterare la sua destinazione? Che cosa progettava di fare quando ci sarebbe arrivato?

Queste erano le domande che Alekhin rivolgeva a se stesso, fra le altre. Poco a poco, mettendo insieme un frammento qui e uno là, imparava a conoscere il maggiore Joseph Makatozi, e fare la sua conoscenza gli piaceva.

In primo luogo l'uomo era *abile*. Alekhin non aveva mai seguito le tracce di un indiano prima d'ora, anche se aveva inseguito alcuni del suo popolo o altri siberiani. Il guaio era che stavano diventando troppo civilizzati. Gli jakut, gli ostiak e gli altri stavano perdendo le qualità proprie della natura selvaggia. Lavoravano nelle fabbriche, entravano nell'esercito, vivevano nelle città dove potevano vedere i film e andare in locali dove ballavano balli moderni. Solo pochi anziani comprendevano ancora la foresta.

Alekhin non era dedito all'introspezione. Non esaminava le proprie motivazioni. Aveva ricevuto un incarico e lo svolgeva. Che cosa ne sarebbe stato dell'uomo dopo la cattura, non lo sapeva e non gliene importava. Lui era un membro del Partito, ma non ci pensava. Sapeva ben poco della filosofia del comunismo e se ne curava ancor meno. Marx ed Engels erano soltanto nomi per lui. Lenin era un personaggio con cui poteva identificarsi, e ancor più Stalin.

Questi uomini, con le loro idee e le loro realizzazioni, erano lontani da lui. Alekhin amava la foresta, ma solo come luogo per vivere. Non aveva obiezioni all'uccisione della selvaggina o all'abbattimento degli alberi. Non aveva pensieri o preoccupazioni per il futuro. La possibilità che venisse un momento in cui non ci sarebbe stata più foresta era inconcepibile per lui. C'era sempre stata; ci sarebbe stata sempre. L'idea che l'uomo potesse vivere su un pianeta privo di foreste gli era completamente estranea. L'idea che gli alberi assorbissero diossido di carbonio dall'aria e vi immettessero ossigeno lo avrebbe indotto semplicemente a battere le palpebre o scrollare le spalle. Era un concetto astratto che non poteva afferrare e che lo lasciava del tutto indifferente. Lui raccoglieva la legna per il fuoco, uccideva gli animali per mangiare, e al di là di quello non dedicava loro il minimo pensiero.

Per tutti gli abitanti delle città sentiva unicamente disprezzo. Non provava un senso d'inferiorità nei confronti di niente e di nessuno. C'erano degli spiriti nella natura selvaggia, negli alberi e nelle montagne, questo lo sapeva. Di tanto in tanto se li propiziava con qualche piccola offerta. Li rispettava, senza pensare troppo a loro.

Era elementare come una bestia. Aveva la forza di un gorilla e l'agilità di un gatto. Non si preoccupava di esercizi o allenamenti più di quanto faccia un grizzly o una tigre. La sua forza era nata con lui, e la usava di continuo.

Quando Zamatev aveva detto che voleva l'americano vivo, Alekhin ascoltava solo a metà. Vivo o morto non aveva importanza, anche se spesso era meno complicato ucciderli direttamente e risparmiarsi la fatica di riportarli fino a una strada o a una ferrovia.

Quanto a prendere l'americano vivo, Alekhin aveva i suoi dubbi. L'americano si stava rivelando, man mano che seguiva la sua pista. Aveva rivelato qualcosa di sé anche nell'incidente dell'elicottero. L'unico motivo di perplessità per Alekhin era il fatto che l'americano non aveva ucciso Peshkov. Lo aveva avuto a tiro.

Alekhin aveva interpretato facilmente le tracce. L'americano lo aveva avuto in pugno e lo aveva lasciato andare, e Peshkov era andato subito a denunciarlo. Quindi l'americano era un po' stupido.

Non del tutto stupido. Sarebbe stato pericoloso pensarlo; ma aveva esitato a uccidere.

Alekhin non perse tempo a indagare sulle motivazioni. Si faceva quello che era necessario, e per l'americano era stato necessario uccidere Peshkov.

L'americano non si sarebbe lasciato prendere facilmente. Messo alle strette, avrebbe combattuto, e Alekhin avrebbe dovuto ucciderlo.

Non avrebbe avuto scelta.

Quei soldati servivano tanto a proteggere il prigioniero una volta catturato quanto ad assistere lui. Quindi, se necessario, avrebbe potuto essere costretto a uccidere anche loro.

Il terzo giorno dopo il passaggio di Joe Mack, Alekhin e i suoi soldati raggiunsero la capanna della giovane donna robusta con gli occhi azzurri. Lei non sapeva niente, non aveva visto niente.

I suoi modi erano bruschi, e un soldato se ne risentì. — Tornerò indietro — le disse — a interrogarti ancora.

— Bah! — esclamò lei con disprezzo.

Lui fece per reagire, e Alekhin lo trattenne con un ordine brusco. — Non fare l'idiota! Ti toglierebbe il fucile e te lo scaricherebbe nel ventre! Non gliene importa niente di te o della tua uniforme.

Il soldato brontolò, e Alekhin disse: — Guardati intorno. È qui che lei *vive*. Tu sapresti viverci? Moriresti di fame. Moriresti di freddo. Le donne come quella devi lasciarle in pace, o trattarle con molta, molta cortesia.

Il soldato continuò a brontolare, e Alekhin aggiunse: — Se ne avessimo il tempo ti lascerei tornare indietro, tanto per divertirmi. E se continui a mugugnare, ti rimando indietro.

Alekhin trovò un campo sul pendio del Monte Konus. Un letto di rami d'abete, i resti di un piccolo fuoco; il lembo di un piatto di corteccia di betulla che non era bruciato del tutto, benché lasciato sul fuoco. Sulla superficie del frammento di piatto rimasto, vide una foglia di tè.

Allora aveva del tè? Dove se lo era procurato? Oppure lo aveva portato con sé dal cosiddetto villaggio?

La pista si allontanava scendendo in una gola brulla e terrificante, costellata di alberi abbattuti, macigni spezzati, ghiaia e grandi lastroni di roccia, molti dei quali ricoperti di folto muschio verde che era insidioso sotto i piedi. In gran parte la discesa era facile, ma ingannevole, in quanto sotto una parte del muschio c'era del ghiaccio, formato dall'umidità che era filtrata fino allo strato di roccia sottostante e si era gelata. Un passo falso, e un uomo si sentiva mancare il terreno sotto i piedi. Una brutta caduta in qualsiasi momento, la morte se succedeva sul ciglio di una parete rocciosa.

Era un'avanzata lenta, a forza di mani oltre che di piedi, e i soldati avevano paura. Erano russi, ragazzi contadini delle pianure, fatta eccezione per uno che veniva dalla città.

L'americano era passato da questa parte e non aveva lasciato tracce. Quasi nessuna. Alekhin trovò un punto in cui aveva appoggiato la mano per superare una ripida sporgenza della parete rocciosa. Scoprì un'impronta parziale di un *unty*, un mocassino.

La pista scendeva in ripida pendenza dalla montagna. Bisognava fare attenzione ad ogni passo. Ottocento metri più in basso, Alekhin trovò un punto in cui l'americano era scivolato; il muschio si era spostato sotto il suo piede, lasciando una chiazza nuda rivelatrice, dove si era formato di nuovo il ghiaccio.

Che vantaggio aveva? Alekhin studiò il punto e poi scrollò le spalle. Forse due giorni. Stavano guadagnando terreno.

Ormai era sicuro che l'americano era diretto a nord-est.

Aveva intenzione di tentare la traversata dello Stretto di Bering.

Là non avrebbe avuto nessuna possibilità. L'area era pattugliata e sorvegliata dai radar. Assolutamente nessuna possibilità. Eppure l'americano non era pazzo, e stava andando da quella parte.

Disperato? Senza via d'uscita? Era un aviatore, eppure non aveva fatto nessun tentativo di raggiungere un aeroporto dove poteva rubare un aereo. Si diceva che sapesse pilotare qualunque tipo di apparecchio.

Alekhin era irritato dai soldati. Si muovevano troppo lentamente. Non essendo uomini dei boschi, usavano particolare prudenza, ed era un bene, perche erano goffi nella foresta.

Suvarov era a Nel'kan, che riteneva si trovasse meno di trecentoventi chilometri a nord-est. Lui non era mai stato a Nel'kan, ma Suvarov se non altro era un tipo scrupoloso. Avrebbe fatto sorvegliare attentamente i guadi sul fiume Maja.

Ora stavano scendendo in una foresta distrutta da un incendio. Un fulmine, senza dubbio, aveva appiccato il fuoco, che aveva bruciato parecchie migliaia di acri. I tronchi carbonizzati di alberi senza rami puntavano verso il cielo le loro dita nere. Era un luogo stregato, un luogo bizzarro, desolato. I soldati si fecero più vicini, seguendo Alekhin come per averne protezione. Di tanto in tanto i loro occhi vagavano a destra e a sinistra. A intervalli ognuno voltava la testa per vedere se erano seguiti. Il terreno era gelato. La neve era caduta in uno strato leggero, come un velo gettato sulla terra annerita e sugli alberi caduti.

Qui non c'erano animali né uccelli, solo una brulla desolazione. Era un luogo di morte. Era come se l'indiano avesse voluto far vedere loro le sue tracce, o non se ne fosse curato. Non sapeva di essere seguito? Le orme serpeggiavano tra i tronchi carbonizzati e gli alberi anneriti. Forse era solo perché si rendeva conto della futilità del tentativo di nascondere una pista su un terreno simile.

Stranamente le orme piegavano verso ovest, poi verso est, poi ancora a nord e infine di nuovo a est. Alekhin si fermò, guardandosi attorno infuriato. Che cosa stava cercando di fare, l'americano?

All'improvviso lo capì e ne fu divertito. C'erano dei punti in cui il vento o il fuoco, o entrambi, avevano abbattuto grandi file di alberi, e loro venivano guidati di proposito nei punti in cui era necessario scavalcare questi alberi, arrampicarcisi sopra o strisciare sotto. Era un'avanzata lenta, esasperante e molto faticosa, e i soldati cominciavano sempre più spesso a sparpagliarsi.

Proseguirono faticosamente. Temendo qualche trucco, Alekhin rimase sulla pista. Uno dei soldati, vedendo una via più facile, invece di arrampicarsi sull'albero caduto aggirò il tronco spezzato. Alekhin, voltandosi a guardare, vide tutto.

Il soldato era l'ultimo della fila e, imboccando quella che sembrava la via più facile, aveva appena superato la base dell'albero spezzato, quando inciampò e cadde.

Nel cadere lanciò un grande urlo strozzato, e gli altri soldati cominciarono a correre verso di lui.

— No! — gridò Alekhin. — No! No!

Senza dargli retta, accorsero verso il compagno caduto e, all'improvviso, un'altro inciampò e cadde. Lanciò un urlo, poi si rimise in piedi, sanguinante. I compagni si erano fermati, fissandolo.

Aveva un grande squarcio sanguinante sul lato del collo, e lo teneva stretto con le mani per fermare il sangue.

— State attenti! — li ammonì Alekhin. — Ci sono delle trappole!

Avanzando con cautela, si avvicinarono al ferito e cominciarono a praticargli i primi, rudimentali soccorsi.

Alekhin si diresse più in là, verso il soldato che era caduto per primo. Era inciampato su una radice fissata sul sentiero, e quand'era caduto aveva trovato ad attenderlo un paletto appuntito di legno. Affrettandosi a superare il tronco dell'albero spezzato, era inciampato, e il paletto lo aveva trafitto in pieno. L'uomo stava esalando l'ultimo respiro, quando Alekhin si fermò accanto a lui.

Prevedendo che la sua caduta avrebbe attirato gli altri, un'altra radice era stata legata con cura all'altezza della caviglia. Il secondo uomo era stato colpito dal paletto appuntito sul lato del collo. Due dita più in là, e gli avrebbe trapassato la gola.

Alekhin era disgustato. Quattro uomini erano stati mandati con lui. Ora uno di loro era morto e un altro ferito così gravemente che non serviva più a niente, e doveva essere assistito da un terzo. In un modo o nell'altro, doveva ottenere aiuto. Non conosceva la portata della radio che aveva con sé, ma tentò una chiamata.

Una trappola del genere era un azzardo, naturalmente, eppure l'americano sapeva di essere seguito. Forse c'erano state altre trappole, più indietro, che erano state evitate per puro caso. Alekhin era infuriato con se stesso. Avrebbe dovuto stare più attento. Sapeva che razza di uomo stava inseguendo.

O no?

Le sue chiamate non ricevettero risposta. — Preparate una barella — ordinò. — Cercate due pali robusti e prendete il cappotto del morto. Il vostro compagno dev'essere portato a braccia.

I due soldati lo guardarono fisso. — Fin dove? — chiese uno.

— Fin dove sarà necessario — ribatté Alekhin. — Fin dove vorreste essere portati voi, se foste al suo posto.

Un minuto dopo, disse: — C'è un paese. Si trova a poco più di trenta chilometri.

— *Trenta chilometri!*

— Forse di più. Abbiamo perso già abbastanza tempo. *Muovetevi!*

Alekhin consultò la sua mappa. Il paese era Mar-Kyuyel, e sorgeva su una strada. Guardò il ferito. Sembrava grave. Aveva perso molto sangue prima che l'emorragia fosse fermata dai tamponi di garza. La prossima volta avrebbe portato con sé un uomo che s'intendesse di pronto soccorso.

La prossima volta? Il suo viso era cupo. Non gl'importava di questi soldati, ma odiava essere sconfitto, intralciato. Aveva la sensazione che avrebbe perso altri uomini, prima che l'americano venisse trovato e catturato.

Il peggio era che sarebbe stato Suvarov a prenderlo e invece era lui, Alekhin, che voleva catturarlo.

Caricarono l'uomo sulla rudimentale barella e si misero in marcia. Alekhin attese, riflettendo. Doveva andare con loro o continuare la ricerca da solo?

Avrebbero voluto un rapporto. Volevano sempre un rapporto. Tutto veniva in second'ordine dopo le scartoffie, oggigiorno. Le menti burocratiche non riuscivano ad afferrare niente a meno che non fosse scritto nero su bianco o riprodotto in fotografia. E poi, chi sapeva che cosa avrebbero combinato questi soldati senza qualcuno che li sorvegliasse?

Il colonnello Zamatev era seduto alla sua scrivania quando gli giunse la notizia. Un altro uomo morto e uno gravemente ferito.

Perlomeno, il maggiore Makatozi non era a Magadan. Era un sollievo per lui sapere che in un modo o nell'altro Shepilov non era in vantaggio su di lui.

Eppure poteva ancora esserlo. Makatozi poteva essere diretto verso Magadan e Shepilov poteva sapere il perché. Era una città sul mare. E se la CIA avesse progettato di prelevarlo da lì?

Improbabile, ma possibile. Ma come avrebbero potuto fare? E se l'americano fosse riuscito a comunicare con la sua gente?

E se fosse stato possibile farlo? E se fosse stato organizzato qualcosa di cui Shepilov era al corrente? In tal caso, Shepilov poteva catturarli tutti, tagliarlo fuori completamente e accaparrarsi tutti i riconoscimenti. Per quale altra ragione sarebbe dovuto andare a Magadan?

Nessuno voleva andare a Magadan. Nessuno ci andava, a meno che non fosse costretto. Eppure Shepilov ci era andato di sua spontanea volontà. Sapeva certamente qualcosa e voleva trovarsi proprio là dove poteva prendersi tutto il merito, di persona.

Laggiù c'era Kyra, e Kyra lo avrebbe scoperto.

Ma lui poteva fidarsi di Kyra?

Si rilassò sulla sedia e cercò di mettere ordine nei suoi pensieri. Gli piaceva che tutto fosse ben definito, chiaro e preciso.

Punto primo: Shepilov non si muoveva mai a meno che non fosse costretto. Preferiva le comodità. E Shepilov era andato a Magadan.

Punto secondo: Makatozi era in un punto a nord dell'Uchur, e si spostava più o meno nella direzione di Magadan.

Punto terzo: dirigendosi da quella parte, Makatozi avrebbe dovuto fuggire via mare, e Magadan era un porto di mare.

Punto quarto: la linea di frontiera sovietica era teoricamente impenetrabile, ma se gli americani avessero usato uno dei loro nuovi aerei invisibili ai radar? Sarebbe stato un esperimento, e se lo avessero portato a buon fine, che colpo!

Punto quinto: se si fosse verificata questa ipotesi, sarebbero cadute delle teste, e la sua sarebbe stata una delle prime. Se Shepilov era a Magadan e la CIA riusciva a far uscire dal paese Makatozi, sarebbe caduta la testa di Shepilov.

Ma Shepilov non si metteva mai in una posizione vulnerabile. Se era a Magadan, c'era per una buona ragione ed era sicuro del successo.

Kyra avrebbe chiamato, ma il telefono di Kyra sarebbe stato certamente sorvegliato. Shepilov avrebbe senz'altro saputo che lei era in città. Anzi, probabilmente era stato informato quando lei aveva lasciato la città per andare laggiù in aereo.

Suvarov. Doveva mettersi in contatto con Suvarov. Se riuscivano a prendere l'americano prima chc arrivasse a Magadan, poi non avrebbero avuto altre sorprese.

Si alzò dalla scrivania e camminò avanti e indietro per la stanza. Non poteva far sorvolare un territorio così vasto dagli aerei per cercare un uomo solo. Ma se quell'uomo fosse stato confinato in una zona molto più ristretta, come quella fra il punto in cui gli uomini di Alekhin erano stati attaccati e quello dov'era Suvarov?

Aprì la porta. — Emma. Emma Yavorski. Mandi un messaggio al tenente Suvarov. Voglio far decollare alcuni aerei. — Controllò le coordinate e gliele porse. — Gli aerei dovranno sorvegliare quella zona. Una ricerca attenta.

Le labbra di Emma Yavorski si serrarono in una smorfia di disapprovazione. — Costerà troppo — obiettò. — Non lo permetteranno. — Lo fissò. — Lei si sta comportando da sciocco in questa storia. L'uomo morirà laggiù. Lo ucciderà la Siberia. Lo lasci in pace, lo lasci morire.

— Di solito i suoi consigli sono buoni. Ma questa volta no. Molti uomini moriranno laggiù, molti uomini possono morire. Ma non quest'uomo.

24

Era tempo di cambiare direzione. Joe Mack si sfregò le mani gelate, osservando la pista che aveva lasciato dietro di sé. Qualcosa si muoveva laggiù, probabilmente un animale, ma l'istinto oltre che il buon senso gli dicevano che era seguito.

A quest'ora avevano intuito la sua intenzione e si sarebbero preparati al suo arrivo. Aveva teso delle trappole, scelto di proposito strade difficili, fatto quello che poteva per rallentare l'inseguimento e scoraggiare quelli che lo seguivano.

Stava per arrivare la primavera, ma c'era ancora qualche settimana, e una deviazione verso la costa gli avrebbe permesso di raggiungere un clima un po' più caldo. Lo avrebbe anche esposto a un rischio molto più grande, perché i villaggi erano più numerosi. Tornare verso l'interno avrebbe aumentato la sua distanza dalla meta finale, quindi doveva spostarsi verso le montagne costiere.

Primo, trovare un posto adatto per operare il cambiamento di rotta. Accovacciandosi sui talloni, studiò il terreno. Quello che sperava di trovare era un ripiano di roccia relativamente sgombro di neve. Mentre i suoi occhi cercavano una possibile via di passaggio, restava all'erta spiando ogni movimento. Nell'immensità della taiga, c'erano uomini oltre che animali, e in quei luoghi deserti tutti gli uomini giravano armati. Molti di loro erano banditi, che lavoravano da soli o in compagnia, e derubavano qualunque viaggiatore incauto.

Joe Mack portava nel suo bagaglio la pelle d'orso, insieme alla camicia che Natalia aveva cucito per lui. Ora indossava tre indumenti leggeri, quello esterno fatto con gli intestini della renna, accuratamente puliti e poi tagliati a strisce e cuciti insieme con tendini. Questo indumento proteggeva dalla pioggia e dalla neve con la stessa efficacia di un'incerata. A contatto con la pelle portava la felpa che aveva rubato, e sopra una giacca larga di pelle di lupo. Necessariamente Joe Mack aveva usato quello che poteva procurarsi, non quello che preferiva.

Joe Mack scese giù dalla montagna sul finire del pomeriggio e s'incamminò verso est sulla roccia levigata dal ghiaccio. Camminava con passo sicuro fra gli alberi radi e i cespugli bassi. Faceva molto freddo, ma l'aria era limpida. Per quanto facesse freddo, questa parte della Siberia aveva più giornate serene di qualsiasi altra parte dell'impero russo. Vide parecchie volte dei cervi, e una volta un alce, un vecchio maschio enorme che alzò la testa, fissandolo. Lui si era aspettato degli alci da quando aveva visto i segni dei loro denti sui tronchi dei pioppi tremuli.

Lasciando la roccia si arrampicò su un pendio ripido, facendo attenzione a dove metteva i piedi per non smuovere nessuno dei sassi, che potevano segnalare il suo passaggio. Evitò i rami, chinandosi sotto di loro o passando senza sfiorarli dove era possibile. Alcuni avevano un velo leggero di neve che poteva cadere, altri potevano spezzarsi o le foglie potevano deformarsi, tutte prove del suo passaggio agli occhi di un abile cercatore di tracce. Quando tornò su una superficie rocciosa, fece attenzione a scuotere dai mocassini la terra, la sabbia e le foglie prima di toccare la roccia, in modo da non lasciare tracce. Queste precauzioni le prese senza nemmeno riflettere. Erano diventate abituali.

Superato il pendio montuoso, scese poi in una gola rocciosa colmata da una fitta vegetazione di abeti rossi, passando fra loro a zigzag. Non si fermò per tendere trappole, che sarebbero venute in seguito, quando un eventuale inseguitore sarebbe stato più stanco e meno prudente. Quella notte dormì in un enorme tronco cavo, la cui cavità gli servì come camino per il suo piccolo fuoco, perfettamente mascherato dall'albero stesso. Il posto era comodo e in pochi minuti, col fuoco acceso, divenne caldo. L'apertura del cavo era stata coperta con una rozza porta fatta di rami di sempreverdi intrecciati insieme.

Quando venne l'alba, cucinò uno stufato con un po' di carne secca e poi preparò il tè, prendendosela con calma e riposando. Erano passate settimane dall'ultima volta che aveva dormito così bene, e giorni dall'ultima volta che si era goduto un pasto caldo.

La foresta stava cambiando. Ora c'erano molti cedri, alcuni frassini, querce e noci. C'erano anche più uccelli, e le tracce dei cervi erano sparse ovunque.

Quando si mosse, la sua mente era occupata, non soltanto ad assimilare l'ambiente ma nel tentativo di intuire che cosa stava facendo Zamatev. Ora sapevano più o meno dove si trovava, non con un'approssimazione di chilometri, ma certamente conoscevano la zona. La sua improvvisa deviazione verso est poteva avere ritardato l'inseguimento per breve tempo, ma non di più. Inoltre, avrebbe avuto l'effetto di restringere ulteriormente l'area in cui dovevano cercarlo. Doveva evitare a tutti i costi ogni contatto e non farsi vedere dalla gente, cosa che poteva diventare sempre più difficile. Già due volte, durante la giornata, si era imbattuto nei resti di vecchi fuochi da campo, quindi i cacciatori frequentavano questi boschi.

I suoi pensieri tornavano continuamente a Natalia. Come stavano? Che cosa era successo dopo che lui se n'era andato? Sarebbe riuscita a raggiungere la costa? Fino alle montagne costiere? Anche così, come avrebbe potuto lui infiltrarsi nel paese e portarla via? Era ridicolo anche solo pensarlo, eppure *poteva* portarla via di lì. L'interno? Nessuna probabilità, assolutamente nessuna.

Si fermò di colpo. Stava seguendo la pista di un animale, e all'improvviso, sul sentiero davanti a lui comparve l'orma di un grosso felino.

Una tigre!

Come se non avesse già abbastanza guai. Era un'impronta fresca, lasciata non più di un'ora prima. C'erano anche leopardi nella zona, o giù sui Sikhote Alin, più vicino alla costa.

Ma questa era un'orma più grande di quella lasciata da un leopardo, e le tigri si spingevano più in là dei leopardi per cacciare, e resistevano meglio al freddo. Questa zona era nota da tempo per le sue tigri di grande taglia oltre che ferocia, e oltre alla popolazione locale russa anche i cinesi avevano sofferto delle loro incursioni.

Proseguì, valutando le dimensioni della bestia dalla falcata e dalla profondità delle tracce, anche se non era molto facile a causa del terreno gelato. Ma qua e là, in qualche tratto soffice, le orme della belva lasciavano un'impronta definita. La tigre era grande. Ben presto le tracce lasciarono il sentiero appena segnato e si allontanarono scendendo dalla montagna verso est.

I mesi trascorsi lo avevano cambiato. Era magro, temprato e ancor più muscoloso. Tornava sempre più a essere un indiano, un uomo delle solitudini. Non era più uno straniero in questo paese, perché aveva imparato a conoscerlo e a vivere con esso.

Quando scese di nuovo la notte, si spostò più in alto sul pendio per trovare un posto in cui approfittare di ogni corrente d'aria calda, giacché saliva in alto, rendendo spesso i pendii più caldi della valle sottostante.

Trovò una vecchia frana, dove parecchi grandi lastroni di pietra erano caduti in modo tale da lasciare al di sotto un riparo e un posto in cui avrebbe potuto accendere un piccolo fuoco senza essere visto. Stava raccogliendo legna per il fuoco, quando vide la strada.

Era lontana alcuni chilometri, ma non poteva essere altro, perché vide i fari di quello che doveva essere un convoglio in viaggio verso est. C'erano sei camion in fila. Borowski gli aveva detto che gli autocarri viaggiavano spesso così, a causa degli episodi occasionali di pirateria. Le merci che portavano valevano tanto, al mercato nero, che la pirateria non era rara.

Joe Mack tornò alla sua caverna nascosta sotto le lastre di pietra e si preparò un pasto frugale. Non fece il tè. Gliene restava solo per un altra infusione, e poi avrebbe dovuto farne a meno. Il caffè era un lusso quasi dimenticato.

Più tardi, quando uscì per fare un'ultima raccolta di legna prima di dormire, guardò di nuovo in basso verso la strada.

Non si vedevano fari. Si stava allontanando quando vide un paio di fari che si muovevano molto lentamente. Attese, osservando.

Pareva che ci fosse un guasto. Il camion rallentò e slittò un po' di lato, poi i fari rimasero immobili. Pochi minuti dopo ripresero a muoversi, quasi a passo d'uomo. Infine il camion puntò nella sua direzione, e si fermò. I fari si spensero.

Perplesso, lui rimase a guardare per qualche minuto, poi tornò al suo fuoco e si addormentò.

Era ancora buio quando si svegliò. Il suo primo pensiero fu per il camion.

A quanto pareva si era guastato. Ma non era necessariamente così. Doveva scendere e dare un'occhiata? Tutto ciò che un camion del genere trasportava, in pratica, gli sarebbe stato utile.

D'altronde, potevano vederlo. Decise di non correre il rischio e scese dalla montagna dirigendosi a est. La strada, se così si poteva chiamare, costeggiava il fiume che lui aveva traversato qualche giorno prima. Quel fiume aveva descritto una curva verso nord, e...

Si fermò di nuovo. Proprio di fronte a lui c'era una strada! Una strada di terra battuta con due solchi paralleli, simile a tante che aveva visto nel suo paese. Su quella strada c'erano impronte fresche di pneumatici, due serie. Sconcertato, piegò a sinistra seguendola. Trovò le orme di piccoli animali che si sovrapponevano alle impronte recenti, e c'erano chiazze di olio, appena gelato dal freddo.

Il camion che aveva visto doveva aver abbandonato la strada per venire qui. La seconda serie di impronte mostrava il camion che tornava indietro. Diffidente, ma incuriosito, seguì la strada, sia pure tenendosi fra gli alberi.

Qualcosa di scuro e pieno di ombre si profilò davanti a lui. Si avvicinò. Un edificio, una montagnola di scorie e dei binari che correvano fino a una collinetta di terra e finiva lì.

Rimase a guardare per alcuni minuti. Il posto sembrava deserto. Una miniera abbandonata.

Perché il camion aveva deviato dalla strada per venire qui? Non era guasto come lui aveva immaginato, ma stava semplicemente cercando la deviazione nel buio.

Niente fumo, niente. Si diresse verso l'edificio più vicino, dove la strada finiva, e sbirciò dentro.

Scatole, casse e barili, tutti accatastati ordinatamente!

Si era imbattuto nel deposito segreto di un camionista che faceva mercato nero. Non una delle scatole e delle casse era simile all'altra. Era possibile che il camionista, o da solo o in connivenza con altri, avesse caricato delle casse in più da qualche magazzino, scaricandole qui per farle prendere in consegna da altri.

C'era qualcuno in giro? Qualcuno che sorvegliava queste merci rubate? O il posto era tanto isolato che non ce n'era bisogno?

Lui aveva imparato a parlare un po' di russo, ma a leggerlo proprio no. Dubitava che le poche parole che vide scarabocchiate sulle casse avessero qualcosa a che fare con il contenuto. Un'altra rapida occhiata dalla finestra non gli rivelò niente, e con un martello trovato a portata di mano aprì la cassa più vicina.

Cibi in scatola! Provò con una seconda e una terza. Viveri per la maggior parte, e poi alcune casse di indumenti.

Correndo alla finestra per dare un'altra rapida occhiata, fece un fagotto di abiti e cibarie e lo trasportò nella foresta. Quello che aveva sperato era di trovare una pistola con le munizioni, ma era troppo sperare in una fortuna simile, e lui aveva già perso abbastanza tempo. Rimettendo in ordine le casse, le inchiodò di nuovo e, cancellate tutte le tracce che aveva lasciato, sgusciò via nei boschi.

Tutto compreso, dubitava di essere rimasto nell'edificio più di venti minuti. Proprio mentre si allontanava, sentì il rumore distante di un camion.

Afferrando saldamente il fagotto, si arrampicò più in alto sul monte. Guardando indietro, non riuscì a vedere nessuna traccia dell'edificio che aveva appena lasciato o della strada che conduceva ad esso. Un camion stava passando sulla strada. Trasportando il suo carico, lui si addentrò ancor più nella foresta allontanandosi dalla strada. Al crepuscolo si fermò e, acceso un piccolo fuoco, mangiò meglio di quanto gli fosse capitato da settimane. Quando ebbe mangiato e il fuoco fu ridotto alla brace, rincontrollò i vestiti che aveva preso. Non c'era stato tempo di provare quello che aveva trovato, e aveva valutato la giacca semplicemente stendendola sopra la cassa, ma gli era sembrata abbastanza grande. Aveva preso anche i pantaloni che l'accompagnavano e ora si provò la giacca. Gli andava discretamente, non bene, ma meglio di quanto si aspettasse. I pantaloni erano troppo larghi alla cintura, ma quello non era un problema. Una cintura stretta avrebbe rimediato.

Piegò il completo fino a farne un pacchetto il più piccolo e regolare possibile e ci mise dentro la camicia che gli aveva fatto Natalia. Se avesse avuto bisogno di andare in città, adesso era preparato, a parte una cosa. Non aveva né scarpe né stivali. I suoi mocassini avrebbero attirato l'attenzione di chiunque lo vedesse.

Riprese il viaggio nella foresta. Dalla cresta montuosa da dove aveva guardato il passaggio dei camion, aveva visto una specie di grossa fattoria in lontananza. Nella Jakutia, lo sapeva, c'erano moltc grandi fattorie, e anche se era uscito da quella zona, evidentemente era entrato in un'altra simile.

Con andatura regolare, procedette verso est attraverso una fitta foresta, evitando strade e segni di coltivazioni. Di tanto in tanto intravvedeva delle persone per lo più vestite di pelli come lui, per quello che riusciva a distinguere in lontananza. D'ora in poi sarebbe stato sempre più difficile nascondersi, e quindi non poteva lasciare trappole. Joe Mack non aveva nessuna voglia di ferire per caso qualche innocente. Quelli che lo inseguivano lo facevano a proprio rischio e pericolo, ma in una trappola tesa per loro poteva finire un cacciatore, o semplicemente un viandante che attraversava la foresta.

In un folto bosco di larici, trovò un angolino vicino a un enorme albero caduto e si stese a riposare. Era presto, ma doveva viaggiare di notte. Eppure non dimenticava l'orma della tigre che aveva visto.

Armato solo dell'arco e delle frecce, non desiderava certo affrontare una tigre.

Era solo, ed era stanco. Non fisicamente, ma stanco di fuggire, stanco di nascondersi. Il cielo era di un azzurro pallido, gli abeti formavano una frangia scura, quasi nera contro quello sfondo. Lui rimase immobile, guardandosi intorno chiedendosi se era qui, in questa terra lontana che doveva morire.

Che cos'era lui, ad ogni modo? Era un indiano o un bianco? E che differenza faceva? Il suo sangue era indiano ma il mondo in cui viveva era quello di tutti, non aveva niente a che fare con la razza o il colore. Esistere, significava adattarsi, e se uno non sapeva adattarsi, moriva e lasciava spazio a chi ci riusciva. Era così semplice. Battere i pugni contro i muri non serviva a niente. Era un esercizio di futilità.

Il terrorista vive per il terrore, non per il cambiamento che dice a se stesso di volere. Maschera il suo desiderio di uccidere e distruggere dietro la cortina di una causa. È la distruzione che vuole, non la creazione.

Una rivoluzione politica distrugge più di quanto crei. L'Unione Sovietica ha impiegato trent'anni per ricostruire quello che la rivoluzione aveva distrutto, e il governo che ne è risultato non era diverso. Erano cambiati soltanto i nomi, i nomi delle persone oltre che delle istituzioni.

Lui era uno sioux e per i sioux, come per la maggior parte degli indiani, la guerra era stata un modo di vivere. Più di un indiano aveva detto che senza guerra non potevano esistere. Ma era stato lo stesso per i vichinghi, il cui stesso nome era sinonimo di razzia e rapina. Non era stato diverso per i crociati, che avevano mascherato la loro sete di guerra sotto lo stendardo della santa causa.

Quando i sioux avevano conosciuto per la prima volta l'uomo bianco, questi veniva disprezzato. Era un commerciante di pellicce. Se era un vero uomo, perché non si procurava da solo le pellicce?

Il suo popolo non aveva potuto valutare la forza che c'era dietro il movimento migratorio verso il West, o il desiderio dell'uomo bianco di possedere la terra, di vivere sulla terra. Solo i primi bianchi erano stati nomadi come gli indiani; gli altri erano coloni che erano venuti e avevano costruito le loro capanne, che avevano arato nell'erba e seminato il grano.

Solo quando era stato troppo tardi l'indiano aveva capito che cosa stava succedendo al suo paese. Lui, e anche molti uomini bianchi, lamentavano la strage delle immense mandrie di bisonti, ma dove avevano vagato milioni di bisonti, ora c'erano fattorie che potevano sfamare mezzo mondo, c'erano ospedali, università e le case degli uomini.

Lui era un guerriero della vecchia guardia. Era la vita che aveva sempre voluto, la vita che conosceva meglio, ma lui poteva ancora apprezzare i cambiamenti che avevano avuto luogo. Niente restava mai uguale; l'unica legge ineluttabile era il cambiamento.

Il maggiore Joseph Makatozi, già atleta e aviatore noto col nome di Joe Mack, era tornato nel cuore della foresta da indiano.

Pensare a quello che doveva accadere o a quello che avrebbe dovuto essere non serviva a niente ora. Resistere, sopravvivere, fuggire, doveva essere il suo unico pensiero, il suo unico desiderio, la sua unica esigenza.

Ora non era in corso una guerra fra gli Stati Uniti e la Russia. Era una guerra fra il colonnello Arkady Zamatev e lui.

Era anche una guerra contro Akekhin, che vagava laggiù, cercandolo, e che un giorno, chissà dove, lo avrebbe trovato.

25

Natalia Baronas era ferma all'imbocco della piccola valle profonda in cui avevano trovato asilo, e guardava verso la Baia di Plastun.

Suo padre uscì dalla capanna e si mise al suo fianco. — Mi chiedo dove sarà — disse lei.

Baronas scosse la testa. — Chi lo sa? È un uomo della foresta, lo conosci. Non la combatte come facevamo noi. La comprende e vi si adatta.

— Stanno cercando dappertutto. Non vedo come possa fuggire.

— Lo ami?

Lei non rispose per alcuni minuti, guardando verso la baia, mentre il vento le faceva ondeggiare dolcemente alcune ciocche di capelli. — Come posso saperlo? Non so nemmeno che cos'è l'amore. So soltanto che stavo bene vicino a lui, e mi sentivo perduta quando si allontanava da me. Penso che sia un uomo forte. Non so se è saggio.

— Che cos'è la saggezza? — replicò Baronas. — Me lo sono chiesto spesso, e non ne sono sicuro. Comprensione della vita e degli uomini, presumo. Va oltre la conoscenza, così come la conoscenza va oltre l'informazione.

"Il tuo giovanotto ha imparato a sopravvivere almeno in un mondo. Il colonnello Zamatev è stato poco saggio a non capire che aveva catturato un essere selvaggio che non poteva restare prigioniero. È primitivo, il tuo amico. È essenziale. I suoi pensieri sono semplici, diretti, credo, anche se non lo conosco abbastanza. Ho l'impressione che quando Zamatev lo ha fatto catturare si sia trovato di fronte a qualcosa di più di quello che aveva previsto. Per Zamatev la sua azione era del tutto impersonale. Aveva catturato un uomo per estorcergli delle informazioni e poi gettarlo da parte. Per Makatozi la sua cattura è stata un'offesa personale, mortale, penso. Un'offesa che va lavata col sangue."

— Ha detto che sarebbe tornato. Pensi che potrebbe essere così sciocco?

— Per lui non sarebbe sciocco. Penso che il tuo amico viva secondo un codice molto semplice e antico. — Fece una pausa, osservando le acque grigie della baia. — Mi domando se qualcuno lo ha mai capito. Sono sicuro che nessuno dei suoi commilitoni lo ha mai fatto. Probabilmente lo hanno preso per quello che appariva in superficie e non hanno scavato più a fondo. Non sono molti gli uomini che si dedicano a studiare i loro simili, comunque. Si preoccupano di se stessi, del loro lavoro, delle loro famiglie. Raramente mettono in discussione le motivazioni dei loro colleghi, a meno che questo non tocchi le loro vite.

— Mi piaceva.

— Anche a me, ma temo che non potrai aggrapparti a un sogno troppo a lungo. Se n'è andato, le probabilità che venga catturato o ucciso o che muoia nella taiga sono un milione a una. Che possa mai tornare a prenderti è quasi impossibile. Questa costa è sorvegliata palmo a palmo dai radar e pattugliata di continuo.

Baronas fece una pausa. — C'è un'altra possibilità, però. Potremmo fuggire *noi*.

Sorpresa, lei si girò a guardarlo. — Ma come?

— Non voglio illuderti, ma l'americano ha cominciato a farmi pensare alla fuga. Prima aspiravo soltanto a sopravvivere e tenermi alla larga dalle autorità. Lui mi ha fatto pensare per la prima volta a quello che si potrebbe fare. Non ho detto niente perché non volevo suscitare speranze che non potevo soddisfare, ma l'idea della fuga è contagiosa, e se non altro il tuo amico mi ha fatto pensare a quello che si potrebbe tentare. Non siamo lontani dalla Cina.

Lei accennò un gesto. — E il Giappone è proprio laggiù.

Lui scosse la testa. — Non possiamo pensare al mare. Non abbiamo una barca, e io non so niente del mare e delle barche. Inoltre, ci sono i radar e la guardia costiera. Io pensavo alla frontiera.

— È sorvegliata.

— Certo, ma le guardie sono uomini, e gli uomini hanno punti deboli. Dove vivono gli uomini, ci sono uomini che vogliono vivere meglio. Per vivere meglio devono avere soldi.

— Noi non ne abbiamo abbastanza.

— Che cosa è abbastanza? Riflettiamoci un po', e pensiamo a dove siamo, qual è il confine più vicino, e facciamo amicizie fra i soldati. A volte hanno il permesso di venire qui a pescare.

— E con questo?

— Dobbiamo comprare una barca, una piccola per pescare nella baia, e potremo prestarla ai soldati. I soldati sono uomini e parlano, specialmente a una ragazza graziosa. Da loro sapremo com'è pattugliata la frontiera, e ascolteremo i pettegolezzi sui loro commilitoni e sugli ufficiali. Scopriremo quali potrebbero essere accessibili alla persuasione. Potremmo perfino trovare una guardia che guardi dall'altra parte per qualche minuto.

Le sorrise. — Talia, non dobbiamo lasciare fare tutto al tuo giovanotto. Perché dovrebbe rischiare la vita per tornare a prenderti, quando possiamo fuggire da soli e andare a raggiungerlo?

— Ma come potremmo trovarlo?

— È un ufficiale dell'aviazione militare. Quando saremo in America sarà possibile, penso.

Tornarono insieme alla capanna. — Non te l'ho detto prima, ma quando siamo stati a Olga a vendere le pellicce ho visto Eugeny Zhikarev.

— Zhikarev? *Qui*?

— Abbiamo parlato un po'. Sono venuti a fare delle domande. Il tuo amico tratta le pelli in un modo speciale, e questo è stato notato. Così hanno cominciato a fare domande, ed Eugeny era stato già interrogato in passato. È fuggito.

"Non lo so, ma da certe cose che ha detto, sospetto che avesse dei piani per superare il confine che non hanno funzionato. Siamo vecchi amici, sai. Ho intuito la situazione. Sono anche convinto che abbia ancora delle speranze. Sta segnando il passo, aspettando qualcosa.

"Sa molte cose sulla Cina e ha degli amici fra i cinesi. Molti in Manciuria detestano i russi. Vivono nell'aspettativa di scontri sulla frontiera.

"Gli ho fatto molte domande, e lui mi ha parlato subito della Cina. Ha una fissazione per Hong Kong, e credo che sia lì che intendeva andare. Da lì, non sarebbe difficile raggiungere l'America, se potessimo prendere accordi con il console americano. Laggiù ho degli amici che sono uomini di cultura. Mi aiuterebbero, lo so."

Lei lo precedette e aprì la porta della capanna. Era una piccola casa fuori mano e non troppo frequentata. L'avevano presa in affitto per una piccola somma. Era una confortevole capanna di due stanze, con un caminetto, e la foresta che ricopriva la gola rocciosa fino al retro, fornendo la legna da ardere. Ogni volta che uscivano, riportavano a casa dei rami caduti dagli alberi. I rami più pesanti li tagliavano con l'accetta.

Pescare era facile nel ruscello che scendeva dalle montagne, e una passeggiata di poche centinaia di metri permetteva loro di raggiungere la baia.

La vita nella piccola capanna era comoda, e faceva molto più caldo che nella loro casa precedente, ma qui non avevano amici e parlavano raramente con qualcuno, a parte qualche pescatore o cacciatore che passava per caso. — Che cosa pensano di noi? — domandò Talia.

Lui scrollò le spalle. — Ho fatto credere che sono andato in pensione a causa di una malattia. Non passerà molto prima che qualche funzionario decida di fare delle indagini. È per te che sono preoccupato.

— Allora facciamo i nostri piani. Avviciniamo di nuovo Eugeny Zhikarev, e compriamo quella barca. Sono certa che possiamo trovarne una vecchia, e abbiamo il denaro delle pellicce.

"Ho messo delle trappole — aggiunse lei. — Qui ci sono le volpi.

Nella capanna faceva caldo. Talia preparò il tè, continuando a porsi delle domande su di lui. Dov'era adesso, Joe Mack? Stava bene? Era al caldo? Era ancora libero? Il guaio era che non lo avrebbero mai saputo. Notizie del genere non viaggiavano in Russia, anche se in questo caso, che aveva fatto tanto scalpore, forse avrebbero saputo qualcosa. Alla fine della caccia avrebbero saputo che era stato catturato.

Qualche giorno dopo, tre soldati scesero alla foce del fiume a pescare. Erano giovanissimi, poco più che ragazzi, e lei indicò loro il punto migliore per pescare. Più tardi vennero alla capanna per prendere il tè. Erano molto riservati, addirittura timidi.

— Abbiamo il tè — disse uno di loro. — Fa parte della nostra razione.

— Grazie. Noi dobbiamo fare molta strada per procurarcelo. A volte non ce n'è.

— Nell'esercito lo abbiamo sempre — osservò un ragazzo con orgoglio.

— Ma i soli pesci che mangiamo escono dalle scatolette — ribatté un altro. — E al mio paese li prendiamo sempre da noi.

Erano cordiali e ben presto vinsero la loro timidezza. Tutti e tre erano lontani da casa da poco tempo e si sentivano soli. Erano assegnati a Iman, sul confine.

Stephan Baronas conversò con loro e li spinse a parlare delle loro famiglie, delle loro speranze. Uno intendeva restare nell'esercito; un altro progettava di tornare alla vita civile e studiare per diventare ingegnere. Aveva prestato servizio lungo la nuova linea ferroviaria in costruzione, e aveva seguito i lavori. Era bravo in matematica e uno degli ingegneri se l'era fatto assegnare e lui lo aveva aiutato, imparando. La sua richiesta era stata inoltrata, e il comandante lo aveva raccomandato. Si chiamava Bocharev e diceva di voler superare in canoa le rapide del fiume Iman.

— Il capitano non lo permetterà — disse un altro dei ragazzi.

— Vedremo — ribatté Bocharev. — Ho già superato delle rapide.

— È molto pericoloso. Lo fanno solo i nativi della zona.

Due settimane dopo tornarono, e stavolta portarono il tè. Bocharev lo mise sul tavolo. — Voi siete stati gentili — disse. — Non abbiamo nessuno a cui parlare.

— Grazie — disse Natalia. Erano molto giovani, lontani da casa per la prima volta.

— La salute di mio padre è pessima. Deve vivere vicino al mare. Spera di tornare un giorno a insegnare.

— Mio padre potrebbe aiutarlo — disse Bocharev. — È un funzionario. Ha molto a che fare con le nomine. Da quando sono entrato nell'esercito ha un altro incarico, più importante. Non so esattamente che cosa faccia.

— Mi accontento di riposare un po' — disse Baronas. — La vita è molto facile, qui. Ma vi ringraziamo per il tè.

— Torneremo — promise Bocharev. — Siete brava gente.

Due settimane dopo era morto, annegato nelle rapide dell'Iman.

Gli altri ragazzi portarono loro la notizia e dell'altro tè. — Lo aveva già preso per voi. — Uno di loro le lanciò un'occhiata maliziosa. — Da parte del commissario.

— Mi dispiace — disse Baronas. — Era un bravo giovane.

Dopo che se ne furono andati, Stephan Baronas uscì per raggiungere il suo posto preferito, sul fianco della montagna. Era una grande roccia piatta sotto un cedro, con una bella vista della baia. Natalia andò a fargli compagnia.

— Potrei essere felice qui — disse lui — se solo potessi restare, ma prima o poi si accorgeranno che non siamo di qui e ci manderanno via.

— Non possiamo andarcene prima?

Lui scosse la testa dubbioso. — Dobbiamo tentare. Scenderò di nuovo alla Baia di Olga a trovare Eugeny. È un vecchio molto astuto e potrebbe essere in grado di aiutarci.

— Mi domando dov'è — disse Natalia. — Ho paura per lui.

— Non lo vorrebbe. Se c'è qualcuno che può sopravvivere nella taiga, quello è Joe Mack. — Fece una pausa. — Talia, se riusciamo a fuggire dobbiamo metterci in contatto con la sua unità, col suo comandante, e raccontargli quello che è successo. In quel modo sapremo se scopriranno qualcosa, e credimi, loro hanno i mezzi per scoprirlo, forse anche per aiutarlo.

Voltandosi, lei rientrò nella capanna. C'era del lavoro da fare, e lei lo accolse con piacere. Il mare era diventato grigio, e si stava alzando il vento. Una risacca furiosa assaliva la spiaggia e il vento ululava fra i pini radi. Si stava scatenando una tempesta, e le tempeste invernali potevano essere lunghe e violente. Suo padre lasciò il suo sedile sulla roccia e venne a raccogliere legna per il fuoco di cui avrebbero avuto bisogno.

Uscì sotto gli alberi, raccolse rami secchi e radunò grandi strisce di corteccia penzolanti dagli alberi caduti, corteccia che gli sarebbe servita per accendere il fuoco. Staccò dei frammenti da un ceppo di pino che doveva essere impregnato di resina.

Per il momento sarebbero stati comodi e al caldo, e avevano cibo sufficiente. Si erano abituati ad accontentarsi di molto poco.

Il padre entrò con una bracciata di legna da scaricare nella cassetta della legna. Per un attimo, rimase fermo sulla soglia guardando la baia, dove i battaglioni del mare marciavano senza sosta verso la riva, attaccandola con valanghe di spuma. Si stava alzando il vento. Chiuse la porta e si avvicinò al camino.

— Ho qualcosa sul fuoco — disse Natalia. — Sarà pronto fra poco.

Lui fissò le fiamme. — Ho fame di libri, non di cibo — disse. — Ne ho così pochi. — Accennò alla porta. — Là fuori stanno succedendo tante cose di cui non so niente. Studiosi stanno facendo scoperte, scrivendo articoli, tenendo conferenze. Qui, non so niente di tutto questo. In Russia sappiamo così poco, e sono tante le cose che ci sfuggono.

"La cultura è fatta per essere divisa, e in gran parte lo è. C'è tanto da imparare, e abbiamo così poco tempo. Quand'ero giovane e ho vissuto a Parigi per un anno... com'era meraviglioso! Camminavamo su e giù e passeggiavamo per le strade, bisticciando, recitandosi poesie l'un l'altro, discutendo tutte le idee, tutti i fatti che accadevano. Parlavamo di Tolstoi e Balzac, di Fielding e Cervantes! Era magnifico! Bevevamo litri di caffè e a volte di vino, quando ce lo potevamo permettere, e discutevamo di tutto. Quelli erano tempi meravigliosi!

"E poi quand'ero più vecchio, ma non più a Parigi, ci riunivamo nelle nostre case o a volte in un caffè e parlavamo di libri e di idee. Anche ai tempi in cui eravamo poveri, c'erano sempre libri. C'erano le biblioteche, e noi leggevamo tutto. La mente era libera di seguire qualunque rotta, il mondo delle idee era un vasto universo di mondi inesplorati, e noi eravamo liberi di spaziare ovunque!

"Quei giorni sono passati, ma io vorrei ancora stare insieme a uomini della mia specie e sentire quello che hanno fatto e quello che stanno facendo. Nuove strade si aprono ad ogni respiro. In America, in Inghilterra, in Francia, nella Germania Occidentale, la gente è libera di pensare quello che vuole, di scrivere quello che pensa!

"La Russia ha tanto da dare, ma anche tanto da imparare. Noi dovremmo partecipare a tutto ciò, invece di restare confinati in una prigione. Io non sono russo, eppure ho vissuto e pensato e lavorato tanto in Russia che mi sento uno di loro. Ma la nostra crescita viene soffocata dalle restrizioni e dalle regole dettate da idioti che si difendono contro ombre che sono soltanto nella loro mente!

"Tanti dei nostri migliori ballerini hanno disertato il balletto russo per andare in Europa o in America. Non è che non amino la Russia. È soltanto che l'arte deve svilupparsi. Loro desiderano sfuggire al bozzolo della Russia e, come una farfalla, spiegare le ali in un mondo più vasto, con sfide più grandi. Un artista ha bisogno di libertà, ha bisogno di innovazioni, ha bisogno di opportunità, ha bisogno di creare."

Scosse la testa, imbarazzato. — Parlo troppo, Talia! Ma noi dobbiamo fuggire! Dobbiamo uscire in un mondo più vasto, dove possiamo respirare più liberamente, tendere i nostri muscoli mentali e vedere quello che succede intorno a noi.

Chissà dove, nella grande foresta dietro di loro, un albero cadde, abbattuto dal vento, un vento che ruggiva in alto con forza possente. Per fortuna la loro capanna era piccola, solida e rannicchiata al riparo dalle rocce. Le onde s'infrangevano sulla riva, e alla fine Talia si addormentò.

La tempesta infuriò per tre giorni. Cadde la pioggia, e un po' di neve sulle zone più alte, e quando infine il tempo si schiarì uscirono al mattino per raccogliere i rami caduti e tutti gli altri detriti lasciati dalla tempesta.

Lungo la spiaggia era arenato il relitto di una barca e intorno si erano riuniti alcuni uomini. La prua era alta sulla sabbia; soltanto la poppa era ancora immersa nell'acqua. Baronas rimase a guardare la barca per un momento. Era un battello di discrete dimensioni, lungo in tutto diciotto metri, calcolò, e costruito per il mare mosso. Aveva perso l'albero maestro, ma per il resto, a quella distanza non sembrava molto danneggiato.

Più tardi, quando ebbe completato lo sgombero dei detriti e fu rientrato in casa con altra legna per il fuoco, la lasciò cadere nella cassetta e si volse per chiudere la porta.

Una macchina, una Volga, stava risalendo la ripida strada che portava dal vicino villaggio alla casa.

C'era un autista, e sul sedile posteriore un uomo robusto con un cappotto di pelliccia.

Stephan Baronas si sentì inaridire la bocca e serrare il petto in una morsa. — Talia — disse in un soffio. — Temo che siamo nei guai.

La macchina era una vettura ufficiale. Per questo terreno era necessaria una Volga.

— Talia — disse — vieni qui. Dobbiamo affrontarli insieme.

26

Le foreste erano scure, scure e silenziose. Ora nevicava di nuovo, una neve fitta e pesante che cadeva regolare, e non si sentiva altro suono che quello della neve che cadeva, un mormorio lieve e tuttavia percettibile.

Due giorni prima Joe Mack aveva traversato il fiume Majmakan e si era nascosto nel cuore della foresta. Aveva trovato una sorta di rifugio costruito da qualche cacciatore, un riparo rudimentale, segreto, abbandonato da tempo ma comodo.

Avvicinandosi al Majmakan aveva sentito un rumore nel cielo, e per un attimo si era fermato sotto un albero. Questa era una regione di alberi sparsi intervallati da prati, alcuni dei quali acquitrinosi, e c'erano isolotti montagnosi che s'innalzavano al di sopra della foresta. Si era messo in ascolto. Non uno, ma parecchi aerei stavano sorvolando la foresta. Questa era la ricerca più intensiva effettuata finora, e lui non aveva osato muoversi finché gli aerei erano rimasti sulla zona; poi era partito di corsa e si era diretto verso un boschetto più fitto di alberi. Sarebbero arrivati altri aerei, e lui sapeva che le rive del Majmakan sarebbero state sorvegliate.

Non aveva percorso più di ottocento metri, quando aveva sentito un altro suono, un ordine brusco. Addossato al tronco di un albero, aveva sbirciato. Sotto di lui, a nemmeno duecento metri di distanza, si stava accampando un plotone di soldati.

Si era dileguato nella foresta e aveva proceduto nella direzione opposta per ottocento metri. Quando aveva sentito un elicottero, aveva raggiunto un abete rosso e si era rannicchiato nella neve sotto di esso.

Sapevano dov'era. Una ricerca del genere non sarebbe stata autorizzata se non fossero stati certissimi di essere vicini a lui, altrimenti non avrebbero sprecato gli uomini o il carburante. Aveva aspettato dov'era.

Avevano visto le impronte nella neve? L'elicottero si era avvicinato volando abbastanza basso.

Non aveva importanza. Appena mangiato, il plotone si sarebbe disposto in linea di combattimento e avrebbe perlustrato i boschi. Senza dubbio, c'erano altri gruppi anch'essi alla ricerca. Muoversi adesso sarebbe stata una follia, eppure appena calava il buio...

Joe Mack aveva attraversato il Majmakan sul ghiaccio e si era trovato subito nei boschi, dove aveva scoperto questo nascondiglio. La neve che ora cadeva avrebbe cancellato le sue tracce, e se restava fermo non ne avrebbe lasciate altre. Era improbabile che qualcuno sapesse di questo posto, e sarebbe rimasto nascosto il più a lungo possibile.

Ormai era il terzo giorno, e la ricerca sembrava essersi allontanata dalla sua zona. Il nascondiglio era situato su una bassa montagna, fiancheggiata ai due lati da valli chiuse dalla foresta, con un torrente sul fondo di ciascuna. C'era una piccola sorgente nei pressi, perché chiunque avesse creato questo rifugio aveva scelto bene. Il cibo non era un problema, perché aveva ancora una parte di quello rubato nel magazzino del mercato nero alla vecchia miniera. Rimase tranquillo, sperando che non lo trovassero.

Poiché i soldati erano quelli che erano, dubitava che qualcuno avrebbe deciso di arrampicarsi sul ripido pendio della montagna per arrivare dove si trovava lui. Potevano alzare lo sguardo, e sarebbe sembrato abbastanza disabitato e innocuo. Joe Mack si domandava sempre più che tipo fosse l'uomo che aveva costruito questo posto. Evidentemente non aveva voluto farsi trovare, visto che era stato mimetizzato con cura. La sera del quarto giorno, Joe Mack ripartì.

Il terreno era bianco di neve, a parte qualche tratto qua e

là, spazzato dal vento. Durante il periodo trascorso nel nascondiglio, si era confezionato per la terza volta dei mocassini, ma questa volta aveva lavorato anche a un altro espediente. Quando aveva ucciso l'ultimo alce, aveva tagliato gli zoccoli e ne aveva ricavato dei mocassini. Non sarebbero stati facili da usare, e con quelli non poteva muoversi rapidamente, quindi erano fatti semplicemente per essere calzati sopra quelli che aveva ai piedi. Un cercatore di tracce esperto probabilmente avrebbe capito in breve tempo che cosa era successo, ma per l'uomo medio le tracce sarebbero apparse semplicemente come impronte di alce.

Ora si accinse a traversare un campo di neve con gli zoccoli di alce ai piedi. Quando raggiunse un tratto privo di neve se li tolse.

Fu una giornata lenta e cauta, e finì sul fianco di una montagna che dava su una strada e su una linea elettrica.

Per oltre un'ora sorvegliò la strada. C'era poco traffico. Si trovava a non più di cento chilometri dal mare, calcolò, anche se probabilmente era una stima poco esatta. Era tempo di spostarsi verso l'interno, perché la sua zona di operazioni stava diventando troppo limitata. Ben presto lo avrebbero visto, e il peggio era che poteva non accorgersene subito. C'era troppo movimento, qui, e le probabilità erano contro di lui.

Attese, tendendo le orecchie. Poi scese dalla montagna, restando nascosto, e rimase a guardare mentre passava un autocarro, e poi una macchina. Ascoltando, non sentì nessun rumore, e la neve cadeva fitta e rapida. Sbucando dal sottobosco, attraversò la strada, sotto la linea elettrica, e si rifugiò nella vegetazione. La neve era molto alta, tranne che sulla strada, dove il passaggio dei veicoli l'aveva compressa.

Allontanandosi dalla strada in direzione nord, salì attraverso boschi così fitti che non riusciva a vedere per più di pochi passi, in qualunque direzione. All'alba si preparò un giaciglio scomodo in una cavità che scavò nel fianco di un banco di neve, battendo la neve con le mani per renderla compatta ai lati e intagliando un blocco di neve per la porta. Con l'arco creò un foro di ventilazione nella neve sopra di sé, lasciandolo in posizione per mantenere aperto il foro.

Sgusciando fuori dalla caverna di neve, trovò due rami della lunghezza giusta e li riportò nella cavità, strappando il fogliame per lasciare soltanto i fusti. Questi li scaldò sul fuoco, procedendo con calma e piegandoli leggermente di tanto in tanto. Quando furono ammorbiditi a sufficienza, piegò ciascuno in forma ovale e legò le estremità. Poi con le strisce di cuoio grezzo che aveva tenuto da parte preparò un'intelaiatura di cinghie, con una correggia che passava sulla punta e sul collo del piede.

Rimase per due giorni nella caverna di neve, perfezionando le racchette da neve e aspettando. La ricerca continuava, e di tanto in tanto sentì aerei e una volta un elicottero, che volava molto basso sulla cima degli alberi. Era caduta molta neve, e tutte le tracce che aveva lasciato dovevano essere state coperte da tempo. La terza sera uscì dalla caverna, la distrusse e s'incamminò fra i boschi scivolando, con le racchette da neve ai piedi.

Evitando le piste battute, si tenne sul pendio, attento a qualunque rumore, a qualunque gruppo di ricerca. La temperatura era scesa, e il freddo era penetrante. Col tempo il suo corpo vi si era in parte abituato, anche se lui stava attento a non sudare e a evitare le cadute.

Percorse qualcosa di più di trenta chilometri, per quanto poté giudicare, e raggiunse un'altra strada asfaltata. Nessuna impronta di pneumatici solcava la superficie della neve. Per un attimo esitò. Traversare la strada significava lasciare una pista, e la neve non stava cadendo regolarmente, eppure non c'era altra via. Attraversò la strada e si addentrò fra gli alberi.

Malgrado fosse ben coperto, con appena due fessure per gli occhi, il suo viso era ugualmente irrigidito dal freddo. Era passato molto tempo dall'ultima volta che aveva sentito caldo, e il cibo cominciava a scarseggiare. Avrebbe dovuto uccidere presto qualche animale. La carne, e soprattutto il grasso, era essenziale.

Finora aveva attraversato fitte foreste, e per lo più di notte, ma si era preparato degli occhiali di corteccia, con fessure sottili per consentire la visuale. Questi poteva fissarli al loro posto, per difendersi dal riverbero che causa la cecità da neve.

Stava avanzando faticosamente nella foresta, quando si girò a guardare indietro. Non aveva sentito nessun rumore, ma una macchina si era fermata e un uomo era sceso per studiare le tracce. L'uomo alzò gli occhi e guardò proprio nella sua direzione. Joe Mack si trovava già oltre il limite del bosco, ma evidentemente era visibile, perché l'uomo si precipitò verso la macchina. Le sue intenzioni erano chiare, e Joe Mack prese una freccia dalla faretra. Quando l'uomo si voltò, lui incoccò la freccia e la fece partire. Il fucile dell'uomo si stava appena sollevando quando la freccia lo colpì.

Barcollò, serrandosi la gola, mentre il fucile si scaricava cadendo nella neve. Joe Mack si avvicinò di corsa e poi si fermò e tese l'arco per la seconda volta, perché l'uomo tentava di rialzarsi. La distanza era inferiore ai venti metri, ora, e la freccia andò a segno.

In fretta, lui recuperò le frecce, perdendo la punta di una ma rimettendo l'altra nella custodia. Dentro, l'auto era calda. C'era uno zaino e, sul sedile, una pistola dentro la fondina. C'erano anche delle cartucce. Queste le raccolse. C'erano anche delle razioni di emergenza, e prese anche quelle. All'improvviso si fermò.

Chinandosi, sollevò da terra il morto e lo caricò in macchina. Poi mise nell'auto anche il fucile. Il motore era ancora acceso. Togliendosi le racchette da neve, si mise al volante e partì. Da qualche parte, davanti a lui, doveva esserci un villaggio.

Guidò a velocità regolare. Non c'erano altre macchine. Era tardi, e pensando a questo lui si girò verso il morto al suo fianco e fermò la macchina. Ci volle solo un minuto per sfilare l'orologio dal polso del morto e il denaro, per quanto poco, dalla sua tasca. Avrebbe abbandonato la macchina e il morto, e forse avrebbero creduto che era stato rapinato dagli *huligan*.

Il villaggio, quando lo raggiunse, dopo aver guidato per quasi cinquanta chilometri, era un semplice agglomerato di case e magazzini. Evidentemente era una specie di capolinea della strada, ma non c'erano linee elettriche. Dopo aver guidato la macchina nell'ombra di un capannone, scese dalla vettura e prese le racchette da neve, la riserva di cibo e il suo carico. Poi si allontanò nella notte, fra il turbinio della neve.

L'indomani avrebbero trovato la macchina. Sperava che non avrebbero pensato subito a lui. Se ci fosse stata un'autopsia, cosa di cui dubitava, avrebbero trovato la punta della sua freccia. Lasciando la strada, puntò a nord-ovest, verso la foresta.

Tutto era bianco e silenzioso; i fiocchi di neve cadevano veloci e potevano coprire qualunque traccia lasciasse. In ogni caso, doveva correre il rischio. Si allontanò nell'oscurità, muovendosi ad andatura regolare.

Ora aveva viveri sufficienti per un giorno o due, e aveva una pistola. L'avrebbe usata solo in caso di assoluta necessità. Il fucile non lo aveva voluto, perché il suono di un fucile poteva attirare un'eccessiva attenzione, e lui poteva cacciare altrettanto bene con l'arco e le frecce.

Un'ora dopo l'alba si preparò una caverna di neve e vi strisciò dentro. Si addormentò quasi subito.

L'uomo che aveva ucciso sapeva chi era lui. Inoltre non aveva esitato a sparare. Un proiettile avrebbe potuto renderlo invalido o ucciderlo. Quello che lo preoccupava era che l'uomo non aveva esitato, il che implicava che sapeva chi era e probabilmente era coinvolto anche lui nella caccia.

Il cerchio si stava chiudendo. Era l'unico modo di interpretare quello che era successo. Si stavano avvicinando, e sapevano che lui era nelle vicinanze. L'unica risposta era allontanarsi il più presto possibile.

I viveri che aveva preso dalla macchina durarono tre giorni, e alla fine di quel periodo uccise un cervo. Ora si trovava nella taiga, e non aveva visto tracce di vita umana da quando aveva abbandonato la macchina. Si accampò in una caverna di neve e preparò una bistecca di selvaggina. Poiché ora si stava allontanando dalla costa, avrebbe dovuto abbandonare l'abitudine di rifugiarsi nelle caverne di neve. La neve non era così alta, nelle regioni dell'interno.

Quando scese la sera, al sicuro nella sua grotta di neve, accese un piccolo fuoco con uno schermo riflettente per mantenere il calore all'interno della cavità, e meditò.

Alekhin, a bordo di un'altra Volga nera, giunse a Topka quel pomeriggio stesso, sul tardi. Peter Petrovich lo stava aspettando nell'ufficio del collettivo.

— Non ho idea di quanto tempo sia rimasta qui — gli disse. — Il freddo è stato intenso, e nessuno andava in giro, se non dalla casa alla stalla. Comunque, l'uomo è morto da qualche tempo.

Si avvicinarono alla macchina. Non c'era sangue sul sedile, e il corpo era sul lato del passeggero. Il fucile aveva sparato, ma nell'auto non c'erano bossoli. Le razioni d'emergenza erano sparite, e così pure la pistola, l'orologio da polso e il denaro.

— Ladri — disse Peter Petrovich. — Rubano tutto quello su cui riescono a mettere le mani.

Alekhin aprì gli abiti dell'uomo per guardare la ferita. Era rotonda e non troppo grande. Avrebbe potuto essere fatta da un proiettile, ma qualcosa lo ammoniva che non era così.

Dopo averlo disteso su un tavolo in casa, tolse al morto la

giacca e la camicia. C'era una protuberanza sul dorso dell'uomo. Attraverso un'incisione fatta con il coltello, Alekhin vide la punta di una freccia.

Peter Petrovich rimase sbalordito. — Una freccia! Non può essere! Qui non abbiamo selvaggi!

— Ne avete uno. Avete l'americano.

— L'americano? Vuol prendermi in giro! Come potrebbe resistere laggiù nella taiga? Fa freddo, un freddo terribile!

— Resiste. È stato qui.

Alekhin ci riflettè, esaminando la questione dentro di sé. Evidentemente, il morto aveva visto Makatozi, ma aveva fallito il colpo.

Era stato un uomo in gamba, uno dei suoi migliori collaboratori. Era in viaggio verso la costa, diretto ad Aldan per interrogare un uomo che avevano arrestato e che poteva sapere qualcosa.

La pistola dell'uomo era sparita e anche le munizioni, invece il fucile era stato lasciato.

— Vuol dire che l'americano è stato qui? Lei crede che sia stato lui?

Alekhin lo ignorò. L'americano aveva arco e frecce e non sapeva che farsene del fucile. Aveva ucciso l'uomo con una freccia, poi lo aveva caricato in macchina e lo aveva portato qui. Era vero, questa strada non portava in nessun posto, se non a sterzare in cerchio per tornare indietro verso Nel'kan. E l'americano era diretto di nuovo a nord.

Perché si era spinto tanto a est? Per incontrare qualcuno? Per rimanere in un clima più caldo per qualche settimana? Se avesse voluto raggiungere in macchina la costa, avrebbe potuto farlo senza difficoltà, e probabilmente avrebbe potuto proseguire fino a Nel'kan senza che nessuno se ne accorgesse.

Kurun-Uryakh? Laggiù c'era una buona pista di atterraggio, una buona base aerea. L'americano si trovava a est del fiume Maya e viveva nella foresta. I viveri che aveva preso non sarebbero durati a lungo, quindi avrebbe dovuto uccidere per procurarsi la carne.

— Lo prenderemo — disse piano Alekhin. — Ora lo prenderemo.

Suvarov! Quell'idiota! Seduto lì con tutti i suoi soldati, e l'americano li aveva aggirati lasciandoli tranquilli. Alekhin ridacchiò. Suvarov aveva fallito, ma lui lo avrebbe preso. Salì in macchina. — All'elicottero — ordinò.

— C'è qualcosa che possiamo fare? — chiese Peter.

— State fuori dai piedi — replicò brusco Alekhin. — Non abbiamo bisogno di voi.

L'elicottero lo avrebbe portato a Kurun-Uryakh. Laggiù c'era una miniera d'oro, rammentava, e avrebbero avuto attrezzature per le comunicazioni.

Quando l'elicottero fu in volo, Peter Petrovich tornò a Topka. Era un giovanotto taciturno e studioso, che svolgeva tranquillamente il suo lavoro e cercava di non smuovere le acque. Era un abile amministratore, spesso spazientito dalle restrizioni che la burocrazia gli imponeva, ma era un leale cittadino sovietico. Aveva letto molto sull'America e aveva ascoltato spesso la Voce dell'America e la BBC, preferendo la seconda. Non approvava l'America. Il suo governo era troppo confuso, troppo debole. In quanto russo, non aveva mai conosciuto altro che un forte governo centrale. E nemmeno i suoi genitori, né i nonni o i bisnonni. Prima di Lenin e Stalin, c'erano stati gli zar.

Possedeva due paia di blue jeans americani, alcuni dischi di rock and roll e persino dei libri americani tradotti in russo.

Aveva letto tutte le opere che era riuscito a trovare di Jack London, e per questo aveva una forte simpatia per quell'americano sperduto laggiù nella taiga. Se l'avesse visto, lo avrebbe denunciato subito, ma ciò nonostante simpatizzava con lui. Qualcuno aveva detto che l'uomo era uno sioux, e Peter Petrovich aveva letto una descrizione della battaglia di Little Big Horn.

Dicevano che l'indiano era stato un pilota, e lui non riusciva a immaginarlo. Sembrava impossibile. Eppure c'erano degli aviatori jakut, e uno dei suoi scrittori preferiti era uno jakut. Lui stesso era di Kiev. Si era offerto volontario per venire in Siberia perché la paga era molto più alta e le possibilità di avanzamento erano migliori.

Tornò alla sua casa e mise l'auto nel garage. Stava pensando a un bel bicchiere di tè, magari con un tocco di vodka per scacciare il freddo.

Aprì la porta ed entrò, chiudendo con cura la porta dietro di sé. Ora, riposo! Prendere il tè, il goccio di vodka e leggere!

Voltò le spalle alla porta e si trovò davanti la canna di una pistola.

L'uomo che impugnava la pistola era l'americano. Era l'indiano. E la pistola era stretta da una mano molto salda; gli occhi grigi, glaciali, non offrivano misericordia.

— Per prima cosa — disse l'americano — mangeremo.

27

Peter Petrovich fu sorpreso, non solo dalla presenza dell'americano, ma dalla sua reazione a essa. Non aveva paura. Non era nemmeno nervoso.

— Ho fame anch'io — disse in inglese. — Può mettere giù quell'arma.

— Grazie, ma abbiamo un'affinità reciproca, questa pistola e io. Faccia attenzione, perché non voglio ucciderla.

— Ha avuto meno compassione per l'uomo nella macchina.

— Lui ha cercato di spararmi, lasciandomi poca scelta. Uno di noi doveva morire, e io ero restio, come può immaginare.

— Non può fuggire, sa. La stanno seguendo. Alekhin è qui.

— Qui?

— È stato qui. Ora è volato al nord, perché ha ritenuto che lei sarebbe andato da quella parte. È andato a Kurun-Uryakh, sulla Maja.

Peter stava riscaldando dello stufato. Aveva un profumo delizioso. — Preferisce tè o caffè?

— Vanno bene tutti e due. Qui nel vostro paese ho bevuto tè. Preferisco il caffè.

— Anch'io. — Peter gli lanciò un'occhiata. — Mi dicono che lei è un indiano.

— Uno sioux. Il termine indiano è troppo generico. È come dire europeo.

— Ma ha gli occhi grigi.

— Uno dei miei nonni era scozzese. Ma non è insolito. Cavallo Pazzo aveva gli occhi grigi e i capelli color sabbia.

Nella stanza faceva caldo. Gli aromi dello stufato, e del caffè e il caldo lo cullavano, inducendolo a rilassarsi. Rimase di proposito in piedi. — È probabile che arrivino dei visitatori?

— No. Sanno che la sera leggo molto. A meno che qualcuno non venga a cercarla.

— Se lo faranno, per favore, si tenga in disparte. Non vorrei uccidere un buon cuoco.

Peter sorrise. — Non sono un eroe. Quando se ne sarà andato denuncerò subito il fatto. Lo capisce?

— Naturalmente. — S'infilò la pistola dietro la cintura. — Erano tutti pronti ad accogliermi, su al nord, così ho fatto un giro. Dubitavo che si aspettassero il mio ritorno qui.

Parlarono tranquillamente, e Joe Mack tentò di tenere viva la conversazione. Il calore e la comodità gli stavano mettendo sonno. Addormentarsi sarebbe stato fatale. Dubitava che questo giovanotto lo avrebbe attaccato, ma avrebbe senz'altro cercato di catturarlo. Per impadronirsi della pistola, se non altro.

Quando lo stufato fu pronto, sedettero ai due lati opposti del tavolo, Joe Mack rivolto verso le porta. La finestra era appannata dal gelo, e dubitava che qualcuno potesse sbirciare dentro.

— Non si faccia venire delle idee — disse Joe Mack — solo perché ho la pistola infilata nella cintura. Sono molto veloce.

— Ho sentito parlare dei vostri cowboy e della loro velocità nell'estrarre. È vero, allora? C'erano davvero sparatorie come nei film?

— Molte di più. Naturalmente ne avevate anche voi, solo che le chiamavate duelli. Il vostro poeta Pushkin rimase ucciso in un duello.

— Lei conosce Pushkin? — Peter era sorpreso.

— Certo. Ho letto molti scrittori russi.

Lo stufato era buono, e per un po' mangiarono in silenzio. Joe Mack tendeva le orecchie, aspettando un rumore dall'esterno e sperando che non arrivasse.

I suoi occhi frugavano la stanza. Quest'uomo leggeva molto. C'erano anche delle carte. Le avrebbe guardate. Finì lo stufato e versò il caffè per entrambi.

— Lei non sembra un selvaggio.

Joe Mack sorrise. — La maggior parte degli indiani non lo è. Sono persone civili e industriose. — I suoi occhi incontrarono quelli di Peter Petrovich. — Io non sono come loro. Sono un selvaggio.

— Ma...

Lo fece tacere con un gesto. — Tutto questo... la foresta, le regioni desertiche... sono la mia casa. A ogni giorno che passa io mi sorprendo a regredire. Qua dentro — si mise una mano sul cuore — sono in tutto e per tutto un indiano. Si suppone che debba fuggire e vincere la mia battaglia. Devo fuggire. Ciò nonostante, per molti versi preferirei restare qui.

— Diventare russo? Ma sono certo che la cosa si può fare.

— Me l'hanno già offerto. Ma lei fraintende. Io sono tentato di non cercare di fuggire, ma di restare qui, nella foresta, e combattere la mia guerra privata contro l'Unione Sovietica.

— Ma è assurdo!

— Davvero? Può darsi. *Ma il suo popolo ha dichiarato guerra a me.* Mi hanno costretto a scendere con l'areo in mare, mi hanno catturato e intendevano interrogarmi. Alla fine mi avrebbero ucciso, penso. — Vuotò la tazza. — È stato umiliante e, per me, offensivo.

Peter Petrovich riempì le loro tazze. — Voi americani vi state preparando alla guerra. Dobbiamo sapere come vi preparate.

— Gli americani non vogliono la guerra. Nessuna persona sensata la vuole. Perché dovremmo? Abbiamo tutto quello che ci serve. Quello che non abbiamo possiamo fabbricarlo o comprarlo. Possiamo andare in qualsiasi posto del mondo. Non abbiamo nessun muro di Berlino che ce lo impedisca.

— Anche molti di noi viaggiano — dichiarò Peter.

— Naturalmente. Ci sono migliaia di vostri uomini in Afghanistan, e molti ci muoiono. Forse viaggiare fa male ai russi. — Sorrise. — Ma non c'è bisogno di mettersi a discutere. Sono sicuro che non ci troveremmo d'accordo. Ma se parlassimo di libri?

— Sono curioso sul suo conto.

— Lo era anche il colonnello Zamatev. Ma per lui non ero niente, solo qualcosa da usare e gettare da parte. Questa è un'offesa per qualunque paese, ma è anche un'offesa contro di me, e per questo lui dovrà pagare.

Peter Petrovich sorrise, incredulo. — Pagare? Come può costringerlo a pagare? Non può nemmeno vederlo. Non può arrivare dov'è, non può raggiungerlo in alcun modo. Lei è semplicemente un prigioniero fra tanti.

— Io sono diverso. Sono il prigioniero che è fuggito.

Peter scrollò le spalle. — Non ha importanza. Senta, perché non si arrende a me? Vedrò di farle ottenere un trattamento speciale.

Joe Mack si rimise in piedi. Detestava l'idea di uscire di nuovo al freddo, di trovarsi un posto per dormire in un mucchio di neve, ma non aveva scelta. Se dormiva qui, avrebbe dormito troppo profondamente. Anche se legava stretto Peter Petrovich, non sarebbe stato al sicuro lo stesso. L'uomo poteva liberarsi.

— Metta insieme un pacchetto di cibo. Si muova con prudenza, ora, e non commetta sbagli. — Indicò gli articoli che voleva e sorvegliò la preparazione del pacco. I suoi occhi si spostavano in continuazione osservando tutto. — Ha una pistola?

Peter esitò. — Nella foresta è necessario essere armati. Ci sono animali selvaggi, oltre che banditi.

— Banditi nell'Unione Sovietica?

— Qui ci sono sempre stati. È la loro vita. Rapinano e rubano, e spesso uccidono.

— Ragione di più per avere un'altra pistola o altre munizioni per questa.

Fece un gesto con la canna della pistola. — Svelto. Non ho altro tempo.

— Si congelerà. Là fuori ci sono più di venticinque gradi sotto zero.

— Ho affrontato un freddo peggiore. — Prese il pacco e indietreggiò verso la porta. Poi disse: — Metta le mani dietro la schiena.

— Ehi, senta un po'...

— Preferisce che le rompa la canna della pistola sulla testa?

Quando ebbe legato ben bene Peter, lo prese fra le braccia e lo depose sul letto. Poi mise altra legna sul fuoco. — In modo che lei non muoia assiderato. Prima che si consumi sarà mattina e verrà qualcuno.

Frugò nei cassetti e trovò quel che voleva, due scatole di munizioni per la sua pistola, un tipo abbastanza comune. Spense le luci, poi raccolse la sua roba e uscì nella notte. Aggirò in fretta la casa e puntò a est, recuperando lungo la strada le sue rozze racchette da neve. S'incamminò con andatura rapida e costante verso est, in direzione del mare.

Alcune ore dopo deviò a nord, cambiò direzione parecchie volte e poi ripartì verso nord. Togliendosi le racchette da neve, se le mise in spalla, sopra il bagaglio, e imboccò un sentiero nella foresta correndo con lunghe falcate agili. All'alba calcolò di trovarsi a più di trentacinque chilometri dal villaggio.

A quest'ora Peter doveva essere libero, o almeno avrebbe tentato di attirare l'attenzione in tutti i modi. Entro un'ora, sarebbero partiti alla sua ricerca.

Ora stava attraversando il tratto più fitto della foresta, badando a non spezzare rami e a non lasciare altri segni del suo passaggio. Non c'era quasi neve sul terreno, eppure il suolo era gelato. Lui si muoveva con leggerezza, evitando ramoscelli e foglie.

Trovato un grosso albero dal tronco cavo, abbattuto da un fulmine, vi entrò, accese un fuocherello e si preparò il tè. Poi si raggomitolò per dormire. Due ore dopo, poiché il fuoco si era spento, fu svegliato dal freddo, e ripartì ancora una volta, camminando rapidamente.

Coprì gli oltre trenta chilometri seguenti quasi a tempo di maratona, riposò per breve tempo e si rimise in marcia, a un'andatura molto più lenta. Al tramonto del giorno seguente aveva trovato una sporgenza nella parete di un affioramento roccioso, dove si riposò e mangiò. Aveva percorso quasi centoventi chilometri da quando aveva lasciato Peter Petrovich. Accendendo un piccolo fuoco ben nascosto di legna secca, che non produceva fumo, dormì per quattro ore filate.

La piccola montagna sulla quale si era accampato era circondata da acquitrini tanto a nord quanto a est. C'era un fiume anche a nord. Riuscì a stento a superare la palude, che si estendeva per chilometri e chilometri.

Giudicò di trovarsi meno di settanta chilometri a est di Kurun-Uryakh e del suo aeroporto.

A sera sarebbe ripartito ancora una volta, seguendo questo fiume a distanza di sicurezza fino a che si gettava nella Maja, come doveva fare sicuramente.

Tre volte, durante il giorno, l'aereo passò nel cielo, e una volta un elicottero che seguiva una rotta di ricerca si spostò avanti e indietro sulla zona. Una volta, in lontananza e oltre il fiume, gli sembrò di vedere una spedizione di soldati. Senza un binocolo non poteva dirlo con certezza, ma sembrava che fossero disposti in ordine di combattimento, risalendo attraverso i boschi e la campagna. Dalla carta presa a Peter Petrovich capì che il fiume era il Nudymi. Poco prima del tramonto, vide un alce attraversare la palude e il torrente e prese nota del percorso che seguiva.

Indossando i mocassini con la suola d'alce, scese più in basso e lo seguì, partendo subito dopo il tramonto, quando sembrava che non ci fosse nessuno in giro. Tenendo pronto l'arco, traversò la palude e il fiume e poi lo seguì verso valle. Sul far del giorno aveva raggiunto la Maja. Tenendosi al riparo, si diresse a nord cercando un punto sicuro per passare sulla sponda opposta.

Quattro giorni dopo era nascosto in un riparo messo insieme, frettolosamente, vicino alle sorgenti del fiume Del'ku.

Non mangiava niente da due giorni, e il freddo era intenso. Per restare in vita aveva bisogno di cibo. Soffrire la fame col caldo era una cosa, col freddo era impossibile. Senza cibo per alimentare il corpo, il calore corporeo sarebbe svanito rapidamente e lui sarebbe morto congelato. Dal fianco della montagna poteva scorgere una piccola valle, coperta da boschi radi. A valle la foresta diventava più fitta. Per tutto il giorno non aveva visto tracce di animali, né alcun segno di abitazioni umane. Nello stesso tempo, sperava di non essere lontano da alcuni campi minerari.

C'era meno neve, ora che si stava allontanando dalle montagne costiere. Il terreno era in gran parte gelato e privo di neve, e dove ce n'era, spesso non era altro che un velo sottile. D'ora in poi le caverne di neve sarebbero state rare.

Non riusciva a ricordare un momento in cui non avesse avuto freddo, e quando venne il mattino avanzava incespicando sui piedi intorpiditi. Aveva preso da tempo l'abitudine di mettere erba secca nei suoi mocassini per proteggere in parte i piedi. Ora strinse i denti e tenne duro, affamato, esausto, le facoltà intorpidite dal freddo.

Sessantacinque chilometri più indietro, Alekhin e sei uomini scesero sul greto di un piccolo fiume. Uno degli uomini che si era spinto in avanscoperta tornò indietro a riferire. — Nessuna traccia — disse. — Nient'altro che alci qua in giro.

Alekhin lo ignorò. Si guardò intorno con attenzione, poi si diresse verso un varco fra i boschi. "Ormai sono mesi che corre" si disse. "Diventerà meno cauto."

Studiò le orme. — Sei un idiota — disse al soldato. — Di qui non è passato nessun alce.

— Ma le impronte! Proprio là davanti a lei.

— Queste sono le impronte di un uomo che porta zoccoli di alce. Vedi la lunghezza del passo? E poi è passato oltre certe piante dove l'alce si sarebbe fermato a brucare.

Il soldato non era convinto. — Ma come ha potuto...?

Alekhin lo ignorò. Si avviò lungo la pista, ma quando si avvicinarono a un tratto boscoso fece segno al soldato. — Vai prima tu. Imparerai a seguire una pista.

"Ahimè" disse a se stesso "se c'è una trappola ci finirai tu, non io. E prima o poi ci sarà una trappola."

Eppure, quando si presentò, ne rimase sorpreso anche lui. Le tracce di alce erano state sostituite da quelle proprie dell'americano, che Alekhin riconobbe. Ora si stava affrettando, correndo, facendo passi molto più lunghi, e davanti a loro c'era il fiume. Il soldato cominciò ad affrettarsi, suggestionato dalle tracce.

Gli altri lo seguivano, con Alekhin in coda. Fermandosi, lui si voltò a guardare la strada da cui erano venuti. Rimase perplesso. L'americano aveva mantenuto un percorso piuttosto regolare, dunque perché all'improvviso aveva deviato? Scrutando fra gli alberi, Alekhin vide il fiume e una lastra di ghiaccio coperta di neve. Il soldato puntava proprio in quella direzione.

Idiota! Non si rendeva conto che era una trappola mortale? Che il ghiaccio sotto la neve non avrebbe mai retto il suo peso? Non sapeva che la neve poteva agire come un piumino o una coperta e scaldare il ghiaccio sottostante e che l'acqua corrente avrebbe eroso il ghiaccio?

Alekhin gridò e poi lanciò un altro grido. Il soldato, con i paraorecchie abbassati, non lo sentì. Poteva vedere le orme dell'americano che scendevano sulla riva del fiume e poteva anche vedere una traccia nella neve davanti a lui. Alekhin gridò ancora e cominciò a correre. Gli altri lo sentirono, e lui gridò, agitando le braccia. Non lo capirono, e il soldato di testa sapeva di essere al sicuro. Poteva vedere le tracce davanti ai suoi occhi e dove...

Il suo stivale affondò nella neve trasportata dal vento, nel ghiaccio spugnoso e nell'acqua. Lui cadde in avanti, urlò e finì dentro l'acqua.

— State indietro — ordinò Alekhin. — Non vi avvicinate a lui o finirete dentro.

— Ma dobbiamo salvarlo.

Un soldato scattò in avanti, ma Alekhin lo afferrò per il braccio e lo tirò indietro. — Non potete salvarlo. È morto.

— Ma io lo vedo! È vivo! Io... — Tentò di liberarsi dibattendosi.

— Ci sono quasi quaranta gradi sotto zero — ribatté Alekhin. — In acqua resisterà un minuto o due. Ormai è inzuppato. Se lo tirate fuori gelerà all'istante. Non c'è niente da fare.

Il soldato stava lottando per tirarsi fuori dal ghiaccio. Si dibatté freneticamente, poi rotolò sul ghiaccio. Gli altri si slanciarono in avanti. — Finirete dentro — li ammonì Alekhin.

Si fermarono. Il loro compagno non si muoveva più. — È morto — disse Alekhin. — Era una trappola.

Si strinsero intorno a lui. — Una trappola? Ma l'americano è passato di lì. Abbiamo visto le sue orme.

— Un'orma ai margini del ghiaccio e un punto o due pesticciati, più avanti, che sembravano orme. Probabilmente lo ha fatto con un lungo palo o un ramo, per far credere che era passato da quella parte.

Alekhin si voltò, cercando con gli occhi la vera pista. — Sapeva quel che faceva. Sapeva di poter uccidere uno o più di voi.

I soldati rabbrividirono al freddo intenso e guardarono il corpo irrigidito del loro compagno.

— E lui?

— È morto. Non possiamo fare niente per lui. Se tentate di raggiungerlo, potreste finire dentro anche voi.

Si allontanarono e lui disse: — Se per caso finite con un piede nell'acqua, mettetelo subito nella neve. La neve asciutta è l'assorbente ideale. Se vi bagnate non avete nessuna speranza.

Faceva freddo... freddo.

Un soldato si voltò a guardare. Il suo compagno giaceva come un oggetto grigio e inanimato sul ghiaccio del fiume.

Stordito e spaventato, il soldato seguì Alekhin.

28

Stephan Baronas era ritto vicino a sua figlia e aspettava. Si sentiva attanagliare dal terrore, ma lo respingeva con tutte le sue forze. L'uomo sceso dalla Volga era un tipo grosso, dall'aria forte, e si diresse verso di loro con andatura energica. Per un momento si limitò a fissarli.

— Possiamo andare dentro? — domandò loro. Il suo tono era mite.

— Prego — rispose Baronas. — Mi scusi. Non riceviamo spesso delle visite.

Una volta dentro, l'uomo si tolse il pesante cappotto e il cappello. Si guardò attorno. — Confortevole — osservò — e calda. — Spostò lo sguardo dall'uno all'altra. — Vi trovate bene qui?

— Sì. — Baronas fu sorpreso dalla domanda. — Grazie.

Quando fu seduto, l'uomo tese le mani verso il fuoco. — Io sono Nicholas Bocharev — disse.

— Ah sì? — Mossa da improvvisa compassione, Talia gli si avvicinò. — Era vostro figlio...?

— Sì. Il mio unico figlio.

— Siamo molto dispiaciuti — disse Baronas. — Era un ottimo giovane. Ci ha fatto visita qui.

Bocharev alzò gli occhi. — Lo so. Mi aveva scritto. Siete

stati molto gentili. Mi disse che gli era piaciuto stare qui. Era come un'altra casa, per lui.

Rimase in silenzio per un attimo, e poi aggiunse: — Passavamo così poco tempo insieme. Lui cominciava a crescere, capite, cominciava a considerarmi un amico, piuttosto che un padre autoritario. Facevamo lunghe chiacchierate.

— Vuole un po' di tè? — Talia gli porse una tazza, che lui accettò. — Ce lo ha portato lui.

— Grazie. — L'uomo bevve un sorso di tè. — Mio figlio mi disse che gli avevate aperto la vostra casa. Temo che si sentisse molto solo, anche se non voleva ammetterlo.

Alzò la testa. — Voi gli avete dato i suoi ultimi momenti di felicità. Lo avete accolto volentieri, lo avete trattato come un figlio e un fratello.

— Lo meritava. È una perdita anche per noi, che se ne sia andato.

— Amava scendere in canoa lungo i fiumi inesplorati, ed era molto abile — disse Bocharev. — Solo che c'era un punto in cui la corrente ha spinto la barca sotto una roccia. Lui non l'ha vista in tempo. È stato colpito alla testa.

— Siamo dolenti. Sentiremo anche noi la sua mancanza.

Bocharev bevve il tè e poi si guardò attorno. — C'è qualcosa che posso fare? Sono grato che mio figlio sia stato felice in quegli ultimi giorni. Lo avete fatto per lui e per me.

— Niente — rispose Baronas. — Proprio niente.

L'atteggiamento di Bocharev cambiò. Sorrise. — Su, andiamo, Baronas. La conosco. Ho esaminato il suo dossier. Lei non avrebbe dovuto essere arrestato. Fu una misura precauzionale in un periodo in cui alcuni avevano paura di problemi interni. Era una paura sciocca.

Tese la tazza. — Posso?

Quando fu riempita di nuovo e lui ne ebbe preso un sorso, tornò alla carica. — Lei è istruito Baronas. C'è molto che può fare qui, ma...

— Lo apprezzo, ma potrebbero esserci altri meno comprensivi. — Stephan Baronas s'interruppe. Era un rischio che doveva correre. — A dire la verità, signore, mi piacerebbe emigrare. Vorrei andare a Hong Kong. Mia figlia e io.

Bocharev annuì. — Lo avevo pensato. Be', nel suo dossier non c'è nessuna prova che lei è un nemico del popolo. — Fece una pausa. — Dove preferirebbe andare?

— A Hong Kong. O anche in Manciuria.

Bocharev si alzò. — Vedremo. — Posò la tazza vuota.

— Mio figlio contava molto per me. Vede... — esitò — ...era tutto ciò che avevo. Ora sono solo.

Talia gli posò la mano sulla manica. — Vuole tornare a trovarci? Finché resteremo qui, lei sarà il benvenuto come suo figlio.

Lui scosse la testa. — Sarò molto occupato. Ci sono molte cose da fare. A volte penso che abbiamo dedicato troppa attenzione a quello che c'è all'esterno del nostro paese e non abbastanza a migliorare la condizioni di vita qui. La sicurezza interna è di grande importanza.

Si diresse alla porta. — Vedrò che cosa si può fare. Nel frattempo, se me lo permetterete, vi manderò alcune cose che mio figlio avrebbe voluto farvi avere. In effetti, mi disse di farlo.

Rimasero sulla soglia, guardando la Volga finché non scomparve alla vista.

— Non dobbiamo sperare troppo — disse Baronas — ma questo potrebbe aiutarci.

Talia non replicò. Poteva aiutare lui. Non avrebbe aiutato Joe Mack, che era là fuori, chissà dove. Là fuori al gelo, solo nella foresta, forse morente.

Lo disse, e suo padre scosse la testa. — Una cosa alla volta. Se fuggiremo, lui non dovrà rischiare la vita per tornare a prenderti. Se ne avremo la possibilità dovremo andare. Se scoprono che lo abbiamo conosciuto, che siamo stati addirittura vicini a lui non ci permetteranno mai di andarcene. Potremmo finire in prigione.

— Lo sanno già — ribatté Talia.

— Non c'è dubbio, ma uno dei grandi vantaggi della burocrazia è che una mano sa di rado che cosa fa l'altra. Possiamo soltanto sperare.

Kyra Lebedev girò la testa di lato per sottrarsi dalla violenza del vento, che le mozzava il respiro. Il vento le ricacciava in gola il fiato. La porta era socchiusa e lei fece di corsa gli ultimi passi, rifugiandosi in fretta dentro.

Qualcuno l'aveva seguita? Non aveva perso tempo a guardare. Era improbabile, eppure Shepilov era in città, e a lui sfuggiva ben poco. Chiudendosi alle spalle la porta, lei attese un istante per riprendere fiato. L'aria del piccolo atrio era viziata e puzzava di corpi non lavati e dell'odore pesante di cucina stantia. Lei si avviò lungo il corridoio e alla terza porta si fermò e bussò. Un attimo dopo una voce di donna disse: — Che c'è?

— Katerina? Per favore, apri la porta!

La porta si aprì di uno spiraglio e poi, con un'esclamazione di stupore, la ragazza all'interno la spalancò. La ragazza aveva il cappotto addosso, come se stesse per uscire. Era una ragazza snella, con scialbi cappelli rossicci e grandi occhi azzurri. — *Kyra!* A Magadan! Che cosa è successo?

— Niente, per ora. Sono appena arrivata. È per lavoro.

— Ah sì? Per un attimo ho creduto che ti avessero relegato qui.

— Ostap è in casa? Devo parlare con lui.

— Dorme, anzi si è appena addormentato. Ha lavorato per tutta la notte ed è distrutto.

— Ostap? Non mi risulta che abbia mai lavorato.

Un giovanotto con i capelli arruffati, uscì dall'altra stanza, allacciandosi la cintura. — Certo che lavoro, anche se malvolentieri. Mi era sembrato di riconoscere la tua voce, Kyra. Che cosa ci fai, qui?

— Siediti! Ora basta con le sciocchezze, devo parlare. Voi tutti sapete quello che sta succedendo a Magadan, e io ho bisogno di un'informazione.

Lusingato, il giovanotto sedette a cavalcioni di una sedia. Aveva bisogno di radersi, e gli occhi davano l'impressione che avesse bevuto troppo. — D'accordo, di che si tratta? Se è per te, sarà gratis. Se è per il governo, ci vorranno soldi. — Stropicciò insieme le dita. — Molti soldi.

— C'è un uomo in città... Shepilov. Ho bisogno di sapere dove si trova e che cosa fa qui.

Ostap si accese una sigaretta. — Shepilov? Sì, è qui da due giorni, ormai. Un pezzo grosso, non si può fare a meno di notarlo. Ha fatto mettere dentro il vecchio Kuzmich, e Kuzmich vuol dire pellicce. Conosci il tipo. Compra dai cacciatori, ne sa più di chiunque altro sulle trappole.

— Che altro? Voglio dire, di che cosa s'intende, oltre che di trappole?

Ostap scrollò le spalle, sbuffando una nuvola di fumo. — Trappole, cacciatori, immagino che li conosca tutti, in questa parte della regione. Si tiene in contatto. I suoi fornitori tendono trappole in tutta la zona a nord e a sud del Kolyma.

— A ovest fin dove? Fino a Oimiakon?

— Vicino, direi. — Aspirò una boccata dalla sigaretta e scosse la cenere sul pavimento. — Che cosa sta succedendo?

— È l'americano, quello che è fuggito.

— Ah sì? Credevo che ormai l'avessero preso. Ah, ora capisco! Il vostro Shepilov sta cercando di mettersi in contatto con i cacciatori per fargli dare la caccia! È una buona idea. Loro conoscono il paese e sono molto più in gamba del KGB. Voglio dire, loro conoscono davvero la regione. Laggiù riuscirebbero a trovare qualunque cosa, mentre il KGB o l'esercito non farebbero altro che correre in cerchio. — S'interruppe. — C'è qualcuno qui che sarebbe contento di sapere che il vecchio Shepilov è a Magadan. Voglio dire, qui non ha certo amici. Ci sono troppi condannati ai lavori forzati nelle miniere d'oro, qui, per causa sua.

— Be', fintanto che stanno in prigione...

— È proprio quello il punto. Alcuni di loro vanno e vengono, solo che non possono tagliare la corda.

— Ostap, tu puoi aiutarmi. Voglio prendere l'americano per prima.

— Davvero? Carina come sei, direi che puoi trovarti un uomo senza bisogno di questo.

— Non essere sciocco. È il mio lavoro. — Fece una pausa. — Ora lavoro con il colonnello Zamatev.

Ostap fischiò. — Che cosa sai? È lui quello che chiamano l'Uomo di Ferro. Se stai con lui, sei veramente in una botte di ferro. Che cosa posso fare per te?

— Anche tu conosci quei cacciatori. Vendi loro la vodka. Oh, lo so, quindi non cercare di negarlo. Vengono tutti da te.

— E allora?

— Se i cacciatori lo individuano, vorrei saperlo per prima.

Ostap tirò un'altra boccata dalla sigaretta, poi la fece cadere a terra e la schiacciò con il piede. — Come ho detto, qui c'è un sacco di gente che non ama Shepilov. Forse potrei fare qualcosa per te. — Alzò gli occhi, con un sorriso astuto. — Abbiamo tutti bisogno di qualcosa, sai? Me compreso. Mi servono molte cose.

— Il colonnello saprà esserti grato. Lui apprezza i favori.

— Lasciami passare un paio d'ore a letto, e mi metterò in moto. Non c'è nessuno che possa raggiungere, comunque. — S'interruppe. — Shepilov sa che sei in città?

— Non ancora, ne sono certa. Verrà a saperlo, comunque.

— Non tornare qui, allora. Dove sarai?

— In casa di Vania.

— È un buon posto. D'accordo. Vedrò quello che posso fare.

Si alzò, tirò su i pantaloni, tornò in camera da letto e chiuse la porta.

— Kyra? Per favore, non metterlo nei guai. Corre troppi

rischi. Oh, lui non li considera rischi! Lo so, ma sta sempre con quella gente, la gente del mercato nero, e tutti quelli che vivono ai margini della legge.

Lei scrollò le spalle. — Katerina, Ostap è fatto così. Lo sai. È un uomo di quello stampo. Quando lo hai sposato lo sapevi. Ha sempre vissuto di espedienti. Ci sguazza.

— Ma Shepilov? Lui è vendicativo, Kyra. Dovresti stare attenta anche tu.

La via era deserta, quando lei uscì, e si fermò un momento per guardare in giro. Era una giornata grigia e uggiosa, e la strada squallida non la faceva sembrare migliore. Il cammino fino alla casa di Vania era lungo, ma sapeva che era necessario. Evitò piazza Lenin e si mantenne nelle strade secondarie, sperando di non farsi notare.

Vania viveva in una viuzza, in una piccola casa di legno. Viveva in modo semplice, e non c'era situazione migliore, se voleva restare defilata. Vania era uno scrittore e lavorava a un libro sullo sviluppo della Siberia. In precedenza aveva scritto saggi sulla vita animale in Russia. Era un cugino che lei era andata spesso a trovare nella sua dacia vicino al Mar Nero, ma lui non si curava molto del lusso e preferiva le regioni selvagge e gli animali selvatici. Ora stava completando le ricerche per un libro sugli orsi, oltre all'opera molto più vasta sulla Siberia.

La salutò con sincero piacere. — Oh, è magnifico! Cominciavo a sentirmi solo, ed eccoti qua! — Chiuse la porta dietro di lei e l'aiutò a liberarsi del cappotto. — Che cosa ti porta a Magadan?

— Lavoro con il colonnello Zamatev.

— Capisco. — Vania sapeva tutto di Zamatev, lo aveva incontrato parecchie volte e sapeva che era un uomo in ascesa. Inoltre sapeva che erano sconsigliate le domande su quello che lui stava facendo o era sul punto di fare. — Puoi trattenerti per un po', spero?

— Alcuni giorni, credo, se puoi ospitarmi.

— Qui non c'è tanta folla come a Mosca. La maggior parte della gente che vive a Magadan ci è costretta. Vuoi un po' di tè? O preferisci la vodka?

— Tè. — Lei lo guardò oltre il tavolo. — Vania, tu vai spesso nella foresta?

— Sto scrivendo sugli orsi, ed è là che vivono. Sì, ho trascorso mesi nella foresta, ma per lo più molto più a ovest o a sud di qui. Alcuni boschi sono molto belli. Tutti sono molto selvaggi. Qua e là ci sono miniere, quasi tutte abbandonate in questa stagione, a meno che non ci lavorino i prigionieri.

— Hai sentito parlare dell'americano?

Lui si strinse nelle spalle. — Ben poco. Il tenente Suvarov è un vecchio amico. Viene qui ogni tanto, e so che il suo incarico è quello, in questo momento. Pare che non abbiano molta fortuna.

— Dobbiamo prenderlo. È molto importante per noi, e anche il compagno Shepilov è qui, e per la stessa ragione.

— Dev'essere importante, questo americano. Ma io credevo che lo avessero preso molto tempo fa. Dopo tutto, fa un freddo terribile nella taiga, e non riesco a immaginare come potrebbe sopravvivere.

— È un indiano, un pellerossa.

Vania rimase affascinato. — Non dirai sul serio? Un pellerossa americano in Siberia? La storia dice che vennero dall'Asia e passarono su una striscia di terra oltre lo Stretto di Bering fino in Alaska. Secondo questa ricostruzione, seguivano la selvaggina, senza sapere che stavano compiendo una migrazione.

— A quanto pare, è quello che sta cercando di fare lui, seguire la stessa strada.

— Fantastico! Dev'essere un uomo sorprendente, in primo luogo per essere riuscito a fuggire, e in secondo luogo per essere rimasto in vita così a lungo. Ma sei sicura che sia ancora vivo?

Mentre bevevano il tè, lei gli parlò dell'incidente dell'elicottero e dell'uomo del KGB trovato morto vicino Topka.

— Allora sta venendo da questa parte? — Vania si appoggiò allo schienale della poltrona. — Kyra, ti rendi conto di quello che sta tentando quest'uomo? Fuggire attraverso la foresta, in gran parte ancora inesplorata? Non vorrei essere nei suoi panni per niente al mondo, eppure lo invidio.

— *Lo invidi?* Sei pazzo, Vania?

— Che uomo dev'essere! Solo in quella foresta immensa! È armato che tu sappia?

— Pensiamo che usi arco e frecce. L'uomo trovato a bordo dell'auto era stato ucciso da una freccia.

"A quanto pare non ha bisogno di armi. Proprio ieri sera abbiamo scoperto che un altro soldato è rimasto ucciso, quest'ultimo sprofondando nel ghiaccio. Ma era una trappola."

— Raccontami.

— Il soldato credeva di seguire una pista oltre il fiume. La pista sembrava portare oltre un piccolo deposito di neve sul ghiaccio. Io non lo sapevo, ma il ghiaccio sotto uno strato di neve diventa molle.

— Nemmeno io lo sapevo. — Vania posò la tazza. — È un uomo sorprendente, questo tuo americano. Gli auguro buona fortuna.

— *Vania!* Come puoi dire una cosa simile? È un nemico del popolo russo.

Vania scrollò le spalle. — Un nemico del genere può fare poco danno. Stando a quel che sento, fareste meglio a lasciarlo stare. Se non morirà là fuori, non riuscirà mai ad attraversare lo Stretto. Anche per un uomo del genere, è impossibile. Quando stavo scrivendo il libro sui cacciatori warius ho fatto qualche esperienza con i radar. Traversare quello Stretto è... è impossibile!

29

Avanzava a fatica, incespicando sui piedi intorpiditi dal freddo. La neve era uno strato sottile sul terreno gelato e gli alberi erano radi, offrendo così solo una misera protezione dal vento. Ormai lasciava delle tracce, ma non poteva perdere tempo a cancellare la sua pista. Quello di cui aveva disperatamente bisogno ora, erano cibo e riparo.

Il freddo glaciale gli aveva offuscato la mente. Non riusciva a pensare con lucidità. Doveva fare piani, doveva essere elusivo. Doveva lasciare delle trappole per rallentare il loro cammino. Doveva spaventarli per indurli alla cautela.

Se solo avesse potuto sentire caldo! Almeno una volta ancora!

Sentì i lupi ringhiare e lottare prima di vederli. Avevano abbattuto un cervo e lo stavano dilaniando. Lui gridò e loro si voltarono a guardarlo. Tentò di disperderli, ma erano affamati anche loro. Erano in tre, grossi e per nulla intenzionati ad abbandonare la loro preda.

Lui gridò ancora e corse verso di loro. I lupi arretrarono, ringhiando. In qualsiasi altro momento sarebbero fuggiti, ma la carne scarseggiava nella taiga.

Lui incoccò una freccia con le dita gelate, impacciate. La lanciò verso il più grosso dei lupi, e l'animale distava non più di venticinque metri. La freccia lo colpì alla spalla e lui indietreggiò con un balzo, mordendola e ringhiando. Gli altri arretrarono un po' mentre Joe Mack si avvicinava. Ora aveva impugnato la pistola. Non voleva sprecare munizioni, ma questo era un momento in cui era disposto a correre il rischio di fare rumore e di perdere una cartuccia.

Il lupo che aveva colpito con la freccia ora stava morendo. Lui avanzò ancora di qualche passo. Non aveva mai sparato con questa pistola, ma era un tiratore abilissimo fin da ragazzo, quando tutti usavano il fucile, sulle montagne dov'era nato. Man mano che lui avanzava, loro indietreggiavano. Uno lo caricò in corsa, ma era soltanto un bluff. Quando continuò ad avanzare, arretrarono ancora.

Recuperò la freccia e poi tagliò la carne dal cervo appena ucciso, ritirandosi e tenendoli d'occhio, la carne in una mano, la pistola nell'altra.

Quando ebbe percorso due o tre chilometri nella foresta, trovò un posto al riparo di un gigantesco albero caduto. Trovati dei monconi di rami spezzati e un po' di corteccia spessa, li radunò sulla neve per formare la base del fuoco. Da un tronco caduto di traverso sull'albero più grande, strappò delle strisce pendenti di corteccia e le sbriciolò fra le mani. Dai tronchi degli alberi vicini staccò dei polloni secchi, piccoli rami che avevano cominciato a crescere dai tronchi e poi si erano seccati.

Usando l'arco a mo' di trapano, accese il fuoco, attizzandolo con cautela. Poi, con altri pezzi di legna sparsi nei pressi, alimentò la base del fuoco e, aggiungendo corteccia, ottenne una fiamma più grande. Era stato tentato di mangiare la carne cruda, ma spesso nella carne cruda c'erano dei parassiti che la cottura distruggeva, così arrostì la carne sul fuoco infilzandola negli stecchi.

Dopo aver mangiato, si alzò e raccolse rami spezzati per farne un riparo addossato all'albero. Era realizzato in modo frettoloso e goffo, ma per quella notte poteva andare. Indugiò per scaldarsi le mani sul fuoco e poi tenere le mani calde sulle orecchie e sul naso. Cercò di ricordare che mese era, ma non ci riuscì. I giorni si erano trasformati in settimane e le settimane in mesi. Alla primavera mancava almeno un mese, decise, e forse più.

Un po' di calore e un po' di cibo, e si sentì meglio. Un uomo ha bisogno di così poco, pensò, eppure comincia a volere tanto.

Mentre raccoglieva legna per il fuoco, guardò la catena montuosa di fronte. In questa zona di monti relativamente bassi, era più alta di quasi tutte le altre, e la parete di fronte a lui era molto ripida. Soprattutto, c'era della neve sulla cima, anzi molta, in effetti. Un labbro sporgente di neve pendeva dalla sommità, e il ripido pendio sottostante era ingombro di alberi caduti e macigni. Controllò la distanza e decise che in caso di valanga lui era oltre la sua portata, ma non di molto.

Innalzò uno schermo per riflettere il calore del fuoco verso il suo angolo, lontano dal vento. Poi si preparò un giaciglio di rami d'abete e raccolse altra legna. Sarebbe stata una notte gelida.

E gelida fu, nonostante il fuoco, gelida e pungente. Lui aggiunse altra legna e pensò a Natalia, così lontana ormai, e si augurò che stesse al caldo e al riparo dal vento.

Scosse la testa, sconcertato da se stesso e da lei. Non era stata pronunciata nessuna parola d'amore, non era stata fatta né chiesta nessuna promessa. Aveva detto soltanto che avrebbe cercato di tornare a prenderla, e lei non aveva mai chiesto perché. Era stata soltanto una sensazione fra loro, un'intesa, fin dall'inizio. Ora, vicino al fuoco, Joe Mack cercò di ricordare in quale momento era successo, e non riuscì a trovarne uno. Era stato semplicemente lì, un tacito riconoscimento di qualcosa che esisteva fra loro.

Lui non era mai stato innamorato e, a differenza di quasi tutti gli uomini, non aveva mai pensato di esserlo.

Qui la notte calava all'improvviso e durava a lungo. Ormai era buio, e i suoi occhi non riuscivano più a spingersi oltre la piccola nicchia, verso il punto in cui la montagna brulla attendeva con le sue labbra di neve. Raggomitolato contro la cavità formata dall'albero caduto, tentò di assorbire il calore del fuoco, ma a meno che non vi restasse quasi proteso sopra, ben poco calore arrivava fino a lui.

Rosicchiò un osso avanzato dal suo arrosto di cacciagione e sonnecchiò a intervalli. Era stanco, tanto stanco.

Il giorno, quando finalmente giunse, era freddo, un pallido chiarore di luce giallastra attraverso il grigiore. Non c'era il sole e nemmeno il calore, solo una maggiore visibilità. Un vento basso soffiava tra gli alberi radi, ululando fra le rocce e oltre le creste ghiacciate. Joe Mack rabbrividì e si sforzò di scaldare le dita nelle manopole. Sbirciò fra le rocce in direzione di un piccolo prato, cercando disperatamente di scorgere qualche animale da cacciare. Non vide niente.

Ascoltò, ma non sentì nessun rumore di uomini o di motori. Uscì dalle rocce e scese un lieve pendio, seguendo una direzione obliqua di sua scelta. Qui non c'erano tracce, nessun segno di presenza umana.

L'istinto, oltre che l'intelligenza, gli diceva che era in corso una ricerca massiccia, che ormai ogni passo doveva essere studiato con cura. Avevano trovato la sua pista, e degli uomini erano morti. I soldati che lo seguivano erano ancor più pronti a uccidere e gli altri, avvertiti che poteva essere in arrivo, non si sarebbero mostrati creduli.

Il terreno era aperto, ora, quindi cominciò a correre. Con un'andatura sciolta, fluida. La sua capacità di resistere era aumentata con la sopravvivenza. La carne gli aveva ridato l'antica forza, ma non correva rischi, posando i piedi sul terreno con precauzione, temendo il ghiaccio sulle rocce e il ghiaccio nero, presente ma invisibile. Corse per un'ora, zigzagando fra le rocce, seguendo tenui tracce di animali oltre piccoli ruscelli, e infine rientrando nella foresta.

Qui rallentò, mettendosi al passo, e si tolse di spalla l'arco. Aveva di nuovo bisogno di carne. Aveva sempre bisogno di carne. Gli era rimasto un po' di tè, o qualunque cosa fosse, preso al giovane ingegnere. Quella sera, rannicchiato su un misero fuoco, costrinse il suo cervello gelato a riflettere.

Che cosa avrebbero fatto, ora? Avevano un'idea di dove stava andando, e sapevano come si muoveva, immaginavano quello che era pronto a fare. Avrebbero cercato di aspettarlo al varco al nord. Poteva attendersi una ricerca più accurata. Sarebbero stati di guardia lungo il Kolyma. Al di là c'erano i Monti Cherski.

Baronas aveva parlato molto di quelle montagne, che non aveva mai visto ma di cui sapeva molto. Prendevano il nome da un lituano che era stato esiliato in Siberia dopo l'insurrezione polacca del 1863. Cherski aveva fatto uno studio della regione e più tardi era stato inviato di nuovo laggiù dall'Accademia delle Scienze per continuare i suoi studi. Baronas aveva letto i suoi libri e aveva parlato con alcuni uomini più giovani che avevano lavorato con lui. Cherski era morto nel 1892 in un punto imprecisato della regione del fiume Kolyma.

Una delle cose che gli aveva detto Baronas era che esistevano grandi gole rocciose nella zona dei Cherski in cui scorrevano i fiumi Indigirka e Kolyma, gole rocciose che si diceva fossero profonde più di mille e ottocento metri.

E se si fosse rifugiato fra quelle gole? Se si fosse nascosto in una di esse fino al termine della caccia? Fino a che lo avessero dato per morto? O almeno avessero rinunciato?

Non Zamatev, non Alekhin.

Sarebbero venuti a prenderlo là o in qualsiasi altro posto, in un modo o nell'altro lo avrebbero trovato.

Dentro di sé, sapeva che un giorno lo avrebbero trovato, e che sarebbero stati loro. Avrebbero dovuto affrontarlo, in qualche luogo laggiù, nel cuore della natura selvaggia, da uomo a uomo.

Stava sognando. Loro avevano eserciti. Non contavano solo su se stessi. Potevano coprire chilometri con l'elicottero, studiando ogni tratto di terreno, cercando tracce. Prima o poi lo avrebbero sorpreso allo scoperto. Lo avrebbero braccato come un cane.

Finora era sopravvissuto, all'inizio perché non credevano che potesse farlo e poi perché era un uomo solo, nell'immenso deserto della Siberia.

Ora doveva fare una scelta. Proseguire significava finire in una trappola. Ormai avevano un'idea generale di dove si trovava e di quello che intendeva fare, quindi doveva confonderli, fare qualcosa che li mettesse fuori strada.

I canyon rocciosi potevano essere la soluzione, perché si trovavano a nord-ovest. Sarebbe stato un cambiamento di direzione.

Oppure Magadan...

Magadan, una città sul mare, e non troppo distante. Scosse la testa. Sarebbe stato idiota. Là si sarebbe esposto. Cioè non avrebbe saputo nessuna delle piccole cose che gli abitanti sapevano, le semplici cose della vita quotidiana. Avrebbe commeso degli errori e si sarebbe tradito.

Anche solo avvicinarsi a Magadan lo avrebbe portato in zone più popolate, dove doveva sostenere l'esame di più persone, e persone inclini a sospettare che lui era nei dintorni. Anche con la camicia nuova e il vestito che aveva riposto con cura, sarebbe stato in pericolo.

Accovacciato su un pendio, con le guance paralizzate dal freddo, studiò i pini radi sulla catena montuosa vicina, e la valle poco profonda che lo separava da quella. La morte era là, tutt'intorno, la morte portata dagli uomini, sì, e la morte causata dal freddo. Se fosse scivolato e si fosse spezzato una gamba, sarebbe morto assiderato nel giro di pochi minuti.

Il freddo glaciale era in agguato, in attesa del minimo passo falso per uccidere. Lo stavano cercando, tentando di trovarlo, e lui doveva sfruttare la terra, rivolgerla contro di loro.

Era nel paese dei tungus, il popolo delle renne. Eppure

non ne aveva ancora visto nessuno. Poteva imbattersi in loro da un momento all'altro.

Si spostò verso i pini, guardando di nuovo oltre la valle, verso le brulle catene montuose, i battaglioni ammassati degli altri pini, dove potevano essere in attesa oscurità e riparo oppure nemici che volevano ucciderlo o menomarlo. La neve scricchiolava sotto i suoi mocassini, e lui uscì dal bosco di pini e scese dalla collina verso il freddo glaciale della valle. Si levò il vento, e lui sentì il suo morso gelido unirsi a quello del freddo.

Muoveva ogni passo con cautela, non fidandosi di niente. Alla sua sinistra, l'estremità della valle a forma di conca s'innalzava, a destra si riversava in un'altra valle più lunga. Niente si muoveva nel suo raggio visivo, e lui attraversò la conca, cominciò a salire lungo la cresta montuosa e all'improvviso si fermò, bloccato da un crepaccio, una profonda frattura del fondo roccioso che si spingeva in basso fino a profondità inimmaginabili. Un piede messo in fallo qui...

Un passo lungo permetteva di superare l'abisso. Sul lato opposto c'era una crosta di neve, neve che aderiva alla roccia. Lui fece quel passo, poi si voltò e col suo coltello smosse una pietra o due sotto la crosta di neve. Quando proseguì, aveva lasciato dietro di sé una trappola mortale per chiunque seguisse la sua pista.

Un uomo alto poteva cercare di scavalcarlo, un uomo basso avrebbe fatto un breve salto. Bene, gli stavano dando la caccia; ne pagassero il prezzo.

Magro come un lupo di montagna, il viso scavato dal freddo e dallo sfinimento, risalì il pendio ghiacciato, attratto dal riparo offerto dai pini. Cercò un posto per ripararsi, mentre il cielo in alto era percorso da verdi e gialli arcani delle luci boreali. Calpestò la neve scricchiolante, cercando con gli occhi un posto, non trovando niente. I tronchi dei pini erano neri contro il candore della neve. Il vento ululava fra gli alberi, che piegavano le cime al vento. Si rannicchiò contro il tronco di un albero, scrutando il terreno davanti a sé. I suoi occhi osservavano tutto: i varchi silenziosi fra i pini, il manto di neve sospeso per metà, trattenuto da un solo ramo sottile. Ben presto sarebbe caduto e avrebbe ingombrato il sentiero.

Passò un istante prima che si rendesse conto di quello che vedeva. Oltre il margine del bosco si stendeva una lunga valle, e sul suo pendio, sparsi in una linea irregolare, avanzavano dei soldati.

Non dieci, non venti, ma almeno cento, sparsi su una vasta zona, e diretti verso di lui, a venti o trenta metri l'uno dall'altro, ciascuno armato di un fucile pronto a sparare.

Per un attimo non si mosse, ma rimase immobile, osservando la loro avanzata. Era lenta, cauta, ma copriva un vasto fronte. Dietro di loro, a cento metri almeno l'uno dall'altro, venivano due ufficiali.

C'era quella strana mezza luce che spesso si creava a certe latitudini. Affascinato, li guardò arrivare; poi, alzandosi, svanì nella foresta alle sue spalle, attento a mettere i piedi nei punti in cui la neve era stata spazzata via dal terreno gelato. Ora aveva bisogno di un nascondiglio o di un espediente per sfuggire loro. Lanciò un'occhiata indietro. Più in alto, nella valle, un'altra linea di combattimento stava emergendo dagli alberi. Stavano rastrellando con metodo la zona, e lui si trovava proprio sul loro cammino.

Si ritirò lentamente nella foresta, guardandosi attorno con attenzione.

Niente. Nessun posto per nascondersi, solo i tronchi scuri e sottili degli alberi, con un tronco più grosso e vecchio ogni tanto. Salire su uno di essi? I rami erano troppo distanti, troppo radi. Seppellirsi nella neve? Nella maggior parte dei punti lo strato di neve era troppo sottile per consentirlo.

Osservò l'avanzata dei soldati, ancora a una certa distanza. Alcuni sembravano guardarsi attorno con zelo, altri marciavano semplicemente in avanti, con gli occhi fissi davanti a sé.

Joe Mack si voltò e corse, rapido e silenzioso, saltando il crepaccio quando lo raggiunse. All'improvviso ricordava qualcosa che aveva visto, una tenue speranza!

Sfrecciando nei boschi, guardò a destra e a sinistra. Il folto di grossi alberi vecchi! Corse in mezzo a loro, evitando le chiazze di neve. Quello che ricordava era lì, un vecchio tronco enorme colpito dal fulmine, con la cima caduta da tempo. Strisciò nella cavità e poi si arrampicò su una sporgenza e si protese in alto, cercando una presa per le mani. Era buio pesto, e a una certa altezza sopra di lui c'era un circoletto di cielo illuminato. Trovò un appoggio, lo saggiò e si issò in alto; poi appoggiò la schiena da una parte e spinse un piede e un ginocchio contro l'altro e cominciò a salire palmo a palmo. Molte volte, nelle scalate, era risalito in questo modo lungo cammini di roccia. Ora, spingendosi sempre più su, raggiunse un punto oltre il quale non poteva più salire. Cercò a tentoni una presa intorno a sé, ne trovò una e si tenne saldo.

Per quanto tempo poteva restare così? La sua posizione era relativamente sicura, per il momento. Si trovava a circa dieci metri da terra, calcolò, ma potevano essere anche di più.

Nessun rumore. Stavano arrivando? All'improvviso sentì un urlo selvaggio di paura e il rumore di una caduta a precipizio, a una certa distanza. Poi, nell'aria silenziosa e fredda una serie di ordini, grida irose e avvertimenti.

Qualcuno era caduto nella sua trappola.

Restò in attesa, trovando un appoggio migliore per il piede.

Per favore, sussurrò, che vengano presto! Sorprendentemente, faceva più caldo qui, al riparo del vento.

Ora li sentiva. Stavano attraversando la foresta, almeno alcuni. Udì un ordine secco, poi uno scricchiolio di piedi. Qualcuno stava guardando nell'albero cavo!

C'era qualcuno proprio sotto di lui. Trattenne il fiato e pregò che nessuno frammento di legno marcio cadesse nella cavità sottostante.

Sentì un grugnito e poi una risposta negativa, come se qualcuno dicesse che lì non c'era niente.

Ora avrebbero proseguito. Lui sarebbe potuto scendere dalla sua posizione precaria e fuggire.

A un tratto giunse un ordine brusco e poi un rumore di legno spezzato. Un altro suono simile. Stavano accendendo un fuoco! Stavano per accamparsi!

Per un attimo si sentì soffocare dall'orrore. Non poteva restare dov'era. Non poteva resistere ancora a lungo rattrappito in quella posizione. Doveva scendere, doveva muoversi, o sarebbe morto assiderato.

Poteva sentirli parlare fra loro; poi si sentì ancora spaccare legna e infine il crepitio di un fuoco.

Pian piano, con cautela, Joe Mack cominciò a calarsi all'interno dell'albero.

30

Quando posò i piedi a terra, cominciò a tendere tutti i muscoli, flettendoli, mettendoli in azione per far circolare di nuovo il sangue. Lavorò su di essi, fascio per fascio, ascoltando nel frattempo i movimenti nel campo. A giudicare dai suoni, erano tutt'intorno a lui.

Poteva sentirli raccogliere legna per i loro fuochi, imprecare sottovoce e qualcuno lamentarsi della perdita di un compagno. Qualcun altro parlò in toni minacciosi dell'americano: — Aspettate che lo prendiamo — diceva. — Gli spezzerò tutte le ossa.

Non osava battere i piedi sul terreno per tenerli caldi. Non osava fare nessun movimento che si potesse sentire. Doveva restare assolutamente immobile, almeno finché non si fossero sdraiati per dormire, poi avrebbe potuto tentare la fuga.

Si appoggiò alla parete interna dell'albero. Nel punto in cui si trovava era larga in tutto un metro e venti, e il foro da cui era sgusciato dentro era vicino al suolo, con un'apertura non più alta di novanta centimetri. Un brutto posto per uscire senza strofinare contro i lati e farsi sentire.

Era in trappola.

Era stanco, tanto stanco. Gli occhi gli si chiusero, poi si riaprirono. Una parte del calore del fuoco arrivava fino a lui, appena un po', eppure lui riusciva ad avvertirlo, nel freddo penetrante. Sentì qualcuno gettare legna sul fuoco.

Uno rimpiangeva di non essere a Khab; un altro ricordava una ragazza di Irkutsk.

Joe Mack mosse le dita dei piedi, dentro i mocassini. Doveva trovare dell'altra erba da metterci dentro. Tese i muscoli più volte.

Aveva freddo, freddo!

La conversazione cominciava a languire. Stavano mangiando, e alcuni s'infilavano già nei sacchi a pelo per la notte.

Quante sentinelle avrebbero lasciato? Certamente una o più. E dove sarebbero state disposte? Sarebbe riuscito a strisciare fuori dal tronco cavo senza sfregare contro i lati? Nel silenzio profondo della notte, un rumore simile si sarebbe sentito facilmente e sarebbe stato riconosciuto all'istante come un suono estraneo alla foresta.

Udì nuovamente la voce dell'ufficiale, che evidentemente designava le sentinelle, e poi passi che si allontanavano, legna gettata sul fuoco, un crepitio più intenso di fiamme. Dall'apertura riusciva a scorgere la luce tremolante.

Quanto tempo mancava, ora? Quanto tempo, prima che la sentinella fosse intontita dal freddo e dal sonno? Quanto tempo, prima che succedesse anche a lui?

Continuò a tendere i muscoli, pazientemente. Era stanco,

ma così stanco! Voleva dormire anche lui, riposare in qualsiasi modo.

Qualunque cosa accadesse, sarebbero passate ore prima che potesse dormire. Cercò a tentoni il coltello, la pistola, da usare solo in caso di assoluta necessità.

S'inginocchiò e sbirciò fuori. Tutto quello che riuscì a vedere fu la luce del fuoco che tremolava sul tronco dell'albero di fronte.

Attese. Ormai non si sentiva altro rumore che quello del fuoco. Se avesse cominciato a spegnersi, la sentinella avrebbe messo dell'altra legna.

Ne aveva una pila vicino?

Joe Mack attese. Si stirò di nuovo per ridare vita ai muscoli, poi s'inginocchiò ancora, e stavolta sporse la testa abbastanza per vedere.

Erano distesi non lontano da lui, con due fuochi accesi, per quanto poteva vedere, e una sentinella seduta proprio di fronte a lui. Così era meglio. Lui era più preoccupato per la vista periferica. Aveva la testa nell'ombra fitta e poteva sorvegliare la sentinella. L'uomo era insonnolito, e di tanto in tanto gli si chiudevano gli occhi.

Era un giovanotto dall'aria solida e forte. I suoi occhi si chiusero ancora, stavolta un secondo più a lungo. Accorgendosi di cedere al sonno, la sentinella si alzò e cominciò a muoversi, alimentando il fuoco. Rimase in piedi, voltando le spalle a Joe Mack, lo sguardo fisso sulle fiamme.

Doveva tentare adesso? Aspettò, non sapendo se sarebbe riuscito a muoversi abbastanza in fretta e senza farsi sentire. Infine la sentinella tornò a sedersi.

L'uomo si stropicciò gli occhi, ridacchiò di qualche idea passeggera, e poi si appoggiò al tronco di un albero, sorridendo alle fiamme.

"Spero che sia un pensiero piacevole, maledetto", si disse Joe Mack. "Ora addormentati, per amor di Dio!"

Sembrò che passasse molto tempo prima che gli occhi della sentinella si chiudessero di nuovo. Era un buon soldato, questo, pensò Joe Mack. Poteva sonnecchiare un po', ma per non più di un minuto a due.

La testa della sentinella si abbassò sul petto, e con un lievissimo fruscio Joe Mack uscì dalla cavità dell'albero e si alzò in piedi. Girò subito intorno all'albero, mettendolo fra sé e la sentinella.

Si trovò davanti altri corpi stesi nei sacchi a pelo e un

altro fuoco, questo a una certa distanza. C'era anche lì una sentinella. L'uomo era in piedi e fissava le fiamme.

Questo era un errore che commettevano in molti. Fissare le fiamme annulla la visione notturna in quell'attimo importante in cui l'occhio si deve adattare all'oscurità, distogliendo in fretta lo sguardo dal fuoco verso un nemico. Una buona sentinella dovrebbe sedersi con le spalle rivolte al fuoco, senza mai guardare le fiamme. Eppure era una tentazione e una reazione molto naturale. Una tentazione che poteva costare la vita di un uomo.

A Joe Mack lo aveva insegnato un vecchio sioux che era suo zio. Il vecchio gli aveva insegnato molte cose; dentro di sé era ancora un guerriero, irriducibile come Joe Makatozi.

Si spostò immediatamente, rapidamente, verso un altro albero, fondendo la sua ombra con quella del tronco.

La sentinella si diresse verso l'oscurità per alimentare il fuoco, e Joe si spostò ancora, allontanandosi. L'uomo tornò indietro, aggiungendo dei rametti al fuoco, tutto concentrato nel suo compito, e Joe Mack scivolò fra gli alberi e sparì.

Come un fantasma, s'immerse nella foresta, allontanandosi, scendendo un pendio fra gli alberi, ancora una volta libero, ma per quanto?

Era stato fortunato, finora, molto fortunato. Una fortuna simile non poteva durare. Doveva trovare un modo per sfuggire a questa ricerca, un posto per nascondersi.

Alcuni dei soldati erano reclute, giovani che provenivano dalle città e dai paesi della Russia. Non sarebbe stato così ancora per molto. Presto avrebbe incontrato qualcuno che veniva dalla foresta, dalla Siberia o dagli Urali o da qualche altro posto selvaggio. Si allontanò nell'oscurità, diretto a ovest, correndo ad andatura sostenuta lungo una parvenza di pista.

Fuggì a ovest e a nord, tenendosi al riparo degli alberi quando era possibile, usando i sentieri solo per brevi periodi e con prudenza. Braccato come un animale selvaggio, era diventato elusivo come uno di loro. Doveva diventare, si disse, come il leone di montagna. In tutti i suoi anni sulle montagne, gli unici leoni che aveva visto erano stati spinti sugli alberi dai cani. Erano là; aveva visto i loro escrementi e le loro tracce, di tanto in tanto una delle loro prede. I grandi felini stessi s'intravedevano solo di rado. Se potevano farlo loro, ci sarebbe riuscito anche lui.

Il distaccamento di truppe a cui era sfuggito di stretta misura non poteva essere l'unico. Da un momento all'altro poteva incontrarne altri. Da ogni cresta montuosa e collina studiava il terreno che aveva davanti a sé, stando sempre disteso a terra o accovacciato al riparo, in modo che il suo corpo si mimetizzasse con l'ambiente. Soltanto quando era sicuro che non lo attendevano sorprese, avanzava.

L'uso delle trapole lo aveva reso diffidente nei loro confronti, perche Alekhin doveva essere nei dintorni, e lui s'intendeva di certi trucchi. Aggrottando la fronte, accovacciato alla base di un albero, rifletté su questa idea.

Dov'era Alekhin? Certo non doveva starsene in ozio. Era in gioco la sua fama di cacciatore di uomini.

Fiutando il fumo di un bivacco davanti a sé, si addentrò ancor più nel bosco, aggirandolo con un'ampia curva. Raggiunta una cresta montuosa coperta da radi pini, si voltò a guardare giù nella valle del fumo e vide un gruppetto di uomini intorno a due fuochi.

Soldati!

Si dileguò nei boschi più fitti e procedette ancora verso ovest prima di deviare a nord. Davanti a sé avrebbe trovato i Monti Cherski e avrebbe fatto perdere le sue tracce in una gola di cui aveva sentito parlare.

Il tenente Savarov sedeva vicino al fuoco studiando una mappa stesa sulle ginocchia. In qualità di portavoce del colonnello Zamatev, aveva a che fare con ufficiali di grado superiore al suo, tentando di guidarli in una ricerca eseguita come avrebbe voluto Zamatev. Era un giovane pieno di tatto, e finora c'era riuscito, anche se c'era almeno un ufficiale, fra quelli con cui aveva a che fare, che era seccato per l'abuso di autorità di Zamatev.

Il colonnello Nikolai Rukovski era un ufficiale di indiscussa abilità. Aveva anche buone aderenze e grandi ambizioni. Le sue truppe erano fra le meglio addestrate dell'esercito russo, e lui si sforzava costantemente di migliorarle sotto tutti gli aspetti. Di conseguenza aveva accolto con piacere l'occasione di portare in campo i suoi uomini per qualcosa di più di un'esercitazione.

«Può dire al colonnello Zamatev che se è nella zona che indica, lo prenderemo.»

Lasciando il fiume Kolyma sotto buona sorveglianza, aveva formato una linea di mille uomini, a intervalli di trenta chilometri, per eseguire una perlustrazione della foresta, dell'acquitrino e delle depressioni a sud del fiume.

«Signore» aveva suggerito Savarov «io penso che l'intervallo sia troppo grande. Quell'uomo è come un'ombra. Potrebbe filtrare oltre le linee.»

«Sciocchezze! Non con i miei uomini. Lo prenderanno.»

«È molto sfuggente, signore.»

Studiando la carta, Suvarov meditò sul problema. Erano in marcia ormai da tre giorni, e avevano percorso più di cinquanta chilometri senza vedere niente.

A causa del terreno, la fila di soldati si trovava notevolmente più a sud all'estremità orientale e qua e là, a dispetto di tutti gli sforzi degli ufficiali, l'intervallo di trenta metri si era rivelato impossibile da rispettare. Malgrado ciò, Suvarov doveva ammettere che il rastrellamento era stato accurato. Eppure non si era vista traccia dell'uomo che cercavano.

Un cacciatore udehe che era fra i soldati si era avvicinato a Suvarov. — Vedo delle tracce — annunciò.

Suvarov alzò la testa spazientito, poi, riconoscendo l'uomo, domandò: — Puoi mostrarmele?

L'udehe era un abile cercatore di tracce. Indicò qualcosa sul terreno, che Suvarov non riuscì a vedere, e poi lo guidò in alto su un lungo pendio, fra gli alberi.

Li fermò il suono di un motore. Era il colonnello Rukovski. — Che cosa c'è, tenente?

— Quest'uomo ha trovato delle tracce. È molto esperto. Dice che il nostro uomo è passato proprio di qui ieri notte.

— È impossibile — ribatté Rukovski. — I nostri uomini erano accampati proprio lassù, disposti lungo tutta la catena montuosa.

L'udehe aveva proseguito. Certe discussioni non avevano senso per lui. Trovò la curva di un tallone ai margini di un tratto innevato. La mostrò a Suvarov. — *Unty* — disse — una scarpa fatta di pelle. È salito lassù. — Puntò il dito in alto verso il luogo dell'accampamento.

Scendendo dalla macchina Rukovski li seguì, osservando. Era affascinato. Per quasi tutta la sua esistenza aveva vissuto su un asse che univa Mosca, Kiev e la Crimea. Ora restò in silenzio, osservando l'udehe con interesse.

Giunto all'albero cavo, l'udehe si fermò. Chinandosi, sbirciò nell'apertura e poi scomparve all'interno. Una parte del legno marcio all'interno del tronco si era staccata ed era finita sul terreno dentro la cavità. Rukovski lo raggiunse.

— È stato qui — disse l'udehe, mostrando i punti in cui il legno era stato sfiorato o spezzato. — È salito lassù mentre lo cercavano.

Rukovski imprecò e, rivolgendosi a Suvarov, disse: — Lei aveva ragione, tenente. Quest'uomo è sfuggente.

Uscì carponi dall'apertura e raddrizzandosi si scrollò di dosso frammenti di corteccia e di legno. — Ci è sgusciato fra le mani, eh? La vedremo.

Lanciò un'occhiata all'udehe. — Quello là è in gamba. Lo tenga a portata di mano. Avremo bisogno di lui.

Si batté i guanti sulla coscia. — Il problema è, dove è andato? Dov'è adesso?

— Il colonnello Zamatev è propenso a credere che il fuggiasco stia tentando di ripercorrere l'antica rotta che forse il suo popolo seguì quando migrò oltre lo Stretto di Bering in Alaska. Questo vorrebbe dire che punta in direzione nord-est.

— Proprio così. — Rukovski batté di nuovo sulla gamba. — Ma a nord-est di qui c'è il Kolyma. Un fiume difficile da attraversare e ben sorvegliato. Lei dice che l'uomo era un maggiore dell'aviazione militare americana. Quindi sarà intelligente, oltre che buon conoscitore della foresta. Io immagino che sia andato a ovest.

— A ovest, signore?

— A ovest, certamente. Il Kolyma è ben sorvegliato. Se va ancora verso est, restringe la sua area di movimento. Lei dice che è un uomo abituato alla natura selvaggia. Benissimo allora andrà a ovest. Cercherà di far perdere le sue tracce sulle montagne.

— Pensa che conosca così bene il nostro paese?

— Dobbiamo supporre di sì. Un consiglio, tenente, non sottovaluti il nemico!

— Dovrò comunicare con il colonnello Zamatev.

— Senza dubbio! — convenne Rukovski. — Gli dica che sono disposto a collaborare in pieno. Quell'uomo mi interessa, e vorrei essere presente alla sua cattura.

Suvarov esitò, poi suggerì in tono incerto: — Ci sono anche altri in campo, signore. Lo vuole anche il compagno Shepilov, lo vuole per primo.

— Shepilov? — Il viso di Rukovski rimase mite. — Naturalmente! Ma il colonnello Zamatev è del GRU, non è vero? Ho la massima ammirazione per il compagno Shepilov e gli auguro il successo, ma noi militari dobbiamo collaborare fra noi, non è vero?

Rukovski guardò in direzione del soldato; l'udehe stava aspettando. — Incarichiamo quell'uomo di cercare la pista, Suvarov. Mi sembra abile nel trovare tracce.

— Sissignore. È in lizza anche il compagno Alekhin, signore.

— Alekhin? E dov'è?

— Non lo sa nessuno tranne Alekhin e forse il colonnello Zamatev. Fa rapporto soltanto a lui, ma so che è molto ansioso di essere lì a prendere l'americano. C'è qualcosa di personale fra loro.

— Come può essere?

Suvarov accennò al breve incontro fra i due, poco dopo la prima cattura dell'americano.

Tornato verso la macchina, Rukovski tirò fuori le sue carte. — Suvarov? Richiamiamo i nostri uomini e trasportiamoli a ovest. Stabiliamo la base a Oimiakon. — Ripiegò la carta. — Copre lunghe distanze, l'americano. Come fa?

— È un indiano. Alcuni di loro sono grandi corridori, si dice. Quest'uomo è stato un atleta.

— Venga tenente, muoviamoci. — Si girò a guardare Suvarov. — Facciamola diventare un'operazione militare, tenente. Ho sorvolato quelle montagne e le conosco un po'. Lo prenderemo noi.

— Il colonnello Zamatev apprezzerà la sua collaborazione.

— L'avrà. Quest'americano m'incuriosisce. Mi piacerebbe prenderlo. — S'interruppe, facendo posto a Suvarov per farlo salire in macchina. — Shepilov, eh? Un uomo molto capace, tenente, ma mai troppo amichevole verso l'esercito. Proprio mai.

Su uno spuntone di roccia, sotto un basso abete sfrangiato dal vento, Joe Mack si accovacciò sui talloni guardando giù nella valle. Da quella distanza riuscì a vedere ben poco, soltanto che i soldati venivano richiamati. Aveva visto la macchina, l'aveva addirittura sentita nell'aria fredda.

Un ufficiale, probabilmente un comandante che ritirava i suoi uomini dal campo.

Perché?

Era sfuggito loro. Avevano scoperto come? I russi erano buoni giocatori di scacchi e ora contemplavano un'altra mossa. Doveva esserci una ragione per abbandonare di colpo il campo. Non avrebbero rinunciato alla caccia, quindi stavano solo cambiando direzione. Avevano intuito quello che stava tentando?

Quando sarebbe arrivato là dove stava andando, sarebbero stati lì ad aspettarlo?

31

Ora i venti soffiavano gelidi, folate glaciali provenienti dal Circolo Polare Artico. Nella casetta sopra la Baia di Plastun, Stephan Baronas passava molto del suo tempo a cercare legna nella foresta. Qui, lungo il Mare del Giappone, a volte la neve cadeva fino a raggiungere qualche metro di altezza.

Rientrò battendo i piedi sul pavimento. — Fa freddo — disse, avvicinandosi al fuoco. — Se dura ancora un giorno, dovrò andare in paese per i viveri.

— Andrò io.

— La neve è alta, Talia.

— Sono forte, e molto più giovane di te. — Si sedette sul gradino del focolare. — Mi chiedo dove sarà.

Baronas scosse la testa. — È la fuori, è tutto quel che sappiamo, a parte il fatto che non l'hanno catturato, a quanto pare. Come sai, le voci corrono in fretta. Qualcuno bisbiglia qualcosa e la notizia passa da una persona all'altra. Il guaio è che quando arriva a noi può essere cambiata di molto.

— Che cosa hai sentito dire?

— È stato poco prima che cominciasse la tempesta. Io ero sulla spiaggia a cercare legna portata a riva dalla marea. C'era un pescatore che conosco, appena tornato da Magadan dove aveva venduto la sua pesca. Corre voce che stiano organizzando una ricerca con i cacciatori, e i cercatori di tracce, uomini che conoscono il paese.

— Padre? Dobbiamo aspettare?

— Aspettare? Vuoi dire quello che può fare Bocharev? Dobbiamo. Che cos'altro possa fare non lo so, ma certamente più di chiunque altro. Chi si cura di noi? Lui s'interessa per via del figlio. Quel sentimento può svanire, e potrebbe essere impossibile perfino per lui.

— Non possiamo almeno tentare? Quell'altro uomo? Il commerciante di pellicce? Tu sospettavi che potesse prendere accordi per passare oltre la frontiera. Potrebbe portarci con lui.

Baronas scosse la testa. — Zhikarev è un brav'uomo, ma non ci deve niente. Inoltre, avrà già abbastanza problemi per cercare di organizzare la fuga per sé. La mia impressione era che si aspettasse di fuggire subito e che qualcosa sia andato storto.

— Il confine non è lontano, e io ho paura.

— Tu? Non hai mai avuto paura, Talia.

— Potrebbero cercare di usare me per catturarlo. — I suoi occhi erano dilatati dall'ansia e dalla paura. — Mi è venuto in mente di notte. Faranno qualunque cosa pur di prenderlo.

— Ma come potrebbero saperlo? Se ci arrestassero ora, potrebbero fargli arrivare la notizia? È impossibile. Ti preoccupi inutilmente.

— Per quanto tempo ancora potremo restare qui? Quando verrà la primavera, non potremo più tenere la casa.

Lui ci aveva già pensato e aveva respinto quel pensiero. Questa casa, benché piccola e isolata, era comoda e calda. Era un rifugio, un nascondiglio da tutto ciò che si affollava all'esterno. Per quanto poco fosse, lui detestava rinunciare a questi giorni di pace. La casa era accogliente, la vista splendida, e non c'erano passanti pronti ad avvertire le autorità.

Lo spaventava l'idea di un'altra marcia attraverso il paese e il problema di difendere la figlia. Finora c'era riuscito, ma c'erano bande di giovani teppisti, *huligan* li chiamava la legge, e lui non era un combattente. Fra poco avrebbe compiuto settant'anni e con l'età era diventato più fragile, anche se da quando era venuto a vivere nella taiga la sua salute era migliorata e si sentiva più forte. Il clima del nord non consentiva a molti germi di sopravvivere, e l'aria era migliore. Erano lontani dalle fabbriche e dagli effetti delle ciminiere e delle linee elettriche.

— Dobbiamo pensarci, Talia. Sono d'accordo che dobbiamo avere un piano alternativo se Bocharev ci dimentica o non può far niente. Sono d'accordo che dobbiamo andarcene, perché è soltanto questione di tempo prima che ci piombino di nuovo addosso.

"Ora siamo liberi soltanto perché sono occupati in altre faccende. Hanno pesci più grossi da friggere, come si dice. Se ci vogliono, ci avranno.

"Penso che dovremo fare i nostri piani ora; quando questa neve si scioglierà potremo muoverci."

Per andare dove? Si poneva spesso questa domanda. Il punto più vicino sul confine con la Cina era oltre Voroshilov. Lui non conosceva le città, ma doveva tirare fuori le sue carte e studiarle. Iman poteva essere preferibile, anche se più lontana. Forse c'erano meno persone in giro.

Indossò il pastrano pesante e uscì di nuovo per raccogliere legna. Era una lotta incessante contro il freddo. Se fosse venuto qui prima, avrebbe fatto provvista di legna per l'inverno, ma non ne aveva avuto la possibilità.

Si addentrò fra gli enormi alberi di un bosco dietro la capanna. C'era silenzio, lassù, come se camminasse in una immensa cattedrale o nel tempio di Luxor, di cui aveva visto delle fotografie. Era un buon posto per pensare.

Natalia aveva ragione, naturalmente. Non dovevano perdere tempo. Lui non aveva idea di come superare la frontiera. Tutto quello che potevano fare era avvicinarsi e studiare le alternative. Conoscendo la scrupolosità del KGB, la sua unica meraviglia era che non li avessero già prelevati per interrogarli.

La loro stessa presenza sulla costa era sufficiente a destare il sospetto.

Pensieroso, cominciò a riesaminare tutto ciò che avevano appreso dai giovani soldati durante le loro visite. Avevano parlato molto dei confini e dei loro doveri, in parte per impressionare Natalia e lui con l'importanza del loro compito. Questo se lo aspettava da parte di giovani e le loro esperienze erano state interessanti oltre che istruttive. Anche se c'erano punti in cui le truppe dei due paesi si fronteggiavano con aperta ostilità, ne esistevano altri dove avvenivano scambi di cibo e commerci di abbigliamento. In una località del genere poteva crearsi una tolleranza assente altrove.

Mentre raccoglieva legna per caricare la rozza slitta che aveva costruito, tentò di riflettere a tutti gli aspetti della fuga.

Andarsene di qui, naturalmente, significava abbandonare ogni aiuto da parte di Bocharev, quindi tutto quello che poteva fare era sperare che se questo aiuto doveva arrivare, giungesse prima che loro fuggissero da qui. E il tempo era terribilmente breve.

Significava superare i Monti Sikhote Alin, bassi ma temibili. C'erano fitte foreste e tigri mangiatrici di uomini, da tempo temute dai cinesi che vivevano lungo l'Amur.

In quelle foreste, ora come un tempo, c'erano anche briganti, uomini crudeli che rapinavano, violentavano e terrorizzavano viandanti e villaggi vicini.

Eppure, se volevano fuggire, bisognava farlo, e forse sarebbe stato possibile assicurarsi mezzi di trasporto. Stephan Baronas stava cominciando a imparare che c'erano molti mezzi per sopravvivere e che esisteva un modo clandestino di cui era sempre stato all'oscuro, un sottobosco in cui rifugiati, criminali e altri si mescolavano, si aiutavano e si derubavano l'un l'altro, e si muovevano oltre i confini all'insaputa dell'autorità.

La natura umana è tale che nascono amicizie anche fra

coloro i cui interessi ufficiali sono opposti, e in quest'epoca di comunicazioni istantanee un'intesa di questo genere poteva anche evitare uno scontro che sarebbe potuto degenerare in guerra. La fiducia spesso si basa su poco più che la propria valutazione personale di un uomo.

Baronas riempì la sua slitta di legna da ardere e la trascinò nella neve fino alla capanna. Quando arrivò aveva capito che doveva prepararsi, scegliere parecchie vie di fuga possibili e tenerle pronte.

Nel villaggio poteva stabilire dei contatti con un camionista che li avrebbe portati a destinazione, o almeno nelle vicinanze. Inoltre avrebbe preso esempio da Joe Mack e avrebbe cercato una pista che conducesse oltre le montagne, verso la frontiera.

La difficoltà era che dovevano aspettare fino all'ultimo minuto quello che avrebbe potuto fare Bocharev, mentre in questo stesso istante il loro mandato d'arresto poteva trovarsi su qualche scrivania in attesa soltanto di essere eseguito.

Per fortuna, non avevano niente da portare con sé, a parte i vestiti e i cibi che possedevano. Stephan Baronas cominciava a imparare che la proprietà può privare della libertà almeno quanto le sbarre di una gabbia.

Per fuggire dovevano superare le montagne. Come avrebbe potuto farlo? Non aveva importanza, ci sarebbe riuscito, e le montagne non era poi così alte.

Quando ebbe smesso di ansimare, aprì la porta e portò una bracciata di legna al suo posto vicino al fuoco. Scaricando la legna si strofinò le braccia.

— Talia?

Non ebbe risposta. Guardando in giro, vide il biglietto sull'angolo del suo tavolo da lettura. Lì lasciava i tre libri che era riuscito a salvare.

Sono andata al villaggio

Imprecò esasperato. Talia sapeva che aveva intenzione di andarci lui, e che non voleva costringerla a risalire quel sentiero ripido. La discesa fino ai margini della baia e poi lungo la riva era fredda, e la gente che vi bazzicava era rozza e abituata a bere forte.

Aggiungendo legna al fuoco, si tolse il cappotto e si sedette. L'attesa sarebbe stata lunga.

Natalia dispose nello zaino i pochi articoli che aveva acquistato. Si era accorta che parecchi degli uomini che di solito bighellonavano nei dintorni la stavano sbirciando e parlottavano sotto voce fra loro. Stava per mettersi in spalla lo zaino, quando la porta si aprì, lasciando entrare una folata di vento dalla baia.

Nell'istante in cui posò gli occhi sull'uomo, lo riconobbe, ma ne sapeva troppo per chiamare per nome un uomo del genere finché non si fosse fatto riconoscere. Non era impossibile che al momento avesse deciso di usarne un altro.

Lui le lanciò un'occhiata e poi si rivolse al gestore dell'emporio per comperare del tabacco.

Preso lo zaino, lei si avvicino alla porta. Uno dei perdigiorno le si avvicinò. — Vuoi aiuto con quello? — Tese la mano verso lo zaino.

— Ce la faccio da sola, grazie.

— Ehi, questo non è cordiale — disse l'uomo. — Ecco, lo prendo io. — La sua mano si chiuse sullo zaino e lui glielo strappò con violenza dalle braccia, con tanta violenza che lei barcollò e per poco non cadde. In qualche modo riuscì a mantenere la presa sullo zaino. — Non voglio nessun aiuto! — esclamò.

Lui le rise in faccia, respingendola. — Vediamo che cosa hai comprato — la stuzzicò. — Forse c'è qualcosa...

— Lasciala andare. — Il tono di Yakov era basso, ma conteneva un messaggio.

Lentamente, sempre mantenendo la presa sullo zaino, l'uomo si volse. — Dicevi a me? — disse con voce rude.

— Ti ho detto di lasciar andare lo zaino e lasciare in pace la signora. — Yakov sorrise. — Non te lo ripeterò.

— Ah ah! — L'uomo ghignò, indicando col pollice Yakov. — Chi crede di essere?

Yakov era a poco più di un metro da lui, con un gomito appoggiato al banco e la pipa fra i denti.

— Tirati indietro, Natalia — le disse. — Quando cadrà, non voglio che ti cada addosso.

Due degli altri uomini si erano alzati, scambiandosi occhiate, incerti sul comportamento da tenere.

— Cadere? Chi parla di cadere.

Yakov parlò tenendo la pipa in bocca. — Lascia andare lo zaino — ripeté — e fa un passo indietro. La signora è un'amica mia.

— E tu chi sei?

Il gomito di Yakov era ancora posato sul banco, la mano destra posata piatta sul ripiano. Stava sorridendo.

— Ora mi porto via questa donna e il suo zaino — disse l'uomo. Lanciò un'occhiata ai suoi compagni. — Se vi dà noie, prendetelo. Io la dividerò con voi.

Quasi con negligenza, Yakov gli assestò un calcio sul lato del ginocchio. Lo schiocco risuonò sonoro nel locale. L'uomo lanciò un grido, barcollò e cadde. Yakov li fronteggiò. — Lui ora ha una gamba rotta — disse in tono compito. — Voi che cosa volete che vi rompa?

Sbalorditi, spostarono lo sguardo da lui all'uomo sul pavimento, che si stringeva la gamba e gemeva.

Gli altri lo fissavano, indietreggiando. Yakov raccolse lo zaino di Natalia. — Ora ce ne andiamo, ma ricordatevi questo. Non voglio che questa signora sia infastidita in nessun modo, capito? È una mia amica. Se dovrò tornare vi cercherò uno per uno; da soli o insieme, non ha importanza.

Si rivolse a Natalia. — Vieni — disse. — Basta così.

Uscirono, e Yakov chiuse la porta alle loro spalle. L'uomo sul pavimento gemeva e imprecava alternativamente. Ora gli altri stavano attraversando il locale per avvicinarsi a lui.

Una volta fuori, Yakov disse: — Vivete lontano da qui?

Lei glielo indicò. — Lassù, nella foresta. Sono alcuni chilometri.

— Avete posto anche per me? — domandò lui. — Non voglio disturbare, e posso montare una tenda nella foresta.

— Certo che c'è posto.

S'incamminarono, e poco dopo lei disse: — Yakov? Grazie.

— Non è stato niente. Ne ho visti tanti, di tipi così. Sono tutta bocca e parlano molto forte, quando sono pieni di vodka.

Abbassò la voce. — Siete solo tu e tuo padre? Che ne è stato degli altri?

— Dispersi. Non so dove.

Erano sulla riva della baia. Lei si fermò, guardando indietro. Si vedevano soltanto poche luci.

— Yakov? Hai avuto sue notizie? Di Joe Mack?

Lui ridacchiò. — Chi non ne ha sentito parlare? Li sta facendo ballare, te lo dico io. Ha fatto allungare il collo a metà degli ufficiali della Siberia, per cercarlo. Gli uni hanno paura che gli altri lo trovino per primi.

"Ora è lontano, a nord-est e stanno mobilitando gli uomini. Andrei ad aiutarlo, se sapessi come, ma se la cava abbastanza bene da solo."

— Chi sei tu, Yakov?
— È meglio che tu non lo sappia. Diciamo che amo la Madre Russia ma non amo il suo governo. Non mi piace essere incatenato a un lavoro fisso. Sono un vagabondo, un'anima libera, si potrebbe dire. Come sai, ho aiutato alcune persone a fuggire. Forse sono uno di quei maledetti capitalisti di cui si parla, ma non ho nessun capitale.
— Ma non sei solo?
— Oh, no! Ce ne sono altri, ma ci teniamo nascosti. Prendiamo quella faccenduola di poco fa. Cose del genere non mi piacciono perché attirano l'attenzione.
Alzò la testa verso il ripido pendio. — Sali spesso di qui? Con uno zaino?
— Prima lo faceva mio padre, ma non voglio che lo faccia più. Ha il cuore malandato, Yakov, anche se crede che non lo sappia. Si ferma fuori della porta per riprender fiato prima di entrare. Se non fossi venuta io stasera, lo avrebbe fatto lui domattina.
Proseguirono e poi, in cima al sentiero, in vista della capanna, lei si fermò di nuovo. — Yakov, noi vogliamo tentare di lasciare il paese.
In breve, spiegò la situazione, aggiungendo la storia di Bocharev e di suo figlio.
— Bocharev? — Yakov era sorpreso. — È un brav'uomo, Natalia, e un uomo potente. Può farlo, se vuole. Può farvi arrivare oltre il confine. Nemmeno Zamatev ha il suo potere, o Shepilov. — Annuì. — Sì, è bene che ve ne andiate. È per questo che sono qui.
— Perché? Perché sei qui? Che cosa vuoi dire?
— Zamatev ha emesso l'ordine per il vostro arresto, tuo e di tuo padre. Non potete aspettare. Dovete partire stanotte.

32

Stephan Baronas si alzò in piedi appena entrarono. Il suo sorriso era pieno di calore quando salutò Yakov. — Vieni! Siediti vicino al fuoco! È bello rivederti.
— Temo che ci sia poco tempo per starsene seduti, compagno. State per essere arrestati. Dovete lasciare questa casa.
— Lasciarla?
— Non avete scelta. Zamatev ha ordinato il vostro arresto.

Sta prelevando tutti quelli che hanno avuto dei contatti con l'americano. Tu e tua figlia siete i primi della lista.

Natalia stava radunando i loro abiti entro fagotti, mettendo insieme il cibo che avevano. I pacchi sarebbero stati grandi, ma il cibo sarebbe stato consumato in fretta, alleggerendo il loro carico.

Lei lanciò un'occhiata a suo padre. Come avrebbe potuto farcela? Sulle montagne nel cuore dell'inverno? Almeno non sarebbe morto in prigione.

Non doveva morire! Aveva troppo da offrire, era un uomo troppo buono, ed era suo padre. Era tutto ciò che aveva.

Tutto? Pensò a Joe Mack. C'era davvero qualcosa di reale? O era tutto un sogno? Un sogno impossibile?

Che cosa c'era stato fra loro? Che cosa era stato detto? Che cosa promesso? Scosse la testa, sorpresa di sé e di lui. Non c'era stato niente in realtà. Niente su cui si potesse puntare il dito e dire: quello è stato il momento.

Non c'erano state parole d'amore, abbracci appassionati, solo un'intesa silenziosa, qualcosa di ricco, caldo e bello. In un modo o nell'altro, dal momento in cui si erano conosciuti non c'erano stati dubbi. Lei non ci aveva mai riflettuto; non l'aveva pensato o fantasticato. Tutt'a un tratto lui era là e lei lo sapeva.

Ora, preparando in fretta i bagagli, se lo domandò. Che cosa aveva detto, lui? Che cosa *aveva fatto?* Come aveva suscitato in lei questo sentimento? Lei era sempre stata un tipo calmo, sensato, ma questo era un uomo in fuga, un uomo di un popolo estraneo, persino di una razza diversa.

Era un indiano, che era considerato un popolo selvaggio. Questo, aveva detto Joe, non era più vero per il suo popolo, ma era vero per lui.

Poteva essere un selvaggio? Ci pensò e ammise che era più che probabile. In quale altro modo poteva resistere laggiù nella taiga? Nella neve? E ora che era passata più di metà del terribile inverno, lui era ancora vivo, ancora laggiù, riusciva ancora in qualche modo a evitare la cattura.

Lei si rivolse a Yakov. — Potremmo partire di mattina? Qualche ora di sonno ci preparerebbe tutti al viaggio.

Lui scrollò le spalle. — Più vi allontanate meglio è. Potrò venire con voi solo per un breve tratto. Non devo farmi trovare qui, anzi non devo farmi trovare affatto — aggiunse, con aria alquanto cupa. — Potrò aiutarvi per alcuni chilometri, e poi dovrò andar via.

— Padre? Dormi per qualche ora. Dobbiamo farlo tutti. — Si rivolse a Yakov. — Prima dell'alba, allora?

Lui si strinse nelle spalle. — È un rischio.

Yakov alimentò il fuoco, poi prese un AK-47 dallo zaino e lo controllò. Lo scatto del meccanismo che si apriva e si chiudeva risuonò lugubre nella piccola capanna.

Lei si distese sul letto senza spogliarsi. Non ci sarebbe stato tempo, al mattino. Fissando il soffitto, tentò di pensare a quello che dovevano fare. C'era un sentiero appena segnato attraverso la foresta, che cominciava soltanto a qualche radura di distanza, ma conduceva nel folto della foresta. D'estate lo avrebbe esplorato volentieri fino a fondo, ma con questo tempo, d'inverno...

Avevano trovato delle racchette da neve nella capanna, ma appartenevano alla casa. Comunque dovevano prenderle. Se riuscivano a fuggire, avrebbero potuto mandare dei soldi per pagarle.

Se riuscivano a fuggire...

Restò sveglia a lungo, lo sguardo fisso nel buio, illuminato soltanto dalle fiamme tremolanti del fuoco morente.

Come avrebbero potuto fuggire. Un vecchio e una giovane donna, un vecchio che non era mai stato giudicato forte.

E anche se avessero raggiunto il confine, come avrebbero fatto a superarlo? Il fiume che avrebbero raggiunto non sarebbe stato l'Amur ma l'Ussuri, però era un grande fiume, e sarebbe stato controllato da pattuglie.

L'aprirsi della porta la svegliò, perché lasciò entrare una folata di vento freddo. Si mise subito seduta. Era Yakov.

— È ora, e dobbiamo affrettarci.

Quando Natalia fece per attizzare il fuoco, lui la fermò. — Il fuoco è spento, le ceneri sono fredde. Lascia tutto così, e non sapranno quando siamo partiti.

Lei era pronta. Suo padre si vestì in fretta, poi presero i fagotti e uscirono. Stava nevicando una neve lieve e gentile che cadeva con un fruscio sommesso, coprendo tutto.

Natalia fece strada fra gli alberi dove avevano raccolto legna, attraverso una specie di radura e poi intorno all'enorme albero che ricordava e fino al sentiero che era soltanto un varco fra i cespugli.

Yakov si voltò a guardare indietro. La neve stava già mascherando le loro tracce. — In pochi minuti — le assicurò — saranno sparite. Muoviamoci.

Il freddo era secco e pungente. Lei proseguì, rallentando di proposito il passo per via del padre. Il sentiero serpeggiava fra gli alberi, e scoprì di ricordare bene il primo chilometro. "Potrei diventare un'indiana" disse a se stessa. "Potrei addirittura vivere nella foresta."

Il fiume Iodzihe scorreva alla loro destra, e la foresta nella quale stavano passando era solcata da un piccolo torrente che si gettava nel fiume. Yakov la superò. — Ora lascia aprire la marcia a me — disse. — Prima non sapevo dove iniziava.

La neve era alta, sotto gli alberi. Quello che riuscivano a vedere del cielo era solo un tetto basso di nuvole grigie. Gli alberi risaltavano neri contro il candore della neve. Ora non c'era un alito di vento, e la foresta era immobile. Una volta lei sentì un uccello librarsi in volo fra gli alberi, seguendo il loro stesso sentiero nella foresta.

Molte querce e aceri massicci si mescolavano a quelli che suo padre le indicò come pini coreani e, naturalmente, larici, che le erano familiari. Salivano a passo sostenuto, lungo la via serpeggiante.

Sulle rive del torrente crescevano degli alberi del cotone, fra i più grandi che lei avesse mai visto.

La mattinata era fredda, ma non troppo, e dopo aver percorso quelli che a lei sembrarono più di tre chilometri, fecero una sosta per riposare. In tutto questo tempo, a parte quell'unico uccello, non avevano visto nessun essere vivente. Ora, stando vicini, parlarono a bassa voce.

Lei guardò il padre e lui notò la sua occhiata e disse: — Sto benissimo, Natalia. Ce la farò.

— Ora siamo lontani — disse Yakov. — Possiamo procedere più lentamente. Ci sono molti al corrente di questo sentiero?

Lei scosse la testa. — Ne dubito. La gente del villaggio non veniva spesso da quella parte. Alcuni sapevano della capanna, ma la strada era ripida e non avevano motivo di salire per di là. Penso che quando andavano nella foresta lo facevano per lo più lungo il fiume. Sono quasi tutti pescatori — aggiunse. — Ci sono dei cacciatori che vivono nella foresta. Ai vecchi tempi i cinesi venivano a cercare il ginseng, ma con la frontiera pattugliata com'è ora, vengono di rado.

Yakov annuì. — Anch'io cercavo il ginseng, una volta. I cinesi lo considerano molto prezioso. Se fosse estate vi suggerirei di trovarne un po' da portare con voi. — Ammiccò. — Un mezzo prezioso per corrompere! A volte fanno per il ginseng cose che non sarebbero disposti a fare per denaro.

Ripresero la marcia a un passo più lento. Di tanto in tanto

lei si fermava a controllare il viso del padre. Era composto; lui non sembrava sotto sforzo.

— Ci fermeremo tra poco — disse Yakov — e prepareremo il tè.

Proseguirono finché lui non si fermò bruscamente. Era caduto un grosso albero, divelto dal terreno, e la vasta massa delle radici, avvolte nella terra gelata, formavano una barriera. Vicino ad esso cresceva un cedro dalla chioma larga, ora appesantita e impregnata dalla neve. — Qui — disse Yakov — ci fermeremo qui.

Fece loro strada, uscendo dal sentiero e spostandosi sotto i rami del cedro. Era un bel posticino, con un riparo naturale, e uno schermo riflettente per il calore del fuoco, formato dalla massa delle radici.

— Cercate sempre — disse Yakov. — Un uomo nella foresta guarda sempre e vede molti posti comc qucsto. Ricorda, così se passa di nuovo da quella parte sa dove accamparsi.

Ben presto aveva acceso il fuoco, e il té gorgogliava nella loro piccola teiera. Di sotto un albero caduto lui staccò una striscia di corteccia per far sedere Baronas più altre per lei e per se stesso.

— Se avete bisogno del fuoco, portate sempre con voi dell'esca: un vecchio nido di uccelli, frammenti secchi di corteccia, qualcosa per accendere il fuoco. Ci sono sempre rami secchi, morti da tempo, sui tronchi d'albero. Spesso gli alberi caduti non toccano il terreno, e la corteccia sul lato inferiore è asciutta. — Guardò di nuovo Natalia. — Fra poco devo andare. Resterete soli. Dovete osservare tutto e riflettere molto. Dovete accamparvi sempre prima del buio, in modo da poterci vedere. Accendete un piccolo fuoco e restate vicini.

Aggiunse ramoscelli al fuoco e versò il tè per ciascuno di loro. Le rivolse un largo sorriso. — Gli orsi sono furbi. D'inverno non c'è niente da mangiare, così dormono. Non ci sono bacche, le radici sono sepolte sotto la neve, e non ci sono in giro animaletti, così loro dormono. Molto furbi.

— Devi andare?

Lui annuì. — Devo incontrarmi con altri uomini lontano da qui. Stiamo aiutando un uomo a fuggire dalla prigione di Sovetskaia Gavan. — La guardò. — Non posso tardare. Hanno bisogno di me. Capisci?

— Ma certo. — Lei rispose così, e comprendeva davvero, ma dentro di sé era spaventata. Essere lasciata sola fra tutte queste montagne! Che cosa doveva fare? Che cosa poteva fare?

Eppure non era qui che si trovava Joe Mack? Non era qui che viveva da mesi e mesi? Che cosa aveva detto Yakov? Osservare e riflettere.

— Ce la caveremo bene — assicurò.

Lui prese una carta dal suo bagaglio, proteggendola dai pochi fiocchi di neve che l'aria portava nel loro riparo. — Noi siamo qui. Vedi? Supera una linea di spartiacque qui e un'altra qui, poi troverai il fiume che scorre verso nord-ovest? È il fiume Vagou. Arriva vicino a Iman, sul confine.

"Cercherò di tornare. Ma non conosco molto questa frontiera a sud di Iman. Non cercatemi. Vi troverò io. Ma se verrò ucciso, parlate al vostro amico Bocharev. È un brav'uomo. Forse può aiutarvi. Non so."

Si alzò in piedi. — Ora sarà meglio andare. Vi troverò un posto per stanotte, e poi me ne andrò.

Calzò le racchette da neve e aspettò che facessero altrettanto. Poi guidò la marcia. Quando tornarono sul sentiero, guardarono indietro. Non era rimasta nessuna traccia. Il sentiero era già bianco e liscio, come se non fosse mai stato toccato da piede umano o animale.

Ore dopo e alcune centinaia di metri più in alto, lui trovò una sporgenza in parte riparata da cedri. — Per stanotte — disse — sarà un buon posto. — La guardò di nuovo. — Domattina sarò già partito. Non mi fa piacere lasciarvi, ma mi stanno aspettando. Tutti i tempi sono calcolati. Il prigioniero si troverà in un certo posto per alcuni minuti. Noi lo aiuteremo a fuggire allora. Se ritarderò, andrà tutto sprecato. Non so in che modo potremmo metterci di nuovo in contatto con lui. Forse mai.

— Capisco.

— Naturalmente — confermò Baronas. — Staremo benissimo.

Il campo era comodo, ma freddo, terribilmente freddo. Ora si trovavano più in alto, a circa milleduecento metri sopra il livello del mare. I Monti Sikhote Alin non raggiungevano in nessun punto della catena un'altezza superiore ai millecinquecento metri, ma sulle creste montuose, nel bel mezzo dell'inverno, il freddo poteva essere intenso.

Talia si accorse che Yakov era preoccupato. Non faceva che spostare lo sguardo da suo padre a lei, e più volte si allontanò nella neve, borbottando fra sé.

— Non preoccuparti — gli disse, mentre bevevano il tè — ce la faremo.

— Ma è inverno! — protestò lui. — Fa freddo! E il posto dove state andando è lontano, nel cuore della regione selvaggia!

— Andrà tutto bene — replicò lei, e desiderò di poter essere sincera nel dirlo. Si sentiva male dalla paura al pensiero di restare sola, o quasi, in quell'immensa foresta.

— Avevo progettato soltanto di informarvi dell'ordine di arresto — spiegò lui. — Poi pensavo di andarmene subito; ora devo fare molto in fretta, o arriverò in ritardo.

Parlarono a lungo, mentre calava la notte e suo padre dormiva. Le spiegò più volte, come dovevano viaggiare, che cosa dovevano temere, come dovevano accamparsi. — Non pensate al tempo — l'ammonì. — Le tappe brevi sono le migliori, per voi. Accampatevi presto, in modo da essere ben sistemati prima di sera. Al buio non si riesce a trovare niente. Partite di buon'ora, ma non sfinitevi. Quasi tutte le persone che muoiono assiderate lo fanno perché hanno bruciato tutte le loro riserve di energia prima di fermarsi a riposare, e non gliene restano per combattere il freddo. Non arrivate al punto di sentirvi esausti.

"Io ho della carne secca, e la dividerò con voi. Posso procurarmene altra."

Alimentò il fuoco. — Sono più di centosessanta chilometri — disse. — Un lungo viaggio.

— Ce la faremo — ripeté lei, augurandosi di crederci.

All'alba lui se n'era andato, ma si voltò indietro parecchie volte e partì a malincuore. Natalia rimase sull'orlo del bosco e lo guardò allontanarsi lungo la pista per il nord, un sentiero appena tracciato come quello che attendeva lei e suo padre.

Lui era seduto vicino al fuoco, quando Natalia tornò. — Allora se n'è andato?

— Sì, padre. — Lei aveva già preparato il suo zaino, facendolo di proposito mentre il padre dormiva, in modo da non fargli capire che lei portava la maggior parte del peso. — Dobbiamo proseguire anche noi.

— Sì, sì, certo. — Lui si mise in spalla il carico e, dopo un lungo sguardo scrutatore, Natalia si mise in marcia. Il padre non aveva affatto un buon aspetto, stamattina. Il freddo, il cibo razionato e la salita erano troppo per lui.

Poco prima di mezzogiorno si fermarono e lei preparò il tè. Il sole era sbucato per un po' dalle nuvole, e sentivano caldo perfino ai suoi pallidi raggi. Lei accese un piccolo fuoco e parlò di casa loro, di Joe Mack e del sentiero.

— La catena principale dei Sikhote Alin sembra correre parallela alla costa — disse — ma Yakov mi ha spiegato che c'è un'altra catena che devia a nord-ovest e arriva quasi a Iman. Presto la raggiungeremo e la seguiremo fino a che potremo scendere nel bacino del Vaku.

Lui non rispose, tenendo lo sguardo fisso oltre le montagne innevate e le cime degli alberi, coperte di neve. — Tutto questo è molto difficile per te, Talia — disse infine. — In fondo sono stato un ben misero padre, per condurti a questo.

— Tu sei stato il migliore dei padri — replicò lei — e un giorno penseremo a tutto questo come a un semplice interludio.

Camminarono per tre giorni, ma il terzo giorno Baronas disse: — Talia, penso che oggi dovremmo fermarci presto. Temo di avere bisogno di riposo.

La temperatura era salita di alcuni gradi, e il posto che trovarono era annidato fra alcuni cedri, un punto dove un banco di terreno aveva ceduto, incavandosi. Alla sua base, riparata dai cedri, accesero il fuoco. Prepararono il tè, ma la carne che Yakov aveva dato loro per integrare le loro misere provviste era quasi finita, a parte tre strisce sottili.

— Tienila per te — disse il padre. — Io berrò il tè. Stasera non ho appetito.

La mattina giunse con una soffice nevicata. Lei accese il fuoco e disse: — Padre?

Quando lui non si mosse, Natalia si alzò lentamente in piedi e si avvicinò al punto in cui giaceva, con gli occhi azzurri aperti verso la neve.

— Padre? — ripeté in tono implorante.

Suo padre era morto, e lei era sola.

33

La mattina del giorno in cui Bocharev si presentò alla capanna sulla Baia di Plastun, Peshkov tornò al villaggio.

Era una giornata gelida e grigia, e lui discese il sentiero senza trovare impronte nella neve. E nemmeno dai camini si levava il fumo. Curvando le spalle per difendersi dal freddo, andò per prima cosa alla capanna dei Baronas.

Bussò, senza aspettarsi una risposta, poi aprì la porta ed entrò. Dentro faceva freddo, e le ceneri sul focolare erano spente da tempo.

Si guardò attorno, furioso perché se n'erano andati, ma sentendosi anche stranamente abbandonato. Uno dopo l'altro, visitò le altre abitazioni scavate nel terreno, le caverne e le baracche.

Nessuno. Se n'erano andati tutti.

Al diavolo! Gli sarebbe stato bene se fossero finiti tutti in prigione! Specialmente quella donna, quella Natalia.

Lasciassero fare a lui. Sapeva come pareggiare i conti. Li odiava tutti, tutti tranne Yakov. Aveva paura di Yakov.

Aveva avuto paura quella notte, quando l'americano gli era arrivato alle spalle con un coltello. Dannazione a lui! Come aveva fatto a cavarsela? Comunque, gliel'avrebbe fatta vedere lui! Ormai era in fuga con metà dell'esercito alle calcagna. Avrebbero preso anche lui. Si augurava di poter essere presente quando sarebbe successo. Gli sarebbe proprio piaciuto che l'americano potesse vederlo lì, che gli sorrideva. Ora che pensava, non aveva mai scoperto il posto in cui si nascondeva l'americano.

Tornò alla capanna dei Baronas, facendo scricchiolare la neve sotto i piedi. Lì c'era della legna, e lui accese un piccolo fuoco. Avrebbe arrostito della carne sul fuoco e poi sarebbe andato a dare un'occhiata. Era irritato per non averlo scoperto prima. Allora avrebbe potuto aspettarlo fuori e spararagli quando usciva. Forse avrebbe anche ricevuto una lauta ricompensa per quello. Non gli avevano dato niente per aver detto dove si nascondeva.

Nella capanna abbandonata da tempo faceva freddo e si stava da cani. Si guardò attorno, infuriato. Era sempre stata calda e quasi confortevole, quando c'erano loro.

Preparò il tè e lo sorseggiò, accovacciato sui talloni. Se n'erano andati tutti, quindi non aveva senso stare qui. Non era mai piaciuto a nessuno di loro, ma li conosceva. Era quello il punto. Lui li conosceva e loro conoscevano lui. Erano sempre stati contenti di ricevere la carne che portava. Se l'era fatta pagare, in un modo o nell'altro, finché era arrivato l'americano, che dava loro tutta la carne che riusciva a procurarsi.

Dove sarebbe andato, adesso? Dove poteva andare? Li aveva considerati un branco di miserabili, perfino Baronas e quella Natalia. Si sentivano tanto superiori, quelli. Ebbene, tutta la loro istruzione non aveva fruttato niente di buono.

Erano stati nella sua stessa situazione, ma ora lui li aveva sistemati. E se n'erano andati.

Andati.

Quella parola aveva un suono vuoto. Non gli erano piaciuti, ma li aveva *conosciuti*. Le loro erano facce familiari. Si era trovato bene con loro, anche se li disprezzava. Dove poteva andare, ora?

Erano spariti tutti, dispersi come neve al vento, ma se si metteva a riflettere poteva immaginare dov'erano arrivati. Baronas non era un cacciatore, quindi non sarebbe stato in grado di addentrarsi ancor più nei boschi. Aveva sentito dire che parlavano di andare in un posto più caldo, dove il clima sarebbe stato migliore per la salute del padre.

Un posto più caldo significava la costa del Mar del Giappone. Almeno, quello era il posto più vicino e l'unico che poteva raggiungere. Non avrebbero osato tornare in Russia. Comunque, non erano russi.

Peshkov era un uomo pieno di odio. Per la prima volta in vita sua, lo capì. Non c'era mai stato nessuno che gli piacesse. Aveva vagabondato insieme ad altri uomini, ma solo perché così era più facile. Era andato d'accordo con loro, abbandonandoli quando l'occasione lo richiedeva. Era un cacciatore e viveva tendendo trappole, ma era anche un ladruncolo, che si appropriava di qualunque cosa servisse al suo scopo, quando poteva farla franca. Più robusto e forte della maggior parte degli uomini, di solito non aveva problemi. Pochi uomini erano armati e quasi tutti tendevano al bluff; gli altri aveva imparato a evitarli.

Stephan Baronas lo aveva cortesemente ignorato, e Natalia aveva preso in mano senza far chiasso le redini della piccola comunità, cosa di cui Peshkov si era risentito fin dall'inizio. In primo luogo, perché era solo una donna; in secondo, perché era lituana. Il padre era molto stimato fra i rifugiati, ma non era tipo da godere del comando o dell'autorità. Pian piano era stata Natalia a rispondere alle esigenze della loro piccola comunità. Gli sforzi di Peshkov per prendere il controllo erano stati semplicemente ignorati da tutti, e lui non aveva saputo come affrontare la situazione. Più volte aveva tentato di sorprenderla da sola, pensando che allora le avrebbe dimostrato chi era e cos'era lei ai suoi occhi. Purtroppo, quando alla fine c'era riuscito, aveva scoperto che lei aveva una pistola ed era pronta a usarla.

Seduto vicino al fuoco in quella che era stata la capanna dei Baronas, Peshkov prese una decisione. L'avrebbe trovata e le avrebbe dimostrato chi era a comandare. L'avrebbe ferita, se necessario, uccisa, se avesse deciso che era nel suo interesse.

Trovarla non sarebbe stato un gran problema. Lui era un vagabondo e conosceva altri della sua risma. Una donna così bella veniva ricordata facilmente. Sorrise rivolto alla sua tazza vuota. Poi si alzò, spense il fuoco e ripose la sua roba.

Prima, per sua soddisfazione personale, avrebbe scoperto dove si era nascosto l'americano. Poi avrebbe dato la caccia a Natalia Baronas.

Ridacchiava fra sé, pensando all'orrore di lei quando lo avrebbe rivisto. L'avrebbe seguita mentre raccoglieva legna e l'avrebbe colpita. Sarebbe stata legata e inerme prima di riprendere i sensi. Lui le avrebbe mostrato una o due cosette.

Ci mise due ore buone, durante le quali diventò sempre più irritato e impaziente. Si rifiutava di credere che l'americano potesse batterlo così in astuzia, e fu solo al terzo passaggio che decise improvvisamente di esplorare quella fessura nella roccia. Era un uomo massiccio e dovette schiacciarsi contro le pareti, ma riuscì a superare la strettoia, scorgendo la sporgenza più avanti. Una luce fioca filtrava dagli alberi, e ci si vedeva abbastanza perché avesse la certezza di averlo trovato.

Proprio lassù, a un passo o due. Poteva vedere il punto in cui era stato acceso un fuoco, e...

Fece forza per superare l'ultima parte della spaccatura nella roccia e ne uscì in fretta. Dopo tutto, voleva essere lontano da qui prima del buio. Lui...

Nell'attimo in cui fece quel passo, sentì l'acqua cadere in basso, sotto di lui, ma un attimo troppo tardi.

Si sentì precipitare, e con panico selvaggio lasciò cadere il fucile e tese le braccia alla cieca per aggrapparsi. Le sue dita afferrarono il bordo e tennero la presa, e lui rimase sospeso sopra l'abisso.

Era un uomo forte, ma pesante, che portava una giacca pesante. Restò appeso un attimo, soffocato dalla paura, poi tentò di issarsi in alto.

Non ci riuscì. Le dita gli scivolavano e lui lanciò un grido, chiedendo aiuto.

Non c'era nessuno ad ascoltarlo. Il villaggio era deserto.

Dominò il panico. Poteva issarsi lassù; *doveva* riuscirci. Usando tutta la sua forza, si sollevò e poi tentò di posare un gomito sulla sporgenza di roccia.

Ce la fece. Il gomito si appoggiò sulla sporgenza, e lui si issò ancor più in alto e mise una gamba sulla sporgenza.

In un istante orribile, sentì la roccia sotto il suo gomito sbriciolarsi, e poi cadde.

Gli sembrò di precipitare a lungo, poi urtò il fondo, con un lampo di agonia sconvolgente e poi di brutale, insopportabile dolore. Rimase disteso sulle rocce, immerso nell'acqua gelida, gli occhi fissi sulla luce fioca in alto, e capì di avere la schiena spezzata.

Eugeny Zhikarev aveva atteso e fatto progetti troppo a lungo per accettare la sconfitta. Cautamente, tramite le sue amicizie fra i mercanti e i pellicciai, cominciò a tastare il terreno. Qua e là ricevette notizie. Era stato emesso un ordine di arresto per Natalia e Stephan Baronas. Zamatev stava rastrellando tutti quelli che avevano avuto incontri o contatti con l'americano, che era ancora in libertà. Il villaggio era stato abbandonato, Botev e Borowski erano scomparsi, e così pure Baronas con la figlia. Eugeny Zhikarev sapeva di avere i giorni contati. Senza dubbio era già partito l'ordine di arrestarlo.

Non era tipo da farsi prendere dal panico. Non aveva intenzione di farsi arrestare di nuovo. Aveva già fatto quell'esperienza, e stavano a dimostrarlo i suoi piedi mutilati, nonché altre cicatrici.

Il cugino stava diventando nervoso, e lui sapeva che voleva vederlo andar via. Era stata una visita calorosa e magnifica, ma col prolungarsi della visita, la pazienza del cugino diminuiva. Non aveva importanza, stava per andarsene.

Sarebbe partito all'improvviso, senza avvertire, perché chi sapeva come potevano comportarsi i parenti, di questi tempi? Di chi ci si poteva fidare? Il sistema sovietico era basato sul sospetto e sulla sfiducia.

Era sceso in città, prendendosela comoda, perché poteva camminare, ma solo lentamente. Al sole faceva caldo, e non c'era neve in città, anche se poteva vederla sulle montagne. Aveva imparato a usare gli occhi e le orecchie e a prestare attenzione, quindi in breve tempo capiva il mestiere e le attività di quasi tutti i passanti. Camion e furgoni venivano qui a scaricare merci o caricare pellicce, e lui cercava un viso familiare.

All'improvviso scorse qualcuno che conosceva. Si slanciò in avanti e poi si rilassò. Il suo amico camionista era implicato nel mercato nero, fra le altre cose, e poteva non desiderare di essere visto. Comunque, guardandosi attorno, il camionista lo vide e si avvicinò. — Ancora qui? Che cosa sai? Ho visto Potanin l'altro giorno!

— Potanin? — Zhikarev nascose la sua eccitazione. — Dove?

— Ora ha una nuova assegnazione, vicino a Iman. — Abbassò la voce. — È anche tornato ai suoi vecchi giochetti. Se hai delle pellicce...?

— Tu vai da quella parte?

— A mezzanotte. — Si guardò attorno. — Pellicce — disse. — Potanin e io. Il guaio è che non conosciamo nessuno oltre il fiume. E tu?

Eugeny Zhikarev si costrinse a restare impassibile. — C'è un uomo a Hulin, appena superato il fiume — suggerì.

— Come si chiama? — Il camionista era eccitato. — Proprio quello che mi serve!

Zhikarev scosse la testa. — Non è così semplice. Non è cinese, e ha dei parenti nella Jakuzia. Se si scoprisse che era coinvolto in qualche traffico, loro potrebbero soffrirne. Tratterà, ma solo con persone che conosce.

— Potresti venire? Conosci Potanin. Lui si fida di te. È un grosso affare, e ci sarebbe qualcosa per te. Potresti avere una percentuale sull'affare.

— Be' — parve esitare. — Qui sono felice, ma... be', mi piace fare affari? Questo posto — agitò una mano — è un po' spento. A mezzanotte, dici? Qui?

— Proprio qui.

— Aspettami — disse, e s'incamminò faticosamente lungo la strada.

Iman! Era proprio sul fiume! Sarebbe rimasto sorpreso se non fosse riuscito a escogitare qualche sistema per indurli a traversare il confine per concludere l'affare. Questa era la sua grande occasione. Doveva stare attento a non tradirsi con il cugino o la sua famiglia.

E poi c'era sempe il rischio che il camion fosse fermato e perquisito. C'erano poche strade, ed erano sorvegliate, anche se non in modo rigoroso.

Quando entrò in casa, il cugino lo stava aspettando, insieme con la moglie e il figlio maschio, tutti con facce severe.

— Eugeny Ivanovich — disse il cugino — devo chiederti di lasciare questa casa.

Eugeny Zhikarev tentò di mostrarsi sorpreso. — Lasciare? Perché?

— Lo abbiamo appena saputo. Stai per essere arrestato. Il KGB ti cerca. Non possiamo permetterci...

— Certo — disse lui, agitando una mano. — Me ne andrò subito. Non voglio che abbiate dei fastidi per causa mia. Non lo sapevo, ma...

Si erano aspettati fastidi. Si erano aspettati discussioni, suppliche. Erano insieme stupefatti e sopraffatti dalla gioia.

— Per favore, non pensarci più. Tu sei mio cugino. Hai una moglie, una famiglia! Piuttosto — aggiunse — se potessi darmi qualcosa da portare via? Un po' di cibo? Qualcosa per tenermi caldo?

— Ma certo! Sonia?

Lei si mise in agitazione mentre lui raccoglieva i suoi pochi averi. Era facile, quasi troppo facile. E così, sapevano dell'ordine di arresto! C'era il KGB, allora? O era il GRU? Doveva essere cauto, e se riusciva a fuggire non sarebbe stato mai troppo presto.

— Ma come...? — fece il cugino.

Lui si mise un dito sulle labbra e assunse un'espressione astuta. — Conosco un pescatore! Un bràv'uomo! Mi porterà lungo la costa fino a Magadan.

A mezzanotte, quando il camion accostò al marciapiede, lui era già pronto a uscire dall'androne buio dove aspettava. Lo sentì rombare sull'asfalto prima che arrivasse, e si preparò. Malgrado i piedi mutilati, si mosse in fretta quando lo lo sportello si aprì. Salì a fatica, e il camion ripartì prima che lui fosse seduto.

— Sto correndo un rischio, amico mio — disse il conducente. — Per chiunque altro non lo farei, ma ne abbiamo fatte tante insieme, tu e io, e forse ne rifaremo, però ora ti cercano. Mi arresterebbero se ti trovassero sul mio camion, quindi resta giù e siediti più indietro che puoi. Meno ti vedono, meglio è.

— Hai sentito qualcosa?

— Ti cercano. Cercano dappertutto. — Il camionista gli lanciò un'occhiata. — Devi essere importante.

— È l'americano, quello che cercano. Forse qualcuna delle pellicce che ho comprato era stata presa da lui. Almeno, questo è ciò che pensano. Io non so niente! Non ho mai visto quell'uomo! Alcune delle pellicce... be', diciamo così, erano *differenti*. Diciamo che ho riconosciuto una mano strana. Ma sapere? Non so niente. Non so niente! Non desidero essere interrogato, ecco tutto.

— Allora Iman ti sta bene? Lo spero. Non posso portarti più in là.

— Tu dici che Potanin è laggiù?

— Sì. Abbiamo fatto qualche affare. Oh, solo poca roba! Ma è avido, quello. Si è trovato una donna, e lei ha certe pretese! Se hai una proposta da fargli, ti assicuro che l'ascolterà.

Il camion continuò la corsa, affrontando una strada ripida e piena di curve. Eugeny Zhikarev si appoggiò allo schienale e chiuse gli occhi, pregando un Dio quasi dimenticato. "Ti prego, buon Dio! Solo per questa volta! Fammi fuggire! Fammi attraversare il fiume fino in Cina! Non ho più forza!" Sussurrò la preghiera dentro di sé, temendo quello che lo aspettava in fondo alla strada e quello che lo inseguiva alle spalle.

Le scure pareti della foresta si chiusero su di loro. Grazie a Dio non era laggiù, a camminare nella foresta buia con questa neve! Dove poteva essere l'americano? Come poteva sfuggire alla loro caccia? Da ragazzo lui aveva attraversato le tenebrose foreste di pini dell'*urman*, o taiga, nella Siberia occidentale. Aveva avuto una paura terribile degli orsi, anche se non ne aveva visto nemmeno uno. E nelle foreste orientali aveva avuto paura delle tigri, e ne aveva visto una trascinare via una donna da un campo.

C'erano delle tigri qui, in questa foresta. Lo disse a voce alta, e il camionista annuì. — Ne ho vista una nel mio ultimo viaggio. Un grosso maschio, fermo in mezzo alla strada quando i miei fari l'hanno illuminato. Non ha avuto paura, per giunta! Né di me né del camion. Si è rannicchiato, e per un attimo ho pensato che volesse avventarsi contro i fari. Ho sterzato, sono quasi finito fuori strada slittando, ma quando ho riportato il camion in carreggiata, era sparito!

Proseguirono rombando nella notte e Zhikarev dormì, si svegliò e si riaddormentò.

Una volta, in cima a una cresta montuosa, si fermarono e l'autista lo svegliò. Aveva un termos di tè. — Qua! Vuoi dividere?

— Un termos?

Il camionista gli rivolse un sorriso saputo. — Io faccio buoni affari, e con la gente giusta. Posso procurarmi di tutto. Ma proprio tutto! — Batté sul volante. — Ecco che cosa fa questo per me! Ho un camion e posso muovermi! Tutti vogliono qualcosa! Anche i potenti! Credimi, se smettessi di fare il camionista, molte persone ne soffrirebbero. Siamo tutti pronti a prendere. Tutti!

— Perfino Zamatev?

Il camionista scosse la testa. — No, lui no! Nessuno può toccarlo. Offrigli una bustarella e ti ritroverai in un campo di lavoro! Ha delle mire, quello lì. Pensa che un giorno sarà qualcuno e non vuole nessuno attaccato alle falde della giacca, a ricordargli che gli deve dei favori!

Continuò a guidare in silenzio. — Non prenderlo mai per il verso sbagliato. Credi a me, ti farà dare la caccia e uccidere. È già successo. Quando era in ascesa, c'era un uomo che lo conosceva, lo vide mostrarsi vile e ne parlò. Quell'uomo scomparve.

"Sparito! Così! — Fece schioccare le dita — Hanno tutti paura di lui. Ha le orecchie lunghe! Se qualcuno fiata a Magadan, lui lo sente a Jakutsk.

Il camion rallentò. — Guarda! Qualcuno a piedi! E siamo a ottanta chilometri da una città. Be', questa poi! *È una donna!*

Lei si girò verso di loro. — Fermate il camion — disse Zhikarev. — La conosco.

34

Joe Mack era su una cresta montuosa, sotto un cedro danneggiato dal vento, coi rami nodosi e contorti grossi quasi quanto il tronco. Era un vecchio, vecchissimo cedro, sul quale avevano soffiato molti venti, ma ora non c'era nemmeno un alito di vento sulla cima e Joe Mack era disteso tranquillamente sul terreno gelato.

Non lontano, c'era una chiazza di neve ammassata dal vento, e mostrava un tratto più scuro lungo il margine inferiore, a sud, dov'era cominciato in parte il disgelo.

Stava arrivando la primavera, e finora lui era sopravvissuto all'inverno. La sua vista, sempre ottima, sembrava migliorata con l'uso. Ora poteva scorgere in lontananza, il fumo di un fuoco. Non si muoveva niente che lui potesse vedere, perché la distanza era troppo grande, ma c'erano degli uomini, uomini che gli davano la caccia.

Da qualche parte, laggiù, c'era Alekhin, e Alekhin era un cacciatore di tracce. Un uomo della sua abilità alla fine riusciva sempre a trovare la sua preda. Era astuto. Aveva seguito lupi, oltre che uomini, e doveva avere imparato tutti i trucchi della vita solitaria. Eppure ce n'erano alcuni che valeva la pena di provare. Quello che gli occorreva di più era un buon nascondiglio sicuro. Una volta raggiunto un posto simile poteva restarsene tranquillo, e se non faceva tracce, non poteva lasciarne. Allora avrebbe potuto aspettare.

Per quello doveva trovare un posto con una riserva d'acqua. Doveva avere carne sufficiente per sopravvivere settimane, se necessario.

Stavano per arrivare in forze e la ricerca sarebbe stata scrupolosa, ma era Alekhin quello che lui temeva. Alekhin o la scoperta casuale da parte di qualche soldato sventato che lo trovasse per puro caso.

Laggiù da dove sarebbero arrivati i soldati, costretti entro vie obbligate dalla natura del territorio, lui si era preso il tempo di lasciare delle trappole. Questi uomini non sarebbero stati gli stessi della volta precedente, quindi aveva usato in parte gli stessi trucchi.

In un punto in cui era necessario un passo lungo per traversare un ruscello, lui aveva lasciato dei paletti acuminati mascherati da foglie e neve. Un uomo che facesse il passo lungo necessario per scavalcare il ruscello, si sarebbe infilzato il piede sul paletto inclinato, pronto per accoglierlo.

In altri punti aveva predispoto delle corde fatte di radici per far inciampare un inseguitore e un paletto acuminato per riceverlo quando fosse caduto. Aveva anche disposto degli ostacoli con pesanti tronchi caduti. Nessuna di queste trappole avrebbe impedito l'inseguimento, ma avrebbero suggerito cautela e rallentato i soldati, rendendoli meno impazienti di trovarlo.

In un altro punto, un belvedere naturale sulla gola, aveva smosso una lastra piatta di roccia e poi l'aveva rimessa al suo posto. Un passo frettoloso e la lastra sarebbe precipitata nella gola, trascinando con sé chiunque vi posasse sopra il piede.

La gola rocciosa che aveva raggiunto era quella del Kolyma o dell'Indigirka, e lui propendeva per quest'ultimo, anche se la sua mappa non era abbastanza chiara, considerato quanto poco sapeva della regione. Ma la gola era profonda almeno milleseincento metri e forse più. Era selvaggia, deserta e pittoresca. Ora doveva trovare un posto per nascondersi.

Joe Mack aveva familiarità con i canyon. Aveva trascorso

un certo periodo nei canyon dello Snake River e del Salmon River, nell'Idaho, più profondi dei canyon del Colorado. Aveva passato dei mesi a vagabondare per quelle poche piste, scendere dalle loro pareti rocciose, trovare rifugio nelle caverne.

Si trovava ora su un altopiano elevato e selvaggio, spazzato da venti glaciali. C'erano dei cedri sparsi, pochissima neve e molte rocce frastagliate, oltre a massi erratici isolati e lastroni di pietra inclinati. Badando a non calpestare i rami caduti, si trasferì sulla roccia piatta, dirigendosi verso l'orlo della gola vera e propria. Per fortuna, aveva tempo.

Da una cengia sporgente, studiò entrambe le pareti del canyon e molto in basso, a circa trecento metri dalla sommità, vide un gruppo di cedri in mezzo a un boschetto di pioppi tremuli. Gli alberi sembravano crescere su una superficie piana. Una cascatella d'acqua scorreva di lato. Poiché l'aria era molto limpida, sapeva che il punto era più lontano di quanto sembrava. All'occhio non esercitato pareva uno dei tanti affioramenti rocciosi dove gli alberi trovano terreno fertile.

Avanzò lentamente, in cerca di tracce di animali. Trovò ben presto quelle di un goral e le seguì. Si perdevano nella foresta, e lui ne trovò altre. Infine trovò quel che cercava, le orme di una capra di montagna e poi di un piccolo orso. La loro pista seguiva una cresta stretta, coperta di alberi, e poi scendeva bruscamente in una depressione ingombra di neve. Lui la seguì e le tracce, aggirando un vecchio cedro enorme, scesero oltre l'orlo della parete rocciosa. Lui poteva vedere il fiume, bianco di spuma, seicento metri buoni più in basso. Il sentiero era stretto e lui vi si calò con precauzione, col viso rivolto alla roccia, per una dozzina di metri alla volta, restando aggrappato solo con le dita. Quando poté guardare in basso, vide bordi ghiacciati in alcune delle piccole insenature, ma il fiume stesso era libero dal ghiaccio.

Per due volte attraversò delle piccole zone aperte costellate di alberi, ritrovò la pista e si spinse ancora più avanti. Due volte superò distese di rocce cadute dalle vette e dalle pareti soprastanti. Poi oltrepassò un crepaccio, sul fondo del quale scorreva un filo d'acqua. Quindi, chinandosi sotto una roccia aggettante, sbucò ancora una volta sulla parete rocciosa. Per un attimo rimase immobile, scrutando la sommità della parete opposta e il cielo, poi guardò indietro verso il belvedere da cui aveva scelto la sua meta.

Niente. Nessuno in vista. Si calò con precauzione sulla pista, ma scoprì di poter camminare agevolmente. L'orlo era pericolosamente vicino, ma lui aveva trascorso gran parte dell'infanzia in luoghi simili.

Quando raggiunse l'area che stava cercando, nella speranza che gli fornisse quello che voleva, si trovò la strada sbarrata dal torrente impetuoso che alimentava la cascata che aveva visto.

Cercando, trovò un punto in cui poteva traversare e si trovò ben presto in una piccola valle intermedia, con le pareti ricoperte di pini e cedri e il fondo quasi soffocato dai pioppi tremuli. Ma c'erano due piccoli prati e un laghetto, paludoso all'estremità più vicina. La parte paludosa era ancora gelata e coperta di neve rada.

La piccola valle non comprendeva più di quaranta acri e non sembrava offrire altre vie d'uscita, ai suoi occhi, ma esisteva sempre una vita, se si aveva la pazienza di cercare e la capacità di arrampicarsi.

C'erano molte impronte di cervi e capre di montagna, per lo più recenti. Joe Mack uccise una pernice bianca in riva al laghetto e cominciò a cercare un posto per arrampicarsi. Qui potevano anche trovarlo, ma lui ne dubitava.

Alekhin, se era nei dintorni? Be', forse.

Da nessuna parte riuscì a trovare tracce di visite precedenti. Uccise una capra di montagna e la scuoiò, prendendo tutta la carne che voleva. Più di tutto, gli serviva la pelle, perché il suo panciotto era terribilmente logorato dal rude trattamento subito, e il pellame della capra di montagna è il più soffice e caldo fra quelli degli animali del nord. Quando ebbe la pelle e la carne, si diresse all'estremità più lontana della valletta, oltre una lieve curva che offriva un nascondiglio perfetto. Là accese un fuoco e arrostì parte della carne. Seduto vicino al fuoco, studiò l'ambiente circostante. Doveva trovare un posto per mettersi al riparo, ma doveva anche trovare una via di fuga, se esisteva. Studiando i fianchi della valle, ricoperti da fitte foreste, decise che poteva risalire attraverso i boschi, issandosi da un albero all'altro su per la proibitiva parete rocciosa.

La pelle della capra di montagna che aveva preso richiedeva del lavoro, e lui cominciò subito dopo aver mangiato, ripulendo l'interno della pelle. Il pelo era bianchissimo, o almeno sembrava tale finché veniva messo a confronto con la neve, e allora assumeva un colore bianco crema. Con una parte del cuoio rimasto da un alce ucciso in precedenza, tagliò un paio di mocassini per sostituire quelli logori che portava.

Dal punto in cui lavorava, poteva vedere l'estremità della pista da cui era disceso. Era nascosta in parte da pioppi tremuli che spuntavano dalla parete rocciosa, alberi che erano stati piegati da una frana di neve, ora sciolta o dispersa dal vento. Aveva visto parecchi punti simili nella sua discesa dalla parete rocciosa.

Rannicchiandosi vicino al piccolo fuoco, Joe Mack elaborò il suo piano su quegli alberi, sapendo quello che doveva fare e meditando sul modo migliore di farlo. Aveva teso molte trappole agli animali selvatici, spesso usando trappole con pali a scatto. Questa sarebbe stata una variante. Doveva combattere con le armi che aveva a disposizione.

Dov'era adesso Natalia? Vivevano ancora nel villaggio improvvisato dove li aveva trovati? O avevano già cominciato il viaggio verso la Baia di Plastun o le sue vicinanze? E come avrebbe mai potuto mantenere la sua promessa di andare a prenderli?

La zona di frontiera si estendeva per tutta quella costa, e qualunque aereo tentasse di penetrarvi veniva abbattuto. I russi avevano già dimostrato la loro prontezza nell'abbattere anche un innocente aereo carico di passeggeri, se invadeva per caso il loro spazio aereo. Eppure l'avrebbe trovata una via. In un modo o nell'altro, l'avrebbe trovata.

Un vento gelido soffiava giù dalle creste scabre, e cadde una lieve pioggia di neve smossa, particelle ghiacciate che pungevano la pelle. Joe Mack tornò fra gli alberi e accostò fra loro tronchi caduti in modo da ricavarne un riparo rudimentale, raccogliendo rami per farsi un letto. Il cielo in alto era sorprendentemente chiaro, le stelle sembravano lampade sospese all'orlo del canyon. Dal basso poteva sentire il rombo dell'acqua, ma come un suono lontano.

Se non faceva tracce, non ne avrebbe lasciate. Sarebbe rimasto qui, se possibile, per parecchi giorni, ma prima doveva trovare una via di fuga, e doveva essere preparato al passaggio di aerei o elicotteri.

Queste gole erano selvagge, quasi del tutto inesplorate, se non da qualche cacciatore di passaggio, e da quando era arrivato nella zona non aveva visto nessuna traccia di uomini.

All'alba risalì per la stretta pista da cui era venuto, non una pista vera e propria, ma piuttosto un percorso lungo le pareti di roccia, spostandosi da una cengia all'altra. Trovato un punto in cui i pioppi tremuli crescevano quasi orizzontali rispetto al terreno, ne scelse uno e lo tirò all'indietro, facendo forza finché fu piegato quasi come un arco. Dopo averlo fissato in questo modo con un meccanismo a scatto che veniva azionato da una cordicella messa di traverso sul sentiero, mascherò il più possibile la cordicella e fece un passo indietro per controllare l'effetto. Il giovane pioppo, teso come un arco, sarebbe stato liberato dalla cordicella e sarebbe schioccato come una frusta, scagliando un uomo dal sentiero giù nel canyon, se non gli spezzava il collo o gli sfondava la testa.

Una capra di montagna che usasse lo stesso sentiero, se inciampava nella cordicella, sarebbe passata sana e salva sotto l'albero.

La primavera giungeva presto in questa regione del nord e spariva altrettanto in fretta, ma era lontana ancora alcune settimane, anche se qua e là il ghiaccio si scioglieva di giorno, solo per gelare di nuovo la notte.

Cautamente, palmo a palmo, Joe Mack esplorò la piccola valle. Quando trovò la via di fuga che cercava, furono gli animali selvatici a indicargli la strada, come lui si era aspettato. In fondo al punto in cui aveva acceso il fuoco, c'era una conca soffocata da una folta vegetazione di betulle. Le tracce di animali l'aggiravano, passando lungo la parete di roccia, e poi calavano attraverso una semplice fessura, scendendo bruscamente in una conca dalle pareti rocciose dove lui trovò una sporgenza con un rudimentale parapetto di pietre incastrate l'una nell'altra, evidentemente di età molto antica. Un uomo o degli uomini avevano trovato rifugio qui nei tempi andati. Non c'erano segni di fuoco sul pavimento della sporgenza, giacché si erano da tempo tramutati in polvere. In alto si notavano rocce annerite dal fumo.

Seguendo a ritroso la stretta pista degli animali, lui scoprì che si biforcava, da una parte in alto, dall'altra verso il basso. Questo, decise Joe Mack, era stato un sentiero usato da chi aveva costruito il rifugio. In alcuni punti, dei tratti erano caduti nel vuoto sottostante, in altri le rocce cadute dall'alto lo avevano quasi bloccato, ma portava fino alla sommità dell'altopiano. Rendendosene conto, a una certa distanza, non si avvicinò per non lasciare tracce dove potevano essere viste. La pista sembrava emergere in un boschetto di betulle, parecchie delle quali erano cresciute sul sentiero stesso. Ritirandosi, lui preparò parecchie trappole, che lui avrebbe ricordato, ma che potevano eliminare chiunque si azzardasse a esplorare la zona.

Per i quattro giorni seguenti, mangiò, dormì e perlustrò la zona. Era possibile, scoprì, salire attraverso la foresta sul fianco della montagna fino a una cengia sopra la sua valletta e di lì un ripido sentiero, usato dalle capre di montagna, scendeva in fondo al canyon.

Il quinto giorno un aereo sorvolò le montagne, un piccolo aereo che poteva volare molto lentamente, perlustrando il terreno. Joe Mack rimase nascosto, osservandolo, ringraziando il cielo di essere stato abbastanza saggio da non percorrere mai due volte lo stesso itinerario in modo da non lasciare tracce visibili. La ricerca era ormai in corso, quindi, per quanto facesse freddo non doveva accendere fuochi.

La caccia si sarebbe svolta anche a terra, e senza dubbio dovevano avere un indizio che li portasse quassù. Poteva essere semplice routine, ma lui non lo credeva.

Continuò a lavorare, confezionando mocassini e ricavando una giacca dalla pelle di capra.

Dubitava che avrebbero scoperto com'era arrivato in questa valle o addirittura si accorgessero della sua esistenza. Dall'alto, era solo un punto più stretto fra le pareti di roccia del canyon, soffocato dagli alberi. Ce ne dovevano essere molti simili, alcuni raggiungibili, altri no. Giù nell'Idaho aveva visto vecchie miniere e capanne aggrappate a pareti che sembravano del tutto inaccessibili. Così doveva essere qui. Ma in questo posto non c'era niente che attirasse l'attenzione.

Sarebbe rimasto tranquillo per altri tre o quattro giorni, possibilmente di più. L'impazienza sarebbe stata il suo peggior nemico, anche se aveva ancora tanta strada da fare.

Poteva farla nel breve periodo di caldo? Il ghiaccio sui fiumi di solito si scioglieva in aprile e alla fine di agosto si formava di nuovo. Sembrava che non ci fosse modo per lui di coprire l'enorme distanza che si stendeva davanti a lui nel breve tempo disponibile, soprattutto perché il territorio sarebbe stato sempre più aperto, con molta tundra e scarsa copertura. Almeno, c'era scarsa copertura fino ai Monti Anadyr. In qualche modo doveva superare il fiume Kolyma e poi l'Omolon. Al di là c'era il limite degli alberi.

Disteso sotto i cedri, sentì un aereo volare di nuovo in alto. Avevano trovato qualcosa? O erano soltanto in volo di ricognizione?

Un altro lungo inverno? In una regione ancor più desolata? Rabbrividì all'idea. Quanto poteva resistere? A volte gli sembrava di non essere mai stato caldo e comodo. Una notte dopo l'altra e un giorno dopo l'altro, di freddo penetrante, incredibile, in cui non osava rilassarsi, neanche un minuto, nel timore di commettere un errore e morire. Bastava un errore solo, per quanto banale.

Pensando a un altro inverno si sentì sull'orlo della disperazione. Poteva sopravvivere? Come? Sarebbe stato infinitamente peggio qui che più a sud. Prima che venisse un altro inverno, lui avrebbe superato il Circolo Polare Artico.

Incupito fissò la notte che stava calando. E dov'era Natalia? Suo padre? Come stavano? E cosa ne era stato di Yakov? O di Botev e Borowski?

Stavano succedendo tante cose di cui non sapeva niente.

E se, l'idea gli venne all'improvviso, avesse tentato di passare l'inverno in una città? Aveva bisogno di scarpe, ma aveva un vestito e una camicia.

Supponiamo, supponiamo soltanto che riuscisse a farlo. Dove avrebbe trovato alloggio? Come si sarebbe procurato da mangiare.

Eppure era un ipotesi da considerare, e ormai dovevano essere convinti che lui era un uomo dei boschi.

E quale città? Magadan? Era la più vicina, ma così si sarebbe cacciato nel territorio nemico. Lui era un indiano e i boschi erano suoi. Lui ne faceva parte. Quello era il suo posto. Ma in città?

Scosse la testa e ridiscese sulla piccola cengia che aveva scoperto. C'era un nascondiglio qui, protetto dagli alberi.

E di notte si levò un gran vento, alcuni alberi furono abbattuti, e delle rocce precipitarono, schiantandosi con fragore nell'enorme precipizio sottostante. Raggomitolato per difendersi dal freddo, lui ascoltava, al riparo ma intimorito dalla furia della tempesta. Cadde una pioggia gelida, che si tramutava in ghiaccio a contatto con l'aria, trasformando i sentieri in fiumi di ghiaccio e gli alberi in foreste di cristallo che tintinnava e s'infrangeva nella notte.

In lontananza cadde un grande macigno, lui lo sentì rimbalzare da una cengia all'altra giù nel canyon.

E poi, improvvisamente com'era cominciata, finì, e un profondo silenzio scese sulla montagna, un silenzio in cui finalmente si addormentò, sfinito dal viaggio.

Dormì e dalla tempesta e dalla notte scaturì un uomo simile a un grosso orso, che si calava lungo le pareti di roccia, poi si fermava. Infine, incapace di avanzare oltre, fece una sosta. Era vicino, si disse, l'americano era da qualche parte lì vicino.

35

Ostap era fermo in strada, con una sigaretta penzoloni dal labbro. Gli uomini andavano al lavoro, frettolosi, passarono alcune auto e un grosso autocarro rumoroso. Era mattina presto, grigia e deprimente. Di fronte a lui c'era l'impalcatura di un'enorme costruzione irregolare, cominciata mesi prima e rimasta interrotta. A primavera forse l'avrebbero finita e forse no. Non si sapeva mai, a Magadan.

Ingobbì le spalle per difendersi dal freddo. Era improbabile che qualcuno lo seguisse. Era un pesce piccolo e voleva restare tale, per quanto si sapeva. Avrebbe avuto la sua parte al momento opportuno, e questo affare poteva essere un inizio. Ostap era un uomo che viveva ai margini della legge.

Aveva un interesse qua, uno là. Un po' di questo e un po' di quello. Non voleva avere tutto. Tentare di ottenere tutto rendeva un uomo vulnerabile. Ma le briciole erano un'altra cosa. Tutto quello che voleva era una percentuale.

Aveva una sorta di lealtà verso i suoi simili, e i suoi simili non amavano Shepilov. Gli sarebbe piaciuto fare lo sgambetto a Shepilov, fargli un tiro sporco. Nello stesso tempo, Shepilov era del KGB ed era pericoloso. Ostap aspettò il passaggio di un grosso camion e poi attraversò la strada, imboccò un vicolo e s'infilò in un edificio incompleto. In uno dei locali completati, al piano inferiore c'erano tre uomini intorno a un fuoco.

Era acceso sul pavimento di cemento, e alimentato con pezzi di legname da costruzione. C'erano Lev e Kraslov. Con loro c'era un altro uomo, uno sconosciuto.

Notando la sua esitazione, Lev disse: — Questo è Botev. È a posto. — Lev curvò le spalle. Era un uomo giovanissimo, il cui viso sembrava già vecchio. Gli occhi azzurri erano sempre arrossati e aveva la bocca molle. A Ostap non piaceva, ma aveva aderenze. Era imparentato con parecchi ufficiali e viziato dalla madre e dalla zia. Sapeva sempre quando ci sarebbe stato un repulisti o un'indagine, e sapeva sempre chi voleva che cosa. Si rivolgeva a Ostap perché lui sapeva come procurarsela.

— Botev è un cacciatore — disse. — Vive nella foresta.

— Shepilov è a Magadan — avvertì Ostap, tendendo le dita verso il fuoco.

Lev lo guardò con la coda dell'occhio. — E come fai a saperlo? È appena arrivato.

Ostap scrollò le spalle. — Ho i miei sistemi. — Meglio lasciar credere che aveva anche lui delle aderenze. E le aveva, sia pure su scala minore.

— Kuzmich sta reclutando cacciatori per cercare l'americano — disse Lev. — Hanno chiesto a Botev di partecipare.

Ostap guardò Botev. — Lo vuole anche Zamatev. E Zamatev pagherà.

Kraslov si strinse nelle spalle. — Che cosa sai di Zamatev? — ribatté con un sogghigno.

— Lui pagherà. Vuole l'americano.

Botev parlò. — Ha ragione. È Zamatev che ha più bisogno di trovarlo. A Shepilov piacerebbe metterci sopra le mani per primo. L'uomo è sfuggito a Zamatev. — Si accovacciò sui talloni, vicino al fuoco. — Contrastate Zamatev e vi spezzerà la schiena.

Ostap lanciò un'occhiata a Botev. — Andrai nei boschi a dare la caccia all'americano?

Botev sorrise. — Cercherò — rispose. Poi aggiunse: — È un pellerossa.

Rimasero affascinati, come lui aveva immaginato. — Un pellerossa? Davvero? Porta le penne fra i capelli?

— Quello era tanto tempo fa. Alcuni di loro sono capitalisti, ormai. Quest'uomo era un aviatore.

— Pensa un po'! Un pellerossa che fa l'aviatore! Com'è fuggito?

— Chi lo sa? Te l'hanno mai detto?

Ostap allargò le dita verso il fuoco. — Zamatev pagherà — ripeté. — Shepilov ti darà una pacca sulla schiena e ti dirà che cosa grandiosa hai fatto per il Soviet.

Lanciò un'occhiata a Botev. — Puoi trovarlo? Tu e gli altri?

— Quali altri? Io posso trovarlo.

Ostap si fregò le dita. — Io posso raggiungere Zamatev — disse. — Pagherà bene. Se riesci a prenderlo — disse a Botev — sarà un ottima cosa. Ma parla agli altri. Passa parola. È Zamatev che pagherà. — Ostap guardò le fiamme, poi alzò gli occhi verso di loro. — Non vorrei essere l'uomo che contrasta Zamatev. — Si alzò in piedi. — Prendilo per la Russia, ma consegnalo a Zamatev.

— Non ne avrete la possibilità — disse Kraslov a Botev. — Alekhin gli sta dando la caccia.

Si fece silenzio, poi Botev suggerì: — Potremmo prenderlo prima noi.

— Meglio fare così, se volete ricavarne qualcosa. Se lo prende Alekhin, ci sarà soltanto un cadavere.

Si strinsero intorno al fuoco, e Ostap pensava a Botev. Un uomo duro, un uomo in gamba. Come aveva fatto Lev a conoscerlo? Botev era un uomo col quale poteva lavorare, ma si sarebbe potuto fidare di lui? Ma dopo tutto, di chi poteva fidarsi? Certo non di Lev, e di Kraslov meno di tutti.

Ostap stava guardando Botev quando Kraslov parlò di nuovo. — Hanno appena preso un uomo sulla strada per Semjchan un tipo di nome Yakov. Lo portano in città stasera.

Ostap stava guardando Botev e vide l'espressione dell'uomo. Capì istantaneamente. Ecco perché Botev era qui. Stava cercando informazioni.

Perché? Che interesse aveva Botev per Yakov? Parlò in tono distratto. — Non l'ho mai sentito.

— Chi sa mai qualcosa? — esclamò Kraslov spazientito. — Che cosa ti dicono? Niente!

— Non è necessario — ribatté Lev, divertito. — Le voci corrono. Qualcuno lo dice a un compagno, il compagno lo dice alla sua ragazza e lei lo dice alla madre. Presto lo sanno tutti.

Ostap stava riflettendo. Certo, tutti mormoravano un po', ma c'erano dei posti d'ascolto, come questo, dove si sentivano cose di cui gli altri non parlavano. Come aveva fatto Botev a conoscere Lev? Attraverso il mercato nero? Botev era un cacciatore e Lev commerciava in tutto quello che rendeva denaro. Ma perché Botev era interessato del prigioniero Yakov? Perché lo era. Ostap aveva visto la sua espressione. Voleva scambiare due parole con Botev.

Nessuno rimase a lungo vicino al fuoco, ma Ostap aveva visto concludere qui affari per migliaia di rubli. Non c'erano discussioni sui prezzi, solo incontri casuali e qualche parola buttata lì su quello che era necessario e chi avrebbe pagato, e di tanto in tanto si lasciava cadere una cifra. Se non si otteneva risposta doveva essere di più. Ostap si alzò, sicuro che il movimento avrebbe attirato l'attenzione di Botev. Quando i loro occhi s'incontrarono, Ostap fece un cenno con la testa per indicare che dovevano parlare fuori.

— Zamatev pagherà — ripeté. — Pagherà bene. Se sapessi

dove si trova l'americano, potrei ottenere qualcosa di buono per noi.

Ostap uscì, guardando la strada in su e in giù mentre si avvicinava. Per quanto audace potesse apparire quando parlava a Kyra e Katerina, era cauto in tutti i suoi rapporti e movimenti. Osservò Kraslov allontanarsi lungo la strada, ma Lev si attardò, apparentemente intenzionato a parlare. Quando lo fece, accennò col capo a Kraslov. — Non mi fido di lui.

— Di chi puoi fidarti?

— Di te mi fiderei, compagno Ostap. — Il tono di Lev era sincero.

— E io di te. — Ostap esitò, poi disse: — Ma ci sono cose che è meglio tenere per sé. Perché mettere altri nei pasticci?

Quando Lev fu scomparso, tornò Botev. Dove fosse stato nel frattempo, Ostap non lo sapeva.

Botev si avvicinò e poi si fermò, guardando in giro con diffidenza. — Volevi parlarmi?

— Zamatev vuole l'americano. Soprattutto, non vuole che il compagno Shepilov lo raggiunga per primo. Tu sarai laggiù in mezzo a loro, e mi risulta che ci sono alcuni di loro che potrebbero lavorare per noi. — Fece una pausa. — Dobbiamo prendere l'americano. È un nemico del nostro popolo.

— Naturalmente — replicò Botev, in tono leggermente ironico.

Non può sfuggire. Dove va ora, non esistono nascondigli. La regione è troppo aperta.

— Ci sei stato?

— No, no, certamente no. Ma mi è stato detto...

— Non credere a tutto quello che ti dicono — Botev si guardò attorno. — Comunque, vedrò quello che posso fare.

Ostap imboccò la strada, tentando di pensare che altro si poteva fare. Era contento che Kyra si fosse rivolta a lui per avere aiuto. Lei era brillante, sveglia e dura, non si faceva incantare da nessuno. Chiunque tentasse di ingannarla o di fare scherzi avrebbe fatto una brutta fine. Lui aveva seguito da lontano il suo modo di agire e aveva capito che cosa faceva. E ora, fra tante persone influenti, collaborava con Zamatev. Forse sarebbe venuto il giorno in cui avrebbe avuto bisoino della sua influenza.

Lui era tagliato fuori da tutto, viveva delle risorse del suo ingegno in un paese che ad esso lasciava ben poco spazio.

Se avessero potuto prendere quell'americano, le acque si sarebbero calmate di nuovo. Non gli piaceva l'idea che Shepilov fosse qui, né il fatto che per causa sua, tutti stavano diventando molto svegli e pronti. Era stata fatta una dozzina di arresti che sarebbero mai avvenuti, se non ci fosse stata la caccia all'americano.

Tornato nelle due stanze che divideva con Katerina, studiò la situazione dentro di sé. L'americano non aveva nessuna speranza. Malgrado tutta l'abilità con cui era riuscito finora a sfuggire agli inseguitori, ora stava per essere messo in trappola. L'area in cui poteva muoversi si stava restringendo. C'era più tundra, più terreno scoperto, meno alberi. Più a nord, non ce n'era nessuno finché non si raggiungevano i Monti Anadyr.

Botev non aveva intenzione di aiutare né Shepilov né Zamatev. Aveva incontrato l'americano solo due volte, ma lo ammirava. Era un vero uomo della foresta, e Botev non poteva credere che avesse importanza se riusciva a sfuggire o no. Forse per Shepilov e Zamatev ma non per la Russia. Certo, lui sapeva ben poco di quello che c'era in palio, ma che cosa poteva fare un uomo solo?

Ostap camminò di buon passo, svoltò parecchie volte e infine raggiunse la periferia della città. Imboccò un sentiero fra due cortili pieni di macchinari arrugginiti e si addentrò nei boschi.

Kyra era seduta insieme a Katerina quando Ostap rientrò e gettò il berretto sul letto.

— Gliel'ho detto — disse. — Ho detto che Zamatev avrebbe pagato bene per averlo per primo.

— Questo posso assicurarlo.

— Bene! Credo che lo prenderanno. Dopo tutto, dove può andare.

Lei si alzò in piedi. Era tempo di parlare con Arkady. Era rimasta lontana troppo tempo e, rifletté, troppo tempo in questo posto. Si abbottonò il cappotto. — Se sai qualcosa...?

— Non preoccuparti. Lo saprai.

Lei si chiuse la porta alle spalle e percorse in fretta il corridoio. Stava per entrare nello stretto atrio, quando vide la macchina parcheggiata di fronte. Si girò in fretta e corse lungo il corridoio fino alla porta sul retro. Lì c'era un uomo di guardia, un uomo massiccio con un cappotto grigio.

Lei si girò prontamente; non si vedeva nessuno. Tornò in fondo al corridoio e aprì la porticina. Non per niente era già stata qui. La porticina dava su un magazzino, in cui tenevano il carbone da bruciare. C'era la porticina da cui veniva caricato il carbone. Si apriva su un vicolo.

La socchiuse. Lì non c'era nessuno. Dalla parte opposta del vicolo c'era un vecchio cortile che comunicava con un altro e poi con un edificio in rovina, abbandonato da tempo. Magadan era fatta così, una città di spazi vuoti, di costruzioni tirate su in fretta per ordine di qualcuno o per qualche ghiribizzo burocratico.

Stegman aspettava vicino all'elicottero quando il taxi la fece scendere. — Ora! — disse lei. — Subito!

Lui non fece domande finché non furono in volo. — Che succede?

— Il compagno Shepilov sta facendo degli arresti — disse — ma il nostro lavoro è finito.

Avrebbero preso Vania? Sperava di no. Dopo tutto che cosa era stato fatto? Tuttavia sapeva che non era necessario aver fatto qualcosa. Bastava essere sospettati.

— Suvarov è con i soldati — disse Stegman. — Da qualche parte al nord. Ho una carta se...

— No. Torneremo a Khabarovsk. Si sa niente di quella donna? La Baronas?

— Niente. Quando i nostri uomini hanno raggiunto la capanna, se n'erano andati, andati da qualche tempo. Il fuoco era spento, la cenere fredda. Si sono rifugiati di nuovo nella foresta, penso.

Lui avvistò una cima lontana e cambiò leggermente rotta. — Compagna Lebedev? Ci sono stati problemi.

— Problemi?

— Sì, pare che il compagno Bocharev si sia interessato alla questione Baronas. Ha fatto delle indagini. È stato necessario riferirlo al colonnello Zamatev.

Lei si accigliò. Bocharev? Che cosa aveva a che fare con questo?

— Il nostro informatore, quel Peshkow è scomparso. Nessuno l'ha visto. Gli altri si sono dispersi. Sono stati fatti alcuni arresti, ma anche Zhikarev si è volatilizzato. — All'improvviso il suo tono divenne furioso. — Non so che cosa sta succedendo. Ci sono state molte negligenze! Questa gente doveva essere arrestata subito! Subito! E quel Zhikarev...!

Se Baronas e sua figlia avevano lasciato la Baia di Plastun, erano partiti per mare, oppure avrebbero tentato di superare il confine con la Cina. Il mare era fuori questione. Niente poteva sfuggire alla zona cuscinetto e alla stretta sorveglianza sulle acque del Mar del Giappone. Quindi doveva trattarsi del confine.

Dalla valigetta prese una carta. Il punto più vicino per superare il confine era sul fiume Ussuri. Appena arrivati a Kabarovsk, avrebbe visto che cosa si poteva fare. Anzi, se tutto andava bene con Arkady, sarebbe andata di persona. Avrebbe raggiunto Iman in volo.

Per la prima volta cominciò a dubitare. E se Arkady falliva?

Le cose con Pennington non erano andate bene. Lui aveva protestato che la sua unica esperienza riguardava gli insetticidi e aveva assicurato che sarebbe stato lieto di aiutarli in quel settore. In effetti s'intendeva molto delle infestazioni di zanzare e mosche nere ed era disposto a collaborare. Assicurava loro che avevano preso l'uomo sbagliato, che sarebbe stato lieto di conoscere l'ammiraglio ma che non erano venuti affatto nel suo reparto. Lei non sapeva niente dei dettagli dell'interrogatorio o dei metodi usati, solo che non avevano ricavato niente, se non che Pennington sapeva davvero molto sugli insetticidi ed era disposto ad aiutarli con i loro problemi. Dato che era prezioso sotto questo aspetto, forse sarebbero stati restii a proseguire gli interrogatori, ma lei ne dubitava, conoscendo il colonnello.

Veder fallire quello sforzo, e per giunta la fuga di un uomo che non sembravano capaci di ritrovare...

Si metteva male per Arkady, per il colonnello Zamatev.

Avrebbero detto che era un incapace. Che era negligente. Che aveva fallito.

Se falliva, falliva anche lei. Lui era il suo biglietto per Mosca, la sua porta sul futuro.

E se fossero riusciti a ritrovare l'americano? Se davvero ci fosse stato qualcosa fra l'americano e quella Baronas? Se l'arrestavano, forse poteva diventare l'esca di una trappola. Kyra scosse la testa. No, non avrebbe funzionato. Certo che no. L'uomo avrebbe...

Ma aveva sentito dire che gli americani erano romantici. Lo era anche questo pellerossa? Sarebbe tornato indietro per salvare la sua ragazza? Se si riusciva a prenderla, valeva la pena di tentare.

Naturalmente, lui non lo avrebbe fatto. Se lo ripeté, ma era incerta.

"Prima prendila, e poi pensaci." Sotto interrogatorio, lei avrebbe detto tutto quello che avevano bisogno di sapere. Ma come far giungere la notizia all'americano? Ostap lo avrebbe saputo; lui sapeva sempre certe cose.

Ma Ostap era prigioniero. Senza dubbio era stato arrestato.

Solo che non era così. Ostap era sfuggito alla cattura. Era libero, e si era rifugiato nella foresta.

36

Quando venne il giorno, Joe Mack era solo sulla montagna. I suoi capelli erano diventati lunghi, e invece di tentare di tagliarli con il coltello aveva cominciato a portarli raccolti in due trecce che gli pendevano sul petto. "Ora non ti manca altro" pensò "che una collana di artigli d'orso".

Il suo sorriso era cupo mentre studiava il terreno in basso e intorno a lui. Eppure i suoi pensieri vagavano e lui ricordava la storia dell'apache, l'indiano Massai, che era stato deportato in Florida dopo la resa di Geronimo nel 1886. Era fuggito dal treno dopo che avevano lasciato St. Louis e aveva riattraversato il paese, tornando in Arizona senza essere visto se non da un amico indiano da cui si era fatto riconoscere. Tremiladuecento chilometri, aveva percorso, la maggior parte dei quali attraverso un territorio popolato. Nessuno aveva mai conosciuto l'intera storia, ma era di quelle che valeva la pena di raccontare.

Ai vecchi tempi gli apache avrebbero creato canti sul suo coraggio e sulla sua abilità. Oggigiorno non cantavano più, e troppi indiani stavano dimenticando i vecchi canti e gli antichi racconti. Lui ne conosceva molti. La nonna e la madre gli avevano narrato le storie, e anche il nonno bianco, che ne conosceva ancor più degli indiani. Era vissuto a contatto con i vecchi e conosceva il valore dei loro canti e dei loro racconti. Molti li aveva messi per iscritto, altri li aveva semplicemente ripetuti a Joe Mack quand'era ragazzo.

Sotto di lui si apriva la grande gola rocciosa con il suo fiume ruggente, orlato di rocce frastagliate come se nascesse da un incubo surreale, rocce corrose dal vento e spezzate dal ghiaccio in espansione, strati di roccia, lastre di roccia, e roccia frantumata al di sotto. Sotto l'orlo del precipizio, gli alberi sfrangiati dalle tempeste si piegavano ai venti dominanti e protendevano i rami morti come ossa scheletriche verso le strette cenge sottostanti.

Lui conosceva questa terra, la riconosceva dai suoi ricordi dello Hell's Canyon, dello Snake e del Salmon River, nell'Idaho. Questo gli somigliava, ma era più selvaggio, leggermente diverso. A lui sembrava sempre più di sfogliare all'indietro il libro del tempo. Svanivano in una nebbia indistinta i giorni del suo addestramento come ufficiale, gli anni di volo, le uniformi impeccabili, e prima ancora le lezioni imparate a scuola. Adesso era tornato alle montagne della sua infanzia e ai ricordi della sua vita selvaggia e libera sui monti.

Non era mai stato un uomo civilizzato se non in superficie. Lo sapeva, ma sapeva anche che avrebbe potuto, o pensava di potere, ridiventarlo. Ora non ne era più sicuro. Era un uomo della foresta, viveva come aveva sognato di vivere. La sua vita era selvaggia, dura, fredda e pericolosa, ma lui era fatto per quella vita.

— Io sono l'ultimo indiano — si disse a voce alta — che vuole vivere alla maniera antica, seguire gli antichi pensieri.

Non aveva scelto i suoi nemici. Erano stati loro a scegliere lui. Lo avevano strappato alla vita che stava vivendo, per usarlo, spremerlo e gettarlo via. Avrebbero lasciato i resti pietosi di un uomo, quello che sarebbe rimasto dopo la tortura, dopo ripetuti, umilianti interrogatori. Era meglio così. Non aveva paura di morire. Tutta la sua vita era stata una preparazione alla morte, ma un guerriero deve morire. Eppure adesso non voleva morire, perché morire avrebbe assicurato loro la vittoria. Sarebbe sopravvissuto, sarebbe fuggito, glielo avrebbe sbandierato in faccia. Avrebbe dimostrato loro che cosa sa fare un uomo.

Erano laggiù, ora, cercando lui. Benissimo, lo trovassero pure, e con lui la morte.

Alcuni erano morti, lo sapeva. Il suo inseguimento non era stato facile. Quanti ne avessero ucciso le sue trappole lo ignorava, ma sapeva dei tre con l'elicottero, e ce n'erano stati altri. D'accordo, se volevano pagare il prezzo, li avrebbe accontentati.

Non si sarebbe più limitato a fuggire per eludere la loro caccia. Ora avrebbe reagito.

Rukovski era in attesa vicino al fuoco quando Suvarov arrivò. — È da qualche parte lassù — disse Rukovski. — È difficile, ma lo troveremo. — Accennò un gesto. — Ho una dozzina di pattuglie sparse lungo questa valle. Quando avremo mangiato, risaliremo le montagne. Può dire al suo colonnello Zamatev che lo prenderemo.

Suvarov annuì, ma tenne i suoi dubbi per sé. — Lo inseguiamo da mesi. Mi piacerebbe vederlo preso.

— Non abbia timori. I miei uomini lo prenderanno. — Volse le spalle al vento che stava soffiando giù dalla montagna. Non era un vento forte, ma era freddo, gelido.

— Per loro sarà un'esercitazione. Li terrà in forma per la lotta reale. Non sarebbe potuto capitare in un momento migliore.

Suvarov guardò in su, verso i monti. C'era un po' di neve sulle cime e un enorme banco di neve sotto una cresta.

— Lei viene dall'Ucraina? — Suvarov guardò di nuovo la montagna. — È mai stato sulle montagne d'inverno?

— Un po'. Non importa; i miei uomini sanno affrontare le montagne. Sanno affrontare tutto.

Si guardò attorno. — Personalmente, sarò lieto di salire sulle colline. Ci ripareranno un po' da questo vento.

Rukovski lanciò un'occhiata a Suvarov. — Ho una bottiglia in macchina. Che ne dice di un goccetto di vodka?

— Perché no? — Suvarov si alzò in piedi, nervoso. — Mi è sembrato di sentire odore di fumo.

— È probabile. I miei uomini hanno acceso dei fuochi; stanno preparando il tè e mangiando un boccone. — Guardò l'orologio. — Non ne avranno ancora per molto.

Suvarov bevve una sorsata dalla bottiglia e la passò a Rukovski. — Ho sentito che il compagno Shepilov ha reclutato dei cacciatori per trovare l'americano.

Rukovski sorrise. — Non importa. Lo prenderemo prima noi.

— È un territorio difficile, quello lassù. — Suvarov lo indicò. — Non l'ho visto di persona, ma ho sentito raccontare delle storie.

Bevve un altro sorso di vodka e tese la mano verso la tazza di tè. La riempì e si alzò. — Ehi, c'è un fumo terribile!

Rukovski si alzò in piedi. Era davvero molto. Di colpo, s'infuriò. — Si sono lasciati prendere la mano dal fuoco! — Imprecò e prese la radio. Fece una domanda e poi cominciò ad abbaiare ordini.

— Salga. Vedremo che cosa sta succedendo. — Montarono subito in macchina e l'autista premette il pedale dell'avviamento. Ronzò, ma non successe nulla. L'autista ritentò, e in quel momento il fumo si gonfiò, una nuvola scura li avvolse e videro un muro di fiamme avanzare verso di loro sospinto dal vento. L'erba nella piccola valle era secca, e il fuoco faceva rapidi progressi. — Al diavolo la macchina! — Rukovski saltò a terra e si diresse verso le rocce. Suvarov e l'autista lo seguirono a un solo passo di distanza.

Si arrampicarono sulle rocce dove c'era poca vegetazione, proprio mentre le fiamme investivano la valle. Raggiunsero la macchina e l'avvolsero, e poi le fiamme toccarono la benzina fuoriuscita dal serbatoio. Il fuoco ruggì, le fiamme divamparono alte e poi l'auto esplose. Per un attimo le fiamme si alzarono al cielo, poi ruggirono impazzite mentre la benzina rimanente bruciava.

Rukovski imprecò nuovamente. — Scoprirò il responsabile di questo, e lo...!

La linea del fuoco si spostava verso il fondo della valle, lasciandosi dietro erba nera e carbonizzata. Solo alcuni soldati avevano riportato ustioni leggere, per lo più nel tentativo di salvare apparecchiature o viveri.

— Signore?

Rukovski si girò spazientito. Suvarov disse: — Prima di cercare un colpevole, sarebbe meglio pensare all'americano.

— Che cosa vuol dire?

— Potrebbe aver incendiato lui l'erba.

— Sciocchezze! — esclamò Rukovski, poi si fermò a riflettere. — È possibile? Tenterebbe una cosa del genere?

Suvarov ripeté la storia dell'elicottero. Delle numerose trappole. — È la tecnica della guerriglia. Lui è molto abile in questo.

— Venga! Andiamo a vedere dove è cominciato l'incendio.

I soldati cominciavano a scendere dalle rocce dove avevano trovato rifugio. Quasi tutti erano scappati con le armi, alcuni con le razioni. Tre veicoli erano andati distrutti, per ultimo un camion appena al di là della linea del fuoco.

— Questo è stato incendiato dopo che il fuoco era passato, colonnello. Vede? Era su questa altura, fuori della visuale di quasi tutto il comando.

— Manca qualcosa?

Alcune casse di razioni erano state sventrate e mancavano viveri e munizioni. Era scomparso un AK-47.

Pian piano giunsero i rapporti. Gran parte delle riserve di viveri erano bruciate e molte apparecchiature danneggiate. L'incendio era stato improvviso e inaspettato e si era sviluppato in fretta, favorito dal vento. Quasi tutti gli uomini avevano salvato le armi, alcuni avevano con sé le razioni; una parte era stata radunata in fretta sulle rocce, fuori della portata del fuoco. Non rimaneva abbastanza per mantenere il comando sul campo.

— Qualcuno lo ha visto?

Nessuno aveva visto niente, ma era chiaro che le fiamme

si erano sviluppate in diversi punti. — Frecce incendiarie — disse qualcuno.

— Cosa? — Rukovski si voltò verso di lui.

— Nei film, signore. L'ho visto da ragazzo. Gli indiani usavano frecce incendiarie per appiccare il fuoco ai carri, e a volte le lanciavano oltre le mura dentro i forti.

Rukovski imprecò. — C'è una radio che funziona? — domandò. — Voglio un lancio di razioni e voglio far mandare delle provviste. Io vado lassù a prenderlo.

Il tenente Suvarov non replicò. Qui era soltanto un ufficiale di collegamento, e avrebbe voluto trovarsi da tutt'altra parte. Faceva freddo, e su quelle montagne sarebbe stato ancora peggio. Lui era un uomo di città, più a suo agio nelle case degli ufficiali superiori e nelle ambasciate che qui. Perché non aveva ottenuto quell'incarico in Giappone, quello che desiderava di più, se non poteva avere Parigi? Suo padre era stato un uomo importante, con tante amicizie. Il guaio era che c'erano altri con padri importanti che erano ancora vivi. Ed era stato il colonnello Zamatev a chiedere di lui, il che era un grande onore, ma lui stava cominciando a dubitarne.

La radio funzionava ancora, e dopo qualche tempo ottennero una risposta. Non si poteva fare niente fino all'indomani o al giorno dopo.

— Non importa — disse Rukovski. — Possiamo equipaggiare alcune squadre e le manderemo lassù. Muoviamoci.

Al riparo di un enorme macigno accesero il fuoco, e due soldati costruirono un riparo per il colonnello Rukovski e Suvarov. Faceva freddo, ma la primavera non era lontana. Suvarov lo disse, e Rukovski sbuffò. — In questa regione? C'è mai primavera?

Appoggiò la schiena al tronco dell'albero che formava il fondo del loro riparo. — Quest'uomo è davvero un indiano, tenente?

— Sì, signore. Un ottimo pilota, anche, stando a tutti i rapporti. Stava collaudando uno dei loro ultimi caccia, fra le altre cose.

— In genere non si pensa che un pellerossa faccia cose simili, ma io ne so molto poco.

— Alekhin gli sta dando la caccia, signore. È lassù, da qualche parte.

— Vorrei che lo prendesse. O che lo prendesse qualcun altro. No, vorrei essere io. Un aviatore, dice? Un ufficiale?

— Maggiore, signore.

— Dove sono gli altri uomini?

— In fondo alla valle, signore. Quelli che non sono di pattuglia. C'è un'area più protetta per loro. Ma abbiamo messo le sentinelle.

— Sentinelle? Qui?

— L'americano è nei dintorni, signore. E non sappiamo esattamente dove. Questo è un grande paese.

Faceva freddo, ma uno degli uomini aveva trovato un telo da stendere sul terreno e delle coperte in un camion distrutto solo in parte. Il colonnello Rukovski scoprì di apprezzare il bivacco e lo disse.

Suvarov replicò: — Sì, signore. È piacevole. — Ma non la pensava affatto così. Come diavolo si era cacciato in questa situazione, comunque? Se non poteva andare a Tokio o a Parigi, perché non a Mosca?

Bevve un po' del tè che la sentinella aveva preparato e rimise la teiera accanto al fuoco. Il colonnello si stava addormentando, così Suvarov si avvolse nella coperta e si raggomitolò più vicino al fuoco.

Dormiva da qualche minuto, gli sembrò, quando aprì gli occhi e vide l'uomo seduto di fronte a lui, dalla parte opposta del fuoco.

— Buon giorno, tenente! Ha dormito molto?

Il colonnello Rukovski aprì gli occhi e si mise seduto. L'uomo dall'altra parte del fuoco era vestito di pellicce, pelli di capra, gli sembrava, e aveva un AK-47 sulle ginocchia. La mano destra stringeva l'arma. La sinistra una tazza di tè.

— Spero che non le dispiaccia, colonnello. Il suo tè è ottimo.

L'uomo aveva due trecce, che gli ricadevano sul petto. Aveva un viso sottile, dalla pelle scura, e occhi di un grigio sorprendente. Forse sembravano sorprendenti solo perché si trovavano in un viso così scuro.

— Lei è l'americano?

— Maggiore Joseph Makatozi, per servirla. — L'americano sorrise. — Faccio fatica a ricordarlo. Temo di essere tornato alle origini del mio popolo.

— Sarà catturato, lo sa? I miei uomini sono dappertutto.

— Stesi dappertutto, dovrebbe dire, colonnello. Temo di averli dovuti legare. Non deve lasciarceli troppo a lungo, o geleranno.

— Lei è venuto a consegnarsi?

L'americano rise. — Quando sono io a controllare la situazione? Certamente no. Per essere sincero, sto appunto riflettendo che uso potrei fare di lei e del tenente, ma devo ammettere purtroppo che sareste più un impaccio che un vantaggio.

"No, sono passato soltanto per bere una tazza di tè. Presto me ne andrò. A dir la verità, cominciavo ad annoiarmi a parlare da solo. — Lanciò un'occhiata a Suvarov. — Che cosa è successo?"

Suvarov esitò, e Rukovski intervenne. — Glielo dica, se vuole. Tanto lo prenderemo presto. A proposito, maggiore, come è arrivato qui?

— Vuol dire stanotte? Be', ho semplicemente camminato fin qui. I suoi uomini erano così impegnati a parlare fra loro...

Scosse la testa. — A lei servono dei siberiani, colonnello. Questi ragazzi sono quasi tutti cittadini. Sono stato tentato di prendergli tutte le armi, solo per il gusto di fare uno scherzo.

Si rivolse a Suvarov. — Stava dicendo?

— Non so che cosa vorrebbe sapere. La sua ricerca è diventata generale. Il compagno Shepilov ha riunito un gruppo di cacciatori per prenderla in trappola dal nord. È un funzionario del KGB. Ci sono stati alcuni arresti.

"Sono stati ritrovati i corpi del pilota dell'elicottero e dei suoi compagni. Anche l'uomo del KGB che è stato trovato morto in macchina."

Joe Mack finì il tè e si alzò di scatto in piedi. — Se fossi in lei, prenderei i miei uomini e tornerei a casa, colonnello. Non sono abituati alle montagne, e soffriranno. Perderà uomini ed equipaggiamenti, che valgono molto più di me per voi o per l'Unione Sovietica.

L'AK-47 era pronto nelle sue mani. Fece un passo indietro verso l'oscurità esterna. — Lungo la strada — disse — ho incontrato alcuni civili. Nessuno di loro mi ha aiutato in alcun modo, ma non voglio che soffrano per colpa mia. Questa era la ragione delle mie domande.

— Non so niente al riguardo, tranne per il villaggio dove si dice che lei abbia vissuto per qualche tempo, fra un gruppo di malviventi che si erano rifugiati nei boschi.

— E il villaggio?

— Quando sono andati a prenderli, se n'erano andati. Dove, non sappiamo.

Ai margini della luce, Joe Mack abbassò un ginocchio a terra e prese un pacchetto di razioni d'emergenza. — Mi scuserà, naturalmente? Il sistema di approvvigionamento sulle montagne è inadeguato, per dire il meno.

Un momento era lì, e poi era sparito, come un fantasma nella notte.

Rukovski si alzò in piedi con un balzo ed estraendo la pistola che aveva nella fondina sparò nella direzione che l'americano aveva preso. Sparò e imprecò.

— Tenente! Trovi quegli uomini e li liberi! Voglio una ricerca immediata. *Ora!*

Ora, pensò Suvarov, quando è troppo tardi. Perché non aveva estratto quella pistola quando aveva davanti l'americano?

A proposito, perché non lo aveva fatto lui?

37

Rukovski era furioso. Le razioni sparite erano le sue, un pacchetto preparato espressamente per lui, dietro sue istruzioni. — Tenente! Liberi quegli uomini! Voglio una ricerca immediata!

— Certamente, signore, ma temo che non potranno vedere molto finché sarà ancora buio. Fra un'ora...

— Subito! — ruggì Rukovski. — Prima che possa allontanarsi troppo.

Sapeva perfettamente che al buio non avrebbero trovato niente. Un uomo capace di insinuarsi nel campo, legare le sentinelle, bere il tè con lui e poi andarsene, non si sarebbe fatto ritrovare da quel branco di ragazzi di città che lui comandava, ma sul rapporto avrebbe fatto bella figura l'annotazione che era stata ordinata immediatamente una ricerca.

In segreto, era divertito dall'audacia dell'uomo. Una volta calmata la collera per aver perso le razioni, ridacchiò fra sé. Pellerossa o no, quell'uomo aveva fascino. Lanciò un'occhiata a Suvarov. — Un uomo interessante, tenente. Molto interessante. Vorrei che avessimo potuto parlare più a lungo.

— Gli uomini dell'accampamento inferiore ci stanno portando dei viveri, signore. E un po' di tè oltre che di vodka.

— Bene! E sta facendo giorno. — Si girò a guardare lungo il pendio. Poteva vedere i suoi uomini, una lunga fila in assetto di combattimento, che risalivano il fianco della montagna e si addentravano fra gli alberi. Che assaggiassero un po' un vero terreno difficile.

Dall'alto del pendio, Alekhin li osservava con disprezzo. Non avrebbero trovato niente o nessuno. Fin da principio aveva capito che sarebbe stato lui a trovare l'americano. Che gli altri si vantassero pure. Non lo avrebbero mai catturato. Non sapevano nemmeno con che genere di uomo avevano a che fare. Comunque, erano vìcini, e lui sarebbe sceso a prendere il tè con loro. Gli avrebbe risparmiato di prepararselo da sé. Inoltre, lui sapeva dov'era l'americano e come prenderlo.

Usare i cacciatori era stata una buona idea, ma non avrebbe funzionato. Lui li conosceva troppo bene. Alcuni forse lo avrebbero tentato; gli altri avrebbero preso la loro paga senza combinare granché. Per la maggior parte ammiravano l'americano e lo consideravano uno di loro. Nel caso se lo fossero trovato davanti avrebbero potuto catturarlo o spargli, ma molti di loro non ci avrebbero messo troppo impegno.

Nessuno metteva troppo impegno in niente, di questi tempi. I cacciatori vendevano quasi tutte le pellicce al mercato nero e alcuni addirittura in Cina. Alekhin stesso lo aveva fatto. Sapeva quello che succedeva meglio di gran parte del KGB. Anche se alcuni di loro erano abili, e pochi molto in gamba.

Quando raggiunse il bivacco, Rukovski e Suvarov stavano mangiando. Si avvicinò e rimase ai margini del campo per alcuni minuti prima che Rukovski lo vedesse. La vista dell'uomo lì in piedi, così vicino, mandò su tutte le furie Rukovski, che ne aveva abbastanza di gente che sgusciava nel campo senza preavviso.

— Lei! — esclamò. — Chi è? — Rukovski aveva il sole negli occhi e non riusciva a vedere niente.

— Solo Alekhin.

— Cosa? — Quell'uomo era una leggenda in Siberia. — Venga! Venga! Vuole farci compagnia?

Era un uomo grosso, notò Rukovski, che si muoveva come un gatto. Alekhin si avvicinò al fuoco e sedette con le gambe incrociate.

— Cerca l'americano?

— Io so dov'è.

— Cosa? Perché non lo prendiamo? Se lei sa...

— Lo so. Prenderlo non è facile. Voi andate con tutta quella gente e lui è sparito, *puf*! Lo prenderò. Io.

— Dov'è?

Alekhin accennò con la testa all'indietro. — Lassù. Se andate a prenderlo, i suoi uomini moriranno. Sono idioti. Non sanno come cercare quest'uomo.

Rukovski era incline a convenirne, ma non ad ammetterlo. — È stato qui, questa mattina presto.

Gli occhi dalle palpebre pesanti di Alekhin lo fissarono. Rukovski ebbe l'impressione di aver sorpreso Alekhin.

— È stato qui; ha preso il tè con noi. Ha legato tre dei miei uomini. Poi ha preso il pacchetto delle mie razioni ed è sparito.

Alekhin bevve un sorso di tè. Dentro di sé era furioso, in preda a una collera gelida, amara. L'americano osava fare questo mentre lui era nei dintorni? L'avrebbe pagata cara.

— Lo prenderò io — ripeté. — Ormai lo prenderò presto.

Guardò Rukovski, oltre il fuoco. — Se voi lo seguite, moriranno degli uomini. Prenda i suoi soldati e torni a casa. Sarà meglio.

La schiena del colonnello Rukovski s'irrigidì. — Il suo parere non è necessario. — Il suo tono era freddo. — Se prevede di prendere l'americano, le suggerirei di darsi da fare.

Si rivolse di proposito a Suvarov e cominciò a parlare di altre questioni. Dentro di sé, ribolliva di collera. Chi era questo buffone per dirgli cosa doveva fare?

Alekhin li ignorò. Se la prese comoda, finendo il suo pasto frugale e il tè. Quindi si alzò e si allontanò senza voltarsi indietro. Non gl'importava di quello che facevano. Se morivano degli uomini, la cosa non lo riguardava. Quando raggiunse il margine della foresta li aveva già dimenticati. Non aveva avvertito Rukovski perché aveva dei principi umanitari, ma semplicemente perché tanti uomini avrebbero calpestato tutte le tracce, distrutto tutte le indicazioni che l'americano poteva aver lasciato.

Era stato qui questa mattina? Allora doveva essere rimasto qualche segno. Lui conosceva già la lunghezza del passo dell'americano, conosceva alcuni dei suoi sistemi di viaggio. Presto avrebbe saputo tutto. Aveva aspettato di proposito, volendo che l'uomo si stancasse, volendo che diventasse troppo sicuro di sé e quindi meno attento, volendo che gli altri abbandonassero la caccia.

L'americano si trovava in un punto vicino alla sorgente dell'Indigirka o del Kolyma, e lui propendeva per il primo. I canyon erano posti eccellenti per nascondersi, ma l'uomo avrebbe dovuto mangiare, e se uccideva per nutrirsi avrebbe lasciato una parte della carcassa. Questo avrebbe attirato gli animali che si nutrivano di carogne.

Era una terra aspra, di rocce spezzate, cascate grigie di detriti e pochi alberi rachitici. Alekhin si fermò per guardare in basso in un grande squarcio della montagna, uno squarcio soffocato da una massa di pini. Era una discesa ripida e una salita ancor più ardua, se non avesse trovato niente o se la spaccatura finiva, come tante simili, in un precipizio verticale sul fondo del canyon. Non trovò altro che gli escrementi di una capra di montagna e alcune chiazze di neve.

Guardò verso la parete opposta del canyon e un labbro incurvato di neve sotto quel banco che aveva già osservato. Brutto affare, una lastra pronta a scivolare portandosi dietro milioni di tonnellate di neve, roccia e alberi morti. Lasciata indisturbata, la neve si sarebbe sciolta gradualmente, ma se qualcosa ne turbava l'equilibrio, o se c'era qualche rumore improvviso, sarebbe venuto giù tutto.

Alekhin scosse la testa pesante. Rukovski era un idiota! Avrebbe dovuto tornarsene nel paese che conosceva! Un uomo del genere era un pericolo sulle montagne, per sé e per gli altri. Alekhin non si curava degli altri, purché non fosse anche lui uno di loro. Rukovski non gli piaceva. Troppo elegante, troppo efficiente, uno di quei tipi da ufficiale gentiluomo. A lui non piaceva nessuno, ma preferiva lavorare con Zamatev. Era crudele, duro come il ghiaccio e spietato. Ad Alekhin non piaceva nemmeno lui, e avrebbe avuto soltanto quello che si meritava, se l'americano avesse cambiato direzione e fosse tornato indietro per scovarlo e ucciderlo.

Zamatev aveva detto che stava arrivando per prendere di persona il comando. L'idiota! Che cosa poteva fare? Prendere il comando di che cosa?

Tuttavia Alekhin sapeva che Zamatev aveva preso all'improvviso l'aereo per Mosca e ritorno. Era tornato pieno di fiducia. Shepilov doveva essere richiamato, con la raccomandazione di tornare alle faccende che lo concernevano. Zamatev e il GRU si sarebbero occupati dell'americano.

Come se potessero farlo!

Alekhin si fermò. Un ciotolo, pressato nel fango quando era umido, era stato scalzato dal suo posto nel fango secco. Qualcosa o qualcuno era passato da questa parte. Se era l'americano, doveva averlo fatto di notte, quando si muoveva in fretta. Non era da lui lasciare un'indicazione simile.

Facendo una sosta, Alekhin cercò attentamente in giro. Si era imbattuto una dozzina di volte in trappole lasciate per gli inseguitori, e aveva visto degli uomini morire per colpa di quelle trappole. Altri erano rimasti invalidi, almeno temporaneamente.

Niente sembrava fuori posto, ma lui era diffidente. Con quest'uomo un solo sbaglio era sufficiente.

Sentì i passi dietro di sé e imprecò furioso. Come poteva combinare qualcosa con tutti questi idioti che andavano a spasso per le montagne?

Era di nuovo Rukovski. — Stiamo perlustrando questo pendio, Alekhin — disse. — Se troveremo qualcosa la chiameremo subito.

— Voi? — rispose rudemente Alekhin. — Che cosa potreste trovare?

Il colonnello Rukovski si dominò. — Potremmo trovare molte cose. Cento occhi sono meglio di due. — Puntò il dito. — Ho mandato una pattuglia sull'altro lato del canyon. Ci troviamo proprio all'imboccatura, così li ho fatti passare dall'altra parte.

Alekhin guardò verso l'altro lato del canyon. Una sottile linea grigia di uomini camminava in fila indiana e poi, sotto i suoi occhi, si sparse lungo il pendio in ordine di combattimento, per esaminare tutto.

Alekhin non se ne curava affatto, ma disse lo stesso: — Spero che nessuno di loro abbia famiglia.

— Che cosa? Che intende dire?

— Moriranno — rispose gelido Alekhin. — Li avete appena condannati a morte.

Rukovski lo fissò. Quell'uomo non era soltanto arrogante, era pazzo!

Gli occhi di Alekhin erano sprezzanti. — Lei, razza di idiota! Qualunque cosa voleva realizzare, ormai è finita. Lei è finito.

Alekhin voltò le spalle e si allontanò prima che lui potesse replicare. Rukovski lo seguì con gli occhi. Alekhin era l'uomo di Zamatev, e non si contrariava Zamatev a cuor leggero. Ciò nonostante...

Si guardò attorno. I suoi uomini erano sparpagliati sul fianco roccioso della montagna, sparsi fra i pini e i cedri, con le armi pronte, avanzando e salendo in una linea irregolare. C'erano degli abeti rossi, lungo il pendio, e alcuni gruppi di betulle della Dahuria. Rukovski indugiò ad ammirare la bellezza selvaggia e spoglia del luogo.

Era un uomo che leggeva molto, pensava molto, un uomo che amava la buona musica, ed era stato allevato in un ambiente ricco di arte e di artisti. La sorella minore faceva parte di un balletto ed era già riconosciuta come una delle migliori.

Si augurò all'improvviso che lei potesse vedere tutto questo: l'immensa montagna grigia spennellata di chiazze di neve, le colonne scure degli abeti e i soldati che avanzavano. Si volse a guardare la parte opposta del canyon. La distanza era aumentata, e ora doveva usare il binocolo per distinguere gli uomini. Si trovavano sulla nuda roccia, come qui, ma si stavano avvicinando a un ampio banco di neve vecchia. La neve scendeva fino all'orlo del canyon, traboccando in parte nell'abisso.

Al comando di quel gruppo c'era il capitano Obruchev, un ottimo ufficiale e un buon amico.

Alekhin era scomparso. Irritato, Rukovski guardò in giro. Dove poteva essersi cacciato?

Era un pazzo impudente! Eppure lui era stato avvertito che Alekhin non rispettava l'autorità. Non se ne curava, semplicemente. Non voleva niente di quello che potevano dargli e non aveva paura di nessuno. Zamatev si serviva di lui, ne aveva bisogno per questo genere di cose, e aveva detto spesso che Alekhin, quando voleva, sapeva addirittura sparire nei territori selvaggi e volatilizzarsi. Proprio come sembrava aver fatto questo americano.

Rukovski si batté i guanti sulla coscia, irritato. Si guardò attorno, poi si avviò, cercando con gli occhi.

Che cosa cercava esattamente un uomo, un cacciatore di tracce come Alekhin? Certamente non c'era niente di quello che vedeva Alekhin che non potesse vedere anche lui.

Ma non riusciva a trovare niente, su questo pendio brullo e roccioso. Guardò in avanti, e lungo la cresta vide rocce serrate, seghettate, con delle torri ogni tanto, in certi punti simili quasi a merli. Proprio davanti a lui c'era un gruppo di alberi irregolari, deformati dal vento, che sembravano un conciliabolo di streghe con i capelli ondeggianti al vento. Solo che non c'era affatto vento, soltanto quegli alberi deformi.

Si fermò con prudenza, perché un passo falso su questa roccia irregolare poteva provocare una brutta caduta.

Che cosa aveva inteso Alekhin, dicendo che era finito? Che la sua carriera era alla fine? Al diavolo, se tutto andava bene sarebbe diventato generale entro la fine dell'anno! Sapeva di essere in lizza per la promozione e sapeva che le persone giuste erano state interpellate e avevano mostrato interesse.

Sorrise, leggermente divertito. Dopo tutto, era cambiato così poco dal tempo degli zar! Soltanto i nomi erano cambiati, e invece dell'antica nobiltà c'erano i membri del partito e al posto dei granduchi c'era il Politburo. Solo che in genere i granduchi avevano meno potere.

Gorbaciov era più abile della maggior parte degli zar, e forse avrebbe fatto qualcosa per la ricostruzione interna della Russia, prima che cadesse a pezzi. Ma era difficile per un uomo solo opporsi alla pura e semplice inerzia dei funzionari civili, trincerati ai loro posti, che non volevano cambiare e avevano paura di perdere i loro privilegi.

Per quanto selvagge e insidiose fossero queste montagne, possedevano una rara specie di bellezza. Lui era contento di essere solo in quel momento. Per conoscere davvero la montagna, si dovrebbe andare a incontrarla come si va dall'innamorata, da soli.

Soli com'era lui adesso. Il colonnello Rukovski poteva vedere a distanze incredibili. In basso, scorse un elicottero posarsi sul terreno. Tre camion risalivano faticosamente la strada, non più grandi di formiche, a vedersi, anche se lui sapeva che i radiatori erano alti quanto la sua testa.

Qualunque altra conseguenza avesse avuto la fuga dell'americano, lo aveva portato qui, fra questa bellezza incredibile, che altrimenti lui non avrebbe mai potuto vedere.

Un vento freddo soffiò dalla montagna, e lui rabbrividì. C'erano degli spettri che cavalcavano questo vento, bizzarri spettri generati da questa strana terra, quasi sterile. Lontano a ovest, all'orizzonte, si stagliava la catena dei Monti Verkhoyansk.

Si fermò, sentendo un uccello nel sottobosco fra i larici. Era un picchio, li rammentava dall'infanzia.

Che cosa aveva inteso Alekhin, dicendo che era finito? Era assurdo, ma quelle parole gli bruciavano. Gli erano rimaste impigliate nei pensieri come lappole, e non riusciva a dimenticare quel sinistro avvertimento.

Aveva raggiunto gli alberi deformi che aveva notato prima, e visti da vicino erano ancor più spettrali. Uno dei tronchi era spezzato e ammaccato, colpito da qualcosa con violenza finché la corteccia si era frantumata. All'improvviso ricordò un altro ufficiale, appassionato di caccia grossa, che gli aveva parlato di arieti che colpivano certi alberi, caricandoli ripetutamente per pura esuberanza e desiderio di combattere.

Si fermò di nuovo a riprendere fiato. L'altitudine era notevole e l'aria era rarefatta, oltre che fredda e frizzante.

In lontananza, gli parve di sentire un grido. Guardandosi attorno, non riuscì a vedere niente.

Poi, in alto sulla montagna, apparve Alekhin, che puntava il dito. Rukovski corse avanti, guardando verso la parte opposta del canyon.

I suoi uomini erano allineati lì, spostandosi in ordine di combattimento su quel vasto campo di neve sull'orlo del canyon.

Poi, da un punto in fondo alla gola, partì uno sparo.

Il colonnello Rukovski vide allora uno spettacolo che non avrebbe mai dimenticato. I suoi uomini, venti e più, erano sul campo di neve quando lo sparo risuonò negli abissi del canyon. Un attimo di silenzio sospeso, mentre il rumore dello sparo riecheggiava sulle pareti rocciose, e poi, inorridito, vide che l'intero campo di neve cominciava a muoversi!

Ci fu un istante di silenzio paralizzato mentre la neve si muoveva, poi i suoi uomini si dispersero, alcuni correndo in avanti, altri indietro, altri ancora rannicchiandosi al loro posto cercando qualcosa a cui aggrapparsi. E non c'era niente. Tutto il fianco della montagna sembrava muoversi e poi, con un rombo poderoso, la massa di neve acquistò velocità e precipitò verso l'orlo dell'abisso.

Riversandosi dall'estremità, cadde come un Niagara di neve nell'immenso precipizio sottostante.

Per un attimo vide i suoi uomini agitare le braccia furiosamente, cercando di resistere alla marea, poi precipitarono, e lui, per quanto lontano, credette di sentire le loro grida, grida che non avrebbe mai dimenticato. E uno di quelli che precipitavano era il capitano Obruchev, il fidanzato di sua sorella.

Dopo il rombo della valanga, silenzio.

38

Il maggiore Joseph Makatozi era accovacciato sotto un abete gigante e guardava verso il canyon. Era riparato dal vento, un vantaggio sempre considerevole, e il giaccone fatto con la pelle di una capra di montagna era caldo. Il pellame della capra di montagna è il più bello, il più soffice e senza dubbio il più caldo che si trovi fra gli animali. Essendo bianco, si mimetizzava bene con le chiazze sparse di neve. I suoi pantaloni erano fatti dello stesso materiale.

Restando sotto l'abete aveva visto la pattuglia avviarsi attraverso il campo di neve. Questa era una guerra, e gli stavano dando la caccia per ucciderlo o catturarlo. E la cattura significava in ultima analisi la morte.

Li aveva osservati muoversi sulla massa di neve con esasperazione. A che cosa stava pensando il loro comandante? Certamente non era un siberiano, ma qualsiasi russo abituato a viaggiare in montagna avrebbe saputo fare di meglio che attraversare un pendio chiaramente instabile.

Si era ritrovato a sperare che ce la facessero a traversarlo, ma se lo avessero fatto si sarebbero trovati in una posizione tale da guardare nella sua valle intermedia, e forse avrebbero potuto addirittura vedere lui, nel suo nascondiglio in alto. Certo, un uomo con un buon binocolo avrebbe potuto distinguerlo. E lui, per il momento, era stanco di correre.

Joe Mack sapeva che in certi casi, con la neve sul punto di cadere, un grido o uno sparo improvviso possono bastare per scatenare la valanga, soprattutto nei confini ristretti del canyon.

I loro movimenti sul campo di neve potevano essere sufficienti a provocare la valanga. Ma non poteva lasciar fare al caso. Aveva sollevato l'AK-47 e aveva sparato.

Non aveva preso la mira, perché non aveva intenzione di colpire qualcosa. Non conosceva la portata esatta dell'arma, anche se quasi tutte le armi avevano una portata superiore a quanto riteneva la maggior parte della gente, ma gli uomini erano lontani almeno ottocento metri. Aveva semplicemente sparato, e non sapeva se fossero stati i loro movimenti oppure lo sparo, ma la valanga era precipitata.

Almeno due dei soldati alla retroguardia si erano allontanati con un tuffo dalla neve, mentre altri due o tre non erano stati sfiorati, ma per gli altri non c'era stato niente da fare.

Quando il rombo della valanga cessò e la neve formò una nuvola densa, lui si appoggiò al tronco dell'albero e attese. Era relativamente al sicuro. Non c'era nessun punto, su questo lato del canyon, che sovrastasse il suo nascondiglio e non c'era modo di raggiungerlo facilmente se non dall'alto e alle spalle, e anche questo non era semplice.

Immaginava che la pattuglia che aveva visto fosse solo

una fra le tante. Senza dubbio avevano progettato di lavorare su entrambi i lati del canyon, ma soltanto un ufficiale che non avesse familiarità con queste montagne ci avrebbe provato. In questo tipo di canyon esistono di solito diversi livelli, prodotti dall'erosione dell'acqua nell'aprirsi la strada attraverso la roccia e scavare la gola. Si poteva svolgere una ricerca accurata su un livello, lasciandosi sfuggire i nascondigli esistenti su quello seguente. Certo, molti di essi erano visibili dalla parete opposta del canyon, come sarebbe stato per il suo, se la pattuglia avesse superato il campo di neve.

Il pendio inclinato e un po' più elevato di fronte a lui era ormai quasi privo di neve. Scorse alcuni uomini rannicchiati l'uno vicino all'altro, che sembravano in stato di choc. Non li biasimava. La massa di neve si era estesa per parecchie centinaia di metri sopra e dietro di loro. Doveva essere sembrato loro che l'intero fianco della montagna si muovesse. Mentre guardava, gli uomini si volsero e ripresero la strada da cui erano venuti, girandosi ogni tanto a guardare indietro come se non credessero a quanto era successo.

Tornato nella piccola depressione dietro il pianoro di pietra, accese un piccolo fuoco di legna secca che quasi non produceva fumo. Preparò il tè e un denso brodo di avanzi di carne e neve sciolta. Ogni tanto sbirciava fra gli alberi, e teneva sempre le orecchie tese. Alekhin era là, chissà dove.

I mesi vissuti fra la neve e il freddo avevano temprato la sua resistenza. La temperatura aveva cominciato a salire e a venti gradi sotto zero aveva quasi caldo. Ricordava di aver letto, tanto tempo prima, un resoconto sugli uomini di Byrd che nell'Antartico spalavano la neve nudi fino alla cintola a dieci gradi sotto zero. Se gli si concedeva la possibilità, il corpo umano aveva una sorprendente capacità di adattamento al mutare delle condizioni ambientali.

Senza dubbio una pattuglia stava avanzando su questo lato del canyon. Conoscendo il terreno sapeva che la pattuglia doveva essere ben distribuita, o non sarebbe riuscita a coprire la zona. La natura del terreno lasciava aperte soltanto alcune vie.

La sua posizione attuale era invisibile dal basso. Alzando la testa, avrebbero visto soltanto un pendio ricoperto di foreste, troppo ripido per consentire il passaggio. Dal basso, come aveva visto anche lui, non si vedeva alcun indizio dell'esistenza del piccolo pianoro sul quale era accampato.

L'unico possibile modo di vederlo era dalla parte opposta della gola, dal punto in cui erano diretti i soldati che erano stati travolti dalla valanga. Lui aveva della carne, e poteva permettersi di starsene rintanato. Per quanto difficile fosse restare immobile, era proprio quello che doveva fare. Il rischio era grande, ma aveva bisogno di riposo.

La natura stessa delle trappole che si era lasciato dietro non gli consentiva di stabilire se avevano funzionato. Se non altro, avrebbero indotto i suoi inseguitori ad avanzare con maggiore lentezza e cautela. Eppure ora si trovava a meno di qualche centinaio di metri da almeno due di queste trappole.

Qui era al riparo dal vento e dagli osservatori, eccetto che dagli aerei, e se restava sotto gli alberi avrebbero visto il suo nascondiglio ma non lui. Tuttavia, l'avvistamento del nascondiglio avrebbe potuto scatenare una ricerca. Esistevano comunicazioni via radio fra le forze a terra? Doveva ritenere di sì, anche se poteva darsi di no.

Sotto gli alberi individuò un posto di osservazione che gli avrebbe permesso di vedere le due possibili vie di accesso alla valle intermedia sotto di lui.

All'improvviso sul sentiero dalla parte opposta, apparve un soldato. Era solo due o tre passi più su della pietra bianca e piatta che Joe Mack aveva smosso.

Il soldato esitò, col fucile pronto. Stava osservando quel che poteva della valle sorprendentemente piccola. Si girò e parlò a qualcuno di sopra la spalla; poi comparve un altro uomo. Joe Mack non riusciva a vedere i suoi gradi, ma immaginava che fosse un sottufficiale.

Non avevano modo di vedere meglio la valle senza scendere. Come obbedendo a un ordine, il soldato iniziò la discesa; scese un gradino, muovendosi in fretta, e poi posò il piede sulla pietra bianca piatta, con forza perché era leggermente più infossata del normale. Subito la pietra si inclinò e scivolò, e il soldato precipitò. Il salto fu di soli quattro o cinque metri, ma fu subito chiaro che il soldato caduto si era rotto una gamba.

Altri gli si affollarono intorno, mentre due o tre scendevano nella valletta e cominciavano la ricerca. Un uomo ferito era preferibile a uno morto, perché avrebbe richiesto almeno due uomini per trasportarlo dove avrebbe potuto riceverne delle cure.

Venne improvvisata una barella, mentre altri due soldati cercavano di risistemare il sentiero. Joe Mack, riposando nel suo nascondiglio di fogliame, aspettava e guardava.

Passarono pochi minuti prima che comparisse un elicottero. Si librò nell'aria sorvolando la valle intermedia, ma parve ignorare il nascondiglio, che dall'aria doveva sembrare poco più di una piccola cengia sul fianco della montagna sopra la valle, un posto senza importanza. A meno che su quell'elicottero non ci fosse Alekhin.

Sempre, doveva ricordare Alekhin.

I soldati stavano risalendo faticosamente il sentiero e lui rimase tranquillo, osservandoli. Finalmente se ne andarono, e lui aggiunse rami d'abete al suo giaciglio. Correndo un rischio, accese un fuocherello di legna secca e arrostì un pezzo della capra di montagna. Mangiò bene, bevve il tè e spense il fuoco. Diede ancora un'occhiata in giro e poi tornò al suo letto.

Sdraiato supino sul fogliame, fissò i rami sulla sua testa. Aveva fatto le cose giuste, scelto le mosse giuste. Anche così, era stato davvero fortunato, e non ci si poteva aspettare che una fortuna del genere continuasse.

Si mise a sedere e alla luce del crepuscolo studiò le sue carte. Davanti a lui si stendevano monti più bassi e meno numerosi, e molti piccoli laghi e distese di tundra. I nascondigli sarebbero stati scarsi e per la maggior parte del tempo avrebbero viaggiato allo scoperto.

Per tre giorni rimase sul piccolo pianoro, al freddo per la maggior parte del tempo, accendendo solo di rado un fuoco per preparare il tè e cuocere la carne. Non vide altri soldati, anche se passarono due volte degli aerei e una volta un elicottero. Una volta, sul lato più lontano della valle intermedia, vide un movimento fra i cespugli, ma non comparve niente. Se era un animale selvatico, non uscì allo scoperto.

Accendeva il fuoco solo quando il vento portava l'odore lontano, sopra la valle. Usava sempre legna secca, evitando il fumo.

Il quarto giorno decise di muoversi. Con prudenza, da un punto nascosto fra gli alberi, studiò i possibili percorsi lungo i quali poteva restare al coperto. Scelse una destinazione possibile, anche se poteva cambiare a seconda di quello che avrebbe trovato all'arrivo. Mentre era accampato aveva raddoppiato la sua riserva di frecce e trovato due blocchetti nuovi e migliori di pirite di ferro, che aveva ricoperto in parte di cuoio grezzo per avere una presa migliore quando accendeva il fuoco.

Partì il quinto giorno, prima dell'alba, impaziente di andarsene. Si diresse a nord e rimase sotto la protezione degli alberi. Ora faceva uno sforzo particolare, per non lasciare una pista. Anche se non gli piaceva aumentare il suo carico, si era tenuto l'AK-47.

Raggiunta la cima di una catena montuosa, ammirò il vasto panorama di montagne, foreste e valli a est e sud. Catene ricoperte di boschi si susseguivano in una processione interminabile, intervallate da bacini infossati, creste di roccia liscia, chiazze di neve e qua e là quelli che sembravano ghiacciai. Più in là sorgevano grandi cime rocciose e le sagome coniche di antichi vulcani. Evitando un sentiero facile fra i boschi, imboccò un autentico sentiero da capre che saliva fra le cime rocciose e si accovacciò lì per studiare il territorio. Più lo vedeva, più era propenso a tagliare a sud-est e tentare di evitare la regione dei laghetti e della tundra. Sarebbe stata una via più lunga, ma offriva maggiori possibilità di trovare riparo, oltre che selvaggina.

Quella notte decise che avrebbe deviato a sud-est per tentare di raggiungere i monti Kolyma sopra Magadan, e poi seguire quelli fino a nord-est.

Ormai a intervalli di pochi minuti controllava la pista che lasciava dietro di sé. Era certissimo che qualcuno lo seguiva, e cominciò a pensare a una trappola, una tanto sottile da ingannare perfino Alekhin.

Calandosi in una stretta apertura fra due pareti di roccia grigia paurosamente lisce, percorse il fondo sabbioso, disseminato di massi, e avanzò attraverso una foresta di rocce franate. Qua e là c'erano chiazze di neve e stretti crepacci in cui il piede di un uomo poteva scivolare, spezzandosi una caviglia. La vegetazione era scarsa, fatta eccezione per i licheni.

A parte il tè, razionato con cura, i viveri erano quasi finiti, quindi stava in guardia nella speranza di avvistare qualche animale selvatico da uccidere.

Più volte scorse dei galli cedroni o delle pernici bianche, ma venne mezzogiorno prima che riuscisse a ucciderne uno con la sua fionda. Era appena sceso da una ripida parete di rocce nere, e alla sua base s'imbatté in una pila di legna accumulata contro i macigni dalle acque impetuose delle piene primaverili negli anni passati. Accese un piccolo fuoco, arrostì e mangiò il gallo cedrone e poi nascose con cura le penne e le ossa.

Voltandosi a guardare la stretta gola da cui era disceso, rimase stupito. Doveva essere sceso di almeno trecento metri e per quanto guardasse non riusciva a scorgere nessuna traccia di movimento dietro di lui o sulle rocce in alto. Trovando un varco nella parete del canyon, la sfruttò per arrampicarsi in alto, traversando una vasta fascia di pietre instabili che gli diedero l'impressione, mentre passava, di camminare su pile di bottiglie vuote. In cima al ghiaione, scoprì un passaggio largo alcuni palmi, vicino all'orlo dello strapiombo. Gli enormi macigni che si trovavano nel punto in cui aveva iniziato la salita, ora sembravano quasi ciottoli.

Gli alberi si affollavano nella grande spaccatura in cui stava passando, fin quasi a chiuderla. Erano per lo più abeti rossi e pini, ma c'era un gruppo di larici e ogni tanto qualche cedro rachitico e contorto. C'erano molti detriti, rami spezzati e alberi caduti, molti dei quali ormai ridotti a semplici pali. Trovò della corteccia secca da tempo e raccolse legna per il fuoco, qualora avesse deciso di fermarsi.

Guardando in basso, decise che qualunque inseguitore avrebbe proseguito la discesa lungo il canyon, non pensando che un uomo scegliesse una scalata così ardua. Si voltò e riprese il cammino, salendo ora come su una scala ripida. Ben presto la spaccatura divenne così stretta che poteva toccarne facilmente tutti e due i lati. Sulla sommità un corvo si levò in volo, battendo lentamente le ali nere. Joe Mack dovette usare le mani per issarsi fuori della spaccatura nel punto in cui iniziava. Prima, solo quel tanto necessario per guardare in giro.

A neanche quindici metri da lui, c'era una capra di montagna, una grossa bestia che pesava non meno di centocinquanta chili. Lo stava guardando dritto in faccia, senza dubbio sbalordita dall'improvvisa apparizione di questa bizzarra creatura in un territorio su cui regnava indisturbata. L'animale non sembrava minimamente spaventato o anche solo turbato.

Con cautela, cosciente di avere le mani impegnate e non in grado di usare un'arma, Joe Mack si issò fuori dalla spaccatura e sedette sull'orlo. Aveva bisogno della carne, ma valutando la distanza non apprezzava i rischi della situazione.

Si alzò cautamente in piedi. La capra era eccezionalmente bianca, con le corna di un nero intenso e appuntite come aghi. La taglia era quella di altre sue simili, tozza e possente, più adatta a scalare e saltare che a correre, cosa che aveva di rado l'occasione di fare, vivendo a quell'altezza.

Joe Mack si tolse di spalla l'arco, poi, vedendo dei larici poco lontano, arretrò in quella direzione. La capra lo guardò con interesse, abbassando una volta la testa e imprimendole una specie di scrollatina.

Avendo visto le capre in azione Joe Mack sapeva perfettamente quanto potevano essere pericolose. Di solito incornavano l'avversario in basso e con forza, tentando di squarciare il ventre di qualunque creatura stessero attaccando. Quando raggiunse gli alberi, Joe Mack indietreggiò nel boschetto e cominciò ad attraversarlo. Quando riemerse all'aperto, si trovò su una parete quasi completamente spoglia, con un enorme panorama di creste montuose, picchi e montagne disteso ai suoi piedi. Era rivolto a sud e leggermente a est e guardava uno dei territori più accidentati che avesse mai visto. Gli ricordava la catena del Sawtooth, nella sua terra nell'Idaho.

Salendo su un promontorio, studiò la zona alle sue spalle. Non riuscì a vedere nessun movimento, niente che indicasse un inseguimento, eppure lui sapeva che era in atto. Dubitava che i soldati avrebbero insistito, per la verità, ma prima o poi avrebbe dovuto incontrare i cacciatori che Shepilov aveva incaricato di trovarlo.

Scese dalle rocce e s'incamminò con prudenza sulla roccia nuda della cresta della montagna. Qua e là c'erano lastre di pietra isolate e chiazze di neve, alcune delle quali estese.

Stava scendendo lungo il fianco ripido di una cupola di granito, quando li vide.

Tre uomini, cacciatori a giudicare dall'aspetto, sul pendio sotto di lui, in lontananza. Se avessero guardato in alto lo avrebbero visto, a meno che la giacca e i pantaloni di capra non si confondessero ai loro occhi con la neve. Questi uomini dovevano essere buoni tiratori, e portavano tutti dei fucili.

Rimase immobile per un attimo, poi, poco più avanti lungo il pendio, vide un grosso macigno arrotondato, in bilico sulla superficie liscia della roccia.

Con prudenza, cominciò ad avvicinarsi. Se quel macigno cadeva...!

Erano proprio sotto di lui e distanti almeno trecento metri, ma alla base di un pendio ripido.

Scese, aiutandosi con le mani per slittare giù seduto. La roccia era molto liscia e a tratti c'era ghiaccio. I tre si stavano avvicinando.

Lui raggiunse il masso, sollevò i piedi fino a puntarli contro il fianco di esso e poi, facendo forza con le braccia contro la parete della montagna, cominciò a spingere.

Ci fu un momento in cui scricchiolò solo leggermente, e lui spinse ancora, con tutta la forza che aveva nelle gambe. Il macigno oscillò, scricchiolò e finalmente cominciò a rotolare.

Con forza poderosa, quasi maestosa, cominciò a dondolare e poi all'improvviso spinto dalla forza di gravità, girò su se stesso e cominciò a rotolare dal pendio.

Raggiunse un salto, cadde e rimbalzò e allora mentre cominciava a precipitare, i cacciatori restarono paralizzati, con gli occhi spalancati dal terrore.

39

I cacciatori diedero una sola occhiata sorpresa e poi si diedero precipitosamente alla fuga. Si salvarono tutti e tre.

Il macigno atterrò a pochi palmi dal punto in cui erano fermi prima, abbattendosi al suolo con un impatto terribile. Poi rotolò indietro di alcuni metri e si fermò contro una roccia più piccola.

Due degli uomini erano caduti. Si misero in piedi, molto scossi, e guardarono in su verso la montagna. Non riuscirono a vedere niente.

In fretta, si rifugiarono fra gli alberi più vicini. Non ce n'erano molti in quel punto, ma fornivano un certo riparo.

— Non è stato un incidente — disse uno di loro.

Per alcuni minuti nessuno parlò, poi Hymoff disse: — Avete mai pensato a tutto quello che potreste fare a qualcuno che vi segue su per le montagne?

— Chi non ci ha pensato?

— Shepilov non mi è mai piaciuto, in ogni caso — insinuò Hymoff.

Era un'osservazione pericolosa, e lo sapevano tutti. Se un commento del genere veniva ripetuto, poteva significare guai per chi lo aveva pronunciato.

— Be', un uomo potrebbe sempre tendere delle trappole per procurarsi pellicce. Dubito che questa zona sia stata sfruttata, negli ultimi tempi. Ci si terrebbe occupati — aggiunse Hymoff.

— Come si è ritrovato prigioniero, comunque? Mio nonno vendeva pellicce a un mercante americano di Emma's Landing anni fa. Diceva che era un uomo onesto, per essere un mercante.

— Ora non sfuggirà, comunque. Non potrebbe superare in nessuno modo lo Stretto.

— I ciukci lo hanno superato per anni, centinaia di anni, credo.

— Questo accadeva prima dei radar e degli aerei di pattuglia. Io l'ho attraversato quasi tutto passando sul ghiaccio, una volta. Ero con mio padre, e avevo appena compiuto dodici anni, quell'anno.

Dall'alto del pendio, Joe Mack li osservava. Non sapeva quale ricompensa avessero offerto per lui, o quale altro allettamento, se pure ne avevano offerti. Non aveva progettato di uccidere nessuno di loro, ma quello era un problema loro. Se avevano deciso di seguirlo, li avrebbe fermati, in un modo o nell'altro.

Si alzò, tornò verso la cresta e la seguì verso sud-est. Era facile camminare qui, con pochi alberi, rocce sparse e nient'altro che il cielo sopra di sé. Era limpido e azzurro, come quasi tutti i cieli in questa regione del paese. Lui non aveva fretta, ma procedeva di buon passo. Comunque, a intervalli si fermava per studiare le sue orme. Alekhin doveva essere da qualche parte alle sue spalle, oppure lo aveva battuto in astuzia e lo aspettava più avanti. Quella era stata una delle ragioni per cui aveva cambiato direzione in modo così drastico.

Più tardi, quel giorno, uccise un cervo muschiato e arrostì una bistecca sul fuoco. Mangiò avidamente, rimpinzandosi come avevano fatto i suoi avi quando la carne non si poteva conservare e un'altra preda poteva essere lontana giorni e giorni.

Quando ebbe mangiato spense il fuoco, cancellò il più possibile il segno che aveva lasciato e percorse altri tre chilometri prima di trovare un posto per dormire.

Più avanti c'era il fiume Kolyma e oltre le montagne omonime. Quando avesse raggiunto quelle montagne, le avrebbe seguite verso nord-est.

Era tentato di andare a Magadan, tanto per cambiare dieta, se non altro. Aveva il suo vestito e la camicia bianca che gli aveva cucito Natalia. In quel periodo dell'anno poteva perfino permettersi di portare i mocassini. Scosse la testa. Non con un vestito. Un completo nuovo, per giunta. Avrebbe attirato l'attenzione che voleva evitare. Ciò nonostante era una tentazione.

Non c'erano piste né sentieri, dove camminava ora, e lui tenne gli occhi aperti per individuare qualunque traccia di animali. Era facile cacciarsi in un vicolo cieco, non conoscendo le montagne. Se si seguiva una pista, era sempre una via su cui qualcuno o qualcosa era già passato.

Il freddo era intenso e andava aumentando. Prima del tramonto avrebbe dovuto scendere dalla cima della montagna dove ora camminava. L'aria calda tende a salire, e se riusciva a trovare un nascondiglio su un pendio adatto si sarebbe accampato, anche se era presto.

Sentì l'elicottero solo un attimo prima che comparisse, e non c'era nessun posto per nascondersi. Sperando che non lo avessero visto si lasciò cadere a terra vicino ad alcune rocce piatte, nella speranza che lo prendessero per un mucchio di neve o addirittura per un animale morto. Rimase disteso, perfettamente immobile, ma dentro la giacca la sua mano stringeva l'AK-47.

L'elicottero passò vicino, non proprio sulla sua verticale, e si allontanò, poi virò e tornò indietro, abbassandosi.

Avevano visto qualcosa. Stavano tornando a prenderlo. "E va bene, Joe Mack" disse a se stesso. "Beccali al primo colpo".

Rimase immobile e loro passarono proprio sopra di lui, a non più di quindici metri da terra.

Mentre passavano, rotolò su se stesso e lasciò partire una raffica appena cominciarono la virata. Stavano eseguendo una virata stretta a non più di quindici metri di distanza, e credevano che avesse soltanto l'arco e le frecce. L'accoglienza che ricevettero era del tutto inaspettata.

L'elicottero si abbassò di colpo e poi urtò contro il terreno, inclinandosi in avanti e poi raddrizzandosi. Il rotore tentò disperatamente di girare, poi rallentò fino a fermarsi.

Disteso sotto le rocce... una ben misera copertura in ogni caso, perché erano molto basse... Joe Mack aspettò, pronto a colpire ancora.

Non accadde niente. Nessuno si mosse.

Attese, contando lentamente fino a venti, e ancora nessuno si muoveva. Tenendo sotto tiro la fiancata dell'apparecchio, si alzò in piedi. Dirigendosi verso la coda, tenne l'arma in posizione e poi la sollevò lentamente. Sentì un lieve gemito ansimante, come se qualcuno avesse tentato di muoversi e fosse stato bloccato da un dolore atroce. Con la mano sinistra aprì il portello.

Il pilota era accasciato in avanti, chiaramente morto. L'uomo più vicino a lui fece un debole sforzo di raggiungere un'arma. — No! — esclamò Joe Mack con asprezza, tenendo la canna dell'arma contro il fianco del russo.

Era un giovanotto dal viso di ragazzo, ma un giovane dall'aria forte e competente. In russo, gli domandò: — Quanto è grave la ferita?

— Ho le gambe spezzate, credo.

In silenzio, con efficienza, perquisì l'uomo, togliendogli una pistola. Poi, con infinita cura, lo sollevò dal sedile depositandolo a terra. Prese dall'elicottero il giaccone pesante dell'uomo e alcune coperte. C'era una tenda pieghevole d'emergenza, e lui la prese e la montò sul terreno.

— Non c'è molto che possa fare per te — disse. — Non sono un chirurgo. Avete lanciato una richiesta d'aiuto?

— No.

Joe Mack gli credette. Non ce n'era stato il tempo, la possibilità. — Fra quanto tempo cominceranno a cercarvi?

— Quando non risponderemo.

— Va bene. Vi sistemerò il più possibile al caldo, e poi me ne andrò. Mi dispiace, ma non avreste dovuto darmi la caccia.

— Non ti stavamo cercando. Cioè, finché non abbiamo visto qualcosa steso per terra. Stavamo andando a prelevare un prigioniero. Un dissidente.

Joe Mack raccolse tutti i soprabiti e le coperte dall'elicottero per tenere il più possibile al caldo il ferito. Mentre parlava, eresse un frangivento con le rocce piatte.

— Un dissidente? Non sapevo che ne aveste. — Parlò con una punta di sarcasmo.

— Ne abbiamo la nostra parte. Questo è un brutto tipo. Ha tentato di liberare un altro prigioniero. Anzi, lo ha liberato, ma è stato catturato lui.

— Duro.

— Sì, è un duro, come dite voi. Un uomo molto forte, che non ha paura. Peccato che sia diventato un dissidente. In Russia abbiamo bisogno di uomini simili.

— Come in tutti i paesi. — Gli venne all'improvviso un'idea, un pensiero assurdo. Eppure, perché no? — Come si chiamava?

— Yakov. Non conosciamo il patronimico. Era noto al KGB.

— Tu non sei del KGB?

— I sono un soldato — ribatté l'uomo. — Come mi troveranno?

— Accenderò un fuoco e ti lascerò della legna da ardere.

Ce n'è molta in giro. E sull'apparecchio ho trovato una pila. — Ne aveva trovate due, per la verità. Una intendeva tenersela. Aveva anche trovato razioni d'emergenza, del tipo che ogni apparecchio portava a bordo in questo paese, e fiammiferi.

Accese un piccolo fuoco e preparò un tè bollente, nero e forte. — Il rimedio migliore per lo choc, mi dicono.

Bevve anche lui un po' di tè e mise vicino al ferito un pacchetto di razioni d'emergenza.

— Non posso trattenermi, tu capisci. Anzi, farei meglio ad andarmene.

— Ti sono grato. Avresti potuto uccidermi.

— Sei un soldato. Io sono un soldato. In combattimento avrei potuto ucciderti o essere ucciso, ma sei ferito. È una cosa diversa.

— Si dice che sei un pellerossa.

Joe Mack sorrise. — Lo sono.

Evidentemente in preda alla sofferenza, l'uomo si morse il labbro e tenne duro per resistere. Poi disse: — Gli indiani non prendono scalpi?

Joe Mack scrollò le spalle. — Questo succedeva molto tempo fa, quasi in un altro mondo. Sì, era un modo di segnare il punteggio. Io non ne ho mai preso uno, anche se in un paio di casi sarei stato tentato.

Raccolse la sua roba, frugò nell'apparecchio per trovare altre munizioni, le trovò e prese tutte le altre razioni disponibili. Poi portò altra legna per il fuoco. Di quella non c'era penuria, solo che bisognava raccoglierla.

— Terrai acceso un piccolo fuoco, e dall'alto lo vedranno facilmente. Ora devo andarmene. — Eppure indugiava. — Yakov, dici? Dove dovevate prelevarlo?

— Vicino a Khonuu. Non è lontano — l'uomo si trattenne e rimase in silenzio per un attimo — in linea d'aria.

Fece un'altra pausa. — Il KGB lo tiene all'aeroporto. — Alzò gli occhi. — Io ho simpatia per lui. Lo tratteranno rudemente, penso.

— Quando mai non lo fanno? Non conosco il vostro paese. Non credevo che qui ci fossero dei ribelli.

L'aviatore scrollò le spalle. — Non ce ne sono o almeno sono in pochi ad alzare la voce. Esiste la corruzione, naturalmente, e il mercato nero. Molti sono scontenti, ma confidano che tutto si aggiusterà.

Joe Mack si allontanò nel buio e raccolse legna da ardere. In questa zona c'erano pochi alberi, per giunta radi, ma c'erano molti rami secchi e alberi morti, abbattuti dal vento o colpiti dal fulmine. Trascinò più vicino dei ceppi pesanti.

— Non riuscirai a fuggire, sai — disse l'aviatore. — Alekhin sa dove sei. Ti troverà.

— Lo aspetterò.

— Non hai paura?

— Lui è un uomo, io sono un uomo. Vedremo.

Aggiunse un po' di rami al fuoco. — Buona fortuna, russo. La prossima volta, di' al tuo pilota di stare alla larga dalle faccende che non lo riguardano.

Si allontanò nell'oscurità.

Naturalmente, aveva aspettato troppo. Non ricevendo risposta dall'elicottero, avrebbero cominciato le ricerche. Una volta trovato l'elicottero, avrebbero saputo dov'era, almeno approssimativamente.

Khonuu? Era una cittadina sull'Indigirka, e Yakov era prigioniero laggiù.

Yakov, che lo aveva aiutato, che era tornato indietro per fargli da guida. Yakov, che era uno spirito libero, in parte di sangue tungus. Yakov, che rifiutava di farsi impastoiare. Yakov era prigioniero. E d'altronde che cosa poteva fare lui, Joe Mack? Non conosceva la città né l'aeroporto. Tuttavia c'erano forti probabilità che Yakov sarebbe stato trattenuto all'aeroporto in attesa del trasporto nella località prescelta dal KGB. Dopo l'interrogatorio, Yakov sarebbe stato ucciso. Su questo non potevano esserci dubbi.

Khonuu non era poi così lontana dal suo itinerario, ma finora lui aveva evitato le zone popolate, sapendo che lo avrebbero riconosciuto quasi subito per quello che era.

Quando ci fu luce sufficiente per vedere, cominciò a correre. Correva con agilità, con fluidità, badando a ogni passo. Alberi neri e spogli tendevano le braccia nere verso il cielo che andava schiarendo. Correva in *souplesse*, da indiano, sentendosi un indiano, e quando trovò una pista di animali appena tracciata la seguì, scoprendo che conduceva ai piedi della montagna.

I lunghi, duri mesi lo avevano lasciato magro e forte. Quando un freddo sole si levò dalle nuvole grigie in lontananza, corse in quella direzione, e poi il sentiero lo portò verso nord. Stava andando dove doveva. Era destino? Lui non credeva nel destino, ma qualcosa sembrava guidarlo mentre correva.

Era un guerriero, e un altro guerriero, suo fratello nello spirito, era in difficoltà. Lui conosceva il rischio, sapeva di avere scarse probabilità anche solo di scoprire dove tenevano Yakov, ma affrontava il rischio liberamente.

Una volta, molto tempo prima, aveva visto un giovane cinese in attesa della forca. Aveva detto: «Alcuni uomini spendono dei bei soldi nuovi di zecca. Io spendo una bella vita nuova di zecca.»

— Se necessario, lo farò — si disse. — Sono solo, e non mi aspetta nessuno.

Che cosa aveva promesso lei? Niente. Che cosa aveva offerto lui? Di venire a prenderla, quando sapevano entrambi che erano una promessa vana, disperata, che nessuna persona sana di mente lo avrebbe impegnato a mantenere. Ma forse da quel punto di vista lui non era del tutto sano di mente, perché si aspettava davvero di tornare, di andarla a prendere sulla costa della Baia di Plastun.

Sciocco? Certo, ma tante cose degne possono sembrare sciocche agli altri, possono sembrare impossibili.

Corse giù dalla montagna nella luce grigia dell'alba e trovò la sua via fra i pini in ombra, i neri pini guardiani che si assiepavano lungo la sua strada. Superò ruscelli ghiacciati e attraversò chiazze di neve sottile sulla quale i suoi mocassini lasciavano a malapena una traccia.

Quando il sole fu caldo, trovò un posto fra i salici e dormì, e quando il sole fu più alto ancora si svegliò. Rimase fermo a lungo, ascoltando il vento, sentendo i movimenti, osservando il volo degli uccelli, che sembravano tranquilli e indisturbati. Riprese a correre, perché doveva andare lontano e non sapeva quanto tempo gli restava.

Non vide nessuno e non sentì niente, tranne, una volta, in lontananza, il rumore di una sega meccanica.

Il mattino si aprì vasto davanti a lui, e la foresta si diradò nuovamente. In distanza vide il fumo delle cucine nelle case di gente che non conosceva, e, lontano, una città sullo sfondo del cielo e un fiume in mezzo.

Rallentò fino a camminare. Un uomo che correva sarebbe stato notato e avrebbe suscitato domande per le quali non aveva risposte. Ora doveva trovare l'aeroporto. Stava tirando a indovinare, pensando che Yakov sarebbe rimasto in attesa del mezzo di trasporto che lo portasse via. Ora doveva fare una ricognizione all'aeroporto e vedere dove poteva essere tenuto prigioniero un uomo. E poi?

Era un guerriero, e per un guerriero ogni giorno era buono per morire.

Solo che lui si aspettava di vivere. Doveva vivere per liberare Yakov, per mettere a segno il colpo contro i suoi nemici e per incontrare una donna bionda su una costa lontana.

Non era più un ufficiale e un gentiluomo, non era più un pilota dell'aviazione americana; era, per ora, un indiano. E aveva dei nemici.

C'erano delle case qua e là. Un uomo che portava una bracciata di legna lo guardò, poi entrò in casa.

Lui proseguì ad andatura regolare. Vide un piccolo aeroplano decollare e capì dov'era l'aeroporto. Cambiò direzione, passò in mezzo ad alcune case e superò un ponte. Il cuore gli batteva forte, aveva la bocca arida. Il suo AK-47 era nascosto sotto la giacca, l'arco sembrava un bastone, niente di più.

Era molto presto e faceva molto freddo. Nessuno usciva volentieri, in una giornata così.

Due uomini camminavano davanti a lui, due uomini robusti con i capotti pesanti e berretti scuri di pelliccia. Camminavano di buon passo e non si guardavano alle spalle, ma l'andatura di uno dei due gli era familiare. Lui slacciò la stringa che chiudeva la sua giacca e sfiorò con la mano il calcio dell'AK-47. Era pronto, ma fece passi più lunghi per muoversi più in fretta senza dare l'impressione di affrettarsi.

L'uomo si girò, ed era Botev.

40

Per un attimo, Botev rimase immobile. Poi allungò la mano e toccò il suo compagno. L'altro si voltò, ed era Borowski.

Doveva considerarli amici o nemici? Dopo tutto, erano russi. Eppure avevano delle divergenze con il loro governo. Si avvicinò.

— Sei ancora libero — disse Botev. — È una grande impresa.

— Yakov è prigioniero.

— È per questo che siamo qui.

— È all'aeroporto?

Gli occhi di Botev scrutarono i dintorni per vedere se stavano attirando l'attenzione. Non si vedeva nessuno.

— È lì. Ci sono quattro uomini del KGB con lui. Sono in una piccola sala d'attesa vicino alla torre di controllo, in attesa che arrivi l'aereo per portarli via. Sarà un elicottero, credo.

— Avete un piano?

Botev scrollò le spalle. — Come possiamo fare piani? Sappiamo così poco. Lui è là e noi vogliamo liberarlo. Se lo liberiamo, potremo fuggire nella taiga. Lì abbiamo degli amici, sparsi qua e là. Abbiamo amici anche a Magadan.

— Non sapevo che foste in tanti.

Borowski si strinse nelle spalle. — Siamo pochi, compagno, pochissimi. Non stiamo cercando di rovesciare il governo, ammesso che sia possibile. Vogliamo solo un po' di libertà per noi e proteggere i nostri. Yakov è uno dei migliori. Abbiamo bisogno di lui. Ci ha aiutati tutti, una volta o l'altra.

— La nostra scelta è limitata — disse Botev. — La taiga o un campo di prigionia, e per Borowski e me, questo significherebbe essere assegnati a un lavoro che finirebbe per ucciderci. Se non ci tortureranno a morte. Non possiamo aspettarci niente di meno. E neppure Yakov.

— Faremmo meglio a proseguire — disse Borowski. — Restare fermi al freddo per parlare è assurdo. Attireremo l'attenzione.

— Quattro uomini, dite? Ce ne saranno altri in giro?

Borowski scrollò le spalle. — Forse. Il KGB non piace quasi a nessuno, ma non possiamo dire che cosa potrebbero fare.

Proseguirono in silenzio lungo la strada coperta di neve. Oltrepassarono un lungo edificio simile a un magazzino e poi degli edifici più piccoli. Ora potevano vedere la pista. Aveva parecchi hangar, una costruzione che probabilmente conteneva gli edifici dell'amministrazione e un edificio più piccolo, con una Volga ferma vicino.

Joe Mack disse: — C'è un elicottero che sta arrivando. Sarà quello?

— Sì. Dovremmo sorprenderli quando si dirigeranno verso l'elicottero.

— No — ribatté Joe Mack. — Prendiamo l'elicottero. Io posso pilotarlo.

— Be'...

— Ci porterà fuori città. Ci inseguiranno con gli aerei, ma possiamo abbandonarlo e rifugiarci nei boschi.

Si fermarono vicino a un hangar. — Quando atterra — disse Botev — partiranno con la Volga. Non si aspettano guai.

Attesero, battendo i piedi per il freddo, rabbrividendo e

osservando. — Se ci vedono — disse Borowski — si chiederanno perché stiamo qui al freddo.

— È un rischio che dobbiamo correre — disse Botev. — Yakov lo farebbe per noi.

— Mi ha tirato fuori da Kirensk — disse Borowski. — Ha rischiato il collo per farlo.

— E ha salvato me da uno dei campi di Sol'vychegodsk — disse Botev.

L'elicottero si stava abbassando. Sarebbe atterrato sulla pista non lontano dagli hangar.

La mano di Joe Mack era già sull'AK-47. Sentì partire la Volga, e dall'angolo dell'hangar vide due uomini uscire dall'edificio con un prigioniero in mezzo. L'uomo aveva le mani ammanettate dietro la schiena.

— Ci saranno due uomini nell'edificio. Forse faranno la guardia.

— Non importa. — Joe Mack vide l'elicottero atterrare dolcemente sulla pista e sentì il motore dell'auto avviarsi. Il portello dell'elicottero si aprì e un uomo scese e si fece da parte. Era un apparecchio più grande di quelli che aveva visto finora e poteva trasportare almeno uno squadrone. Dentro di sé pregava che non ci fossero tanti uomini a bordo. Se c'erano, nessuno ne sarebbe uscito vivo.

— Andiamo — disse, e si avviarono, non in gruppo ma sparpagliati, avanzando sulla pista con l'aria casuale di campagnoli curiosi.

La Volga si affiancò all'elicottero e l'autista rimase al volante. Dalla Volga scesero tre uomini, e loro videro Yakov girare leggermente la testa, con gli occhi bassi, e guardarli di sottecchi. All'improvviso cadde in ginocchio. — No! No! — gridò. — Ho paura di volare! Io...!

Furiosi, gli uomini del KGB lo strattonarono per tirarlo in piedi, tutti concentrati sul prigioniero. Perfino l'autista aveva voltato la testa per vedere che cosa stava succedendo. Borowski si avvicinò alla Volga e aprì lo sportello del conducente. L'autista, sorpreso, si trovò davanti una pistola. — Scendi con molta calma — disse piano Borowski. — Non voglio ucciderti.

Botev aveva fatto il giro della Volga, arrivando alle spalle dei due uomini che lottavano con Yakov. Yakov era un uomo forte ed era riuscito, con un balzo, a far perdere l'equilibrio a uno dei due. L'altro si sforzava, imprecando, di tirare in piedi Yakov. Botev gli arrivò alle spalle mentre Joe Mack si avvicinava all'elicottero. Si rivolse al pilota.

— Vuoi scendere, per favore? Sono molto nervoso, e una raffica a questa distanza ti taglierebbe in due.

Cautamente, il pilota dell'elicottero cominciò a uscire. Era un uomo coraggioso, ma voleva vivere, l'AK-47 era molto vicino e l'uomo che lo impugnava non somigliava a nessuno di quelli che aveva visto, con gli incredibili occhi grigi in un viso scuro da falco e i capelli riuniti in due trecce. Il pilota si mosse con molta prudenza. — Fai attenzione con quello — disse. — Ho due bambini.

— Sei fortunato. I bambini hanno bisogno di un padre, quindi resta in vita, compagno, e non fare errori. Voglio il tuo elicottero.

— Sai pilotarlo?

— So pilotare qualunque cosa. — Pungolò il pilota con la canna dell'arma per farlo proseguire. — E questo somiglia moltissimo a uno dei nostri.

Botev teneva i due uomini del KGB in piedi, addossati alla fiancata della Volga. Non erano visibili dagli edifici. Ciò nonostante, uno degli uomini del KGB era uscito e stava guardando verso di loro.

— Hai preso la chiave delle manette? — chiese a Botev. — Se sì, disarmateli e fateli salire sull'elicottero.

Borowski rimase sbalordito. — Vuoi portarli con noi?

— Perché no? C'è spazio, e se li lasciamo qui chissà quali storie potrebbero raccontare.

Lavorando in fretta, i quattro uomini, il pilota, l'autista della Volga e i due uomini del KGB furono stipati nell'elicottero. Yakov, con le mani libere, prese le armi tolte ai due e salì con loro. L'elicottero decollò subito.

Joe Mack guardò l'orologio. L'intera operazione aveva richiesto appena sei minuti.

Mezz'ora dopo atterrò su uno scosceso altopiano sui Monti Cherski. — Yakov? Falli scendere qui. Allenta i loro legami in modo che possano liberarsi dopo che ce ne saremo andati. Non c'è motivo di farli morire congelati.

— Che vadano al diavolo — disse Yakov. — Lascia che i bastardi muoiano congelati!

— Il pilota non ti ha fatto del male — disse Joe Mack. — Inoltre, ha famiglia. Lascia che si liberino da soli e trovino la via del ritorno. Comunque — aggiunse — mi sono fatto una certa esperienza con queste montagne. Suggerirei che la prima cosa da fare è accendere un fuoco e costruirvi un riparo dal vento. Poi sistematevi per la notte. È troppo tardi per arrivare in qualunque posto, oggi.

Volò in circolo quando decollarono. Gli uomini erano in piedi e si sforzavano di liberarsi. Girò l'apparecchio e partì diretto a ovest; poi, quando fu a una certa distanza, virò di nuovo a est.

— Dove? — chiese a Yakov.

— Sulle montagne a est di Semychan — suggerì Yakov. — Lì conosco un posto. — Prese una carta di bordo. — Ecco, posso mostrartelo. — Alzò gli occhi. — Come stiamo a carburante?

— Non più di un'ora di volo. Forse meno. Vi porterò fin dove sarà possibile.

Tenne l'elicottero basso, sfiorando le cime degli alberi, seguendo canyon e depressioni dovunque era possibile. Ormai doveva essere in corso la ricerca, e appena avvistati sarebbero stati abbattuti senza esitazione. Ma finché non raccoglievano i quattro uomini lasciati a terra, gli inseguitori non avrebbero saputo chi era implicato. E gli uomini del KGB non lo conoscevano, a meno che la descrizione non si adattasse a quella che avevano già. Le trecce potevano essere un indizio. Certo era improbabile che qualcun altro usasse una pettinatura simile, ma che cosa poteva fare? Non c'erano barbieri nella taiga, ed era passato quasi un anno dall'ultima volta che si era fatto tagliare i capelli.

L'aria era limpida, la visibilità eccellente. Si era lasciato alle spalle l'Indigirka e stava volando verso il Kolyma. Quando fece atterrare l'elicottero, fu in una piccola radura fra gli alberi. — Non dovremmo rischiare oltre — disse. — Ormai ci staranno cercando. Mimetizziamo l'elicottero. Ci metteranno di più a trovarci.

Come in tutti gli apparecchi del genere che volavano nella zona, c'erano delle razioni di emergenza. — Te ne daremo la metà — disse Yakov. — Abbiamo degli amici, non lontano da qui, dove potremo averne delle altre. Buona fortuna, compagno.

— Anche a voi.

Yakov fece un largo sorriso. — Tu sai, naturalmente, che se ci incontrassimo in guerra dovrei spararti. Il nostro governo non mi piace molto, ma sono un russo.

— Naturalmente — replicò Joe Mack. — E io sono un americano. Speriamo che non si arrivi a quel punto. Dopo tutto — aggiunse — non vogliamo niente di quello che avete voi. Niente, tranne libertà di viaggio e di comunicazione. Ci sono milioni di americani che vorrebbero vedere il Lago Baikal e la penisola di Kamciatka. Se la Russia mettesse il KGB a lavorare nelle fattorie e a fare qualcosa di produttivo, ad abbattere il muro di Berlino e a costruire altri buoni alberghi, noi americani visiteremmo tutto il vostro paese spendendo soldi, facendo amicizie, ammirando le bellezze della Russia e mettendo in ridicolo tutte le spese che i nostri paesi riservano alle munizioni.

"Se l'America avesse avuto delle intenzioni aggressive contro la Russia, avremmo potuto muoverci quando soltanto l'America aveva la bomba atomica. Non l'abbiamo fatto e non lo faremmo, quindi non preoccuparti per questo, Yakov.

Yakov ridacchiò. — Mi piace l'idea di mettere il KGB a lavorare nelle fattorie. Dubito che riuscirebbero a ricavarne abbastanza da sfamarsi. — Alzò una mano. — Arrivederci, allora!

Si allontanò, seguito da Botev e Borowski. Joe Mack aspettò un po', guardandoli, lanciando un'altra occhiata all'elicottero ora mimetizzato. L'avrebbero trovato, ma non subito.

Aggiunse le razioni supplementari al suo bagaglio, raddrizzò la sua giacca di pelle di capra e partì per il nord.

Nulla si muoveva, eccetto il vento. La neve, di grana grossa, mulinava sul terreno gelato. Stava per arrivare la primavera, ma la terra non lo sapeva ancora, restava in attesa, aspettando che una parte almeno del gelo svanisse dal suolo addormentato.

Stava per arrivare la primavera e, dopo quella, la breve estate. Sarebbe stato bello sentire di nuovo caldo. Joe Mack aveva quasi dimenticato che sensazione si provava.

Dov'era Natalia, adesso? L'avrebbe mai rivista? Avrebbe stretto di nuovo le sue mani, guardandola negli occhi? Oppure lo aveva già dimenticato? Non avrebbe potuto biasimarla. Dopo tutto, chi era lui? Uno strano giovanotto, che era emerso dalla foresta ed era scomparso di nuovo in quella foresta sconosciuta. Un uomo il cui cammino aveva incrociato per breve tempo il suo e che ora doveva sembrarle un sogno. Sorrise, nella luce del tardo pomeriggio. — O un incubo — disse a voce alta.

C'era ancora foresta, anche se gli alberi non erano così alti, il sottobosco era meno fitto, e c'erano più muschio, licheni e tundra. Ben presto sarebbe rimasto senza copertura e avrebbe dovuto escogitare altri mezzi per nascondersi.

Nel tratto di bosco più fitto che riuscì a trovare, costruì un rozzo riparo, accese un fuoco con i due frammenti di pirite di ferro e preparò un brodo denso, oltre al tè. La fuga in elicottero gli aveva concesso probabilmente un po' di respiro. Persino Alekhin avrebbe avuto qualche difficoltà a trovare la sua pista, ora.

Due volte, durante il giorno, aveva visto le tracce di un alce e aveva deciso che sarebbe stato bene ucciderne uno e mettere da parte più carne che poteva. Col freddo, mantenere la carne non era un problema. Si congelava appena l'animale veniva ucciso. Domani avrebbe ucciso un alce. Domani...

Arkady Zamatev fissò lo jakut davanti alla sua scrivania. — Come mai non lo hai trovato? — domandò. — Ti ha battuto di nuovo in astuzia?

— Non ho bisogno di seguirlo. Io so dove sta andando. Lo aspetterò lì.

— E dove, adesso?

— Vado a Gizhiga. Da lì andrò nell'interno. Arriverà da quella parte, e io lo prenderò.

— Lo hai già detto.

— E lo farò. — Alekhin scrollò le spalle, spazientito. — Quegli altri mi ostacolano. — Sogghignò, lasciando trasparire il suo disprezzo dagli occhi risentiti. — Ha coperto di ridicolo il colonnello Rudovski. Lo ha distrutto. Rovinato. Come spiegherà la perdita di tanti uomini, senza avere nessun risultato da mostrare? Rudovski è stato un idiota a lasciarsi coinvolgere. Non era necessario, e io ero là. Lo avrei preso allora, ma hanno intorbidito le acque. Sapevo dov'era.

— E non lo hai detto?

— Per lasciare a Rudovski o a Shepilov il merito di averlo catturato? È costato a Rudovski ventinove uomini, e Rudovski dovrà dare spiegazioni.

— L'americano non ha niente a che fare con la slavina.

— Non è vero. Io dico che sapeva dove nascondersi. Sapeva come dovevano cercarlo, aveva preparato delle trappole e ce li ha guidati. Certo che lo sapeva. Aveva progettato tutto.

"E l'incendio che ha distrutto tutto quell'equipaggiamento? È stato l'americano ad appiccare quel fuoco. E le trappole lungo il sentiero che hanno ucciso o ferito gli uomini? Ha preparato anche quelle. Non è uno stupido, l'americano, ma ora lo prenderò."

Lo guardò con malizia di sotto le sopracciglia. — Lo vuoi ancora vivo? Sarebbe più facile ucciderlo.

— Devo averlo vivo. Mi servono da tre a cinque giorni da solo con lui. Mi dirà tutto quello che voglio sapere.

— Non ti dirà niente. Niente di niente. Ormai dovresti conoscerlo. Puoi ucciderlo, ma non ti dirà niente. Non ha paura del dolore, questo. Sa che cosa può fare.

Zamatev scosse la testa. — Portalo qui. È tutto quello che ti chiedo.

— Era uno di quelli che hanno liberato Yakov.

Zamatev si rizzò di scatto. — Lo sai? Perché non mi è stato detto?

— Lo dico adesso.

Zamatev imprecò. — Allora ha dei russi che lo aiutano! Voglio che siano rintracciati e arrestati tutti, dal primo all'ultimo!

Alekhin si guardò le dita tozze, con le unghie spezzate, e poi lo guardò di sotto in su. — Cerca di essere prudente, compagno. Ha rovinato Rudovski. Fai attenzione che non distrugga anche te.

Zamatev sbuffò, infuriato. — Come potrebbe raggiungermi? Se è ansioso di uccidermi, perché non ha tentato?

— Prima — rispose Alekhin — vuole fuggire. Ma fuggire non basta. Lui fugge per prendersi gioco di te. Poi vuole batterti al tuo stesso gioco.

— Questo è infantile! È insensato! Perché dovrebbe curarsene? Comunque, come fai a saperlo?

— Lui è indiano. Io sono jakut. Tu non gli piaci. Somiglia a me. Sa odiare, lui. Sa vincere. Ti renderà ridicolo, ti distruggerà e poi tornerà.

— Tornare in Siberia? Sei pazzo! Non può fuggire, ma se ci riuscisse, perché tornerebbe indietro?

— Per ucciderti — insistette Alekhin. — Ha orgoglio, questo. Non vuole onorificenze. Non gliene importa se il suo governo lo sa. Non gl'importa se la Russia lo sa. È importante soltanto che lo sappia *lui*. — Alekhin sorrise, e non fu un bel sorriso. — E che lo sappia tu. Quando ti ucciderà, lo saprai in anticipo.

41

Eugeny Zhikarev era spaventato. Al di là del fiume c'era la Cina, a poco più di un chilometro da dove si trovava lui, dietro la finestra sudicia e insozzata dalle mosche. Adesso che era così vicino, il coraggio sembrava averlo abbandonato, e per la prima volta si sentì vecchio.

Un tempo avrebbe potuto attraversare a nuoto quel fiume. Un tempo avrebbe potuto abbassarsi e schivare, se necessario, per sfuggire al loro fuoco. Ora non era più agile, e i suoi poveri moncherini di piedi erano mutilati e spezzati. Muoversi con prontezza e agilità era impossibile.

Peggio di tutto, aveva promesso a una donna giovane e bella di aiutarla a fuggire dalla Siberia.

Come aveva potuto essere così idiota? Non gli bastava dover fuggire da solo, senza dover anche aiutare un'altra? E lei che cosa rappresentava per lui, dopo tutto?

Non contava niente. La conosceva appena. Anzi, non la conosceva affatto. Era la figlia di Stephan Baronas, e lui aveva conosciuto appena Stephan Baronas e lo aveva rispettato come uomo e come studioso.

Rabbrividì. La fuga era così vicina, e lui desiderava così disperatamente vivere i suoi ultimi anni nel caldo e nella tranquillità. Voleva allontanarsi per paura delle autorità, per paura degli interrogatori, dei maltrattamenti. Voleva soltanto starsene seduto al sole di nuovo, sonnecchiare tranquillamente e guardare le barche nella baia, una baia qualsiasi purché fosse libero.

Voleva mangiare di nuovo bene, sedersi in un caffè, ordinare un pasto e parlare con la gente ai tavoli vicini. Voleva leggere un libro, un giornale, qualcosa che fosse semplicemente quello che era e non un testo approvato prima dallo stato.

Era un vecchio, ed era stanco.

Il giorno prima si era avventurato nelle strade per la prima volta. Aveva trovato la via di un piccolo locale, dove gli uomini del fiume andavano a bere o a mangiare e dove capitavano a volte i cacciatori di pellicce, anche se ce n'erano pochi liberi, di questi tempi. Ci andavano a volte anche i soldati, e lui li aveva sentiti parlare fra loro. Il tenente Potanin era assegnato qui, e gli uomini lo amavano. Era gentile con loro, e pretendeva poco tranne che restassero all'erta quando c'erano in giro gli ufficiali superiori o il KGB.

Il confine era tranquillo. I cinesi erano laggiù, ma non davano fastidio a nessuno, e fra le due rive del fiume si svolgeva un piccolo commercio clandestino. I cinesi avevano verdure, frutta e molti altri generi introvabili al di qua dell'Ussuri.

Tutta la guerra che si trovava sulla sponda russa del fiume veniva inscatolata e mandata altrove.

Zhikarev sentì aprirsi la porta alle sue spalle e si voltò. Era Natalia. Com'era bella! Avrebbe potuto essere la figlia che lui non aveva mai avuto, la famiglia che aveva desiderato.

Lei si avvicinò alla finestra. Lui fece un gesto. — La Cina è là, e ora ho paura.

— Lo so. — Natalia rimase in silenzio per qualche minuto, poi disse: — Non dobbiamo avere paura adesso, non più di quanto dobbiamo essere prudenti. Penso che fuggiremo, tu e io.

La strada che passava di fronte alla casa era coperta di neve compatta, segnata da zoccoli, orme umane e impronte di pneumatici.

C'erano pile di neve sporca lungo i marciapiedi, che ormai erano soltanto sentieri fra gli edifici e i mucchi. La neve era cosparsa di fuliggine, polvere e terriccio. Fra poco la neve sarebbe scomparsa e sarebbe arrivata la primavera. Il ghiaccio sul fiume si era spezzato.

— Potanin è qui?

— Sì. Ho sentito i soldati parlare di lui e di altri. Ora è qui, e devo trovare un modo di parlargli, ma non alla guarnigione. Dev'essere qui in città e con discrezione, se possibile.

— Non sai dove vive?

— No, e non posso chiederglielo. Devo osservare, ascoltare e sperare in una parola o nell'incontro con qualcuno che conosco. Quel camionista, quello che ci ha portati in città, lo conosce.

— Ma se n'è andato!

— Certo, ma tornerà. — Eugeny sbirciò la strada. — Non mi piace. C'è qualcosa che non va! Ho una brutta sensazione! Ho paura. — La guardò. — Non giudicarmi vigliacco, ma siamo così vicini, ormai, e questa sensazione, questo senso di premonizione... non mi piace.

"Quel camionista è stato gentile a darci il passaggio, ma che cos'è per noi? Niente! E se viene fermato dalla polizia e per levarseli di torno parla di noi? E se ci avessero visto scendere dal camion? Era notte, lo so, ma c'è sempre qualcuno in giro, e la gente fa la spia sui vicini, sui propri familiari addirittura! E noi che cosa siamo? Nessuno! Potrebbe denunciarci con la coscienza a posto. È meglio non fidarsi di nessuno."

— E Potanin?

— Di lui non mi preoccupo. Non molto. Lui pensa di guadagnare qualcosa facendo affari con me. Mi lascerà passare, credendo che tornerò con una grossa fetta per lui. Vive bene, quello. Mangia bene, ha qualcosa da dare alle ragazze, e manda un po' di soldi alla sua famiglia a Irkutsk. Grazie a lui, vivono bene anche loro.

Un grosso autocarro Kama passò rombando, risalendo a fatica la strada stretta col suo pesante carico.

— Devo essere prudente — brontolò lui. — Con i miei piedi posso muovermi solo lentamente, e penso che mi cerchino. Penso che stiano cercando un uomo con i piedi mutilati.

— Posso andare io. Non ho paura.

Lui esitò. — È un rischio. Se ti fermano...

— Sarò nei guai — disse lei — ma senza rischi non si ottiene niente, e fino a quando potremo restare qui?

Aveva ragione lei, naturalmente. Non avevano diritto di stare qui. Lui sapeva che il proprietario era malato ed era in ospedale a Khabarovsk. Avevano combinato degli affari, e a volte erano state depositate qui delle pellicce. Ciò nonostante, se tornava e li trovava qui, li avrebbe scacciati subito. Il rischio era troppo grande.

— Qualunque cosa tu faccia — l'ammonì Zhikarev — non andare alla guarnigione. Non avvicinarti al fiume più del necessario. Sono molto sospettosi, prima sparano e poi fanno domande al cadavere.

"A Potanin piace vivere bene, e c'è un localino — tracciò un disegno immaginario con l'indice — qui. C'è una donna che fa i pasticcini e prepara il tè. Inoltre — alzò gli occhi su di lei — combina qualche affaruccio. Vende anche un po' di formaggio e della carne affettata, e prepara un ottimo *borsc*.

"Potanin ci va. Me l'ha detto il camionista mentre dormivi. Ci va tutti i giorni per mangiare un boccone prima di prendere servizio. Legge un po', lui. Ha la faccia rotonda con i capelli neri, e terrà in mano un libro."

— Un libro?

— Porta sempre un libro. Legge i vecchi autori, Pushkin, Gogol, Cechov...

Fece una pausa. — Parlagli di libri. Otterrai subito la sua attenzione. Mi capisci? È cordiale ma distaccato. Intendo dire che non vuole mescolarsi. Non è uno di quei giovani ufficiali pieni di vodka che ritornano a casa dal servizio barcollando.

"Beve ogni tanto un bicchierino, naturalmente, ma tutti quelli che lo avvicinano vogliono dei favori; gli altri hanno paura perché è un soldato e porta quella divisa. Quanto a ricevere merci dalla parte opposta del confine, molti dei suoi superiori si rivolgono a lui per avere qualcosa ogni tanto. Ma parlagli di libri e non ti respingerà. Diventerà curioso. Lo conosco."

Lei si mise il cappotto e il berretto di pelliccia. Era trasandata, lo sapeva. I suoi abiti erano vecchi e molto logori. Comunque, qui c'erano molti come lei, ed era un bene che non attirasse l'attenzione. Doveva farsi notare il meno possibile.

— Hai dei rubli?

— Abbastanza. Di' una preghiera per me padre. Ne avrò bisogno.

Natalia uscì e chiuse la porta dietro di sé. "Ah" si disse "lei mi ha chiamato padre! Vorrei essere suo padre. Avere una figlia simile riempie un uomo di orgoglio". Eppure era spaventato. Lei era rimasta lontana a lungo dalle città e dalla gente, e le cose in Russia erano cambiate.

Natalia camminava di buon passo, facendo attenzione al ghiaccio, ma non voleva attirare l'attenzione camminando andando troppo di fretta. Mentre camminava notava tutto ciò che la circondava.

Passò una Volga, rallentando un po' per evitare i punti sdrucciolevoli. Un altro Kama era parcheggiato all'angolo. Mentre lo superava, si sentì rimpicciolita dalle sue dimensioni. C'era poca gente per la strada. La Volga aveva proseguito e si stava fermando da una parte vicino a un edificio di cemento dall'aria ufficiale, tozzo e brutto.

Doveva passargli vicino, ma tenne la testa bassa e tirò dritto. Dalla Volga stavano scendendo due persone, un uomo robusto che batteva a terra i piedi per scaldarli e una donna. Era una donna giovane, vestita molto bene, ma evidentemente una funzionaria.

Mentre lei superava la Volga, la donna si girò. Era una bruna dall'aria sveglia, molto attraente. Aveva i capelli tirati indietro e gli occhi grandi. Per un attimo i loro sguardi s'incontrarono e lei vide un'espressione perplessa apparire sul volto della donna. Natalia proseguì, col cuore che le batteva forte.

Era stata riconosciuta? Ma com'era possibile? Chi la conosceva? O si preoccupava di lei?

Imponendosi di non voltarsi, continuò a camminare, svoltò un angolo, poi imboccò un'altra strada. Infine raggiunse il localino di cui le aveva parlato Eugeny.

Entrò. C'erano parecchie persone, ma nessun giovane ufficiale. Lei ordinò il tè e un piatto di *borsc*, che si rivelò sorprendentemente buono.

Mangiò lentamente e prese un'altra tazza di tè. Potanin non venne. Alla fine lei si alzò, pagò e uscì. Sulla porta aspettò un momento per raddrizzare il cappotto e infilare i guanti, osservando la strada. Uscendo guardò di nuovo in su e in giù e poi scelse di proposito un percorso che evitasse la strada da cui era venuta. Il cuore le martellava, e tutto quello che poté fare fu evitare di voltarsi per vedere se era seguita.

Cambiò più volte direzione, ma in questo quartiere le strade erano praticamente deserte. Si affrettò a ritornare nella stanzetta all'angolo della vecchia casa.

Eugeny Zhikarev aspettava all'interno. Le tese ambedue le mani, tirandola dentro in fretta, e poi chiuse la porta.

— Ah! Non sai come sono stato spaventato! Ho immaginato ogni genere di cose! Ti prego, stai bene?

— Io sto bene, ma lui non è venuto. Il tuo tenente letterato non è venuto. Mi sono seduta e ho aspettato. Ho bevuto il tè lentamente ma lui non è arrivato.

Si tolse il cappotto e il berretto, scuotendo un po' i capelli quando furono liberi. — C'era una macchina, una Volga con due persone a bordo. La donna mi ha guardato in faccia. Per un attimo ho pensato...

— Due persone? Com'era questa donna?

— Capelli bruni, un tipo notevole. Una bella donna, si comportava come un ufficiale. Mi ha guardato dritto in faccia.

Zhikarev sentì il cuore battergli forte, e fu assalito dalla nausea. — E l'uomo? Un tipo alto di militare? Molto forte?

— È lui. Lo conosci?

— Li conosco. — Eugeny Zhikarev si sedette di colpo. — Lei è la compagna Kyra Lebedev. Lavora con il colonnello Zamatev, e l'uomo era Stegman. — Indicò i suoi piedi mutilati. — È stato lui a farmi questo.

Zoppicò verso il fuoco e aggiunse carboni dal secchio. Si raddrizzò. — Non abbiamo tempo allora. Perché dovrebbero essere qui, se non per noi?

— Lei ti conosce di vista?

— Naturalmente. È stata nella mia bottega. Abbiamo parlato di pellicce. Mi riconoscerebbe subito.

Rimasero a lungo in silenzio, ciascuno dei due riflettendo, spaventati, consapevoli del rischio imminente. — Non abbiamo scelta — ammise lei. — Devo tornare alla sala da tè. Devo incontrare Potanin.

Lui scosse la testa. — Non mi piace. Se ti ha guardato, ormai sa chi devi essere. Ti ha visto, ed è una giovane donna molto astuta. Ho sentito dire che è il braccio destro di Zamatev. Il suo futuro dipende dalla cattura di quell'amcricano e se pensano che lo hai conosciuto tenteranno di scoprire che cosa sai, o ti terranno prigioniera per attirare lui.

— Come potrebbero saperlo?

— Loro troverebbero un modo; credimi, ci riuscirebbero. — Zhikarev la guardò. — Tornerebbe indietro per te? Si consegnerebbe per te?

Lei scosse la testa. — Non lo so. Speriamo di no. Loro mentono; prometteranno e poi faranno come vogliono. Non posso lasciarlo accadere. Se mi catturano mi ucciderò.

Lui scrollò le spalle. — Non è facile. Non ti lasceranno niente. Essere catturati da loro non è piacevole. In particolare per una donna.

"No — disse. — Dobbiamo fuggire. Dobbiamo fuggire adesso.

— Tenterò ancora una volta di vedere Potanin. Questo pomeriggio...

— E io sarò pronto a partire. Dev'essere oggi o stasera non più tardi. Qualunque cosa dica, insisti.

Quando Kyra Lebedev avrebbe capito chi era, la ricerca sarebbe cominciata subito? O avrebbero cercato di rintracciarla con altri mezzi? O avrebbero semplicemente avvertito i loro uomini di sorvegliarla per vedere con chi si accompagnava e dove si nascondeva?

Era tardo pomeriggio quando uscì di nuovo in strada. — Se non torno prima del buio, farai bene a dimenticarti di me — suggerì. — Farò quello che posso, ma potrebbero arrestarmi, e allora non potrei tornare.

Lui l'accompagnò fino alla porta. — Vedi laggiù? — disse. — Quel boschetto di betulle vicino al fiume? Se dovrò andarmene di qui, andrò laggiù ad aspettarti fino a mezzanotte. Non dovremmo tentare di passare alla luce del giorno, comunque.

— E i cinesi? Ci lasceranno entrare?

Lui scrollò le spalle. — È un rischio che dobbiamo correre. Conosco il nome di un cinese che potrebbe aiutarci. Non si sa mai.

La viuzza era deserta. Lei si diresse in fretta all'angolo, poi attraversò e raggiunse la strada del caffè, se così si poteva chiamare, evitando la via più affollata dove aveva visto Kyra Lebedev.

Soltanto quattro tavoli erano occupati, quando entrò nel caffè, e vide subito il tenente Potanin. Era seduto vicino alla porta e leggeva bevendo il tè. Alzò la testa quando lei entrò, e Natalia attraversò il locale diretta verso di lui. Sorpreso, lui si alzò.

Natalia disse: — Ricorda Ivan Karamazov, che non voleva milioni, ma una risposta alle sue domande?

Lui sorrise. — Ho letto Dostoevski — disse — ma anche lei ha delle domande?

— Parecchie. — Lei si sedette. — Ma pochissimo tempo. Le porto i saluti di un amico che commercia in pellicce. Non cammina bene.

Lui scosse la testa, sorridendo: — Gradisce un po' di tè?

— Le porto anche... — prese il libro che portava sotto il braccio — ... *Le père Goriot* di Balzac. Era un libro di mio padre.

— Un regalo? — Gli occhi di lui scrutarono i suoi. — Cos'è che vuole?

— Il mio amico ha delle pellicce che lo aspettano, come al solito. Noi vorremmo ritirarle stanotte.

— "Noi"? Vuol dire più di uno?

— Sì. — Lei gli sorrise. — Non mi piace essere brusca, e so che non è questo il modo in cui si trattano certi affari, ma non ho scelta.

Gli occhi di Potanin scrutarono i suoi, e il sorriso scomparve. — Capisco. — Prese il libro che lei aveva posato sul tavolo. — Per fortuna, leggo il francese. — Poi parlò a voce molto bassa, tenendo gli occhi fissi nei suoi e il viso voltato dalla parte opposta della sala, benché nessuno sembrasse prestare attenzione. — A mezzanotte meno un quarto, allora? Non prima e non dopo.

— Grazie. — Lei si alzò. — A presto — disse, e si diresse alla porta.

La strada era buia, a parte la luce delle vetrine del caffè. Attraversò in fretta la strada ed entrò nell'ombra di un portone.

La strada era deserta e la neve cadeva leggera. Dopo un attimo di esitazione, avanzò nella neve. E poi sentì la macchina.

Stava risalendo la strada, i fari simili a un dito luminoso puntato in avanti. Con un passo Natalia rientrò nel portone e si nascose.

La Volga si fermò davanti al caffè. Si aprì uno sportello e scese una donna. Dall'altro lato della macchina scese il con-

ducente. Era un uomo grosso, dalle spalle larghe. La donna si girò verso di lui, il viso illuminato per un attimo.
Era Kyra Lebedev.

42

Joe Mack sapeva aspettare, mentre l'alba scoloriva il cielo. Sapeva aspettare, mentre guardava oltre le braccia martoriate degli alberi contorti, tese sullo sfondo del chiarore mattutino. Aveva ucciso l'alce e lo aveva scuoiato, mangiando e mettendo da parte la carne per i lunghi giorni a venire.

Sapeva come aspettare e osservare ogni movimento. La foresta era rada, ormai, a parte qualche boschetto isolato di pioppi della Mongolia, salici lungo i torrenti e larici sparsi. Aveva trovato un'ombra che gli faceva comodo e aspettava all'ombra di vedere quello che si muoveva in lontananza.

Laggiù, una sagoma azzurra contro il cielo più pallido, c'era un 'altra catena montuosa, e lui doveva studiarla al sole e all'ombra per capire dove potevano trovarsi i passi e dov'erano i canyon.

Era arrivato lontano, ma doveva fare ancora molta strada e ora il territorio si era ristretto e la caccia sarebbe stata più serrata e ravvicinata. Alekhin doveva sapere che avrebbe evitato la tundra aperta per la sua penuria di ripari, e sarebbe rimasto sulle montagne lungo il mare.

Alekhin era rimasto indietro, ascoltando quello che si diceva, studiando la sua pista, progettando la propria mossa. Joe Mack lo sapeva come se glielo avesse detto Alekhin stesso. Alekhin doveva essere spazientito dagli sforzi vani che aveva fatto finora. Avrebbe saputo cosa fare quando sarebbe venuto il momento, e il suo momento era arrivato.

Erano stati commessi molti errori grossolani. Primo, Zamatev non aveva voluto far sapere che un prigioniero gli era sfuggito, o addirittura che aveva dei prigionieri. Aveva tenuto per sé la notizia, aspettandosi una rapida cattura.

Portare in campo i soldati era stato un altro errore. Se proprio dovevano portare i soldati, avrebbe dovuto essere un distaccamento di siberiani; non uomini dell'Ucraina. Bravi soldati, senza dubbio, ma uomini delle pianure, non abituati alle montagne artiche.

I cacciatori erano stati una mossa abile, in apparenza, ma

come Alekhin doveva sapere, i cacciatori avevano delle simpatie per l'americano. Non che fossero in alcun modo sleali, solo che lui era uno di loro, e provavano piacere nel vedere che si prendeva gioco degli uomini di città che avevano organizzato la ricerca. L'americano si era servito del loro paese come avrebbero potuto fare loro, e quindi quando erano impegnati in campo non avevano cercato con troppo impegno.

Joe Mack studiò con cura le distanze, perlustrando con gli occhi il territorio palmo a palmo, non facendosi sfuggire niente, ricordando tutto. Sapeva leggere il terreno come uno studioso legge un manoscritto raro o un gioielliere studia un diamante per il taglio. Aveva passato gran parte della sua vita nel territorio selvaggio, e ormai da quasi un anno viveva nella taiga, apprendendone i rumori e i capricci. Aveva imparato da tempo che non si combatte la natura selvaggia. Bisogna vivere con essa, non contro di essa.

In qualche punto laggiù, davanti o dietro a lui, c'era Alekhin, che si avvicinava, preparandosi a catturarlo o a ucciderlo. E Alekhin aveva avuto tempo per studiarlo, mentre lui sapeva poco dello jakut. Ora doveva imparare o morire.

Joe Mack sapeva che ogni sua mossa doveva essere calcolata, eppure non poteva mai stabilire uno schema fisso di comportamento. Non doveva permettere ad Alekhin di intuire dove poteva trovarsi in un dato momento. Doveva variare i luoghi di bivacco, fare attenzione alle prede che uccideva, cambiare spesso direzione.

Soprattutto, doveva prepararsi a una lotta mortale. Alekhin non avrebbe ammesso nient'altro.

Cautamente, dalla sua zona d'ombra in cima alla bassa altura, studiò il terreno e tracciò la sua rotta. C'era copertura sufficiente in avanti e sulla destra, quindi doveva evitare quella direzione. Sarebbe stata la via migliore, più facile, quindi doveva sceglierne un'altra. Eppure anche quel comportamento non doveva diventare un'abitudine costante.

I criminali erano quasi invariabilmente stupidi, sotto questo aspetto. Se sfuggivano alla legge, tornavano all'ambiente familiare per essere vicini a quelli che conoscevano, a persone che potevano aiutarli a nasconderli, gente con cui si trovavano a loro agio. Naturalmente, la legge lo sapeva e sapeva dove cercarli e chi interrogare, e c'era sempre qualcuno che era disposto a parlare o che beveva troppo e parlava troppo.

Willie Sutton, quell'abile artista dell'evasione, aveva commesso di rado quello sbaglio. Di solito scompariva in un ambiente del tutto inaspettato, dove nessuno lo conosceva e dove nessuno lo avrebbe cercato.

Finora lui era rimasto nelle terre alte. Ora, almeno per un po', si sarebbe trasferito in pianura. Di conseguenza, doveva evitare di farsi vedere dall'alto.

Seduto all'ombra lavorò alla pelle d'alce, raschiandone i brandelli di carne, lasciando che il sole caldo la raggiungesse. La pelle gli avrebbe procurato degli ottimi mocassini, e lui ne aveva bisogno.

Sul terreno davanti a lui non si muoveva niente. Lavorando alla pelle, aveva il tempo di osservare, pronto a cogliere il minimo movimento. Non vide altro che un uccello di tanto in tanto, e poco prima del tramonto scorse tre alci uscire dai salici e trotterellare lentamente sul terreno. Interruppe il suo lavoro per osservare, perché se erano spaventati durante il percorso questo avrebbe rivelato una presenza. Gli animali attraversarono la zona e sparirono fra gli alberi. Arrotolando la pelle d'alce, lui l'aggiunse al suo carico e, mettendoselo in spalla, lasciò gli alberi e scese vero il fiume seguendo il letto asciutto di un torrente.

Quella notte trovò vicino al fiume una sporgenza di roccia dove le pietre erano state intiepidite dalla fugace apparizione del sole. Là si sdraiò a dormire. Prima dell'alba era di nuovo in movimento.

Uno stretto torrente scorreva nella tundra verso nord. C'era un velo di ghiaccio lungo le rive, nient'altro. Qua e là c'era una chiazza di neve sottile. C'erano salici in quantità e ogni tanto pioppi o larici. Lui proseguì la marcia, fermandosi a intervalli per ascoltare e osservare il volo degli uccelli o il movimento degli animali. Non trovò tracce di uomini, solo di animali.

L'aria era ferma, non soffiava un alito di vento. Camminò per tutto il giorno fino a sera. La notte trovò un posto su un pendio esposto a sud sotto alcuni larici. Ne erano caduti molti, qualche anno prima, e parecchi tronchi si protendevano oltre la riva di un corso d'acqua, formando un tetto. Sotto di essi trovò un posto per accamparsi.

Il colonnello Arkady Zamatev atterrò a Cherski. Il tenente Suvarov, lo aspettava e lo guidò verso una Volga parcheggiata vicino alla pista.

— Non c'è dubbio, colonnello Zamatev. È stato visto nella

foresta. È stato avvistato da un aereo ad alta quota, mentre traversava una radura.

— Lo avete riferito ad Alekhin?

Suvarov serrò le labbra. — Il compagno Alekhin dice che non era lui, ma chi altri poteva essere?

— Perché pensa che non fosse l'americano?

Suvarov scrollò le spalle. — Dice che l'americano non attraverserebbe una radura, in questo momento. L'aggirerebbe. Questo è assurdo! Perché allungare la strada, quando è chiaro che ha fretta?

Zamatev non disse niente. La Volga li stava portando lungo una strada piena di gobbe e di ghiaccio. Grossi edifici di cemento, alti per lo più cinque piani, incombevano su di lui. Li guardò, detestando la loro squallida bruttezza. Ma certo, in un posto del genere, che cosa ci si poteva aspettare? Era già sorprendente che avessero costruito qualcosa, in questo paese abbandonato da Dio.

Sulla scrivania dell'ufficio preparato per lui c'era una serie di rapporti. Li scorse in fretta. Erano tutti, dal primo all'ultimo, non importa quanto fossero formulati con cura, rapporti di fallimenti. Non soltanto di fallimenti nel catturare l'americano, ma perdite di uomini ed equipaggiamenti.

— Nessuna notizia della compagna Lebedev?

— Sissignore. È a Iman. C'è anche quella Baronas. Nessuna traccia di suo padre.

— Ha arrestato la donna?

— Non ancora. Ma è sicura che sia lì, probabilmente con l'intenzione di passare in Cina. Dovrebbe arrestarla prima di notte.

Zamatev si sedette di colpo. Era esasperato. La Baronas non era tanto importante. Perché Kyra sprecava il suo tempo? Avrebbe dovuto essere qui a coordinare le ricerche, cosa che faceva tanto meglio di questo Suvarov. Un giovanotto simpatico, ma privo di immaginazione, troppo pronto ad accettare la soluzione più semplice.

Il suo frettoloso volo a Mosca era stato la conseguenza di un ordine. Era stato chiamato a rapporto, e il suo amico del Politburo glielo aveva detto in termini chiari e senza eufemismi: doveva catturare subito l'americano o sarebbe stato rimosso dal comando.

«Sei stato sciocco, Arkady» aveva detto il suo amico. «Avevi cominciato bene, e avresti dovuto continuare con una serie di pesci piccoli. Invece sei diventato troppo ambizioso. Prendere questo americano è stato un rischio terribile. Ammettendo per il momento che fosse andata bene, avresti corso ugualmente il rischio di ripercussioni internazionali. Ma poi te lo sei lasciato sfuggire.»

«Ncssuno avrebbe potuto immaginare che un uomo tentasse un'impresa simile...»

«Eppure lo ha fatto, e ora vi sta mettendo tutti in ridicolo. Credimi, Arkady, se non catturi quest'uomo e non ne ricavi qualcosa da mostrare in cambio di quello che hai fatto, sei finito. Non posso fare altro per te. I miei amici non accetteranno un fallimento.»

«Shepilov...»

«So di Shepilov. È stato richiamato al suo posto. C'è abbastanza da fare per lui senza che si occupi di queste sciocchezze.» L'amico aveva fatto una pausa. «E questo Stephan Baronas e sua figlia? Che cosa c'entrano con tutto questo?»

Zamatev era rimasto sorpreso. Come sapevano di lui? Ma del resto, che cosa non sapevano? Aveva risposto con cautela. «Risulta che il prigioniero fuggito si è fermato per qualche tempo in un villaggio dove viveva Baronas. Pare che Baronas e sua figlia lo abbiamo conosciuto là, e li volevamo per interrogarli.»

«Quanto tempo fa è successo?»

«Be', sono parecchi mesi...»

«Hai perso tempo, Arkady. Come dici tu, è successo mesi fa. Qualunque cosa sapessero, ormai non serve. L'uomo ha percorso centinaia di chilometri da allora. Lasciali in pace.»

Zamatev aveva esitato. Poi aveva detto: «Ma se hanno aiutato un nemico...»

«Non sappiamo quello che hanno fatto. In ogni caso, l'importante è catturare questo americano.» L'amico si era rivolto a Zamatev, e i suoi occhi non erano cordiali. «Arkady, sei stato un uomo molto capace. Ti sei rivelato utile ad altri oltre che a me. Apprezziamo tutti quell'aiuto, ma si comincia a pensare che tu abbia perso la grinta. Questo è un mondo duro, Arkady. Il mio successo dipende molto dal successo di quelli che proteggo, come ho fatto con te. Non deludermi.»

Aveva preso la pipa da un posacenere. «Desidero che tu capisca una cosa, Arkady. Baronas e sua figlia hanno amici, amici molto importanti. Bisogna permettere loro di lasciare il paese.»

«Sì, signore.» Zamatev era rimasto sbalordito, ma sperava che non si vedesse dalla sua faccia.

«Amici molto importanti, e dato che lui non ha valore per

noi, bisogna permettergli di andarsene. Non interferire. Mi capisci?»

Lui aveva capito benissimo, ma ora Kyra era a Iman e stava per arrestare la Baronas. Se Natalia Baronas e suo padre venivano arrestati adesso, ci sarebbero stati guai. Lui, e anche Kyra, potevano ritrovarsi a passare il resto della loro vita in servizio in un posto come Cherski.

— Suvarov? Può ottenere la comunicazione con la compagna Lebedev a Iman?

— Penso di sì, signore.

— Lo faccia, allora. Le dica che Baronas e sua figlia non devono essere arrestati o intralciati in nessun modo. Capito? E la voglio qui, *subito!*

Zamatev si avvicinò alla finestra e guardò la strada squallida e i grigi isolati di cemento nel panorama deprimente.

Baronas? Chi lo avrebbe mai creduto? L'uomo che era un lituano, se ben ricordava, una specie di professore, Be', uomini del genere spesso si facevano degli amici, amici potenti.

Scrollò le spalle, non era affar suo. Si ficcò le mani in tasca. Certo, il suo amico era stato dolorosamente chiaro. Doveva prendere l'americano e cavargli qualcosa, o era finito. Tutti i suoi sogni, le sue ambizioni per niente. Una volta che si aveva addosso un marchio come questo, era quasi impossibile ricominciare.

Lui non aveva dubbi su Kyra. Era diventata una coda per il suo aquilone, ma se l'aquilone non prendeva il volo...?

Si diresse verso la porta e guardò nell'anticamera. — Mi informi non appena avrete rintracciato la compagna Lebedev.

— Vuole parlarle?

— Riferisca soltanto il mio messaggio, nient'altro.

Tornò alla sua scrivania e si sedette pesantemente. Doveva scendere in campo di persona. Non poteva semplicemente lasciar fare ad Alekhin, anche se lo jakut sembrava abbastanza sicuro di sé.

Sulla parete c'era una grande carta che mostrava la vasta distesa di territorio fra i Monti Cherski e lo Stretto di Bering, da Magadan a est. Rimase fermo a lungo, le mani intrecciate dietro la schiena, studiando quella mappa. Suvarov aveva messo una puntina sulla carta nel punto in cui era stato visto l'uomo. Almeno, dove era stato visto un uomo.

E se quell'uomo non era l'americano? Chi poteva essere? E

che cosa faceva in quel miserabile paese in quel periodo dell'anno?

Tornò alla porta dell'anticamera. — Suvarov? Voglio un elicottero. Non ho visto un MIL-4, là fuori? Lo voglio, insieme a tutti gli uomini che può trasportare con l'equipaggiamento. Voglio l'apparecchio e gli uomini pronti domattina per prima cosa. Scenderò in campo di persona. E lei — aggiunse — verrà con me.

E va bene, avrebbe mostrato loro di che stoffa era fatto. Avrebbe avuto in mano quell'americano nel giro di poche ore.

Si rivolse di nuovo a Suvarov. — Quell'uomo che è stato visto? Lo voglio chiunque sia. Voglio che mi sia portato. Mandi degli elicotteri nella zona. Faccia una ricerca accurata. Alekhin dice che non è il nostro uomo, ma io voglio controllare. Voglio parlare a quell'uomo.

Tornato alla scrivania si lasciò cadere su una sedia. Non gli piaceva tutta questa agitazione. Erano altri a farlo, ma c'erano tanti sforzi sprecati, tanto tempo perduto! Non importava a nessuno, in realtà, quello era il guaio.

No, su questo si sbagliava. Importava a molti, e alcuni lavoravano sodo, per una ragione o per l'altra, ma non bastavano. Il grande problema era l'inerzia.

A quest'ora l'americano era probabilmente nella regione dei Ciukci o appena superato il confine con il Koriak. Era un paese selvaggio, ma c'erano poche foreste e le montagne erano più gelide e brulle. L'uomo sarebbe stato più esposto.

Ora lo avrebbero preso. Dovevano prenderlo.

Il guaio era che giù a Mosca non afferravano nemmeno le reali dimensioni del paese con cui aveva a che fare. Trovare un uomo in quella zona immensa, soprattutto uno che voleva nascondersi ed era abile nel farlo, era quasi impossibile.

Suvarov comparve sulla soglia. — Signore? Non sono riuscito a raggiungere la compagna Lebedev. Forse se andassi laggiù...?

"Ti piacerebbe, non è vero?" Zamatev disse fra sé. — No — disse a voce alta. — Avrò bisogno di lei. Si metta in contatto con la compagna Yavorski, nel mio ufficio. Le dica che i Baronas, padre e figlia, non devono essere arrestati. Devono essere lasciati assolutamente liberi. Le dica che la compagna Lebedev si trova ora a Iman con quello scopo e dev'essere fermata, fermata a tutti i costi.

Emma Yavorski aveva sempre detestato Kyra Lebedev, ma bisognava raggiungere in qualche modo Kyra, e lui doveva partire per cercare l'americano. Era un peccato. Kyra era una donna bella e intelligente, ma rifiutarsi di accettare gli ordini sarebbe stato un suicidio. Emma Yavorski non solo l'avrebbe fermata in tempo, ma ci avrebbe provato gusto. Forse in seguito lui avrebbe potuto sistemare le cose, ma per ora Kyra doveva essere fermata a tutti i costi.

E se li aveva già arrestati e Stegman aveva cominciato a interrogarli?

43

Attesero per tutto il giorno. Parecchie volte delle auto si fermarono nei pressi, ma di solito la strada era deserta. Non portava in nessun posto, e c'erano vie più facili per chiunque andasse in una delle due direzioni. Natalia si avvicinava spesso alla finestra polverosa, macchiata dalle mosche, guardando oltre il fiume, verso la Cina e la libertà. O quella che sperava sarebbe stata la libertà.

Faceva freddo, e non osavano accendere il fuoco. L'edificio in cui si trovavano avrebbe dovuto essere un vecchio magazzino.

— Questa donna che hai visto, credi che fosse la Lebedev?

— Me l'hai descritta, e anche l'uomo che era con lei.

— Allora ci stanno cercando. Non ci può essere nessun'altra ragione per cui lei debba essere qui.

Lei si strinse addosso il cappotto, serrando le braccia al corpo. Dalla parte opposta della strada, c'erano altri magazzini e alcune costruzioni in rovina lungo il fiume. Lì c'erano vecchi approdi per le barche e un molo da cui molto tempo prima si caricavano le merci su battelli fluviali. Adesso era tutto grigio, spoglio, battuto dal vento. Era una sorte misera, e tale sarebbe stata la sua, se Potanin li tradiva.

Dov'era Joe Mack? Non si era saputo niente di lui, ma lei non era stata in nessun posto dove avrebbe potuto sapere notizie. Correvano sempre delle voci, ma bisognava girare, ascoltando, nei posti in cui si ripetevano i pettegolezzi.

Come avrebbe potuto sfuggire? Lei ricordò i boschi e rabbrividì. C'erano stati brevi istanti in cui li aveva amati, quando suo padre era vivo ed erano usciti a vedere i fiori, a sentire gli uccelli, a osservare gli animaletti, ma d'inverno il freddo era così terribile, ed era stata una lotta senza tregua raccogliere legna, anche solo mantenersi in vita. Spesso avevano patito la fame. C'erano state settimane di fila in cui erano sopravvissuti con meno di cibo di quanto fosse necessario a un bambino. Eppure, in qualche modo erano sopravvissuti, e poi era arrivato lui.

Lo amava veramente? O era soltanto che lui aveva portato una strana magia nelle loro vite vuote e incolori? Aveva dato loro carne, ma più di quella aveva dato loro speranza. Se lui, inseguito da tutti, poteva credere nella fuga, credere in un futuro in un posto diverso da questo, allora anche per loro era possibile credere.

Era stato questo ad attirarla verso di lui? Senza dubbio era una figura d'uomo sorprendente, ma c'era stato qualcosa di più. Quando era con lui, si sentiva al caldo, sicura, tranquilla. Lui non parlava a vanvera, non sbandierava desideri, lamentele o crisi di scoraggiamento. Aveva una meta da raggiungere, e sapeva dove andare e come arrivarci, e a un tratto lo aveva saputo anche lei.

Era stato lui a infondere speranza a suo padre. Ora se ne rendeva conto chiaramente. Suo padre si era rassegnato a soffrire, rassegnato a condurre una povera esistenza nella taiga. O almeno si stava rassegnando.

Adesso lei era qui, e oltre il fiume c'era la Cina. Se soltanto il padre fosse vissuto per vedere questo momento! Anche se non fossero fuggiti, almeno avrebbero tentato, e avrebbero visto la libertà.

Che cosa li attendeva in Cina, non sapeva, ma sapeva che in un modo o nell'altro se la sarebbero cavata.

— Ho paura — disse Eugeny, avvicinandosi. — Ho puntato tutto su questo. Se ora fallisco, non ci saranno altre possibilità per me. Non riuscirò a sopravvivere a un altro interrogatorio.

— Sopravviverai. Riusciremo, padre. — Lo chiamava così perché si era accorta che gli faceva piacere, e cosa aveva ormai che potesse dargli piacere? — Fuggiremo.

All'improvviso lui parlò. — Penso che dovremo andarcene da qui. Ho una brutta sensazione, in questa casa.

La provava anche lei. Da alcuni minuti, ormai, trovava opprimente il vecchio edificio. — Possiamo andare laggiù — disse, indicando il vecchio molo. — Possiamo andare laggiù dove non va nessuno.

— Subito — disse lui. — Andiamoci subito.

Lei prese il suo piccolo fagotto e attesero, controllando la via stretta in tutte le direzioni e poi dando una rapida occhiata in giro per vedere se avevano dimenticato qualcosa. Poi uscirono dalla porta e attraversarono una strada. Soffiava un vento freddo, e si affrettarono a mettersi al riparo della vecchia costruzione cadente sul marciapiede opposto. Proprio mentre raggiungevano il molo, sentirono arrivare una macchina. Il molo era enorme e deserto, e il muro del vecchio edificio che vi si affacciava era chiuso. A un tratto i suoi occhi scorsero un vecchio viottolo che scendeva di fianco al molo.

— Presto! — disse, e corse giù. Poi si nascosero sotto la banchina. Lì era buio e in ombra, con qualche squarcio appena di luce che filtrava dalle fessure della banchina. C'era un ripido pendio che scendeva fino al bordo di ghiaccio che orlava il fiume, e lì erano ormeggiate due vecchie barche, una delle quali piena per metà di acqua ghiacciata in superficie. L'altra barca era vuota, a parte alcune vecchie reti.

— Là! — indicò Eugeny. — Sali in barca e copriti con le reti.

Si precipitarono nella barca e tirarono sopra di sé le vecchie reti. Poi rimasero immobili.

Sentirono il rombo di un motore, uno stridio di freni e poi dei colpi bussati a una porta. Natalia rimase distesa, respirando appena, tendendo le orecchie per sentire.

Una porta cigolò e si sentirono delle voci. Poi la porta si richiuse. La stanza doveva essere fredda e loro non avevano lasciato nessuna traccia del loro passaggio. Il posto era rimasto com'era quando erano arrivati.

Sentì lo scricchiolio degli stivali sulla ghiaia e poi sulla banchina in alto. Poi i passi si allontanarono. Un attimo dopo sentì gli stivali scendere lungo il viottolo e fermarsi, e vide l'ombra di un uomo, che evidentemente sbirciava sotto la banchina. Poi sentì dei passi allontanarsi.

Poco dopo giunse il rumore di macchine che avviavano il motore e poi partivano. Lei fece per muoversi, ma Eugeny le mise una mano sulla spalla. — Non ancora — disse.

Rimasero fermi mentre il tempo scorreva e dopo un lungo intervallo che doveva essere durato un'ora, si mise seduto. Scesero cautamente dalla barca e rimisero le reti come le avevano trovate. Lui si sedette sulla riva, scegliendo un pezzo di legno per non toccare il terreno gelato. Lei gli si sedette accanto.

— Dobbiamo aspettare — disse lui. — Meno ci muoviamo, meglio è, e ormai non ci vorrà molto.

Stava facendo buio quando sbucarono di sotto il molo.

C'erano delle luci qua e là sul fiume. Natalia aveva i piedi quasi gelati e li batté sul molo per riscaldarli. Eugeny guardò l'orologio.

— Resteremo qui ancora un po' — le disse.

— Il tenente Potanin ha detto mezzanotte meno un quarto — gli rammentò lei.

Lui annuì. — Abbiamo molta strada da fare, e non possiamo affrettarci. Sarebbe meglio passare lungo le vie tranquille.

— E i cinesi? Che faremo se non ci accetteranno?

Lui scrollò le spalle. — Possiamo soltanto tentare, ma di solito sono amichevoli con chiunque fugga dalla Russia. Questo è un confine antichissimo e ci sono tanti problemi da secoli. Un tempo tutto questo faceva parte della Cina, e risulta ancora così in alcune delle loro carte.

Delle luci frugarono nel buio, riflettendosi sull'acqua e sul ghiaccio lungo i bordi e i banchi isolati. — Ora — disse lui — andiamo.

Risalendo dal fiume, si fermarono un minuto, lanciando un'occhiata al vecchio edificio squallido che per breve tempo aveva offerto loro un rifugio. Sembrava freddo, grigio e tetro. Si avviarono insieme lungo la strada. Lui usava il bastone, camminando lentamente. Lei pensò che li avrebbero riconosciuti senz'altro, se stavano cercando un vecchio invalido e una giovane donna...

Espresse i suoi timori. — No — disse Eugeny — non si aspetteranno di trovarti con me. Si aspetteranno di vedere tuo padre.

— Sì, sì, certo.

Suo padre? Lo aveva seppellito lei stessa. Non riuscendo a scavare una fossa nel terreno gelato, lo aveva ricoperto di rami d'abete e poi era riuscita a far crollare su di lui parte di un banco di terra. Glielo aveva detto lui, tanto tempo prima. «Quando morirò, ricorda che quello che conoscevi di me resterà con te per sempre. Quello che si seppellisce è soltanto il guscio dell'essere che è vissuto. Non rimpiangere il guscio, ma ricorda l'uomo. Ricorda il padre.»

C'erano luci sul ponte, luci sul corpo di guardia, un cancello sul ponte per il traffico motorizzato e un cancello più piccolo per i pedoni. All'estremità opposta del ponte, scorsero un altro posto di guardia. Fu soltanto quando si avvicinarono al ponte che lei vide la Volga. Era ferma nell'ombra poco lontano dal ponte, di fronte a loro. Il motore era acceso.

— Eugeny...? — sussurrò lei.

— Continua a camminare — disse lui. — Non ti guardare attorno.

Mancavano meno di trenta metri al posto di guardia, ma le sembrò la distanza più lunga che avesse mai percorso in vita sua. Perché gli osservatori sulla macchina non li fermavano? La Volga si limitava a stare lì, con il motore acceso, scura e minacciosa. Da un momento all'altro, si aspettava che si mettesse in moto, per avventarsi verso di loro.

Che cosa doveva fare? Fermarsi ad aspettare? Tornare di corsa verso la città? O correre sul ponte? Sapeva di gente che era stata uccisa mentre tentava di fuggire, ma ciò nonostante era quello che avrebbe fatto lei. Avrebbe corso, corso come non aveva mai fatto. Forse l'avrebbero lasciata andare, forse le avrebbero sparato, ma lei avrebbe corso.

— Vai piano — bisbigliò Eugeny. — Siamo quasi arrivati. Il tuo tenente è lì in piedi che ci osserva.

— E se non è in servizio?

— Tenteremo comunque.

Adesso che erano così vicini, il vecchio era di nuovo forte. I suoi timori sembravano svaniti. — A Hong Kong — disse — ho del denaro. Non ti mancherà niente. Ci penserò io.

— Voglio andare in America — disse lei.

— Ci penseremo — ribatté lui con fiducia. — Ora stai calma. Lascia parlare me.

Il tenente Potanin uscì dal posto di guardia appena si avvicinarono. Videro due soldati in piedi all'interno, che si scaldavano le mani su una stufa.

Lui spostò lo sguardo in fretta dall'uno all'altro. — Questo potrà mettermi nei guai — disse — ma lo farò. — Si avviò verso il cancello dei pedoni.

In quel momento sentirono il rumore di una macchina. Era distante ma si avvicinava in fretta. Potanin armeggiò con la serratura, e l'auto imboccò il ponte.

Kyra Lebedev scese in fretta dalla macchina. Stegman smontò dalla parte opposta. — Dottor Baronas! Lei è in arresto!

Eugeny si voltò in modo che il suo viso fosse in luce. — Io non sono il dottor Baronas — disse. — Sono Eugeny Zhikarev.

— Ah? Così, è lei! — Lei si rivolse a Natalia. — Ma tu sei Natalia Baronas, non è vero? Dov'è tuo padre?

— È morto. È morto attraversando le montagne.

— Ah sì? Che peccato. Venite ora, tutti e due. Voi...

Uno stivale grattò la ghiaia, e una voce bassa e forte disse:
— Li lasci stare!

Infuriata, Kyra Lebedev si voltò. Si trovò di fronte un uomo massiccio con un cappotto pesante. Rimase immobile, sentendosi improvvisamente inaridirsi la bocca, spaventata.

— Io sono Bocharev — disse l'uomo massiccio.

— Ma noi abbiamo un ordine — protestò Kyra — un ordine per il loro arresto. Il GRU...

— So tutto in proposito. L'ordine è stato revocato. — I suoi occhi erano gelidi. — Potete andare — disse. — Qui non c'è bisogno di voi.

Kyra Lebedev esitava ancora. — Ma che cosa dirò al colonnello Zamatev?

— È stato già informato, come apprenderà. — Puntò il dito. — Ora andate! Qui non c'è bisogno di voi!

Kyra non esitò più. Stegman stava già salendo in macchina.

Da una tasca interna, Bocharev prese un fascio di carte e le consegnò a Natalia. — Il passaporto e il visto.

Lanciò un'occhiata a Eugeny. — Questo non è tuo padre?

Natalia spiegò e lui annuì. — Non ti preoccupare. Farò in modo che il corpo sia trovato e sepolto decorosamente. — Lanciò ancora un'occhiata a Eugeny. — E tu, compagno?

— Io ho i documenti, compagno. — La voce di Eugeny tremava. — Io...

— Tu hai assistito questa signorina — replicò Bocharev. Si rivolse a Natalia. — Ogni tanto, ricordati di mio figlio.

— Non lo dimenticherò mai — rispose lei.

— Andate ora, presto. — Bocharev si girò verso il tenente Potanin. — Li faccia passare, tenente. I loro documenti sono in ordine.

— Sì, compagno!

Bocharev rimase in piedi, guardandoli passare, le mani affondate nelle tasche. Poi, finalmente, tornò verso la Volga.

In fondo al ponte li aspettava un ufficiale cinese. Natalia si volse a guardare indietro, sollevando una mano in segno di saluto. Vide i fari della macchina accendersi e la guardò allontanarsi.

— Ci sono uomini buoni dovunque — disse, ricordandone un altro.

— Sì — riconobbe Zhikarev. — Vorrei soltanto che la loro voce fosse più forte.

Poi superarono il confine verso un futuro incerto. Natalia giurò dentro di sé di raggiungere l'America, dove, osava sperare, Joe Mack sarebbe stato in qualche modo ad aspettarla, per dividere con lei il sogno che le aveva ispirato.

44

Poche ore dopo il suo arrivo a Cherski, il colonnello Zamatev aveva organizzato delle pattuglie motorizzate che percorrevano lentamente la strada, se la si poteva definire tale, che univa Cherski a Talovka e quella che da Talovka raggiungeva Ust'Chaun, sul confine settentrionale. Le due strade s'incrociavano nel territorio a est del fiume Omolon.

Parecchie pattuglie avrebbero sorvegliato ogni strada di continuo fino a nuovo ordine. C'erano anche pattuglie lungo il fiume e le sentinelle sui pochi ponti erano state messe all'erta.

Una Kyra Lebedev molto avvilita era tornata la mattina seguente, per fare rapporto a Zamatev. Lui l'aveva ascoltata con impazienza, la mente rivolta ad altre cose. Quando lei completò il rapporto, agitò una mano come per liquidare la faccenda.

— Va bene così. Non ci sarà bisogno di loro. Qualunque cosa sia successa fra i due non conta. La Baronas non ha importanza per noi. Il nostro uomo — toccò la carta — è da qualche parte in questa zona.

"Delle pattuglie percorreranno queste strade, passando in continuazione. Se verrà avvistato, lo seguiranno e lo prenderanno.

"Ho mandato il tenente Suvarov a visitare di persona tutti i porti e i villaggi di pescatori lungo il Mare e lo Stretto di Bering, e laggiù da qualche parte c'è Alekhin. Ci sono pochi posti in cui nascondersi, lassù, e noi lo prenderemo."

Fece una pausa. — Un uomo è stato visto sui Monti Kolyma, a nord di Magadan. Ho mandato degli elicotteri a cercarlo e prelevarlo.

— Credi che sia l'americano?

Lui scrollò le spalle. — Chissà? Che cosa farebbe qualcun altro in quella regione?

Si avvicinò alla finestra e rimase lì in piedi, le mani incrociate dietro la schiena. — Dobbiamo stare all'erta, Kyra. — La sua voce si raddolcì. — Questa storia significa troppo per tutti e due. Quel prigioniero deve essere catturato. La mia carriera dipende da questo. — Si girò verso di lei. — E anche la tua, come avrai immaginato. Ti sei lasciata coinvolgere troppo in tutto questo, anche se è stato un tuo desiderio.

Lei serrò le labbra, ma non disse niente. Era vero. Aveva insistito per essere coinvolta e ora avrebbe voluto non aver mai aperto la bocca.

— Non può sfuggirci — disse. — Se anche non lo prendiamo, non potrà superare la zona cuscinetto e i radar.

— Non esserne troppo sicura. Quell'uomo sembra uno spettro. Già una dozzina di volte abbiamo creduto che lo avremmo preso, e ogni volta si è letteralmente volatilizzato. Non sono più sicuro di niente, quando c'è in gioco lui. Non è un uomo, ma un fantasma!

Kyra attendeva, apprensiva ma decisa. — Arkady? — disse in tono gentile. — Devo parlarti. E successa una cosa terribile.

Lui si voltò, sorpreso dal suo tono. — Che c'è, ora?

— Mia sorella è stata arrestata dal compagno Shepilov. È stato in rapporto con la fuga dell'americano. — Spiegò con cautela la situazione. Che Zamatev fosse irritato, lo vedeva benissimo. Chiaramente non voleva più avere a che fare con Shepilov, e raggiungerlo ora, chiedergli un favore, era quasi fuori questione.

— Che cosa sa?

— Niente, solo che...

— Solo che cosa?

— Suo marito, Ostap. Incontrava sempre gente che viveva ai margini della legge, trafficanti del mercato nero e simili. Io mi sono rivolta a loro per te. Ostap sa sempre tante cose, tante voci che circolano fra quella gente. In gran parte sono sciocchezze, naturalmente, ma lui sa sempre quando succede qualcosa. Credevo che potesse aiutarci a trovare l'americano. E anche a dirci che cosa stava facendo Shepilov. Lui sapeva tutto in proposito.

— Ma davvero? — Zamatev era scettico.

— Devi capire, Arkady, che la gente come quella sa sempre quello che succede. Ci sono ben poche cose segrete per loro. C'è sempre qualcuno che parla, lo sai.

"È stato lui a dirmi che Shepilov usava i cacciatori e anche che questi non erano ansiosi di aiutarlo. Potevano farlo, naturalmente, se volevano. Ma non amavano troppo il compagno Shepilov."

— Dov'è ora questo Ostap?

— È fuggito nella foresta quando Katerina è stata arrestata. Non ho avuto più notizie di loro.

Lui scrollò le spalle. — Ora non posso fare niente per la tua Katerina. Shepilov direbbe semplicemente che non ne sa niente, e io non potrei farci nulla. È meglio che non mostriamo nessun interesse. Lui scoprirà che non c'è niente, e forse la rilascerà. Se verrà mandata, in prigione, be', forse allora potrò fare qualcosa.

Improvvisamente imprecò. Quando lei lo guardò, sorpresa, le disse: — Probabilmente è questo Ostap che ci crea dei problemi. Ora stiamo cercando un uomo che è stato visto nelle foreste vicino a Magadan, e secondo alcuni potrebbe essere l'americano.

— Lui potrebbe aiutarci. Conosce i cacciatori. Sa quello che succede fra i dissidenti, fra gli ebrei...

— Non parlarmi di ebrei. Significano guai. Non voglio avere a che fare con loro.

— E quest'uomo che stai cercando? Se è Ostap, potrei parlare con lui? Potrebbe sapere qualcosa, e mi direbbe tutto quello che sa.

Lui scrollò le spalle. — Benissimo. Se lo prenderemo.

Joe Mack non aveva fretta. Ogni chilometro che si lasciava alle spalle era una vittoria, ormai, ma ogni chilometro che aveva davanti era un pericolo. Ora osservava dall'alto una vasta pianura in cui c'erano molti piccoli laghi, una zona che doveva evitare. Di lassù, vedeva facilmente i laghi e gli spazi fra loro. Una volta sceso al loro livello, non avrebbe più avuto quel vantaggio e avrebbe potuto facilmente essere intrappolato su una delle loro rive. Il ghiaccio, se c'era, sarebbe stato infido.

La sua carta gli mostrava che si trovava poco più a nord di un villaggio o di una cittadina chiamata Gizhiga. Anche se c'erano alcune strade nella zona davanti a lui, sarebbero state pattugliate. L'area della ricerca si era ristretta, e la ricerca sarebbe diventata più intensa.

Ora si trovava in un boschetto di larici e studiava attentamente il terreno davanti a sé, scegliendo una rotta da seguire e un'alternativa, nel caso qualcosa lo avesse costretto a cambiare.

L'aria era incredibilmente limpida; non c'era una nuvola in cielo né un filo di nebbia in nessuna delle depressioni. Da lontano scorgeva ogni tanto un luccichio, che poteva essere il riflesso del sole su un parabrezza. Se era così, c'era un traffico insolito su quella strada, ammesso che si potesse definirla tale.

Nulla si muoveva laggiù, tranne in riva al lago più vicino, dove c'erano alcuni alci. Sembrava che stessero brucando lungo la sponda del lago.

Quello che Joe Mack non sapeva era che Alekhin era atterrato solo poche ore prima, a Gizhiga. Un'altra cosa che non sapeva era che a meno di duecento metri di distanza, nascosto nel sottobosco, un uomo lo stava osservando.

Ostap non era un uomo dei boschi. Si era allontanato da Magadan quando Shepilov aveva arrestato sua moglie, riuscendo a fuggire a stento. Si era rifugiato nella foresta, in un posto dove a volte s'incontravano i cacciatori. Quando lui era arrivato non c'era nessuno, ma c'erano cibo, legna e abiti più caldi.

Era in seri guai, e così pure Katerina. Lei non sapeva niente, ma questo non l'avrebbe aiutata, anzi poteva addirittura danneggiarla. Era sempre meglio, aveva scoperto Ostap, avere qualcosa da dire.

Questa mattina si era avventurato nella foresta ed era salito su una piccola altura. Là, in un punto riparato dal vento, si era seduto per osservare la regione. Quasi subito aveva visto l'americano, e fin dal primo sguardo non aveva dubitato di avere davanti proprio lui.

La cautela stessa dell'uomo era un indizio sicuro. Spaventato oltre che affascinato, Ostap aveva avuto il buonsenso di rimanere immobile. Se si fosse mosso, la sua presenza sarebbe stata scoperta. Il cuore aveva cominciato a battergli forte.

E poi si parlava di fortuna! Eccolo là, l'uomo che tutti volevano. Se solo fosse riuscito a catturarlo!

Ma quella era un'idiozia. Qualunque altra cosa fosse, Ostap non era un combattente. Era un trafficante, un manutengolo, un imbroglione, se volete. Tentare di catturare l'americano era fuori questione. Naturalmente, l'idea gli era venuta, ma era svanita nello stesso istante.

Il punto era che sapeva dove si trovava l'americano. *Lui* lo sapeva! Quel tipo di informazione valeva denaro. Valeva uno scambio; era una possibilità di salvare Katerina. Per un attimo esitò: Katerina o il denaro? No, doveva essere Katerina. C'era una cosa sola che lui apprezzava più del denaro, ed era la sua comodità personale. Katerina si occupava di lui. Soprattutto, lo capiva. Accettava le sue fisime, la sua volubilità, le sue debolezze e si prendeva cura di lui comunque. Ostap poteva trovarsi altre donne, lo sapeva. Di tanto in tanto lo aveva fatto, ma pretendevano troppo da lui, in denaro e in tempo. Katerina lo accettava com'era, e quindi era inestimabile. Naturalmente, si disse, poteva anche ricavarne un po' di soldi.

Ma a chi doveva rivolgersi? Ormai era lontano da Magadan, del tutto isolato da chiunque laggiù. Inoltre, se fosse tornato in quella città lo avrebbero arrestato.

Doveva essere qualcuno più vicino, qualcuno impegnato nella ricerca. Ma se doveva mercanteggiare per Katerina doveva essere qualcuno in alto. Qualcuno che potesse dire un sì o un no definitivo. Questo, per quanto ne sapeva lui, significava Shepilov o Zamatev.

Non poteva trattare con Shepilov. Lui lo avrebbe preso e sottoposto al trattamento finché non avesse detto tutto quello che sapeva. Con Zamatev poteva trattare, e con Zamatev aveva un'entratura. Aveva Kyra Lebedev.

Avrebbe guardato ancora un po' per vedere che direzione prendeva l'americano e poi si sarebbe diretto a Evensk.

Rimase assolutamente immobile, aspettando. Sarebbe passato fra i laghi? Era una lunga marcia, e laggiù c'era molto terreno paludoso, ancora in parte gelato, comunque.

Joe Mack costeggiò i boschi e si allontanò verso il nord. Dopo aver aspettato solo pochi minuti, Ostap si alzò in piedi e corse verso la strada sottostante, sul sentiero appena segnato. Proprio mentre si avvicinava, sentì il suono dei motori e vide quattro macchine passare lungo la strada per Evensk. Le auto rallentarono e si fermarono quando lo videro, e un uomo sulla vettura di testa gli fece segno di avvicinarsi.

Diffidente, ma incapace di evitare l'incontro, raggiunse l'uomo che gli aveva fatto segno. Non lo aveva mai visto prima, ma capì subito di trovarsi di fronte alla leggenda. Questo era Alekhin.

— Dove stai andando?

— A Evensk. Devo parlare al colonnello Arkady Zamatev o alla compagna Lebedev.

Alekhin lo squadrò riflettendo, senza che gli occhi piatti, dalle palpebre pesanti, rivelassero niente. — Perché devi parlare con lui?

Ostap esitò. Se lo diceva ad Alekhin, non avrebbe ottenuto niente. — Ho informazioni sull'americano. — Poi aggiunse con fermezza: — Soltanto per uno di loro. Nessun'altro.

Alekhin lo fissò. Quest'uomo avrebbe potuto torcerlo fra le mani. Avrebbe potuto strizzarlo come uno straccio, ma nessuno intercettava le informazioni destinate a Zamatev.

Sporgendosi dal sedile, chiamò il conducente dietro di lui.
— Boris! Porta questo a Evensk! Chiama il colonnello Zamatev. Se non ci riesci, parla alla compagna Lebedev. Presto, ora! Poi riportalo da me, a meno che il colonnello non lo voglia.

Guardò Ostap. — Tu parli con lui. Glielo dici. Sarà meglio che le informazioni siano buone, altrimenti ti parlerò io dopo. Ora andate.

A Evensk la comunicazione non era buona, ma Boris lo fece parlare al telefono con Kyra. — Che cosa puoi dirci, Ostap? — Sembrava brusca, spazientita.

— L'ho visto — disse lui — l'americano.

— *Cosa?*

— Voglio il rilascio di Katerina — disse Ostap — e qualcosa per il nostro disturbo. Capisci?

— Lo hai davvero visto?

— Non starà ad aspettarvi — ribatté Ostap — ma se vi muovete ora, non può aver fatto più di qualche chilometro.

— Descrivilo.

Ostap era un buon osservatore. La sua descrizione fu rapida, accurata e breve.

— È stato uno degli uomini di Alekhin a chiamare. Come lo hai incontrato?

— Alekhin è andato al nord a cercarlo. Non gli ho detto niente. Voglio il rilascio di Katerina.

— Lo so — replicò lei brusca — e qualcosina anche per te!

— Avrei potuto chiamare il compagno Shepilov — ribatté lui.

— Katerina sarà liberata. Porta Alekhin nel punto dove lo hai visto. Io sarò lì entro un'ora. Se questa è solo una frottola...!

— Non lo è.

Quando lasciò l'ufficio lui disse a Boris: — Portami da Alekhin. Io so dov'è l'americano.

— Ti ho sentito — replicò Boris. — Avresti dovuto dirglielo sulla strada.

— Katerina è mia moglie. Shepilov l'ha arrestata. Io la voglio libera.

— E vuoi anche qualcosa per te — disse Boris. — Tutto ciò che serve all'Unione Sovietica è qualche altro patriota come te.

Ostap arrossì ma non rispose. Boris era un uomo dall'aria molto dura e competente. Meno diceva a un uomo del genere, meglio era.

Boris stava parlando alla radio. Poi partirono, correndo veloci. Ostap si aggrappò disperatamente mentre l'auto superava sfrecciando brusche curve e correva su strade piene di buche che erano poco più che sentieri.

Alekhin stava aspettando sul ciglio della strada. Allungò una mano dentro l'auto e strappò Ostap dal sedile. — Dimmi! Dove?

Spaventato, Ostap lo guidò verso il punto in cui si era fermato e indicò. — Laggiù al margine degli alberi.

— State indietro! — ordinò Alekhin. Poi si diresse da quella parte. Ostap rimase a guardare e disse: — Vicino a quel vecchio albero! Sulla sinistra!

Alekhin si mosse, poi si fermò e cominciò a guardare in giro, con molta lentezza e cautela. L'americano lasciava così pochi segni. Fece un passo, guardando, poi guardando di nuovo.

Sì, c'era una lieve infossatura nel muschio ai piedi dell'albero. C'era stato qualcosa o qualcuno. Lentamente, cautamente, cominciò a interpretare le tracce lasciate dall'americano. Come al solito, erano ben poche.

Tornò da Boris e indicò quello che si doveva fare. — Ci sono strade su tre lati! Voglio pattuglie, pattuglie molto lente! Notte e giorno. Non deve sfuggire da quest'area! Mi capisci?

— Sì. Sarà fatto.

— E lui? — Boris indicò Ostap con il pollice.

— Lascialo stare. Non abbiamo il tempo di riportarlo indietro. Inoltre il colonnello desidera parlargli.

Alekhin s'interruppe, riflettendo, e poi aggiunse: — Se non lo prendiamo prima di sera, voglio delle auto con i fari accesi sulla strada. Voglio che sia preso. Voglio che sia fermato. Se dovete sparare, mirate alle gambe. Spezzategli le gambe, ma non lo uccidete.

A mezzogiorno Joe Mack capì di essere in trappola. Da un varco fra gli alberi radi, scorse alcune auto sulla strada sottostante. Spostandosi a nord vide altre auto che gli tagliavano la strada in quella direzione. Dunque sapevano che era qui. Chissà come, lo avevano avvistato. In un modo o nell'altro, sapevano con certezza che era qui. Si spinse cautamente a nord-ovest, sul terreno più accidentato. Lo avevano accerchiato in uno dei pochi punti della zona che aveva delle strade su tre lati, anche se erano poco più che piste.

Si diresse a nord, con un trotto regolare. Sapevano dov'era, e stavolta non se lo sarebbero lasciato sfuggire. Avrebbe tentato, ma le probabilità erano esigue. Stavano per prenderlo, e cosa poteva farci?

Poteva tentare di fuggire di nuovo, naturalmente, ma questa volta non gli avrebbero concesso nessuna opportunità. Lo avrebbero azzoppato o ammanettato così stretto che non sarebbe riuscito a fuggire. Ma ammesso che potesse?

Avrebbe nascosto l'arco e le frecce. Avrebbe nascosto il coltello. Avrebbe nascosto quel po' di carne secca e affumicata che gli restava. Avrebbe nascosto la giacca di pelle di capra o, meglio ancora, il vestito e la camicia.

Ben presto avrebbero fatto una ricognizione con elicotteri e poi truppe a terra. Naturalmente, poteva combattere finché lo avrebbero ucciso, finché fossero stati costretti a ucciderlo.

Quella era una soluzione.

Si spostò a nord nei boschi, ma dopo aver fatto solo poca strada vide in lontananza, da una cresta montuosa, il luccichio del sole sui parabrezza delle auto. Poteva cercare di correre in mezzo a loro, ma se lo sarebbero aspettato e lo avrebbero abbattuto con i fucili.

Mentre camminava i suoi occhi cercavano un nascondiglio, un posto qualsiasi in cui non potessero trovarlo.

Non c'era altro che rocce nude, alberi radi e qualche gruppo di betulle. A nord di qui, aveva sentito dire, non c'erano affatto alberi.

Rallentò il passo. Aveva l'AK-47 e un po' di munizioni. Aveva la pistola. Avrebbe nascosto anche quella. Ma doveva far presto.

"Bene, Joe Mack" si disse "hai dato loro qualcosa di cui preoccuparsi. Ora vedremo." Resistere qui, dove le posizioni difendibili erano poche, sarebbe stato uno sforzo sprecato. Poteva colpirne qualcuno prima che lo abbattessero, ma non avrebbe colpito quelli che voleva.

Ora camminava, scegliendo con attenzione il percorso, sempre in cerca di un nascondiglio. Non trovò niente che non avrebbero scoperto in pochi minuti. Alcuni territori gli avevano offerto molti posti ideali per mimetizzarsi, ma questo sembrava non averne nessuno.

Era tutto finito, allora? "Talia" disse a se stesso "non ti piacerebbe vedere questa scena. Ma abbiamo avuto il nostro sogno. Lo abbiamo avuto, anche solo per poco."

Non poteva cedere. Non poteva arrendersi. Ma non erano questi gli uomini che voleva. Erano Zamatev e Alekhin. Questi altri non erano che strumenti nelle loro mani. Uomini in gamba, alcuni. Uomini che eseguivano gli ordini come meglio potevano.

Si sforzò di restare calmo. Ora doveva riflettere, doveva fare piani. Stava scendendo la notte, e con la notte forse sarebbe arrivata una possibilità.

Da una cresta guardò in basso verso la strada. Due auto si erano fermate e i soldati stavano parlando. Altri erano sparsi lungo la strada, quella strada che era poco più di una pista.

Accovacciato alla base di un albero, cercò di pensare a qualcosa da fare, qualunque cosa.

Niente. Non c'era niente. Era in trappola.

Doveva aspettarsi un trattamento rude. Poteva aspettarsi la tortura. Ora non avrebbero più corso rischi con lui. Pensò alla famiglia di Pennington, destinata a non sapere mai che il loro marito e padre non li aveva abbandonati.

Neanche per un solo istante aveva dimenticato loro o il valore che poteva avere per loro il suo messaggio.

Alekhin! Il grosso jakut avrebbe vinto, dopo tutto.

Pian piano, cautamente, scese lungo il pendio senza farsi vedere. Sapeva che Alekhin era alle sue spalle. Sapeva che la sua pista veniva lentamente ricostruita, e Alekhin avrebbe avuto i soldati con sé. Ora c'erano file di soldati in attesa e auto che avanzavano da tre lati, e lui stava scendendo in direzione nord. Dietro di lui c'era Alekhin.

Guardò le macchine e gli uomini. Poteva aprirsi la strada sparando? Non c'era nessuna possibilità. Erano semplicemente troppi, ed erano troppo distanziati.

Si accovacciò vicino a un albero per studiare un percorso e vide una lunga fessura nella roccia. A un tratto si decise. Infilò nella spaccatura l'arco e le frecce, spingendo la pistola e le munizioni nella faretra. Quando tutto fu nascosto, vi pose sopra della corteccia e poi delle foglie. La terra era troppo gelata per servirgli.

Lo avevano visto con l'AK-47, quindi lo tenne.

Avrebbe potuto scendere laggiù sparando, ma dubitava che avrebbero lasciato sparare i loro uomini se non alle gambe. Lo volevano vivo e lui non voleva essere azzoppato. Se veniva azzoppato, la sua ultima possibilità sarebbe svanita. Avrebbe avuto bisogno delle gambe.

Zamatev non era lì. E nemmeno Alekhin.

Joe Mack scese il pendio e uscì allo scoperto.

— State cercando me? — domandò.

45

Furono cauti. Lentamente, con le armi puntate, lo accerchiarono. Uno gli strappò di mano l'AK-47; un altro, un uomo in borghese, lo colpì con malignità al rene con il calcio del fucile. Lui stava per cadere, ma resistette e rimase eretto. Gli torsero le braccia dietro la schiena e lo ammanettarono.

Alcuni uomini lo circondarono, scostando i soldati. Erano del KGB, e pareva che non corresse buon sangue fra loro e i soldati, che rimasero a guardare con volti inespressivi. Joe Mack guardava davanti a sé, con la mente affollata di pensieri.

Che altro avrebbe potuto fare? Era circondato, erano in troppi, si stavano avvicinando, e lassù non aveva un posto dove nascondersi. Non era nemmeno un posto adatto per un assedio. Non c'era altro che roccia nuda, alcuni alberi sparpagliati, qualche chiazza di neve.

Sapeva che sarebbe stato percosso. Si aspettava di essere torturato. Poteva sopportare il dolore. C'era già passato, ma quello che doveva fare era fuggire di nuovo. Se lo avessero colpito alle gambe, non ne avrebbe avuto nessuna possibilità. Adesso c'era ancora speranza.

Molto tempo prima, quando i suoi avi erano stati catturati da altri indiani, avevano subito la tortura, e, come aveva detto il poeta, "non avevano fatto una smorfia né gridato". Gli indiani avevano sempre saputo sopportare il dolore e ridere di coloro che li torturavano. Spesso, se mostravano coraggio, le torture venivano interrotte e loro erano adottati dalla tribù. Alcuni uomini sulle montagne erano sopravvissuti allo stesso trattamento. Joe Mack aveva affrontato il più grande rischio della sua vita e le possibilità erano mille a una contro di lui, ma ferito e azzoppato non ne avrebbe avuta nessuna.

Un ufficiale stava parlando alla radio. I soldati stavano fermi intorno fissandolo con curiosità. Lui li ignorò, tenendosi eretto, guardando verso le montagne dove aveva sperato di trovarsi. Il cuore gli martellava forte e lui si stava domandando se era abbastanza coraggioso, se era l'uomo che voleva essere, l'uomo che si era allenato a diventare. "Ora" sussurrò a se stesso "lo scoprirai". Una volta gli avevano raccontato la storia di un bisnonno che era stato catturato dai blackfeet e torturato infine bruciato vivo sul palo. Perfino mentre le fiamme si levavano intorno a lui, li aveva derisi.

Aveva intonato il suo canto di morte con voce ferma, e loro si erano meravigliati. Un vecchio guerriero della loro tribù gli aveva narrato la storia. Era anche lui quel tipo di uomo?

Uno degli uomini del KGB gli si avvicinò. — Arriva Alekhin — disse. — Se lascerà qualcosa, avremo la nostra occasione.

Joe si limitò a guardarlo e l'uomo, infuriato, lo schiaffeggiò sulla bocca. L'espressione di Joe Mack non cambiò. Incollerito, l'uomo lo spinse, poi gli fece lo sgambetto. Quando lui cadde, l'uomo lo colpì con un calcio brutale alle costole. Poi si avvicinò, tirando indietro la gamba per sferrare un altro calcio. Joe Mack rotolò su se stesso, il calcio andò a vuoto e l'uomo cadde. I soldati risero.

Furioso, l'uomo del KGB si rialzò di scatto e afferrò un pesante bastone. Cominciò a percuotere Joe Mack con violenza frenetica, colpendolo sulla testa, sulle spalle e sul dorso. Chinando la testa, Joe Mack evitò i colpi peggiori, ma il cuoio capelluto si spaccò e il sangue gl'inondò il viso.

All'improvviso una macchina arrivò a tutta velocità e si fermò. Ne scese Alekhin. Joe Mack lo riconobbe subito dalla taglia e dalla piccola ciocca bianca dove i capelli erano sbiaditi su un'antica cicatrice.

Alekhin si avvicinò. — E così, ti abbiamo preso. Ora vedremo! — Si rivolse agli uomini del KGB e indicò una vecchia stalla che sorgeva nei pressi. — Portatelo dentro.

Un ufficiale russo cominciò a parlare e Alekhin gli voltò le spalle, dicendo di sopra la spalla: — Non c'è più bisogno di voi. Andate!

Ostap scese dalla Volga. Fissò il sangue sul viso di Joe Mack e si sentì male. Non sapeva che fare. Nessuno lo aveva mandato via, e lui non aveva modo di andarsene. Doveva restare ad aspettarli. Aveva paura.

L'ufficiale si era allontanato, indignato. I suoi uomini si stavano allineando per tornare verso i loro camion. Ostap avrebbe voluto andare con loro, ma non era stato congedato e aveva paura di irritare Alekhin.

Faceva molto freddo, e lui avrebbe voluto essere di nuovo a Magadan. Chissà se Katerina era libera. Avevano rispettato il patto? Perché l'avevano arrestata, comunque? Lei non sapeva niente.

Ostap ingobbì le spalle per difendersi dal vento e ficcò le mani in tasca. Parecchi uomini del KGB erano lì vicino e parlavano fra loro.

All'improvviso sentì un forte tonfo dall'interno della stalla, poi altri. Non sentì urla. Uno degli uomini del KGB gli si avvicinò sogghignando. — Questi gli insegneranno la lezione! Sono artisti! Sanno come colpire un uomo! Lo sentirete gridare!

Joe Mack non gridò. Poco dopo uscirono due uomini, grondanti di sudore, con i pugni insanguinati. Entrarono altri due. Ostap si allontanò, assalito dalla nausea. Era colpa sua. Era stato lui a dire dov'era l'americano. Molte volte in passato, quando sentiva parlare di certe cose, aveva riso e scrollato le spalle. «Gli sta bene!» Lo aveva detto e ripetuto tante volte.

Ora poteva sentire l'impatto dei colpi, udire i grugniti degli uomini del KGB quando colpivano.

Si allontanò un po', rabbrividendo, desiderando di potersene andare, di avere almeno un modo per andarsene. Le auto del KGB erano le uniche rimaste.

Alekhin uscì a dare ordini. Stava per arrivare Zamatev. Dovevano montare una tenda per lui. Avrebbe cominciato qui l'interrogatorio. Poi avrebbero portato via l'americano per ricondurlo in prigione.

Alekhin sorrise. — Niente più percosse! — disse. — Dobbiamo lasciare qualcosa per il buon colonnello! — Si guardò attorno, spostando lo sguardo dall'uno all'altro. — Ma lo abbiamo ammorbidito! Lo abbiamo ammorbidito per il colonnello! Ora beviamo qualcosa!

La tenda venne montata rapidamente e furono portate all'interno delle sedie pieghevoli con un tavolo. Alekhin inspirò a fondo l'aria di montagna. A un tratto i suoi occhi si posarono su Ostap.

— Ah, sei tu! Vieni a bere qualcosa con noi, e poi ti rimanderò a Evensk! Verrei anch'io, ma il buon colonnello vuole vederlo prima che sia trasferito. — Ridacchiò. — Non che ci sia rimasto molto da trasferire.

— Non l'ho sentito gridare — proruppe Ostap senza volerlo. — Pensavo...

Alekhin scrollò le spalle. — Non ha gridato. È un duro, quello. — Sorrise, guardando Ostap con i suoi occhi neri e piatti. — Ci penserà Zamatev, e dopo Zamatev, di nuovo io. — Batté sulla spalla di Ostap. — Bene! Senza il tuo aiuto non lo avremmo preso! Forse per settimane!

Ostap lanciò un'occhiata verso la stalla. La porta era stata chiusa con un paletto di ferro attaccato a una corta catena tesa per tenere chiusa la serratura.

Due uomini del KGB bighellonavano vicino alla Volga sulla quale era arrivato Alekhin. Un terzo uomo era fermo vicino a un'altra Volga. — Mikhail — disse Alekhin — voglio offrire da bere a questo ragazzo. Poi potrai riportarlo indietro, va bene? È inutile che resti qui, e di te non ci sarà più bisogno.

Alekhin prese per il braccio Ostap. — Vieni! Un bicchierino di vodka prima di partire! — Alekhin gli pizzicò il braccio. — Magari due bicchierini, eh?

Passò un'ora prima che lui uscisse barcollando nell'oscurità fuori della tenda. I due uomini del KGB erano seduti sulla Volga di Alekhin, e si passavano una bottiglia.

Ostap doveva passare vicino alla stalla per raggiungere l'altra Volga, dove Mikhail sembrava addormentato, in attesa.

Che cosa lo indusse a farlo, non capì, ma sollevò il paletto e lo lasciò ricadere contro la porta. Aprì la serratura. — *Ora!* — disse, e raggiunse la Volga.

Mikhail si svegliò. — Bene! — disse. — Ho voglia di andare in città. — Guardò Ostap. — Lì ho un'amica, e forse lei ha un'amica. Hai dei rubli?

— Un po'. Mi piacerebbe conoscere la tua amica.

Si rannicchiò sul sedile, cercando di non pensare a niente. Perché lo aveva fatto? L'uomo era indifeso, ma... Scrollò la testa per allontanare quel pensiero. Se lo scoprivano, sarebbe stato lui a trovarsi nei guai.

Disteso sul sudicio pavimento, nel freddo intenso, con il corpo oppresso dal dolore, Joe Mack sentì ricadere il paletto, udì la voce bassa e la parola: — *Ora!*

Aveva il cervello annebbiato dal dolore. Gli passò per la mente l'idea che aveva una commozione cerebrale. Che cosa significava: "Ora!"? All'improvviso, nella nebbia del suo cervello penetrò una freccia di luce intensa.

"Ora?" E lo sferragliare di una catena. Scosse la testa e per poco non svenne per il dolore che ne seguì.

Ora! Rotolò per mettersi in ginocchio, lottando contro la sofferenza causata dal movimento, e fece scivolare i polsi ammanettati fino alle natiche. Rotolando sulla schiena serrò le ginocchia al petto e fece passare i piedi attraverso il cerchio delle braccia ammanettate in modo da avere le mani di fronte a sé. Qualcuno aveva sollevato il paletto! Forse la porta si sarebbe aperta. S'impose di ascoltare, e non sentì altro che voci sommesse e, da un punto all'esterno, risate.

Si aggrappò a uno dei pilastri che sostenevano il tetto della stalla e si mise in piedi. Poi rimase appoggiato lì con la testa che gli girava. Barcollò e cadde contro il pilastro vicino. Si aggrappò a quello costringendosi ad ascoltare. Si sentiva il viso teso in modo strano. Sollevò le mani e lo toccò con cautela. Aveva il viso e i capelli coperti di sangue coagulato. Quando si mosse, sentì una trafittura, pensò che doveva avere anche una costola rotta.

Si sforzò di schiarire il cervello annebbiato. Doveva riflettere. Doveva agire. Fuori c'era qualcuno. Doveva esserci una sentinella. Pensavano di averlo ridotto all'impotenza. Forse era vero. Poteva solo tentare. Fece un passo cauto, tremante verso la porta. La sfiorò con le dita. Comparve una lama di luce.

Con estrema prudenza, allargò lo spiraglio. Di fronte c'era una tenda piramidale con una luce all'interno e alcuni uomini seduti. Poteva vedere le loro ombre in controluce. Vide una Volga con due uomini seduti a bordo che gli voltavano le spalle, parlando. Un uomo teneva la mano fuori del finestrino, stringendo una bottiglia. Più in là c'erano tre camion, l'uno vicino all'altro.

Aveva la testa appesantita dal dolore e faticava a mettere la vista a fuoco. Dentro di lui qualcosa spingeva, incalzava, qualcosa che diceva: "*Ora! Ora!*" E qualcos'altro lo ammoniva che il momento non si sarebbe ripetuto.

Fece un passo, vacillò e rischiò di cadere, si riprese e si avvicinò alla Volga. Lo sportello della macchina era aperto, e la mano che stringeva la bottiglia era fuori. Poteva sentire l'uomo borbottare, e udì russare. L'altro uomo era addormentato!

Un passo ancora. Un altro passo. Passò l'avambraccio intorno alla gola dell'uomo, e l'altra mano strinse. L'uomo del KGB reagì, si dibatté per poco, poi cedette. Sollevandolo dalla macchina, Joe Mack lo perquisì con mani rapide ed esperte. Prese la pistola e le munizioni dell'uomo. Facendo il giro della macchina, Joe strappò dal sedile di guida l'ubriaco e lo scaraventò a terra. Quando l'uomo fece per alzarsi lo prese a calci.

Poi Joe Mack rimase immobile per un attimo. Gli girava la testa e gli occhi non erano del tutto a fuoco. Si fece forza e, inginocchiandosi, perquisì l'uomo che aveva preso a calci, procurandosi un'altra pistola con le munizioni.

Tornato verso la macchina cercò le chiavi. Erano nell'avviamento. Era stordito, quasi come se fosse ubriaco anche lui, ma un istinto lo spingeva a continuare. Sul sedile posteriore dell'auto c'era un'arma, simile all'AK-47, ma non identica. La prese e tornò verso la tenda. In quel momento il lembo venne sollevato e uscì un uomo. Col cervello che gli ronzava, Joe Mack puntò l'arma verso la tenda e lasciò partire una lunga raffica continua. Poi, voltandosi, sparò contro gli autocarri. Colpì il serbatoio più vicino e vide le fiamme sprizzare in alto, alimentate dal vento.

Salito sulla Volga, imboccò la strada e si allontanò. Alle sue spalle sentì un sordo boato, mentre un serbatoio di benzina esplodeva.

Una strada appena segnata si allontanava in direzione nord e lui la seguì. Gli occhi, quasi chiusi per il gonfiore delle percosse, gli permettevano di vedere solo attraverso due fessure. Cercò di allargarle con le dita, senza molto successo. Con la testa che gli pulsava, il corpo attanagliato dal dolore ad ogni movimento, proseguì verso il nord. Poi, come ubriaco, cominciò a cantare *The Frozen Logger*.

La strada era tortuosa e piena di gobbe, per lo più una semplice pista, ma lui continuò a percorrerla e dopo qualche tempo spense i fari. La luna era alta, e ci vedeva abbastanza per guidare.

I pensieri lottavano per venire a galla, ma il suo cervello era annebbiato. Dov'era? In Siberia. Era a bordo di una Volga, su una strada che portava...? Non sapeva dove. Affiorò l'ansia. C'era qualcosa che doveva fare, qualcosa che doveva ricordare. Era...

Doveva lasciare questa macchina. Era una via così facile, ma lo conduceva verso una strada, e loro avrebbero cercato lungo le strade. Avrebbero cercato ben presto.

Non gli avevano tolto l'orologio. Avevano cercato un'arma. Il resto spettava ad Alekhin.

E Alekhin probabilmente era morto.

No, non sapeva se Alekhin era morto. Aveva sparato un paio di raffiche dentro la tenda. La luce si era spenta, lui aveva sentito annaspare, e la tenda aveva preso fuoco. Alcuni di loro potevano essersi salvati.

Da quanto tempo guidava? Non lo sapeva. Troppo tempo, probabilmente. Lo avrebbero cercato di nuovo con gli elicotteri. I chilometri si snodavano sotto le ruote. Non andava veloce, su questa strada era impossibile.

Più avanti c'era un fiume. Poteva vedere il chiaro di luna sul ghiaccio. Fermando la macchina, scese e la perquisì con cura. Razioni d'emergenza per due, due bottiglie sigillate di vodka e altre munizioni. Si riempì le tasche, puntò la macchina verso il fiume e la spinse sotto alcuni salici frondosi. Lì l'abbandonò e si diresse a est verso le montagne.

Doveva riposare.

Aveva le gambe, il corpo e la testa lividi e contusi. Ogni passo era un'agonia, ma lui resistette. La neve era quasi assente, ma la terra era dura e gelata. C'erano pochi alberi. Procedette, istupidito dal dolore e dal danno inflitto al suo cervello. Una commozione cerebrale, si disse. Sperava che non fosse niente di più.

Avrebbe voluto togliere il cappotto a uno degli uomini del KGB. Faceva freddo e non aveva altro che una coperta di pelliccia presa dalla Volga. Se la strinse addosso e avanzò barcollando. Due volte cadde, e ogni volta rialzarsi fu un'impresa.

Non riusciva più a pensare. Era abbastanza cosciente da rendersene conto. Seguitava a pensare a Talia, aspettandosi di vederla. Ma come poteva vederla qui?

Non aveva più una carta. Che fiume era, quello dove aveva lasciato la Volga? Era un grande fiume. Avrebbe potuto essere l'Omolon.

Cadde, sostenendosi con le mani e lacerandosi le palme sul terreno duro e gelato. Si alzò. Non poteva proseguire. Guardò le manette. Doveva liberarsene.

Si guardò attorno, battendo lentamente le palpebre. Non sapeva più dov'era. Sapeva che cosa fare con le manette. Aveva una zeppa, un pezzo di filo di ferro.

Est, doveva andare a est. Era quella la strada che avevano preso i suoi antenati, gli antichi indiani che avevano seguito la selvaggina in America prima che si formasse lo Stretto di Bering.

Lo Stretto di Bering? Che cos'era? Qualcosa di cui aveva bisogno, qualcosa da cercare. Proseguì incespicando, poi scese nel letto di un ruscello e trovò un punto in cui la riva offriva riparo dal vento.

Avrebbe acceso un fuoco. Aveva bisogno di un fuoco. Non voleva restare assiderato. Ma un fuoco avrebbe attirato l'attenzione. No, se non produceva fumo.

Legna secca. Gli occorreva legna secca. A tentoni, raccolse la legna. Trovò del muschio asciutto, riunì dell'erba secca e scura e li mise insieme. Sopra di essi costruì un cono di rametti sottili e accese un fiammifero. Rannicchiato vicino al fuoco, tirò fuori il sottile pezzo di metallo e si mise al lavoro sulle manette. Erano manette antiquate, ma lui aveva le mani contuse e impacciate. Dopo averle aperte, versò la vodka sui tagli. Si asciugò con un fazzoletto e con la pelliccia. Richiuse la bottiglia, si raggomitolò al riparo e tentò di dormire.

46

Tre settimane dopo, Joe Mack era rifugiato in una caverna che sovrastava uno degli affluenti minori del fiume Oklan. Le terribili percosse che aveva ricevuto non avevano fiaccato il suo coraggio, ma avevano lasciato uno strascico. Joe Mack non sapeva nemmeno con certezza di che cosa si trattasse, ma solo che era molto malato.

Giorno dopo giorno si era trascinato sotto il sole e le tempeste, avanzando per lo più di notte... quando la notte c'era... verso est. Si era accampato all'addiaccio, aveva dormito sopra un giaciglio di rami sul terreno gelato. Aveva i piedi malconci, e un bisogno disperato di procurarsi dei mocassini.

Quando le razioni di emergenza che prese dalla Volga erano finite, si era cibato di marmotte, persino arvicole, e ogni tanto una pernice bianca.

Poco dopo che aveva abbandonato la Volga, la zona era stata perlustrata da elicotteri e aeroplani, e per la maggior parte del tempo lui era rimasto rintanato in una nicchia di un banco d'argilla, dietro alcuni pioppi morti e salici stenti, un luogo che gli apparecchi avevano sorvolato più volte, senza che gli uomini impegnati nella ricerca immaginassero che vi si potesse nascondere anche solo una marmotta. Per tre giorni non aveva trovato niente da mangiare, poi aveva catturato dei pesci con una trappola realizzata con fibre vegetali intrecciate.

Era primavera, e la tundra era disseminata di fiori selvatici. Erano fiori che si trovavano anche nel suo paese, al di sopra della linea delle foreste.

Si era fatto un nuovo arco e delle frecce, oltre a una fionda, ma era stata la fionda a servirgli di più. Aveva trovato la caverna per caso, mentre era inginocchiato su una roccia ghiacciata vicino a un ruscello. Quando aveva fatto per alzarsi, aveva visto l'apertura. Era larga appena una novantina di centimetri e alta ancor meno. Era mascherata da alcuni pini nani, e quando l'aveva esaminata aveva scoperto un'ampia caverna dal fondo sabbioso.

Non era il primo che usava la grotta. Qualcun altro, molto tempo prima, vi aveva acceso il fuoco. Trovò la spaccatura usata come camino e raccolse la legna trasportata dal ruscello e i rami secchi alla base del pino.

Per la prima volta da giorni e giorni, era riuscito a scaldarsi, e in un'altra gola a ottocento metri di distanza aveva trovato delle betulle. Ne aveva raccolto la corteccia per farsene un rozzo impermeabile e usato alcune foglie mescolandole alla vodka per massaggiare le gambe contuse.

Malgrado fosse arrivata la primavera, le notti erano gelide, i cieli limpidissimi e le stelle incredibilmente luminose. Aveva sempre freddo, e stava chino sul fuoco come una creatura dell'età della pietra. Si era confezionato dei mocassini di pelle di marmotta, ma si logoravano in fretta, e lui non riusciva a trovare animali più grandi. Ogni tanto s'imbatteva negli escrementi di capre di montagna, ma non ne vedeva nessuna. Una volta trovò le tracce di un orso molto grosso, una bestia enorme, a giudicare dalle dimensioni delle orme. Si confortò col pensiero che nessun orso di quella taglia poteva entrare ormai in questa caverna, anche se una volta l'apertura era stata molto più grande. Le inondazioni avevano ammucchiato sabbia e pietre fino a ostruire in gran parte l'apertura originaria.

Sopravviveva come un animale, una creatura infelice, per giunta, con poco cibo e mai abbastanza fuoco per scaldarsi veramente. La legna scarseggiava, e presto avrebbe dovuto trasferirsi.

Qua e là, sulle rocce lisce, aveva visto incisioni lasciate dai ghiacciai in un passato remoto, ma nelle terre basse non ne era rimasta nessuna traccia. Sembrava che avessero interessato soltanto le formazioni di roccia più alte.

Doveva muoversi. Se lo ripeté mentre stava rannicchiato sul suo piccolo fuoco, scosso dai brividi. Doveva spostarsi, trovare un altro posto, cercare qualche animale più grande da poter mangiare. Da quanto tempo pativa la fame? Da quanto tempo non mangiava che un misero pasto?

Eppure erano giorni, ormai, che non vedeva un aeroplano o un elicottero. Senza dubbio era stato dato per morto e poteva esserlo benissimo. Era stato preso a calci e pugni, colpito con manganelli e cinghie doppie, ma sapeva che non era niente a confronto a quello che lo aspettava se veniva ripreso. Simili percosse erano semplici manifestazioni di brutalità, non le torture raffinate che poteva aspettarsi da Zamatev.

Rifuggiva dall'idea di muoversi. Lo atterriva il pensiero del freddo, del vento, delle notti senza fuoco, delle piogge gelide.

Sarebbe stato più facile, molto più facile, stendersi qui e morire.

Perché combattere una battaglia perduta? Anche se raggiungeva la costa, come avrebbe mai potuto superare lo Stretto di Bering?

Eppure, quando venne il mattino, prese l'arco e le frecce e ripartì. Non era mai tornato a recuperare le armi che aveva nascosto. Aveva temuto di perdere tempo, così aveva spinto la Volga fino a che la benzina era quasi esaurita.

Avevano trovato la macchina? Senza dubbio, anche se l'aveva lasciata nascosta sotto i salici, su uno strato di ghiaccio che a quest'ora si doveva essere sciolto.

Non pensava più ad Alekhin o a Zamatev. Non pensava nemmeno a Natalia. Tutto ciò era lontano, in un altro mondo, un mondo di carne abbondante e almeno di un po' di calore. Da settimane, ormai, si limitava a sopravvivere, e a che scopo? Se lo trovavano adesso, non era in grado di resistere e nemmeno di tentare la fuga.

Risalì lentamente un canale naturale poco profondo verso la cresta di una bassa collina. Avanzava sulle rocce nude. Il ghiaccio resisteva ancora nei punti in ombra, e un rivoletto d'acqua sgorgava lungo una profonda spaccatura. Per lunga abitudine, si avvicinò alla cresta con infinita cautela e poi sbirciò dalla parte opposta.

Si era aspettato un terreno identico a questo. Invece si trovò davanti una valle enorme, larga molti chilometri, al centro della quale scorreva evidentemente un fiume. Non poteva vederlo, ma intuiva dove doveva trovarsi, e vedeva molti piccoli laghi. Sotto di lui c'era una strada o una pista, e a circa dieci chilometri di distanza sorgeva una città, con un aeroporto. Fra lui e la città c'era la tundra, senza alcun riparo tranne alcuni corsi d'acqua minori, dove crescevano gruppi di pioppi della Manciuria e folti boschetti di salici. Non c'era nessun modo di passare senza farsi vedere. Joe Mack si voltò, scoraggiato, discese la montagna e cominciò a dirigersi verso nord fra le colline basse.

Ora doveva essere doppiamente cauto, perché si trovava in luoghi abitati, e ogni tanto degli aerei sarebbero atterrati o decollati da quell'aeroporto.

Ricordando la carta, pensò che il fiume doveva essere il Penzhina, e in tal caso scorreva giù dalle montagne che aveva di fronte e lui avrebbe dovuto attraversarlo.

Quella sera, scendendo dalla montagna, s'imbatté in tre capre che riposavano fra le rocce. Erano abituate a nemici che le attaccavano dal basso, e poiché aveva il favore del vento, lui arrivò senza farsi notare.

La prima freccia fece centro. Una delle capre fuggì, ma il vecchio ariete si alzò a testa bassa come per attaccare. Era un animale grosso e ombroso, ma quando Joe Mack cominciò ad avvicinarsi, arretrò. Poi, voltandosi più volte a guardarlo, si allontanò.

Lui scuoiò la capra per salvarne la pelle, poi tagliò tutta la carne che gli serviva. Scendendo in una conca, trovò un angolino riparato, e accese il fuoco, arrostendo la carne. Fu il primo pasto buono da settimane. Ripose il resto della carne e passò qualche tempo a lavorare sulla pelle prima di arrotolarla. Dubitava che il fuocherello avesse attirato l'attenzione, ma voleva allontanarsi dai paraggi nell'eventualità che fosse stato notato.

Joe Mack era solo sulle montagne e passò attraverso enormi lastroni di roccia inclinata, sempre diretto a nord, evitando i pochi villaggi e le case ancor meno numerose. Mangiò di nuovo buona carne e riacquistò le forze. In un torrente in cui scorreva una sorgente calda, fece il bagno, godendosi l'acqua tiepida. Quella sera prima del tramonto, uccise un cervo e rinnovò la sua provvista di carne.

Quand'era possibile restava a bassa quota, e attraversò le foreste di larici per superare il Mayn. Si stava avvicinando di nuovo al mare. A volte di mattina poteva quasi sentire l'aria salmastra. Da giorni non vedeva nessun segno di vita umana, e nemmeno un aereo. Eppure sapeva che non avrebbero rinunciato. Lo avrebbero cercato ancor più intensamente.

Le sue ferite erano guarite. La mascella era tornata alla normalità. Gli occhi erano di nuovo a fuoco, e il dolore alla testa sembrava sparito. A volte si fermava a sollevare pietre, per ricostituire i muscoli che aveva perso.

Si confezionò dei pantaloni di camoscio e una giacca con la pelle della capra di montagna. Fece una cintura per portare le pistole e una faretra per le frecce. Portava l'arco in mano e camminava con un passo più agile.

Quanto tempo era passato dalla fuga? Era venuta la primavera, l'estate e ora l'autunno, e un altro inverno incombeva sul mondo in attesa di ucciderlo.

— Non questa volta, vecchio mio — disse a voce alta. — Me ne sarò andato, o sarò stato ucciso da altri.

Due volte, durante il giorno, vide uccelli marini. Una volta avvistò dei gabbiani, e un'altra quella che gli parve una rondine marina. Valicò una montagna e vide nel cielo il riflesso del mare. Era vicino, e laggiù, all'orizzonte, c'era l'Alaska, c'era l'America, il suo paese, da cui era rimasto lontano troppo tempo.

Era da qui che era passato il suo popolo. Lui sapeva soltanto quello che dicevano gli studiosi, perché il suo popolo non aveva conosciuto la scrittura, e i racconti narrati intorno al fuoco di un bivacco tendono a cambiare e ad amplificarsi o anche a sminuirsi col passare del tempo. In ogni caso, quella laggiù era la sua terra, la sua patria. Laggiù c'erano le montagne della sua infanzia e il suolo per il quale il suo popolo aveva dato il sangue e la carne. Avevano combattuto bene ai loro tempi, avevano vinto molte battaglie, e ne avevano perse alcune, ma erano morti bene, quand'era venuto il loro momento.

— Segui il loro esempio — disse. — Una buona morte è la misura dell'uomo.

Stava superando la montagna passando per la foresta quando li vide. — Mi avete seguito troppo lontano — disse. — Non mi farò più catturare.

Era a una ventina di metri dal soldato, quando lui si girò e lo vide. Il soldato non parlò, ma con una sorta di trionfo sollevò il fucile, e dovette appena vedere la freccia lampeggiare al riflesso del sole prima che gli trafiggesse la gola. Era l'ultimo uomo della fila, e cadde con le mani strette sulla freccia, gli occhi vitrei.

Ai margini del bosco, Joe Mack corse leggero sul muschio. Corse, poi aspettò e appena il soldato seguente comparve tra gli alberi, scoccò la freccia. Il soldato lanciò un grido e cadde.

L'uomo davanti a lui nella fila si girò spazientito, poi fissò inorridito la freccia e morì accanto a lui.

C'erano sei uomini nella pattuglia, più un uomo enorme, simile a un orso, che li guidava. Joe Mack riprese a correre e, quando si fermarono a un ruscello, lanciò un'altra freccia. Il bersaglio si volse e la freccia lo colpì alla spalla invece che alla gola.

Gridò e gli altri si girarono. Joe Mack lasciò cadere l'arco ed estrasse una pistola.

Sparò una volta, raccolse l'arco e svanì fra gli alberi, senza aspettare di vedere l'effetto dello sparo.

Stava calando il crepuscolo, se mai c'era crepuscolo a questa latitudine, e lui si dileguò fra gli alberi.

Sul muschio soffice i suoi mocassini non facevano rumore. Si spostò fra gli alberi, ascoltando. Non si sentivano rumori, ma solo il sommesso mormorio di un torrente.

Alekhin era sopravvissuto, allora? Era qui. — Ora amico mio — disse forte Joe Mack — c'incontreremo, tu e io, e io sono pronto per te.

Aggirò il bivacco, ma non c'era nessun bivacco e non avevano acceso il fuoco. Lo aspettavano da qualche parte nei boschi.

Si avvicinò strisciando e rimase immobile nel sottobosco. Quanti erano siberiani, si domandò, a parte Alekhin? Aspettò, e tastando in giro trovò una pietra e la lanciò, con un arco alto. Cadde fra la vegetazione e lui rimase acquattato. Dovevano aspettarlo, e dovevano avere paura, perché tre o forse quattro dei loro compagni erano morti.

Dov'era? Non lo sapevano?

Significava che era lì? O nelle vicinanze? Lanciò un'altra pietra e la sentì atterrare.

Nessun rumore, e lui non se ne aspettava. Sarebbero rimasti dov'erano fino al mattino. Oppure uno o più di loro avrebbero cercato di allontanarsi furtivamente? Lui era convinto che avrebbero pensato di muoversi ma sarebbero rimasti fermi.

Attese, riposando tranquillamente sul muschio, tendendo le orecchie al minimo rumore. Poi gettò un'altra pietra. Stavolta si sentì un gemito sommesso, non troppo lontano dal punto in cui la pietra era caduta. C'era una luce vaga, e qualcosa si agitò nell'ombra; qualcosa si mosse. Lui lanciò una freccia e sentì il suono sordo quando colpì il bersaglio e poi un fruscio nella vegetazione. Scoccò un'altra freccia. Fu un colpo fallito, gli parve, ma di poco.

Pian piano con estrema cautela, si allontanò, scese nella conca alle loro spalle e attraversò un torrente. Salì sulle rocce fino a un punto che aveva visto prima. Poi si mise a riposare.

Un'ora prima dell'alba, preparò alcune trappole, e quando tornò indietro lasciò qualche traccia leggera. Non tante da insospettirli, ma sufficienti. Poi scese dalla montagna verso la costa.

Il maggiore Joseph Makatozi camminò lungo la riva nella mattinata grigia e guardò il mare grigio che si accaniva contro la spiaggia rocciosa. Guardò le radici esposte dei grandi alberi e la piccola insenatura dove un uomo lavorava alle sue reti. Si avvicinò e rimase a guardare per un momento.

— Vengo da lontano — disse alla fine, provando con l'inglese — per vedere il posto in cui una volta commerciava Olaf Swenson. Era un americano, credo.

— E un uomo onesto — replicò il vecchio ciukci. — L'ho conosciuto da ragazzo, ma faceva affari con mio padre e mio nonno.

— Mio nonno era scozzese. Molto tempo fa navigò su queste coste e commerciò qui con Swenson.

— Fu tanto tempo fa. Nessuno ricorda più Olaf Swenson. Non ricordano i bei tempi del commercio, e nemmeno che noi ciukci traversavamo ogni anno il mare fino in Alaska, certi anni più di una volta.

— Pescavate salmoni laggiù?

— Non più. È tutto finito. Non ci lasciano più andare, ma a volte...

"A volte vorrei poter andare di nuovo, ma sono vecchio, troppo vecchio."

— Io andrei — disse Joe Mack — se avessi un kayak.

Il vecchio alzò la testa. Il suo viso bruno era profondamente segnato sotto la massa di capelli bianchi. Guardò Joe Mack e le sue trecce. Guardò di nuovo il suo viso.

— Ci vorrebbe un uomo che conosce il kayak, per farlo. Un viaggio del genere non è facile.

— Ma con un kayak non potrebbero sapere che è in mare. È una barca piccola, fatta solo di pelli.

— Si potrebbe fare. Io sono vecchio e non ho mai provato.

— Ma io sono giovane e la mia casa è laggiù. Voglio tornare a casa, nonno.

— Io ho un kayak, uno molto buono. Per il nipote di un uomo che ha navigato con Olaf Swenson... non so. Forse.

— Io ho dei rubli. Un kayak non è una cosa da poco. È fatto con un'abilità che non molti possiedono. Pagherei.

— Che cosa sono i rubli per un vecchio? Il mare mi dà da vivere e io lo benedico.

— Tanto tempo fa, nonno, si dice che il mio popolo venne di qui, passando quando qui non c'era acqua. Io seguo le loro orme.

— Ne ho sentito parlare, e ho trovato teste di freccia e ossa. Sì, credo che sia vero. — Il vecchio alzò gli occhi dalla rete. — Quelli che sorvegliano hanno occhi per guardare dove noi non possiamo vedere. Hanno ali per volare in alto.

— Andrò di notte, nonno.

— Ah sì? È stato fatto di giorno, e tanto, tanto tempo fa. Bisogna comprendere il kayak.

— Noi ci conosciamo. Li ho usati in mare, e su fiumi impetuosi.

— Quando?

— Stanotte, se sopravvivo.

Il vecchio lo guardò di nuovo. — Ho sentito degli spari sulle montagne.

— Sì, e oggi tornerò a cercare uno che mi insegue. Non voglio che resti deluso.

— Ci saranno spari?

— Spero di no. Desidero farlo con queste. — Joe Mack sollevò le mani. — Il mio un tempo era un popolo di guerrieri. Devo forse essere da meno di loro?

— Se verrai di sera, quando il sole è basso, il kayak sarà vicino a quelle radici. Quello che farai è affar tuo.

— Parli agli spiriti del mare, nonno. La mia voce è sola nella notte.

47

Sentì l'odore del fumo prima di vedere il fuoco e quando Joe Mack sbucò dalle rocce sparse, Alekhin lo aspettava.

Gli occhi di Joe Mack ispezionarono la piccola depressione, ma lo jakut disse: — Sono andati a recuperare i corpi che hai lasciato.

— Sono venuto per te.

— Sono qui.

Il colonnello Arkady Zamatev prese il pacchetto che il soldato aveva posato sulla sua scrivania. Lentamente, con dita attente, cominciò a sciogliere i nodi.

Il pacchetto era molto leggero, ed era avvolto nella pelle di un piccolo animale, ma dentro c'era qualcosa, che al tatto sembrava quasi la corteccia di un albero.

L'ultimo nodo si sciolse e il pacchetto si aprì. Il colonnello

Arkady Zamatev rimase immobile, con la bocca arida, il cuore che gli batteva furiosamente. Quello posato sul tavolo davanti a lui era chiaramente uno scalpo umano, con una piccola caratteristica ciocca bianca da una parte, dei capelli bianchi cresciuti sopra una vecchia cicatrice.

Insieme c'era una striscia stretta di corteccia di betulla e su di essa, scritto in chiare lettere:

QUESTA ERA UN'ANTICA USANZA DEL MIO POPOLO.

NELLA MIA VITA NE PRENDERÒ DUE. QUESTO È IL PRIMO.

Finito di stampare nel mese di aprile 1987
presso la Arnoldo Mondadori Editore S.p.A.
Stabilimento N.S.M. di Cles (TN)

Stampato in Italia - Printed in Italy